변 신(外)

F. 카프카

일신서적출판사

변　신

변신(外)

차례

변　신

1

　어느 날 아침 그레고르가 마음에 걸리는 꿈에서 깨어났을 때 자기가 침대 속에서 한 마리의 커다란 벌레로 변한 것을 깨달았다. 그는 갑옷처럼 딱딱한 등을 대고 벌렁 누워 있었다. 고개를 약간 쳐들은 즉, 껍데기에 활 모양으로 불룩한 구갑 무늬의 갈색의 배가 보였다. 그때 불룩한 배 위에는 이불이 간신히 덮여 있었으나 그나마 벗겨질 것만 같았다. 커다란 동체에 비해 어이없을 만큼 가느다란 여러 개의 다리가 힘없이 눈앞에 버르적거리고 있었다.

　'이게 어찌된 셈일까.' 하고 그는 생각했다. 꿈은 아니었다. 사람이 살기에는 좀 비좁은 듯하지만 여하튼 틀림없이 사람이 살고 있는 자기 방은 아무런 일도 없었던 듯이 낯익은 사방의 벽으로 둘러싸여 있었다. 따로따로 묶은 옷감 견본이 흩어져 있는 책상 위쪽에는——잠자는 외무 판매원이었지만——그가 얼마 전에 어느 잡지 화보에서 오려내어 훌륭한 금박 사진틀에 끼워넣은 그림이 걸려 있었다. 그것은 털모자를 쓰고 털목도리를 두른 어떤 부인이 똑바로 꼿꼿이 앉아서 두 팔 밑까지 푹덮인 묵직한 털토시를, 보는 사람의 눈앞에 쳐들고 있는 그림이었다.

　그레고르는 창문 쪽으로 시선을 던졌다. 창문 함석판에 빗방울이 떨어지는 소리가 들렸다. 날씨가 음산한 탓일까 그는 기분이 우울해졌다.

잠을 좀더 잠으로써 모든 쓸데없는 망상을 다 잊어버리면 얼마나 좋을까 하고 생각했다. 그러나 그것은 전혀 실천에 옮기기 어려운 일이었다. 왜냐하면 그는 늘 오른쪽으로 누워 자는 버릇이 있었지만 지금과 같은 상태로서는 그러한 자세를 취할 수가 없었기 때문이다. 아무리 힘을 써서 오른쪽으로 몸을 뒤척이려고 해도 그저 이리저리 들먹일 뿐 다시 그대로 먼젓번과 같은 벌렁 나자빠진 자세로 되돌아오고 말았다. 그는 아마도 백 번쯤은 시도해보았을 것이다. 허우적거리는 발들을 보지 않으려고 눈을 감았다. 옆구리에 이제껏 느끼지 못했던 가벼운 통증까지 느끼게 되었기에 그만 중지해버렸다.

아아, 어째서 나는 이런 고된 작업을 택했던가! 매일같이 여행이다. 사실 상점에서 근무하는 것보다 훨씬 더 힘이 든다. 게다가 여행을 떠나게 되면 열차 접속에 대한 걱정, 불규칙하고 좋지 못한 식사, 언제나 고객이 바뀌어서 오래 계속하지도 못하고 다만 겉으로만 대하게 되어 정도 들지 못하는 그러한 교제에 대한 근심을 면할 수가 없다. 지긋지긋하구나. 빌어먹을 것, 될 대로 되라지. 배 위가 좀 가려웠다. 머리를 좀더 쳐들 수 있도록 드러누운 채 천천히 등을 침대 앞머리 철주 가까이로 밀어올렸다. 드디어 가려운 곳을 알아냈는데, 그곳에 온통 자그마한 흰 점들이 박혀 있는 것이 보였다. 그래서 그는 발 하나로 그곳을 만져보려고 했으나 곧 그 다리를 움츠렸다. 슬며시 대보았을 때, 온몸에 쭉 소름이 끼쳤기 때문이었다.

그는 다시 먼저 자세로 벌렁 나자빠졌다. 너무 일찍이 일어나면 바보가 된다고 그는 생각했다. 사람은 잠을 자야 해, 다른 외무 판매원들은 마치 후궁의 궁녀처럼 살고 있지 않은가? 예를 들면 내가 주문받은 것을 기입해두려고 오전 중에 여관으로 들어올 때에야 비로소 그들은 앉아서 아침 식사를 하고 있었다. 내가 이런 짓을 한 번 흉내낸다면 나는 아마도 당장에 사장에게 쫓겨날 것이다. 그렇게 하는 것이 나에게 도움이 될는지 어떨는지 누가 알아줄 게 뭐냐, 부모를 위해서 꾹 참아왔지만 만일 그렇지 않았다면 벌써 사표를 내놓았을 것이다. 그리고 그 사장 앞으로 걸어가서 내가 마음먹고 있는 것을 남김없이 털어놓는다. 그러면 틀림없이 사장은 놀라서 책상에서 떨어질 것이다. 책상 위에 올라앉아 사원들을 내려다보며 이야기하는 것은 역시 괴상한 버릇이다. 그렇지 않아도 사장은 귀가 먹어서 사원들은 바싹 가까이 가지 않으면 안 된다. 자아, 그런데 나는 앞으로 전연 그러한 희망이 없는 것도 아니다. 부모가 주인에게 진 빚을 갚을 만큼 앞으로 내가 돈을 모으면——그것은 아직 오륙 년은 더 걸릴 것이지만——꼭 그 일을 한번 하고야 말겠다. 그것은 내 인생에 있어서 하나의 큰 전환점이 될 것이다. 우선 무엇보다도 일어나야겠다. 기차가 다섯시에 떠나는데.

그는 옷장 위에서 째깍거리는 탁상 시계를 쳐다보았다. '아차, 큰 일났는걸!' 그는 이렇게 생각했다. 벌써 여섯시 반이었다. 시계 바늘이 조용히 돌아가고 있었다. 벌써 삼십분이 지나고 사십오분이 가까웠다. 종이 울지 않았단 말인가. 자명종 시계를 네시 정각에다 놓은 것이 침대에서도 보였다. 틀림없이 종이 울렸을 것이다. 그러나 방 안을 뒤흔드는 자명종 소리를 듣고도 잠을 잘 수 있었을까! 그러나 깊이 잠들지는 못했을 것이다.

그렇다면 아마도 편안하게 잠을 이루지 못한 만큼 더욱 깊이 잠들었을지도 모르겠다. 그러나 이제 어찌하면 좋단 말인가? 다음 열차는 일곱시에 떠난다. 그 차에 시간을 대려면 한바탕 바삐 서둘러야 했다. 그런데 견본들도 아직 꾸려놓지 않았을 뿐만 아니라, 스스로 그다지 기분이 상쾌하지 않아서 몸이 가볍게 움직일 것 같지가 않았다. 설사 기차를 탈 수 있다손치더라도 사장의 꾸지람을 피할 길이 없었다. 왜냐하면 급사가 다섯시 차를 기다리고 있다가 내가 내리지 않은 사실을 이미 사장에게 보고해버렸을 것이니까. 급사는 줏대도 없고 바보같은 녀석이면서도, 사장의 앞잡이로서 아첨을 퍽 잘했다. 자, 그러면 병에 걸렸다고 보고를 하면 어떨까? 그러나 그것은 무엇보다도 굉장히 불쾌한 일일 뿐더러, 수상하다고 의심을 살 것이 틀림없다. 나는 아직 단 한 번도 병을 앓은 적이 없었기 때문이었다. 아마 사장은 생명보험 의사를 데리고 올는지 모른다. 게으른 아들의 과오 때문에 부모들까지 주인에게 비난을 받을 것이다. 그리고 아무리 아프다고 변명한다고 하더라도 이 보험 의사에게 진찰을 받아야 된다고 주인이 우기면 모든 일은 수포로 돌아가고 만다. 사실 이 의사의 입장에서 볼 때, 나는 몸에 아무런 고장도 없으면서 그저 일하기를 싫어하는 사람이라고 생각할지도 모르니까. 또 이런 경우에 의사만 나쁘다고 할 수 있을까? 그레고르는 오래 잠을 자고 난 뒤에도 더 자고 싶었던 것을 제외하고는 사실 건강하였고 거기다가 무엇보다도 배가 몹시 고팠다.

　그가 좀처럼 침대를 떠나려는 결심도 못 하고 마치 주마등처럼 이런 모든 일을 심각하게 생각했을 때 ——시계가 막 여섯시 사십오분을 알렸다.——자기 침대의 머리 쪽 문을 조심스럽게 두드리는 소리가 들렸다. "그레고르야." 하는 소리가 들렸다——어머니였다——"여섯시 오분이다. 너 출발하지 않니?" 부드러운 목소리다! 그레고르는 대답하는 자기의 목소리를 들었을 때 깜짝 놀랐다. 이제까지의 자기 목소리에 틀림없었지만, 어쩐지 밑에서 울려나오는 것 같으면서도, 억제할 수 없는 괴로운 신음 소리 같은 것이 섞여 있었고 사실 첫 순간에는 말을 똑똑하게 발음하였지만 그 다음부터는 상대방이 분명히 알아듣고 못 듣는 것은 아랑곳없다는 듯이, 말 끝이 여운으로 흐려지고 말았다. 그레고르는 자세히 설명하고, 모든 일을 속시원하게 이야기하려고 했다. 그러나 사정이 그랬기 때문에 "네! 네! 어머니, 벌써 일어났어요."라고 대답하였을 뿐이었다. 도어를 사이에 두고 있기 때문에 그레고르의 목소리가 변한 것을 아마 밖에서는 알아듣지 못하였는지도 모른다. 그의 대답을 듣고 어머니는 안심하고 다리를 끌며 가버렸다. 그러나 이렇게 간단한 말을 주고받았던 까닭에 벌써 출발했으려니 하였던 그레고르가 아직도 집에서 꾸물거리고 있는 것을 다른 가족들도 다 알게 되었다. 그때 벌써 아버지가 옆에 있는 도어를 두드렸다. "그레고르! 그레고르!" 하고 아버지가 낮은 목소리로 불렀다. "대체 어떻게 된 거냐?" 잠시 후에 아버지는 묵직한 목소리로 다시 한 번 대답을 재촉했다. "그레고르! 그레고르!" 그런데 다른 쪽 도어에서 가느다란 목소리로 누이동생이 애원했다. "오빠, 어디 편찮으세요? 뭐 드릴까요?" 양쪽 도어를 향해서 그레고르는 대답했다. "다 준비됐습니다." 그는 신중하게 말하면서 한 마디 한 마디

사이에 간격을 두어, 귀에 거슬리는 이상스러운 모든 목소리를 없애기 위해서 띄엄띄엄 말했다. 아버지는 식사를 하러 돌아갔으나 아직 누이동생만은 "오빠, 도어를 열어요, 네." 하고 속삭였다. 그러나 그레고르는 문을 열 생각은 하지도 않을 뿐더러 여행하면서 익힌 습관, 다시 말하면 집에서 밤이면 온 집안의 도어란 도어를 모두 잠가버리는 그의 용의주도한 습관을 다행한 일이라고 고맙게 여기기까지 했다.

그리하여 그는 조용히 방해도 받지 않고 일어나 옷을 주워 입고, 우선 아침을 먹으려고 했다. 그러고 나서 비로소 다음 일을 생각하려 했다. 침대 속에서 아무리 생각해본다고 하더라도 별로 신통한 결말을 얻을 수 없다는 것을 그는 잘 알고 있었기 때문이다. 그의 기억으로는 전에도 때때로 잠자리가 불편했던 까닭에 가벼운 고통을 느꼈지만, 침대에서 일어났을 때에는 그것도 단순한 착각이었다는 사실이 밝혀졌던 일이 있었다. 그래서 분명히 자기의 오늘 아침의 공상도 차츰 문제를 푸는 실마리가 되지나 않을까 하고, 그의 마음은 바짝 긴장되었다. 자기 목소리가 변한 것은 외무 판매원의 직업병인 심한 감기 증세에 틀림없다고 생각하고 그 점을 조금도 의심치 않았다.

이불을 떨쳐버리는 것은 간단한 일이었다. 숨을 쉬면서 배를 조금 불리기만 하면 이불은 저절로 흘러내렸다. 그러나 그 다음이 어려웠다. 특히 그의 몸이 옆으로 몹시 퍼져 있었기 때문이다. 일어나려면 팔과 손을 써야 했다.

그러나 팔과 손은 없고, 제각기 얽혀서 움직일 뿐 그의 뜻대로 되지 않는 여러 개의 다리가 있을 뿐이었다. 그는 한 번 다리 하나를 구부리려고 했으나 그 다리는 제멋대로 쭉 뻗치어졌다. 그는 드디어 그 다리를 가지고 마음먹었던 일을 이룩할 수 있었다. 그러는 동안 다른 다리들은 해방이라도 된 듯이 제멋대로 야단스럽게 수선을 떨며 움직거렸다. '자 침대 속에서 언제까지 우물쭈물해봤자 소용없지.' 혼잣말로 그레고르는 말했다.

우선 그는 하반신을 침대 밖으로 내밀려고 했다. 그러나 그는 하반신을 보지도 못했고, 어떤 모양으로 생겼는지 도무지 짐작할 수도 없었다. 막상 그가 그것을 움직이려고 했을 때, 매우 힘들다는 사실을 깨달았다. 그리고 동작이 퍽 느렸다. 결국 그는 불끈 화를 내며 있는 힘을 다해서 사정없이 앞으로 몸을 내밀었다. 그런데 방향을 잘못 잡아 옆으로 틀어지면서 침대 아래쪽 철주에 부딪쳐서 그 자리가 화끈거리면서 몹시 아팠던 까닭에 하반신의 감각이 매우 예민한 것을 알게 되었다.

그래서 우선 상반신을 침대 밖으로 끌어내리려고 시도했다. 조심해서 머리를 침대가로 돌렸다. 이렇게 하는 것은 아주 쉬웠다. 몸뚱어리가 넓고 크고 육중했지만, 머리가 도는 대로 몸뚱아리도 천천히 따라갔다.

그러나 나중에 머리를 침대 밖으로 쑥 내밀고 허공으로 쳐들었을 때, 그 이상 그런 식으로 앞으로 나아가는 데 불안을 느꼈다. 만일 그런 자세로 침대 밖으로 내민다면, 결국 아래로 떨어지지 않을 수 없다. 그러면 기적이라도 일어나지 않는 한 머리는 완전할 수 없을 것이다. 그리고 바로 그때야말로 똑바로 정신을 바짝 차려야만 되겠다. 오히려 그는 침대 속에서 누워 있는 편이 낫겠다고 생각했다.

그러나 그는 한숨을 지으며 다시 먼저처럼 애를 써서 전과 같은 자세로 돌아왔다. 그의 작은 여러 개의 발이 짓궂게도 서로 얽혀서 허우적거리는 꼴을 보았을 때, 이렇게 제멋대로 놀아서는 결국 휴식과 질서를 가지기 어려우리라는 것을 깨달았다. 다시 그는 그냥 우물쭈물 침대 속에 누워 있을 수는 없으며, 설사 침대에서 빠져나가는 희망이 거의 없다고 하더라도 모든 희생을 무릅쓰고 그것을 감행하는 것이 가장 현명한 일이라고 혼잣말을 했다. 동시에 그는 그러면서도 절망적인 결심보다는 냉정하고 분별있는 행동을 취하는 것이 훨씬 낫다고 생각하는 것을 잊지 않았다. 이러는 순간에 그는 날카로운 시선으로 창문을 쳐다보았다. 그러나 좁은 거리 저편까지 자욱이 끼어 있는 짙은 안개 속을 바라보아도 어떤 위안을 얻거나 명랑한 기분이 드는 것도 아니었다. '벌써 일곱시로구나.' 그는 다시 시계 종 치는 소리를 들었을 때 혼자 이렇게 말했다. '일곱시가 되어도 아직 저렇게 안개가 끼어 있구나.' 그는 가볍게 숨을 쉬면서 마치 자기가 고요한 가운데서 현실적이며 분명히 자기로서 납득이 갈 수 있는 그러한 원래 상태로 되돌아가기를 기대하는 듯이 잠시 동안 조용히 누워 있었다.

그러나 다음에는 또 '일곱시 십오분이 될 때까지는 무슨 일이 있더라도 꼭 침대에서 일어나야겠다. 너무 우물쭈물하고 있으면 내 일을 물어보려고 상점에서 누가 올는지도 모른다. 상점은 일곱시 전에 열릴 테니까.' 그리고 이번에는 몸 전체의 균형을 잡고 몸부림치면서 침대 밖으로 빠져나가려고 했다. 이런 방법으로 침대에서 떨어지면, 떨어질 때 머리를 조심해서 위로 올리면 다치지 않을 것이다. 등은 딱딱한 것 같아서 양탄자 위에 떨어지니까 아무 사고도 일어나지 않을 것이다. 떨어질 때 큰소리가 나면 온 집안을 놀라게 하진 않더라도 집안 사람들이 걱정할 것이라고 그는 매우 염려했다. 그래도 대담하게 하지 않으면 안 된다.

그레고르가 이미 몸을 절반쯤 일으켰을 때——이 새로운 방법은 힘이 든다기보다는 재미있는 일이었고, 마냥 누운 채로 좌우로 흔들기만 하면 되었지만——자기 마음에는 누가 와서 좀 거들어주기만 하면 모든 것이 간단히 될 것처럼 느껴졌다. 그는 힘센 사람이 둘——아버지와 하녀를 생각했다——만 있으면 충분할 것 같았고, 그들이 팔을 자기의 둥근 등 밑에 집어 넣어서 침대에서 약간 몸을 쳐들고 허리를 구부리면 자기 몸을 침대에서 내려놓고, 그 다음엔 자기가 마루 위에서 몸을 뒤집을 때까지 조심스럽게 참아주기만 하면 된다. 그때는 이 조그마한 다리들이 제 구실을 다해줄 것이다. 그때 문들이 잠겨 있다는 사실은 전연 생각지도 않았다. 그러면서도 과연 정말 구원을 청해야 할 것인가? 아무리 곤란을 겪고 있어도 이런 생각을 하니 미소를 금할 수 없었다.

그는 줄기차게 흔들자, 균형을 잃고 침대에서 떨어질 지경에 이르렀기 때문에 곧 마지막 결심을 하지 않으면 안 되었다. 왜냐하면 오분만 있으면 일곱시 십오분이 되기 때문이다——그때 현관문에서 종이 울렸다. '상점에서 누가 왔구나.' 하고 생각하니, 몸이 빳빳해지는 것 같았다. 그러는 동안에도 작은 발들은 더욱 분주하게 바둥거렸다. 잠시 온 집안이 조용해졌다. '아무도 도어를 열어주지 않는구나!' 이렇게 그레고르는 혼자서 중얼거렸는데, 어떤 헛된 희망에 사로잡힌 것 같았다. 그러나 그후 틀림없이 하녀가 예전이나 다름없이 침착한 걸음

걸이로 현관으로 걸어나가서 도어를 열었다. 그레고르는 그 방문객의 첫인사만 듣고도 그것이 누구라는 것을 벌써 알았다——바로 지배인이었다. 어째서 그레고르는 조금만 직무에 태만해도 곧 크게 의심사는 이런 회사에 근무해야 되게끔 그 운명이 정해졌단 말인가. 도대체 모든 사원들은 하나도 빼놓지 않고 불랑배들이란 말인가. 그들 가운데는, 단지 아침 두서너 시간을 회사 일을 위해서 이바지하지 않았다고 해서 양심에 가책을 느껴서 미치게 되고 마침내 침대에서 일어날 수도 없는 상태에 빠지게 되는 그러한 충실하고 열성있는 사람은 하나도 없단 말인가? 사실 동정을 살피려면, 급사를 보내서 물어보면 충분하지 않은가——어쨌든 물어보아야 할 일이 있다고 해서——지배인 자신이 와야 한단 말인가? 그리고 이러한 의심스러운 일의 조사는 다만 지배인의 판단에 맡길 수밖에 없다는 것을 아무 죄도 없는 가족들에게 알려야 한단 말인가? 그레고르는 단단한 결심을 해서가 아니라 오히려 이런 생각을 하면서 흥분했기 때문에 전력을 다하여 침대에서 뛰어내렸다. 쿵 하고 큰소리가 났다. 그러나 사실 큰소리는 아니었다. 양탄자가 깔려 있어서 떨어지는 소리가 약화되었다. 등도 그레고르가 생각했던 것보다는 탄력이 있었다. 그래서 떨어졌을 때 귀에 거슬리도록 요란한 소리는 전연 나지 않았다. 다만 조심해서 충분히 머리를 들지 못했기 때문에 머리를 바닥에 부딪치고 말았다. 그는 화가 나고 아파서 머리를 돌려 양탄자 위에 문질렀다.

“방 안에서 무엇이 떨어졌나 봅니다.” 지배인이 왼쪽 옆방에서 말했다. 그레고르는 언젠가 지배인에게도 오늘 자기에게 일어난 일과 같은 일이 일어날지도 모르리라 하고 상상해보았다. 그럴 가능성이 사실 있을지도 모르겠다. 그런데 그의 이러한 상상에 대한 솔직한 대답처럼 그때 옆방에서 지배인은 몇 발자국 방에 힘을 주어 걸어다니며 에나멜 구두 소리를 냈다. 오른편 옆방에서는 그레고르에게 알리려고 누이동생이 속삭이고 있었다. “그레고르! 지배인이 오셨어요.” “알았어.” 그레고르는 이렇게 중얼거렸다. 그러나 누이동생이 알아들을 수 있을 만큼 높은 목소리를 내지는 못했다.

“그레고르야.” 이번에는 왼쪽 옆방에서 아버지가 말했다. “지배인께서 오셔서 왜 아침 차로 출발하지 않았는가 물으신다. 무엇이라고 말씀드려야 할는지 우리야 알겠니. 그보다도 지배인께서 개인적으로 너하고 말씀하시겠다고 하신다. 그러니 자! 도어를 열어라. 방 안이 지저분해도 지배인께서 널리 양해해주시겠지." "여보게 잠자 군." 그 사이에 지배인이 정답게 불렀다. "몸이 편치 않아요." 아버지가 아직 문 옆에서 말을 하고 있는 동안에 어머니가 지배인에게 말했다. "애가 몸이 편치 않아요. 지배인님, 제 말을 믿어주세요. 그렇지 않으면 도대체 그레고르가 기차를 놓칠 리가 있겠습니까?! 그 애 머리 속에는 장사밖에는 아무것도 없어요. 그 애가 밤에 한 번도 외출을 안 한다고 벌써 얼마나 제가 성화를 했는지 모릅니다. 오늘도 벌써 일 주일간이나 시내에 와 있으면서 매일같은 집에만 처박혀 있답니다. 저녁에는 우리 옆에 있는 책상 가에 앉아서 조용히 신문을 읽거나 열차 시간표를 연구하고 있답니다. 심심풀이라곤 톱을 가지고 일을 할 때뿐입니다. 예를 들면 이삼 일 저녁 동안을 계속해서 조그마한 사진틀을 짠답니다. 얼마나 훌륭한지 놀라실 겁니다. 방안에 걸려 있답니다. 그레고르가 문을 열면 곧 보실 수 있습니다. 무엇보다도 당신이 이렇게 와주셔서 영광입니다. 지배인님. 우리들만으로는 그레고르에게 문을 열게 하지는 못했을 것입니다. 그 애는 고집이 세서 말입니다. 아침에 물어보았더니 그렇지 않다고 하기는 했지만, 틀림없이 몸이 불편할 것입니다." "곧 갑니다." 하고 그레고르는 천천히 말하고 조심스럽게 이야기 소리를 한 마디도 놓치지 않으려고 가만히 있었디. "나도 그 밖에 다른 뜻으로 설명할 수가 없는데요, 부인!" 하고 지배인이 말을 이었다. "대수로운 일이 아니면 좋겠는데요, 한편 또 말하자면 우리 상인들은——행복하든 불행하든 좌우간 자기 사정이 어떻든간에——약간 몸이 불편한 것쯤은 언제나 장사 생각을 해서라도 참고 극복해 나아가지요." "그러면 지배인께서도 들어가셔도 좋으냐?" 하고 아버지는 초조하게 이렇게 묻고 또 도어를 두드렸다. "안 됩니다." 그레고르가 말했다. 왼쪽 방에는 숨막힐 듯한 침묵이 흐르고 오른쪽 옆방에서는 누이동생이 흐느껴 울기 시작했다.

도대체 왜 누이동생은 다른 사람들이 있는 데로 가지 않았을까?

그 애는 이제 막 일어나서 아직 옷도 갈아입지 못한 모양이지. 그런데 무엇 때문에 울고 있는 것일까? 내가 일어나지 않고 또 지배인을 들어오지 못하게 해서인가? 실직을 할 염려가 있어서 그런가? 그렇지 않으면 상점 주인이 옛날 빚을 재촉할지도 몰라서 그러는 것인가? 그런 것들은 서둘러서 걱정할 필요도 없는 일이다. 그래도 아직 그레고르는 여기 있을 뿐더러, 결코 부모를 저버릴 생각은 해본 일조차 없다. 잠시 동안 그는 양탄자 위에 누워 있었다. 그때 그의 상태를 잘 알고 있는 사람이라면, 그에게 지배인을 안으로 들여보내라고 진정으로 요구하는 사람은 아무도 없을 것이다. 그리고 다음이라도 쉽사리 변명할 수 있는 이런 사소한 실례 때문에 그레고르가 즉시 상점에서 쫓겨나는 일은 없을 것이다. 그래서 그레고르는 울며불며 지배인을 귀찮게 하느니보다는, 그를 그대로 내버려두는 것이 훨씬 현명한 일인 것처럼 생각되었다. 그러나 이 흐리멍덩하게 애매한 태도야말로 다른 사람들로 하여금 어리둥절하게 만들 뿐더러 그들의 태도를 정당화시키는 계기가 되었던 것이다.

"잠자 군." 하고, 지배인은 드디어 비교적 높은 목소리로 불렀다. "도대체 어찌된 셈인가? 자네는 자네 방 안에 들어앉아서 단지 '네!' '아니요!' 하고 대답만 하고 있으니. 자네 부모에게 괴롭고 쓸데없는 근심만 끼치고 또——이야기가 나왔으니 말이지——이제껏 들어보지도 못한 방법으로 자네는 직업상의 의무를 게을리하는 것이야. 나는 여기서 자네 부모와 자네 주인 이름으로 말하지만, 진정 부탁인데 곧 명확한 설명을 해주게. 이런 일이 어디 있어. 그래도 나는 자네를 침착하고 분별있는 사람이라고 생각했는데. 지금 자네는 갑자기 이상스런 기분으로 수다스럽게 늘어놓으려고 수작을 부리는 것이지. 사실은 오늘 아침 사장께서 나에게, 자네가 늦은 데 대해서 그 이유를 그럴 듯하게 암시해서 설명해주셨어——얼마 전 자네에게 맡긴 회수금 문제지만——그러나 나는 그럴 듯하게 이와 같은 해석은 자네에게는 해당치 않을 것이라고, 한사코 자네를 옹호했던 말이야. 그러나 나는 지금 여기서 자네의 이해할 수 없는 고집을 보고, 자네를 위해서 조금이라도 변명해줄 생각이 나지 않네. 그리고 자네의 지위는 결코 확고부동한 것은 아닐세. 나는 원래 모든 것을 단 둘이서만 이야기하려고 생각했었지. 그러나 자네가 내게 대해서 헛되게 시간만 보내게 했으니까, 내가 왜 자네 부모님께 그 사실을 알려드려서는 안 되는지 납득이 안 가네. 결국 요사이 자네의 근무 성적은 사실 그리 만족할 만한 것이라고는 할 수 없어. 물론 지금은 장사가 잘 되는 시기가 아니라는 것을 우리도 잘 알고 있지. 그러나 장사가 안 되는 시기란 절대로 있을 수 없을 뿐더러, 있어서도 안 된단 말이야. 안 그래, 잠자군?" "아아, 지배인님." 그레고르는 흥분한 나머지 자기도 모르게 소리를 쳤다. "이제 곧 일어납니다. 몸이 좀 불편하고, 현기증이 나서 일어날 수가 없습니다. 아직 누워 있습니다. 그러나 이제는 아주 기분이 좋아졌습니다. 지금 막 침대에서 나왔습니다. 조금만 참아주십시오. 아직 기분이 전같지 않아도 곧 좋아질 겁니다. 이렇게 별안간 병이 나다니, 기가 막힙니다! 어제 저녁까지 아무렇지도 않았습니다. 부모님도 잘 알고 계십니다. 아니, 솔직히 말하면 어제 저녁에 벌써 좀 이상한 예감이 들곤 했습니다. 저를 자세히 주의해본 사람이라면 눈치챘을 것입니다. 왜 제가 상점에 알리지 않았던 것일까요. 이 정도의 병은 집에서 조리하지 않아도 견딜 수 있으리라고 생각했기 때문입니다. 지배인님! 저의 부모님을 나무라지 마십시오. 지금 당신의 저에게 대한 비난은 터무니없는 일입니다. 저는 이제까지 그런 비난을 한 번도 들어본 적이 없습니다. 당신은 제가 발송한 최근의 주문서를 아마도 읽어보시지 않은 모양입니다. 여하간에 여덟시 차로는 출발하겠습니다. 두서너 시간 쉬었더니 기운이 좀 납니다. 제발 먼저 가십시오. 지배인님! 곧 저는 직장으로 나가겠습니다. 사장님에게 제발 잘 말씀드려주십시오!"

한편 그레고르는 이러한 말을 급히 쏟아놓았기 때문에 자기가 무슨 말을 했는지 거의 알 수도 없을 지경이었다. 그는 아마도 침대에서 이미 연습한 탓인지 쉽사리 옷장 쪽으로 가까이 가서 옷장에 의지하여 바로 일어서려고 애써보았다. 사실 그는 도어를 열고 자기 모습을 보여주며 지배인과 이야기하려고 했다. 그다지도 방으로 들어오고 싶어하는 저 사람들이 내가 변한 모습을 보면 무엇이라고 말할까,

18

그 점이 자못 궁금했던 것이다. 그들은 틀림없이 깜짝 놀랄 것이다. 그때 그 이상 변명할 필요도 없으니까 그저 잠자코 있으면 된다. 만일 그들이 모든 것을 아무렇지도 않게 생각한다면 그때는 자기도 흥분할 이유라곤 없으니까, 바삐 서두르면 여덟시 차에 대어서 정거장에 나갈 수 있을 것이다. 처음에는 몇 번이나 반들반들한 옷장에서 미끄러졌다. 그러나 드디어 몸을 뒤흔들며 꼿꼿이 일어설 수 있었다. 하반신이 불에 타듯이 아팠으나 그는 그것에 조금도 개의치 않았다. 그때 그는 가까이 있는 의자 뒤켠에 몸을 던졌다. 그 위자 뒤켠을 조그만 발들로 꼭 붙들었다. 그래서 그는 또 자기 자신을 움직일 수 있게 되었으며 이윽고 입을 다물었다. 왜냐하면 그때 지배인의 말소리를 들을 수 있었기 때문이다.

"한 마디라도 알아들으셨습니까?" 지배인이 부모에게 물었다. "확실히 저희들을 놀리고 있는 것은 아니겠지요?" "천만의 말씀입니다." 어느덧 어머니는 울상이 되어 말했다. "틀림없이 그 애는 병이 중해요. 그런데 우리가 그 애를 괴롭히고 있습니다. 그레테! 그레테!" 하고, 어머니는 외쳤다. "네?" 맞은편에서 누이동생이 소리를 쳤다. 그들은 그레고르의 방을 사이에 두고 이야기하고 있었다.

"빨리 의사한테 갔다오너라. 그레고르가 병이 났어. 빨리 의사를 불러와. 너 이제 그레고르가 말하는 소리를 들었느냐?" "그건 동물의 목소리였소." 어머니의 아우성에 비해서 매우 나지막한 목소리로 지배인이 말했다. "안나야! 안나야!" 아버지는 현관방을 통해 부엌에다 대고 부르며 손뼉을 쳤다. "빨리 자물쇠 장수를 불러오너라!" 그때 벌써 두 소녀가 스커트자락 소리를 내면서 현관방으로 뛰어가고 있었다.——도대체 누이 동생은 어떻게 그리 빨리 옷을 입었을까?——현관문이 열렸다. 문이 닫혀지는 소리는 전연 들리지 않았다. 큰 불행한 일이 일어난 집에서 흔히 그렇듯이, 문을 열어놓은 채 내버려두었다.

그러나 그레고르는 훨씬 침착해졌다. 사실 자기에게는 전보다도 훨씬 똑똑하다고 느껴지는데도 불구하고 그의 말은 전연 알아들을 수가 없었다. 아마도 귀에 익은 탓일지도 모른다. 그러나 사람들은

벌써 그가 정상적인 상태에 있지 않는 것으로 생각하고 그를 구원할
준비를 갖추고 있었다. 처음으로 지시가 내려지고 일이 적절하게 처
리되었을 때, 믿음직하고 확고한 태도에 대해서 역시 그는 기분이
좋았다. 그는 다시 사람축에 끼이게 된다는 것을 느꼈다. 그리고 의사와
자물쇠 장수에게 대해서는,——이들을 확실히 분간하지도 못하면서 두
사람이 어떤 커다란 놀라운 성과나 비상수단 같은 것이라도 보여주지
않을까 기대하고 있었다. 점점 다가오는 운명을 결정지어줄 이야기가
시작되면, 될 수 있는 대로 명확한 목소리를 내려고 그는 약간 밭은
기침을 했다. 기침을 누그러지게 흐린 소리로 내려고 애를 썼다. 혹시나
사람의 기침 소리와는 다르게 울리지나 않을까 두려워했기 때문이
었다. 사실 그는 그것을 판단할 자신이 없었기 때문이다. 그러는 동안에
옆방은 고요해졌다. 아마 부모와 지배인은 책상 옆에 앉아서 귓속말로
이야기하거나 모두들 도어에 기대어 귀를 기울이고 있는지도 모른다.
　그레고르는 천천히 의자를 도어 쪽으로 밀고 나아갔다. 거기서 그는
의자를 떠나 도어를 향해서 몸을 던져 도어를 붙들고 꼿꼿이 섰다—
—그의 발꿈치에 약간 끈적거리는 것이 나와 있었던 것이다——그대로
과격한 운동과 긴장을 풀고 잠시 쉬었다. 그 다음 입으로 열쇠 구멍의
열쇠를 돌리기 시작했다. 이빨이 하나도 없는 것이 유감이었다——무
엇으로 열쇠를 붙들면 될까? ——이빨 대신에 턱의 힘이 셌다. 턱의
힘으로 열쇠를 돌릴 수가 있었다. 그런데 그때 그는 어딘가 상처를
입었는데 그것을 돌아볼 겨를도 없었다. 갈색의 액체가 입에서 흘러
나와 열쇠 위를 흘러서 마루 위에 뚝뚝 떨어졌기 때문이었다. "좀
들어보시오!" 지배인이 옆방에서 말했다. "열쇠를 돌리고 있습니다."
그 말이 그레고르의 원기를 북돋아주었다. 그러나 모두들 아버지와
어머니까지도 '그레고르, 기운을 내라' 자기에게 성원을 보내주었으면
하고 생각했다. "이봐 힘을 내라. 열쇠를 꼭 붙들어!" 하고 외쳐
주었으면 얼마나 좋을까. 모든 사람들이 자기가 애쓰며 흥분해 있는
것을 긴장한 태도로 보고 있으리라고 생각하자 그는 있는 힘을 다해서
정신없이 열쇠를 물고 매달렸다. 열쇠가 돌아가자 그의 몸도 그 주위를
빙빙 돌았다. 그때 그의 몸뚱이는 열쇠를 물고 꼿꼿이 서 있는가 하

면 필요에 따라서는 열쇠에 매달리기도 하고, 또는 전신의 무게로 위에서 내려누르기도 했다. 이윽고 쩰깍 하고 자물쇠가 열리는 맑은 소리에 그레고르는 아주 제정신으로 돌아왔다. 숨을 돌리며 '자물쇠 장수가 무슨 소용이 있어.' 그는 이렇게 중얼거렸다. 그리고 문을 활짝 열어젖히려고 도어의 손집이 위에 고개를 올려놓았다.

그는 이러한 방법으로 문을 열어야 했기 때문에 문은 이미 활짝 열려져 있었지만, 그 모습은 가려져 있어 아직 밖에서는 보이지 않았다. 그는 우선 천천히 도어의 판자를 따라서 바깥쪽으로 돌아가야만 했다. 더구나 방 안으로 들어가는 도어 앞에서 벌렁 나자빠지게 되는 추태를 보이지 않기 위해서는 각별히 조심해야 했다. 그는 그때까지도 이런 어려운 동작에 마음이 쏠렸기 때문에 다른 것에 주의를 기울일 겨를도 없었다. 그때 "오!" 하고 신음하듯이 내뱉는 지배인의 큰 목소리가 들렸을 때에도——그 목소리는 마치 바람이 지나가는 소리처럼 들렸 다——그러자 도어 옆에 가장 가까이 서 있는 지배인의 모습이 보였다. 그는 어이없게 딱 벌린 입에 한쪽 손을 대고 눈에 보이지 않는 고르게 작용하는 꾸준한 어떤 힘에 밀려서 어물어물 뒤로 물러가기 시작했다. 어머니는——지배인이 와 있는데도 불구하고 어젯밤부터 풀어헤친 머리를 손질하지도 못하고 서 있었지만——두 손을 모으고 처음에는 아버지를 쳐다보더니 다음에는 그레고르 쪽으로 두어 걸음 걸어와서 느닷없이 쓰러지고 말았다. 그 바람에 그녀의 스커트는 사방으로 쭉 펴졌다. 얼굴은 가슴속에 파묻혀서 전연 보이지도 않았다. 아버지는 증오에 가득 찬 표정으로 마치 그레고르를 방 안으로 몰아넣으려고 하는 것처럼 주먹을 불끈 쥐었지만 여러 사람이 서 있는 객실을 불 안스럽게 두리번거리다가 두 손으로 눈을 가리더니 뚱뚱한 가슴을 들먹거리며 울기 시작했다.

그레고르는 저쪽 방 안으로 들어갈 생각도 하지 못하고 빗장이 잠긴 한쪽 도어에 기대고 있었기 때문에 그의 몸은 밖에서 반쯤 보이고 그 위에 옆으로 갸우뚱 기울인 머리가 보일 뿐이었다. 그는 그런 자세로 여러 사람들을 엿보고 있었다. 그러는 동안에 주위는 훤하게 밝아왔다. 거리를 사이에 두고 저 건너편에 우뚝 솟아서 기다랗게 서 있는 거묵죽죽한 건물——그것은 병원이었다——의 일부분이 뚜렷하게 나타났다. 거리로 면한 전면에는 나란히 규칙적으로 창문이 뚫려 있었다. 아직도 비가 내리고 있었다. 그러나 하나하나 눈에 띌 만큼 커다란 빗방울이 한 방울씩 땅 위에 내려치는 것 같았다. 식탁 위에는 아침 먹은 접시들이 가득히 놓여 있었다. 아버지에게는 아침 식사가 하루 중에서 가장 중요한 식사였던 까닭이다. 여러 가지 신문을 보시면서 식사를 하기 때문에 몇 시간 동안이나 걸렸다. 바로 맞은편 벽 위에는 그레고르의 군대 시절의 사진이 걸려 있었다. 육군 소위로 근무하고 있었을 때의 사진으로 한쪽 손을 군도 위에 대고 거리낌없는 미소를 짓는 품이 자기의 태도와 군복의 위엄에 대해서 경의를 표하라고 요구하는 듯이 보였다. 현관 옆방으로 통하는 도어가 열려 있었고 또 현관의 도어도 열려 있었기 때문에 현관 앞에 있는 계단 입구가 내다보이고 아래층으로 통하는 계단의 첫머리가 보였다.

　"그러면." 하고 그레고르는 입을 열었지만, 그때 냉정한 태도를 유지할 수 있는 것은 오로지 혼자뿐이라는 사실을 똑똑히 의식하고 있었다. "곧 옷을 입고 견본을 꾸려가지고 출발하겠습니다. 출발해도 괜찮겠습니까? 그런데 지배인님, 제가 고집이 센 것이 아니라, 일하기를 좋아하는 사람이라는 것을 아셨겠습니다. 출장 여행은 참 괴롭습니다. 그러나 여행을 안 하고는 살아나갈 수가 없을 겁니다. 지배인님, 대체 어디로 가십니까? 상점으로 가십니까? 그러시지요? 모든 일을 사실대로 보고하실 생각이지요? 지금 당장은 일한 능력이 없습니다만, 그러니만큼 이 순간이야말로 지금까지 일하던 업적을 생각하고 참작해주신다면 지금의 불편한 점을 제거하는 마당에 있어서는 이 사람도 반드시 정신차리고 한층 더 부지런히 일하리라고 마음을 가다듬을 가장 좋은 시기니까요. 당신도 잘 아시다시피 저는 사장님께 많은 신세를 졌습니다. 게다가 저는 부모님과 누이동생이 걱정됩니다. 저는 곤란한 처지에 놓여 있습니다만 머지않아서 그런 처지에서 벗어나보겠습니다. 저를 전보다 더 불리한 입장에 빠지게 하지 마십시오. 상점에서는 제편을 들어주십시오. 누구나 외무 판매원을 좋아하지 않는 것은 저도 잘 알고 있습니다. 외무 판매원은 큰 돈을 벌어서 화려한 생활을 한다고 생각합니다. 사람들의 이러한 그릇된 생각을 고칠 수 있는 이렇다 할 두드러진 기회는 좀처럼 없을 겁니다. 그러나 지배인님, 당신은 다른 사원들보다도 상점의 실정을 더 잘 알고 계실 겁니다. 사실 딴 사람이 안 듣고 있으니 말씀드리지만, 사장 자신보다도 당신이 더 사정을 잘 알고 계십니다. 사장은 그의 기업주라는 독특한 직무상의 지위 때문에 자칫하면 자기 고용인에게 대해서 불리한 판단을 내리기가 일쑤입니다. 당신도 잘 아시다시피 거의 일 년 삼백육십오 일을 상점 밖에서 돌아다니는 저희들 외무 판매원이라는 직업은 뒷소문이나 뜻밖의 일이나 터무니없는 비난의 희생이 되기 쉬운 것입니다. 외무 판매원은 그런 사실을 전연 모르기 때문에 이것을 막아낼 도리가 없습니다. 지칠대로 지쳐서 여행을 마치고 집으로 돌아와서야 비로소, 무엇인지 원인조차 알 수 없으며 불쾌한 증세나 결과를 몸소 느끼는 형편입니다. 지배인님, 제발 떠나시기 전에 제 말씀이 적어도 어느 정도 옳다고 한 마디라도 좋으니 시인해주세요.”

그러나 지배인은 그레고르의 첫마디 말을 듣자마자 몸을 옆으로 돌려버리더니 입술을 비쭉 위쪽으로 치켜올린 채 들먹거리는 어깨 너머로만 그레고르 쪽을 뒤돌아볼 뿐이었다. 그레고르가 말하는 사이에도 가만히 있지를 못하고 그레고르에게 눈을 떼지 않은 채 도어 쪽을 향해서 뒷걸음질쳤다. 그러나 마치 방을 떠나서는 안 된다고 금지되어 있는 것처럼 그는 살금살금 뒤로 물러나갔다. 그리하여 어느덧 현관 입구의 방에 이르렀다. 그때 그는 재빨리 몸을 돌리며 마지막으로 거실에서 날쌔게 발을 뺐지만 그 꼴을 목격한 사람이라면 그가 그 순간 발꿈치라도 불에 데인 것같이 생각했을 것이다. 현관 입구의 방에서 마치 초지상적(超地上的)인 하느님의 구제의 손길이 자기를 기다리고 있다는 듯이 그는 바른손을 계단 쪽으로 뻗을 수 있는 데까지 쭉 내밀었다.

그레고르는 이런 일 때문에 상점에 있어서의 자기의 지위가 극도로 위험하게 되는 것을 피하려면 지배인으로 하여금 이와 같은 기분을 간직한 채 떠나보내서는 절대로 안 된다고 깨달았다. 부모님은 모든 실정을 잘 이해하지 못했다. 부모님은 오래 전부터 그레고르가 이 상점에서 착실하게 일하면 평생 동안 생활이 문제없이 보장된다고 확신하고 있었던 것이다. 그러나 지금 당장은 눈앞에 닥친 근심 때문에 골치가 아파서 장래 일까지 생각할 마음의 여유가 없었다. 그러나 그레고르는 바로 그 장래의 일을 염려하였다. 지배인을 붙들어놓고 마음을 가라앉게 하며 설득을 시킨 다음, 마침내는 그의 환심을 사도록 하지 않으면 안 된다. 그레고르와 그의 가족들의 장래는 바로 그 성패에 달려 있는 것이다. 이 자리에 누이동생이 있으면 좋겠는데! 누이동생은 영리하였다. 그레고르가 아직 태연하게 자빠져 누워 있을 때 누이동생은 오빠를 위해서 울고 있었다. 여자들 앞에서는 맥도 못 추는 지배인이니까 누이동생의 말이면 설복시킬 수도 있을 것이다. 누이동생이라면 현관의 도어를 꼭 닫고 현관에서 지배인을 붙잡고 오늘의 놀라운 사건을 모조리 해명시킬 수도 있을 것이다. 그러나 마침 이 자리에 누이동생이 없었다. 그레고르 자신이 직접 일을 처리해야 했다. 현재 자기가 과연 몸을 움직일 수 있는 힘을 가지고 있을까, 미지수였을 뿐더러 또 자기가 말한다고 하더라도 아마도 십중 팔구 상대방이 알아듣지 못할 것이다. 그는 그런 점에 대해서는 도무지 생각지도 않고 갑자기 도어 옆을 떠나서 슬금슬금 문틈으로 몸을 내밀고 문지방을 넘어서 지배인 쪽으로 가려고 했다. 지배인은 그때 우스꽝스럽게도 현관 계단 난간에 두 손으로 꼭 매달려 있었다. 그러나 그레고르는, 무엇인지 의지할 것을 붙잡으려고 허우적거리다가 나직한 소리를 내면서 수많은 작은 발을 깔고 그만 마루 위에 쓰러져버렸다. 그러나 그렇게 쓰러지자마자 그는 오늘 아침 처음으로 육체적 쾌감을 느꼈다. 그는 발 밑에 단단한 마루를 딛고 있었다. 그가 기쁘다고 생각한 것은 발들이 마음대로 잘 움직여주는 것이었다. 그 발들은 적어도 자기가 가고 싶은 방향으로 가려 하면 자기를 운반해주려고 애썼다. 조금만 참으면 모든 고통은 다 사라지고 건강도 완전히 회복될 것 같았다. 그가 무턱대고 움직이려는 충동을 억지로 참고 어머니에게서 가까운 바로 맞은편 마루 위에 몸을 흔들면서 누워 있을 때 완전히 넋빠진 듯 생각에 잠긴 것처럼 보였던 어머니가 갑자기 벌떡 일어나 두 팔을 쭉 뻗고 손가락을 쫙 편 채 소리를 쳤다. "사람 살려요! 아아 사람 살려요!" 마치 그레고르를 더 자세히 쳐다보려고 하듯이 머리를 갸우뚱 기울였으나 그것과는 반대로 정신없이 뒤로 달아나버렸다. 자기 뒤에 식사 준비가 갖추어진 식탁이 있는 것을 까맣게 잊어버리고 그 옆에까지 왔을 때 자기도 모르게 그만 그 위에 뛰어올라 앉았다. 그리고 자기가 앉은 옆에 뒤엎어진 큰 커피 주전자에서 커피가 쏟아져 양탄자 위에 흘러내리는 것도 모르고 있었다.

"어머니, 어머니." 하고 그레고르는 나직한 목소리로 부르고 어머니를 올려다보았다. 그 순간 머릿속에는 지배인에 대한 생각은 없었다. 그는 흘러내리는 커피를 보자 몇 번이나 입을 딱 벌리고 허공을 향해 핥아먹고 싶은 충동을 참지 못했다. 그때 또 어머니는 비명을 지르며 식탁에서 뛰어내려 도망을 치다가 맞은편에서 달려온 아버지 팔 안에 쓰러졌다. 그러나 그때 그레고르는 부모를 돌볼 겨를도 없었다. 지배인은 벌써 계단 위에 서서 턱을 난간 위에 올려놓고 마지막으로 뒤를 돌아다보았다. 그레고르는 될 수 있으면 꼭 지배인을 붙들려고 앞으로 달려갔다 지배인은 벌써 눈치를 채고서 한꺼번에 계단을 몇 계단 뛰어내려 사라지고 말았다. "후!" 하고 소리치는 것이 계단 밑에서 위에까지 울렸다. 이 지배인이 도망쳤기 때문에 그때까지 냉정한 태도를 보이던 아버지는 갑자기 당황의 빛을 띠는 것 같았다. 왜냐하면 그의 태도를 보면 스스로 지배인의 뒤를 쫓아가는 것도 아니고 그렇다고 적어도 그레고르가 그의 뒤를 따라가는 것을 막지 않으려고 생각하는 것도 아니었기 때문이다. 지배인이 모자나 외투와 같이 긴 의자에 내버려둔 지팡이를 바른손에 들고 왼손에는 탁자 위에서 커다란 신문을 들고 와 그 지팡이와 신문을 휘두르고 발을 구르면서 그레고르를 그의 방으로 몰아 넣으려고 했다. 그레고르가 아무리 애원해도 소용이 없었다. 그가 애원하는 말 같은 것은 통할 것 같지가 않았다. 그는 그만 단념하고 머리를 돌리려고 했으나 아버지는 점점 더 요란하게 발을 굴렀다. 몹시 추운데도 불구하고 어머니는 창문을 열어제치고 창문에 기대어 얼굴을 밖으로 쑥 내밀고 두 손으로 가리고 있었다. 그때 마침 골목길과 계단 사이로 세찬 바람이 불기 시작하여 창문 커튼을 날리더니 책상 위에 신문이 우수수 소리내면서 그 몇 장이 마루 위에 날아 떨어졌다. 아버지는 사정없이 몰아 넣으며, 마치 야만인처럼 슛슛 소리를 쳤다. 그러나 그레고르는 그때까지 뒷걸음질치는 연습을 해보지 못했기 때문에 사실 동작이 느렸다. 만일 돌아설 수만 있었다면 곧 자기 방으로 돌아갔을 것이다. 그러나 몸을 돌리느라고 시간이 걸려서 그 때문에 아버지를 화나게 할까봐 두려웠다. 언제 어느 때 어버기가 손을 들고 있는 지팡이로 등이나 머리를 죽도록 때릴지 몰라서 벌벌 떨고 있었다. 그러나 아무래도 방향을 돌리지 않을 수 없었다. 왜냐하면 뒷걸음을 치다가 방향을 바로잡지 못하지나 않을까 두려웠기 때문이다. 그래서 그는 아버지 쪽을 불안스런 눈초리로 힐끔힐끔 쳐다보며 될 수 있는 한 재빨리 방향을 돌리려고 했으나 사실 그 동작은 매우 느렸다. 그때야 비로소 아버지는 그의 착한 마음씨를 깨달았던지 그리 심하게 괴롭히지도 않고 도리어 멀리서 지팡이 끝으로 이리저리로 도는 방법을 이끌어주었다. 다만 듣기 싫은 아버지의 슛슛하는 소리만 없었으면 얼마나 좋았을까. 그레고르는 그 소리를 들으면 머리가 어찔어찔 돌 지경이었다. 거의 다 돌아섰을 때 끊임없이 슛슛하는 듣기 싫은 소리에 정신이 헷갈려서 그만 방향을 잘못잡아 너무나 지나치게 되돌아가고 말았다. 그러나 다행히도 그의 머리가 도어의 입구 앞에 닿아 그대로 도어를 통과하기에는 몸집이 너무나 뚱뚱하다는 사실을 깨달았다. 뭄론 그때의 아버지의 정신 상태로서는 충분히 들어갈 수 있는 길을 마련해주기 위해서 닫혀 있는 다른 도어를 열어주기만 하면 된다는 생각이 좀처럼 머리에 떠오르지 않았다. 될 수 있는 대로 빨리, 그레고르를 자기 방으로 몰아 넣으려는 생각만이 머리에서 떠나지 않았다. 그레고르가 똑바로 일어서기만 하면 문제없이 도어를 통과하리라고 생각했지만 그렇기 위해서는 여러 가지로 까다로운 준비가 필요하다. 그러나 아버지는 절대로 그것을 허락할 것 같지 않았다. 도리어 아버지는 그러한 장애는 생각지도 않고 이상한 소리를 내면서 기를 쓰고 앞으로 몰아댔다. 그때 그레고르 뒤에서 들려오는 소리는 아무리 들어보아도 이 세상에 단 한분밖에 없는 아버지의 목소리

같지는 않았다. 사실 그쯤 되고보니 벌써 농담이라고는 볼 수 없었다. 그레고르는——될대로 되라는 듯이——도어를 향해서 돌진했다. 몸 한쪽이 들리우고 도어의 틈에 모로 비스듬히 쓰러졌다. 한쪽 옆구리가 스치면서 상처가 났기 때문에 하얀 도어에 더러운 얼룩 무늬가 묻었다. 그는 도어에 꼭 틀어박혀버려 혼자서는 그 이상 움직일 수가 없었다. 한쪽에 달린 발들은 허공에서 바르르 떨며, 다른 쪽 발들은 마룻바닥에 짓눌려서 몹시 아팠다——그때 아버지가 뒤에서 빠져나갈 수 있을 만큼 힘차게 밀었기 때문에 그는 피투성이가 되어 자기 방안으로 깊숙이 밀려 떨어졌다. 아버지는 지팡이로 도어를 탕 하고 닫았다. 그러자 주위는 드디어 조용해졌다.

2

　　저녁 어두워질 무렵에야 비로소, 그레고르는 실신상태와 같은 괴로운 잠에서 깨었다. 누가 건드리지 않아도 그 이상 더 오래 잠을 잘 수는 없었을 것이다. 그는 실컷 잠을 자고, 마음껏 쉬었다고 느꼈기 때문이다. 재빨리 걸어가는 발자국 소리와 현관방으로 통하는 도어가 조심스럽게 닫히는 소리에 잠이 깬 것처럼 느꼈다. 가로등의 전깃불이 여기저기 천정과 가구 위를 푸르스름하게 비치고 있었다. 그러나 아래쪽 그레고르의 침대 부근은 깜깜했다. 슬금슬금 기어서 그때야 비로소 귀중하다고 느끼게 된 촉각으로 불안스럽게 더듬어가며 무슨일이 일어났나 알아보려고 도어 쪽으로 몸을 밀어갔다. 왼쪽 옆구리에서는 어딘지 기다란 상처가 불쾌하게 잡아당기는 것 같았다. 그래서 그는 두 줄로 달린 작은 발들을 번갈아 절름거리며 걸어야 했다. 아침에 사고가 났을 때 발 하나가 몹시 상했기 때문에——하여튼 발 하나만이 상했다는 것은 거의 기적이라고 할 수 있었지만—— 그 다리를 힘없이 질질 끌었다.

　　문 옆에까지 와서야 비로소 무엇이 자기를 도어로 이끌었는가를 깨달았다. 그것은 어떤 음식물의 냄새였다. 거기에는 달콤하게 구미를 돋구는 우유가 가득히 들어 있고 그 위에 흰 빵 조각이 둥둥 떠 있는 그릇이 놓여 있었다. 너무 기뻐서 그는 웃을 뻔했다. 아침보다도 훨씬 더 배가 고팠기 때문이었다. 그는 곧 눈 위까지 잠기도록 머리를 우유 속에 처박았다. 그러나 그는 쓰라린 환멸을 느끼며 머리를 다시 들었다. 왼편 옆구리가 거북해서 먹기가 곤란했을 뿐더러——온몸이 숨가쁘게 평소에는 자기가 가장 좋아했던 음식이었기 때문에 아마 누이동생이 일부러 준 우유였지만 전연 맛이 없었다. 그래서 지긋지긋하게 싫어져서 그릇에서 몸을 돌려 방 한가운데로 기어올라왔다.

그레고르가 문틈으로 보았을 때 거실에는 전등불이 켜 있었다. 그러나 전 같으면 이맘때면 아버지가 석간 신문을 어머니나 때로는 누이동생에게도 소리높이 읽어주었는데 이제는 아무런 소리도 들리지 않았다. 누이동생이 늘 자기에게 이야기도 하고 편지로 적어 보내기도 하였던 이 신문 낭독도 아마 이제는 마지막으로 그만둔 모양이었다. 그러나 틀림없이 집을 비우지는 않았을 텐데 주위가 너무 고요했다. '어쩌면 그렇게도 식구들이 조용히 지낼까.' 하고 그레고르는 혼잣말을 하고 가만히 눈앞의 어둠 속을 바라보면서, 자기가 부모나 누이동생을 위해서 이런 훌륭한 집과 살림을 마련해줄 수 있었다는 것을 무엇보다도 자랑으로 생각하였다. 그런데 어떨까, 만약 지금 이렇게 만사 안정되고 풍요하고 충족된 생활을 하고 있는 것에 갑자기 무서운 종말을 고하게 된다면 이러한 불길한 생각에 잠기지 않으려고 그레고르는 몸을 움직이며 방 안을 이리저리 기어다녔다.

저녁때 오랜 시간이 흐르는 동안, 한 번은 옆에 있는 도어가 또 한 번은 다른 쪽 도어가, 조금 열렸다가 그만 닫혀버렸다. 누가 방 안으로 들어오려고 하면서도 망설였던 모양이다. 그레고르는 주저하고 있는 손님을 어떻게 해서든지 안으로 끌어들이든지, 그렇지 않으면 적어도 그것이 누구인지 알아볼 작정으로 직접 도어 옆에 착 붙어 섰다. 그러나 그 이상 문이 열리지도 않고 기다려보아도 소용이 없었다. 아침에 도어가 잠겨 있었을 때에는 모두들 방 안에 들어오고 싶어했는데 지금에 와서는 자기가 한쪽 도어를 열어놓고 다른쪽 도어들은 확실히 낮에도 쭉 열려 있었지만 아무도 들어오지 않고 지금은 반대로 밖에서 잠그고 열쇠가 꽂혀 있었다.

밤 늦게서야 비로소 거실의 전등불이 꺼졌다. 그래서 부모와 누이동생이 늦게까지 잠을 자지 않고 있었다는 것을 쉽사리 알 수가 있었다. 왜냐하면 그때 세 사람이 모두 발끝으로 사뿐 사뿐 멀리 걸어가는 소리가 똑똑히 들려왔기 때문이었다. 물론 다음날 아침까지 아무도 그레고르의 방에 들어온 사람은 없었다. 그래서 그는 자기 생활을 새로 어떻게 꾸몄으면 좋을까 하고, 방해도 받지 않고 조용히 생각해볼 충분한 시간 여유가 있었다. 그러나 어쩔 수 없이 바닥에 벌렁 누워 있어야 할 높고 텅빈 방이 오 년 동안이나 살아왔지만 왜 그런지 그 이유도 알 수 없이 은근히 싫어졌다. 그리고 거의 무의식중에 몸을 돌려 소파 밑으로 기어들어갔으나 부끄러움을 금할 수 없었다. 약간 등허리가 내려눌려지며 머리도 들 수가 없었지만 곧 기분이 풀렸다. 다만 몸집이 뚱뚱해서 소파 밑으로 쑥 들어갈 수 없는 것이 안타까웠다.

밤새도록 소파 밑에 누워서 때로는 반쯤 졸다가도 배가 고파서 깜짝 잠이 깨기도 하고 때로는 걱정과 막연한 희망 속에 잠기며 하룻밤을 새웠다. 그러나 그러한 불안과 희망은 무엇보다도 냉정한 태도를 취하고 꾹 참으면서 가족들의 입장을 충분히 고려하여 현재 자기의 상태로 인해서 필연적으로 일어나는 그들의 여러 가지 불쾌한 기분을 참을 수 있게 하는 데서 그쳤다.

아직 밝지도 않은 새벽녘에 그레고르는 자기가 막 마음먹은 결심을 시험해볼 기회가 생겼다. 거실에서 이미 옷을 다 입은 누이동생이 도어를 열고 긴장된 표정으로 방 안을 들여다보았다. 누이동생은 그를 곧 발견치 못했다. 그러나 소파 밑에 있는 자기를 발견했을 때——아! 어디든 방 안에 있을 수밖에 없지 않는가. 날아서 달아날 수도 없는 노릇이 아닌가——깜짝 놀라 질겁을 하며 어쩔 줄 모르고 밖에서 다시 문을 닫아버리고 말았다. 그러나 누이동생은 자기의 태도를 후회한 것처럼 곧 다시 문을 열고 들어왔다. 마치 중환자 집이나 낯선 손님 옆에라도 있듯이 발꿈치를 들고 사뿐사뿐 들어왔다. 그레고르는 소파 가장자리까지 바짝 머리를 내밀고 누이동생을 쳐다보고 있었다. 누이동생은 과연 우유를 마시지 않고 그대로 남겨놓았는데 그것을 눈치챌 것인가, 그것도 사실은 배가 고프지 않아서 남겨놓은 것은 아닌데 더 입에 맞는 다른 음식을 방으로 날라다주었으면 얼마나 좋을까 하고 생각했다. 누이동생은 자진해서 갖다줄 것 같지도 않을 뿐더러 동생에게 그렇게 하도록 주의를 주어야 한다면 차라리 그대로 굶어 죽는 편이 낫다고 생각했다. 사실은 소파 밑에서 기어나와 누이동생 발 밑에 몸을 던지고 어떤 맛있는 음식이라도 청하고 싶은 생각이 간절했다. 그러나 누이동생은 우유가 주위에 약간 흘러 있을 뿐, 아직 그릇 안에 그대로 남아 있는 것을 보았을 때 몹시 놀란 것 같았다.

누이동생은 곧 그릇을 들어올렸다. 맨손으로서가 아니라, 걸레조각으로 싸들고 밖으로 나가버렸다. 그레고르는 그 대신에 무엇을 갖다주나 하고, 그런 호기심에 끌려서 이것저것 상상해보았다. 그러나 사실 누이동생이 친절한 마음으로 가지고 온 것을 보았을 때, 그는 누이동생이 무슨 뜻에서 그랬는지 도무지 알 수가 없었다. 누이동생은 오빠가 좋아하는 것을 시험해보려고 여러 가지 음식을 골라 가지고 왔다. 그것을 낡은 신문지 위에 펴놓았다. 오래 되어서 썩어가는 야채가 있는가 하면 흰 소스가 주위에 말라붙은, 저녁 식사때 먹다 남긴 뼈도 있었다. 건포도와 편도가 몇 알, 이틀 전에 그레고르가 맛이 없다고 한 치즈, 아무것도 바르지 않은 한 조각의 빵, 버터 바른 빵, 버터를 바르고 소금을 뿌린 빵, 이 밖에 아마도 그레고르 전용으로 정해놓은 듯한 사발에다가 물을 떠다주었다. 그러고 나서 자기 앞에서는 그레고르가 먹지 않을 것이라는 것을 재빨리 알아차리고 급히 나가 버렸다. 그리고 자기 마음대로 즐겁게 먹어도 좋다는 것을 그레고르에게 알리기 위해서 밖에서 열쇠까지 채웠다. 식사를 하려고 가는 그레고르의 조그마한 발들이 꿈틀거렸다. 그의 상처는 어느덧 다 나아 버린 것 같았으며 조금도 불편을 느끼지 않았다. 그것에 대해서 그도 매우 놀랐다. 생각해보니 한 달 이상이나 된 일이지만 칼로 손가락을 약간 배었는데 엊그제까지 매우 아팠었다. '혹시 감각이 둔해진 것이나 아닐까'그는 이렇게 생각하고 어느덧 몹시 허기증이든 것처럼 여러 가지 음식 가운데서 우선 그의 구미를 바짝 당긴 치즈를 먹었다. 연달아 쉴 새도 없이 그리고 흐뭇한 나머지 눈물까지 흘리며 치즈, 야채, 소스 등을 차례로 먹어치웠다. 도리어 신선한 음식은 맛이 없었다.

신선한 음식은 냄새조차 맡기 싫었다. 자기가 먹고 싶은 것을 약간 옆으로 끌어갔다. 이윽고 먹을 것을 다 먹어치우고 빈둥거리며 그 자리에 누워 있을 때 누이동생이 천천히 열쇠를 돌렸다. 그것은 얌전히 제자리로 돌아가라는 신호였다. 그는 어느덧 스르르 잠이 들었지만 그 소리에 깜짝 놀라서 다시 소파 밑으로 부랴부랴 기어들어갔다. 누이동생이 방 안에 있기는 잠시 동안이었지만 소파 밑에 들어가 꾹 참고 있으려니까 그것도 여간 힘드는 일이 아니었다. 왜냐하면 음식을 많이 먹고 몸집이 약간 뚱뚱해진 까닭에 좁은 소파 밑에서는 숨도 제대로 쉴 수가 없었기 때문이다. 그가 때로는 숨막힐 것 같은 답답한 상태에서 쑥 튀어나온 눈으로 보고 있으려니까 아무것도 눈치를 채지 못한 누이동생은 먹다 남은 찌꺼기뿐만 아니라 그레고르가 전연 손도 대지 않은 음식까지도 마치 그 이상 소용이 없다는 듯이 모조리 쓸 어모았다. 그러고 나서 쓰레기를 성급히 통 속에 붓더니 나무 뚜껑으로 덮고 방 밖으로 나가버렸다. 누이동생이 뒤로 돌아서자마자 그레고 르는 소파 밑에서 기어나와 사지를 쭉 뻗고 휴 하고 숨을 돌렸다.

그레고르는 매일 이렇게 식사를 했다. 한 번은 아침에 부모와 하녀가 아직 잠을 자고 있을 때 두 번째는 모두들 점심을 먹은 다음이었다. 왜냐하면 부모는 점심 식사 후에 잠시 낮잠을 자고 하녀는 누이동생의 심부름으로 장보기 위해 밖으로 나가고 없었기 때문이었다. 그에게 이런 시간에 식사가 주어진 것을 보면, 결국 식구들은 그레고르를 굶겨 죽이고 싶지는 않았지만 아마 그레고르의 식사에 관해서는 누이동생의 말을 통해서 간접적으로 아는 것만으로 충분하다고 생각했던 모양 이다. 또 누이동생도 사실 식구들이 진력이 나도록 많은 고생을 하고 있었기 때문에 가족들에게 아마도 슬픔을 덜어주려고 마음먹었던 까닭이다.

첫날 아침에 의사와 자물쇠 장수에게 뭐라고 말해 집에서 돌려보 냈는지 그레고르는 전연 알 수가 없었다. 왜냐하면 아무도 그레고르가 하는 말을 이해할 수 있으리라고 생각하지 않고 누이동생도 역시 마찬가지였다. 그래서 그는 누이동생이 자기 방에 들어왔을 때에도, 그녀가 가끔 한숨을 쉬거나 성자의 이름을 부르는 소리를 듣는 것으로 만족해야만 했다. 얼마 후 누이동생이 자기를 보살피는 데 약간 익숙하게 되었을 때——완전히 익숙해지는 것은 바랄 수 없지만——
때때로 친절한 말씨나 또는 친절하다고 해석되는 말을 들을 수가
있었다. 그레고르가 식사를 남김없이 다 먹어치웠을 때 누이동생은
"아! 오늘 식사는 맛이 있었나봐!" 하고 말했다. 그러나 반대의
경우에는——그런 경우가 사실 잦았지만——언제나 "어머! 또 그대로
남겼네." 하고 쓸쓸한 표정을 지으며 말하기가 일쑤였다.

그러나 그레고르는 직접 새로운 소식을 하나도 들을 수가 없었기
때문에 늘 옆방에서 말하는 소리를 엿듣고 있었다. 그리고 옆방에서
말소리가 들려오기만 하면 즉시 그 방의 도어 옆으로 달려가서 온
몸을 도어에 바싹 대는 것이었다. 특히 처음에는 설사 비밀 이야기라고
하지만 그에 대한 말이 화제의 중심이 되지 않을 때가 없었다. 이틀
동안은 식사를 할 때마다 어떻게 처리하면 좋을까 하고 상의하고 있는
소리가 들렸다. 그러나 식사와 식사의 사이에도 언제나 같은 화제가
벌어졌다. 왜냐하면 사실 혼자서 집에 남아 있고 싶어하지 않았고 또
어떠한 경우라도 집을 그대로 비어둘 수 없었기 때문에 언제나 적어도
식구가 두 사람은 남아 있었던 까닭이다. 하녀는 바로 첫날에——이
사건에 관해서 무엇을 얼마나 알고 있었는지는 확실치 않았지만——곧
내보내달라고 어머니에게 무릎을 꿇고 애원했다. 십오분 후에 하녀가
작별 인사를 할 때 내보내주는 것이 이 집에서 베풀어 준 가장 큰
은혜인 것처럼 눈물을 흘리며 감사하였다. 이쪽에서는 아무도 그에게
부탁하지도 않았는데 이 일을 다른 사람에게 절대로 말하지 않겠다고
엄숙히 맹세했다. 그래서 누이동생은 어머니와 협력해서 요리를 만
들지 않으면 안 되었다. 그러나 식구들은 누구나 거의 아무것도 먹지
않았기 때문에, 그다지 힘이 들지는 않았다. 식구들이 서로 식사를
권하지만 "고마워, 많이 먹었어."라든가 그와 비슷하게 대답하는 소
리를 그레고르는 가끔 들을 뿐이었다. 술도 아마 마시지 않는 것 같
았다. 때로 누이동생이 아버지에게 맥주를 들지 않겠느냐고 묻고 누
이동생이 직접 자기가 가져오겠다고 정답게 말하는 소리가 들렸다.
아버지가 아무 대답도 하지 않고 있으니까 누이동생은 아버지에게
쓸데없는 염려를 덜어드리려고 생각한 모양이다. 그녀는 "그럼 문지

기 할머니를 보낼까요?" 하고 물었다. 그러나 이어서, 아버지는 커다란 목소리로 "안 마신다니까." 하고 엄숙하게 대답을 했다. 그래서 그 이야기는 그 이상 더 계속되지 않았다. 벌써 사건이 일어난 첫날에 아버지는 어머니와 누이동생에게 모든 재산 상태와 앞날의 일들에 대해서 설명했다. 때때로 아버지는 탁자 옆에서 일어서서 적은 금고 속에서 증서라든지 장부 같은 것을 꺼내왔다. 그 금고는 오 년 전에 사업에 실패하여 파산했을 때 간신히 건져내왔던 물건이었다. 아버지가 그 복잡한 자물쇠를 열고 찾는 물건을 끄집어낸 다음에 다시 닫아버리는 소리가 들렸다. 이와 같은 아버지의 설명은 어떤 점에 있어서는 그레고르가 감금 생활을 시작한 이래 처음으로 들을 수 있는 흐뭇한 이야기였다. 그레고르는 아버지의 사업이 파산상태에 이르렀으니까 아버지에게는 돈이라곤 한 푼도 남지 않았으리라고 생각했었다. 적어도 아버지는 그에 대해서 그와 반대되는 말은 한 번도 한 일이 없었다. 그래서 그레고르는 아버지에게 물어보지도 않았다. 그 당시 그레고르의 심적인 고통은 이만저만이 아니었으며 다만 식구들을 모조리 절망 속에 빠뜨린 파산의 불행을 가족들로 하여금 될 수 있는 한 속히 잊어버리게 하는 데 온갖 힘을 다했던 것이다. 그래서 그때 그는 맹렬히 일하기 시작하여 순식간에 일개 보잘 것 없는 점원으로부터 외무 판매원까지 올라갔던 것이었다. 외무를 맡아보면 다른 방법으로 돈을 모을 수가 있고 일을 한 결과가 수수료의 형식으로 즉시로 현금으로 바뀌졌다. 그 돈을 집으로 갖고 와서 탁자 위에 늘어놓고 가족들을 깜짝 놀라게도 하고 기쁘게도 하였다. 그때는 남부러울 것이 없었다. 그후에도 그레고르는 온 가족들의 생활비를 부담할 만한 많은 돈을 벌었고 또 생계를 유지해 나갔지만 적어도 이와 같이 찬란한 시절은 돌아오지 않았다. 가족들이나 그레고르는 익숙해서 그것을 예사로 생각해버렸으니 가족들은 고마운 마음으로 돈을 받을 수 있었고, 그레고르도 기꺼이 돈을 내놓았다. 그러나 서로 각별히 따뜻한 감정은 오고가지 않았다. 그러나 누이동생만은 아직도 그레고르와 가까웠다. 자기와는 달리 누이동생은 음악을 좋아했고 기특하게도 바이올린을 잘 켤 줄 알았다. 그는 누이동생을 다음 해에 음악 학교에 보내려고 은근히 마음먹고 있었다. 물론 많은 비용이 들지만 그것은 걱정도 하지 않았다. 그 비용쯤은 딴 수단으로도 벌어들일 수 있다고 생각했다. 그레고르가 며칠간 집에 머무를 동안에도 누이동생하고 이야기할 때는 종종 음악 학교 이야기가 나오곤 했다. 그러나 그것은 언제나 이루어질 수 있다고 생각할 수 없는 아름다운 꿈에 지나지 않았다. 부모들이 이러한 순진한 이야기를 듣고서 기뻐한 것은 절대로 아니었다. 그러나 그레고르는 그 일에 대해서 확고한 신념을 가지고 있었고 크리스마스 이브에는 엄숙히 선언하려고 작정하고 있었다. 그레고르는 도어에 기대어 꼿꼿이 서서 이야기 소리에 귀를 기울이고 있는 동안에 현재의 자기 입장으로서는 아무 소용도 없는 이런 생각들이 주마등처럼 머릿속을 스쳐갔다. 때로는 온몸이 노곤해져서 엿듣고 있기가 힘들었으며 부지중에 도어 턱에 머리를 부딪치기도 하고 그럴 때면 또다시 꼭 도어를 붙드는 것이었다. 왜냐하면 그런 일로 인하여 야기되는 나직한 소리라도 곧 옆방에 있는 사람들에게까지 들렸기 때문에 집안 사람들의 입을 일제히 다물게 해버리는 것이었다. "또 무슨 짓을 하는구나." 하고 잠시 후에 아버지는 도어 쪽을 향해서 분명히 말하는 것이었다. 그리고 난 다음에야 비로소 끊어졌던 이야기가 차츰 다시 이어지는 것이었다.

그레고르는 그런 대화를 자세히 들을 수가 있었다. 왜냐하면 아버지는 늘 자기의 설명을 되풀이했기 때문이었다. 한편으로는 이런 일에 대해서 얘기해 본 것은 벌써 오래 전이었고 또 한편으로는 어머니는 무슨 말이든 첫마디에 곧 알아듣지 못했던 까닭이다. 그가 똑똑히 들은 바에 의하면 모든 불운한 일이 겹쳤음에도 불구하고 과거의 재산이 아직도 조금 남아 있었고 그 동안에 손도 대지 않고 내버려둔 이자가 약간 불어나게 되었다는 사실이다. 그밖에도 그레고르가 매달 집에 벌어온 돈도 전부 소비해버리지는 않았다——그레고르 자신은 불과 이삼 굴덴밖에는 용돈으로 쓰지 않았기 때문이다——그래서 조그마한 밑천이 생겼던 것이다. 도어 뒤에서 그레고르는 머리를 끄덕이며 열심히 듣고 있었다. 그리고 기대하지 않았던 이와 같은 신중한 태도와 애써 절약하려는 마음씨가 기뻤다. 사실 이렇게 여분으로 남겨놓은 돈으로 사장에게 빚진 아버지의 빚을 듬뿍 갚아버렸을 것이다. 그렇게 되었다면 그는 벌써 그러한 직장에서 발을 뺄 수 있었을는지도 모르겠다. 그러나 이렇게 되고보니 아버지가 하신 처사가 집안의 행복을 위해서 훨씬 나았다는 것은 의심할 여지가 없었다.

그러나 돈을 모아두었다고는 하지만 그 이자로 가족을 먹여 살리기에는 너무나 보잘것없는 금액이었다. 아마 일 년, 오래 간대야 이 년이나 살아 나갈까, 그 이상 버티어 나가기는 어려웠다. 즉 그 돈은 애당초 손을 대서는 안 되고 만일의 경우를 생각해서 남겨놓아야 할 정도의 금액에 지나지 않았다. 그래서 생활비만은 꼬박꼬박 벌어야 했다. 사실 아버지는 몸은 건강하지만 이미 늙어서 오 년 동안이나 아무 일도 하지 못하였고 게다가 생활에 그리 자신이 있는 것도 아니었다. 아버지는 지난날에 고생만 하고 보람없이 지내왔는데 그의 평생 처음 얻은 이 오 년간의 휴가 동안에 몹시 뚱뚱해지고 매우 동작이 둔해졌다. 그러면 늙은 어머니가 돈을 벌어야 할 텐데 나이가 많은 데다가 천식을 앓고 있기 때문에 뜻대로 되지 않았다. 어머니는 집안을 잠시만 돌아다녀도 힘이 들어서 이틀에 한 번은 으레 숨쉬기가 곤란하여 창문을 열어놓고 그 옆의 소파 위에서 지내는 형편이었다. 그러니 누이동생이 돈벌이를 해야할 텐데, 그녀는 아직 열일곱 살 먹은 처녀니까 전적으로 그녀에게 기댈 수는 없는 노릇이다. 그녀가 이제 까지 해온 생활이란 옷이나 깨끗이 입고 잠이나 실컷 자고 집안 일이나 도와주고 때로는 값싼 구경이나 하러 다니고 무엇보다도 바이올린이나 켜며 지내오는 게 고작이었으므로 그녀도 돈벌기는 틀렸다. 옆방에서 돈이 필요하다는 이야기가 나올 때마다 그레고르는 도어 옆을 떠나서 창 옆에 있는 차디찬 가죽 소파 위에 몸을 던지는 것이었다. 그레고르는 너무나 부끄럽고 서글퍼서 몸이 후끈 달았기 때문이다.

그는 밤새도록 소파 위에 누워서 잠을 이루지 못하고 오랫동안 가죽만 쥐어뜯고 있을 때가 종종 있었다. 때로는 힘드는 줄도 모르고 의자 하나를 창가로 밀어다놓은 다음 창턱에 기어올라 의자에 몸을 버티고 창에 기대어, 전에 그가 창에서 밖을 내다보고 느꼈던 해방된 감정을 되씹어보기도 했다. 즉, 날마다 그렇게 바라보고 있으면 전에는 아침 저녁으로 보이던 맞은편 병원을 끔찍이 싫어했었지만 그것도 이제는 조금도 보이지 않았다. 그리고 만일 그가 한적하기는 하지만 어디까지나 도회지 같은 샬롯텐 거리에 살고 있다는 사실을 확실히 알지 못하고 있었더라면, 회색 하늘과 회색 대지가 서로 합쳐져서 지평선이 분간되지 않는 광야를 창에서 내다보고 있다고 생각했을는지도 모르겠다. 무슨 일에나 세심한 누이동생은 의자가 창가에 있는 것을 단지 두 번밖에는 발견하지 못했다. 그러나 누이동생은 방을 치우고 나면 번번이 의자를 창가에 밀어놓고 게다가 그때부터는 안쪽 창문까지도 열어놓았다.

그레고르는 누이동생과 말을 할 수 있을 뿐더러 자기를 위해서 해주는 모든 일에 대해서 누이동생에게 감사를 할 수만 있다면, 누이동생의 봉사를 훨씬 편한 마음으로 받아들일 수 있을 것 같았다. 그러나 그렇지 못했기 때문에 그레고르는 몹시 고민했다. 물론 누이동생은 될 수 있으면 열 가지 불쾌한 기분을 씻어버리려고 애썼다. 시일이 오래 지날수록 누이동생도 점점 나아졌다. 그리고 그레고르도 역시 시간이 경과함에 따라서 모든 일을 훨씬 정확하게 관찰하게 되었다. 그러나 이제 누이동생이 들어오기만 해도 그는 쫙 소름이 끼쳤다. 그전 같으면 그레고르의 방을 아무에게도 보이지 않으려고 온갖 주의를 다하던 누이동생도 방 안을 들어서자마자 도어를 닫을 겨를도 없이 곧장 창가로 뛰어가서 마치 숨이라도 막힌다는 듯이 성급히 창문을 열어제치고 설사 아무리 추운 날이라 할지라도 잠시 창가에 서서 심호흡을 하는 것이었다. 이처럼 뛰어다니고 수선과 소란을 떨어서 누이동생은 하루에 두 번씩 그레고르를 놀라게 했다. 누이동생이 방 안에 있는 동안 쭉 계속해서 그는 소파 밑에서 떨고 있었다. 물론 누이동생이 자기가 거처하는 이 방 안에서 창문을 닫은 채 있을 수만 있다면 자기를 이런 일로 괴롭히지는 않았을 것이라는 사실을 그도 잘 알고 있었다.

그레고르가 변신된 지 이미 한 달이 지난 어느 날이었다. 이미 누이동생은 그레고르의 모습을 보고 놀랄 아무런 이유도 없었다. 언젠가 누이동생이 다른 때보다도 일찍 왔기 때문에 그녀는 그레고르가 꼼짝달싹 못 하고 그냥 까무러치게 질겁하면서 창 밖을 내다보고 있는 현장에서 그와 마주쳤다. 그레고르는 자기가 창가에 서 있어서 누이동생이 곧 창문을 여는 데 방해가 되기 때문에 설사 누이동생이 방 안에 들어오지 않았다 하더라도 그는 이상하게 여기지는 않았을 것이다. 그러나 누이동생은 들어오지 않았을 뿐더러 뒤로 물러서며 문을 닫았다. 모르는 사람은 아마 그레고르가 누이동생을 기다리고 있다가 물어뜯으려고 했을 것이라고 생각했을는지도 모른다. 물론 그레고르는 곧 소파 밑에 숨어버렸다. 그러나 누이동생은 아무리 기다려도 점심 때까지 나타나지 않았다. 그리고 누이동생은 점심때에도 다른 때보다 훨씬 불안스러운 듯이 보였다. 그레고르의 추한 꼴을 본다는 것은 누이동생으로서는 여전히 참을 수 없는 일이며 앞으로도 그럴 것이라고 누이동생의 태도를 보고 짐작할 수 있었다. 소파 밑에서 불쑥 나와 있는 자기의 몸뚱이의 일부를 힐끗 보고도 도망치지 않는 것은 누이동생이 어지간히 참고 있는 것이라고 그는 생각했다. 누이동생에게 이러한 자기 모습을 보여주지 않으려고 그는 어느 날 자기 잔등에다가——이 일에 네 시간이나 걸렸지만——아마포 홑이불을 지고 소파 위에 날라다 놓은 다음, 자기 몸이 다 가리울 수 있도록 홑이불을 정돈하였다. 그리하여 누이동생이 아무리 몸을 굽히고 들여다본다 해도 보이지 않도록 꾸며놓았다. 만일 홑이불을 뒤집어쓰는 것이 쓸데없는 일이라고 생각되면 그때 누이동생은 걷어치울 수도 있었을 것이다. 왜냐하면 그레고르가 재미삼아 몸을 숨기는 것이 아니라는 것쯤은 누이동생도 잘 알고 있기 때문이다. 누이동생은 홑이불을 먼저 놓인 대로 내버려두었다. 그레고르가 언젠가 누이동생이 이 새로운 설비를 어떻게 생각하나 살펴보려고 머리로 홑이불을 약간 들치고 보았을 때 누이동생은 감사의 뜻이 어린 눈초리로 힐끗 자기를 쳐다보는 것처럼 느껴졌다.

처음 두 주일 동안 부모는 감히 자기 방에 들어오지 못했다. 그러나 이제 와서는 부모들이 누이동생이 지금 하고 있는 일을 매우 칭찬하는 소리를 종종 들었다. 이제까지 누이동생은 그들에게 쓸데없는 계집 애라고 생각되었으며 그들은 누이동생에 대해서 화만 냈던 것이다.

그러나 이제는 누이동생이 그레고르의 방 안에서 소제를 하는 동안에 아버지와 어머니는 방 앞에서 기다리고 있었다. 그러다가 누이동생이 방에서 나오자마자 방 안이 어떻게 되어 있는가, 다소 나아가는 징조가 보이던가, 그런 점에 대해서 누이동생은 부모에게 자세히 설명하지 않으면 안 되었다. 그래서 어머니는 머지않아서 그레고르를 방문하려고 했으나 아버지와 누이동생은 우선 합당한 이유를 내걸고 어머니를 만류했다. 그 이유를 그레고르도 조심해서 듣고 자기도 지당한 일이라고 생각했다. 그러나 어머니가 끝내 고집을 부리게 되자 나중에 그들은 어머니를 억지로 붙들었다. 그때 어머니는 큰소리로 외쳤다. "그레고르에게 가게 해줘요. 뭐니뭐니해도 그는 불행한 내 아들이에요. 도대체 가봐야 된다는 것쯤 알아주지도 못하나요?" 그럴 때 그레고르는 물론 매일이 아니고 한 주일에 한 번만이라도 어머니가 들어와주었으면 정말 좋겠다고 생각했다. 뭐니뭐니해도 어머니는 누이동생보다도 모든 일을 훨씬 더 잘 이해하고 있었다. 한편 누이동생은 확실히 대담하지만 아직도 어린애니까 아마도 어린애처럼 가벼운 기분으로 이런 힘든 일을 맡게 되었을 것이다.

어머니를 보고 싶은 그레고르의 소원이 곧 이루어졌다. 낮에는 부모를 염려해서 창가에 나타나지 않았다. 그러나 이삼 평방미터밖에 안 되는 방바닥을 기어다녀봤자 별 수 없었고, 가만히 누워 있자니 밤 사이만 하더라도 괴로움을 느낄 정도였다. 식사에 대해서도 흥미를 잃어버렸기 때문에 그는 끊임없이 벽이나 천정을 가로 세로, 위아래로 기어다니면서 기분을 전환시켜보려고 애썼다. 특히 천정에 매달리기를 좋아했다. 방바닥에 누워 있는 것과는 전연 다른 기분이었다. 숨도 자유로이 쉴 수 있고 가벼운 진동이 온몸에 퍼졌다. 그는 천정에 매달려 매우 흐뭇한 기분으로 방심 상태에 빠져서 발을 떼어 방바닥에 철썩 떨어지며 스스로 깜짝 놀라는 일도 있었다. 그러나 이제는 전과는 달리 사실 자기의 몸을 자유자재로 움직였기 때문에 이처럼 높은 곳에서 떨어져도 다치는 일이 없었다. 누이동생은 그레고르가 혼자서 고안한 이 새로운 취미를 곧 알아챘다——그는 기어다닐 때 여기저기 찐득찐득한 점액의 발자국을 남겨놓았다——그래서 누이동생은 그레고르가 될 수 있는 대로 넓은 데서 기어다닐 수 있도록 방해가 되는 가구들을, 무엇보다도 우선 옷장과 책상을 치워버리려고 마음먹었다. 그러나 이런 일을 혼자서 할 수는 없었다. 아버지에게는 감히 도와달라고 청할 수도 없었고 사실 하녀도 자기를 도와줄 것 같지 않았다. 열여섯 살난 이 하녀는 사실 전의 식모가 나간 후로는 모든 일을 도맡아서 끈기 있게 참아왔던 것이다. 그리고 부엌은 꼭 잠가두고 다만 특별한 용무로 주인이 부를 때만 문을 열겠다고 미리부터 허가를 받아놓았기 때문이다. 그래서 언젠가 아버지가 안 계실 때 어머니를 불러오는 수밖에 딴 도리가 없었다. 어머니는 기뻐서 어쩔 줄을 모르고 떠들면서 달려왔다. 그러나 그레고르의 방 앞에서 목소리가 뚝 그쳤다. 물론 누이동생은 방 안에 있는 모든 것이 제대로 정돈되어 있는가 살펴보고 비로소 어머니를 방 안으로 안내했다. 그레고르는 부랴부랴 홑이불을 깊숙이 뒤집어 쓰고 더 많이 심하게 주름을 지어보였기 때문에 사실 그 홑이불 전체가 단지 우연히 소파 위에 던져놓인 것처럼 보였다. 그레고르는 이번에도 홑이불 밑에서 내다보고 싶은 충동을 꾹 참았다. 어머니의 얼굴이 보고 싶었으나, 그만 단념하고 말았다. 그리고 어머니가 와준 것만도 그저 기쁠 따름이었다. "들어오세요. 오빠는 보이지 않아요." 누이동생이 이렇게 말했다. 분명히 어머니의 손을 잡아 끌어들이는 모양이었다. 연약한 여자 두 사람이 그 무거운 옷장을 이제까지 놓였던 자리에서 밀어 옮기는 소리가 들렸다. 누이동생이 거지반 일을 도맡아보았기 때문에 너무 무리해서는 안 된다고 어머니는 염려되는 듯이 몇 번이나 주위를 했지만 누이동생은 끝내 듣지 않는 것 같았다. 매우 오랜 시간이 걸렸다. 십오분이나 일을 계속하고 나서 어머니가 말했다. "이 옷장은 역시 여기에 그대로 남겨두는 것이 좋다고 생각해. 우선 너무 무거워서 아버지가 돌아오시기 전에는 일을 끝낼 수 없을 것 같구나. 그리고 이 옷장을 방 한가운데 놓아두면 그레고르가 다니는 데 거치적거려서 방해가 될 것이고 또 가구들을 죄다 치워버렸다고 해서 과연 그레고르가 좋아할는지 어떨지 확실히 모르지 않겠니. 차라리 그전대로 놓아두는 것이 좋을 것 같다. 옷장을 치우고 텅 빈 벽을 보니, 어쩐지 마음이 허전해서 그렇게 오

랫 동안 이러한 가구들에 정이 들었을 테니, 방안이 텅 비게 되면
틀림없이 쓸쓸한 감을 느낄 거야. 그러니 이래서는 안 되겠어." 어
머니는 속삭이듯 나직한 목소리로 말했다. 그레고르가 어디 있는지
모르지만 자기 목소리가 들리지나 않을까 염려되는 것처럼 속삭였다.
어머니는 그가 설마 사람의 목소리를 알아들을 수 있으리라고는 꿈
에도 생각하지 못하는 것 같았다. "그러니 가구를 치워버리면 우리들은
그 애의 병세가 나아진다는 것을 완전히 단념하고, 그 애를 돌봐주지도
않고 혼자 내버려두는 셈이 되지 않니? 방은 전과 같은 상태로 놓
아두는 것이 가장 좋을 것 같은데 네 생각은 어떠냐? 그러면 그레
고르가 병이 다 나아서 사람으로 되돌아 왔을 때 방 안이 전과 변함
없으면 그 동안의 일이 훨씬 잊어버리기 쉬울 것이 아니냐."

　그레고르는 이러한 어머니의 말을 들었을 때, 자기가 직접 사람의
말을 하지 못하고 가족들 사이에서 단순하고 지루한 생활에 얽매어
두 달이 지나는 동안에 틀림없이 머리가 돌았다는 것을 깨달았다.
왜냐하면 방이 비기를 진심으로 바란다는 것은 머리가 돌았다고 설
명할 수밖에는 다른 도리가 없었기 때문이다. 가구를 모조리 치워버린
방이면 물론 자유롭게 사방으로 기어다닐 수는 있지만 그와 동시에
곧 인간으로서의 과거를 완전히 잊어버리게 될 것이다. 대대로 물려
받은 가구가 기분좋게 놓여 있는 나의 방을 동굴로 변하게 하려는
생각이 난단 말인가? 사실 지금 자기의 과거를 거의 잊어버리게 되지
않았는가? 다만 오랫동안 듣지 못했던 어머니의 목소리가 그의 마
음을 뒤흔든 것이 아닌가. 역시 하나도 치워서는 안 되겠다. 전부
그대로 두어야겠다. 그리고 가구가 있기 때문에 쓸데없이 기어다니는
데 방해가 된다고 하더라도 결국 그것은 자기에게 이익은 될망정 해는
되지 않을 것이다.

　그러나 누이동생의 생각이 그렇지 않으니 섭섭하다. 그레고르의
문제가 논의될 때 누이동생은 으레 소식통으로 간주되었으며 특히
그의 사정을 아는 데는 부모들보다 훨씬 나았던 것이다. 누이동생이
그렇게 자부한 것도 이유가 없는 것은 아니었다. 그래서 누이동생이
처음에는 옷장과 책상만 치워버리려고 생각했던 것이 어머니의 그

러한 충고를 듣고서 그것뿐만이 아니라 없어서는 안 되는 소파만을 제외한 나머지 가구를 모조리 치워버리자고 고집을 부리는 데 충분한 근거가 되었다. 누이동생이 이렇게 요구하고 주장을 내세우게 된 것은 물론 어린아이다운 반항심이나 요즈음 뜻밖에도 자기도 모르게 어려운 가운데서도 갖게 된 자부심의 탓만은 아니었다. 누이동생은 그레고르가 기어다니려면 넓은 장소가 필요하고 그와 반대로 누가 보더라도 명백한 것처럼 가구들은 전혀 소용도 없다는 사실을 정말로 잘 알고 있었다. 아마도 그 나이의 처녀들이 가질 수 있는 열광적인 경향도 크게 작용하고 있었을 것이다. 그러한 경향은 기회가 있을 때마다 만족을 찾고 있는 것이다. 그래서 그 경향은 이번에도 그레테를 유혹해서 이제까지보다 더 그레고르가 봉사할 수 있게 한답시고 그레고르의 입장을 한층 비참하게 만들려는 것이었다. 왜냐하면 텅 비어 있는 방에 그레고르만이 혼자 있다면 그레테 이외에는 감히 그의 방으로 들어오려는 사람은 없을 것이기 때문이었다.

그래도 누이동생은 어머니의 충고로 자기의 결심을 번복시키려고 하지는 않았다. 어머니는 이 방 안에 있는 것만으로도 어쩐지 불안 스럽게 보였다. 어머니는 곧 입을 다물고 아무 말도 하지 않더니 옷장을 밖으로 내놓으려는 누이동생을 도와주었다. 그런데 할 수 없는 경우에 옷장은 없어도 지낼 수 있지만 책상만은 남겨두어야 했다. 그리하여 여자 두 사람이 헐떡거리며 옷장을 밀고 밖을 나가자마자 그레고르는 소파 밑에서 머리를 내밀었다. 그리고 어떻게 하면 자기가 신중하고 될 수 있는대로 조심스럽게 일에 간섭할 수 있을까 생각하면서 주의를 살펴보았다. 그러나 불행히도 어머니가 맨 먼저 방으로 돌아왔다. 그레테는 옆방에서 옷장에 매달려서 혼자 이리저리 흔들고 있었다. 물론 그렇다고 옷장을 제자리에서 움직이지도 못했다. 그러나 어머 니는 그레고르의 모습을 눈익혀 본 일이 없었기 때문에 하마터면 병에 걸릴 정도로 어머니의 기분을 상하게 할 뻔했다. 그래서 당황한 나머지 재빨리 소파의 다른 편 모퉁이로 뒷걸음쳤으나 그때 홑이불 앞쪽이 약간 움직였는데 어쩔 수 없었다. 그것만으로도 어머니의 주위를 돌 리기에는 충분했다. 어머니는 그걸 보고서 멈칫하더니 순간 가만히 서 있다가 갈피도 못잡고 옆방의 그레테에게로 되돌아갔다.

그레고르는 별다른 일이 생긴 것도 아니고 단지 두서너 개의 가구를 옮길 뿐이라고 몇 번이고 자기 자신에게 타일렀다. 그런데도 불구하고 여자들이 드나드는 소리와 나직하게 부르는 소리, 마룻바닥에서 가구가 직직 끌리는 소리가 섞여서——곧 그레고르 자신도 인정하지 않으면 안 되었던 것처럼——그는 마치 사방에서 밀어닥쳐오는 커다란 소동과 같은 무서운 인상을 받았다. 이윽고 그는 될 수 있는 대로 머리와 발을 움츠리고 몸을 마룻바닥에 꼭 대고 있었으나 이상 더 참을 수 없다고 혼자서 비명을 올리지 않을 수 없었다. 그들은 자기 방을 완전히 비우려고 하고 있었다. 자기가 좋아하는 모든 것을 빼앗아가고 있었다. 수공용 실톱과 그 밖의 모든 도구들이 들어 있는 옷장을 벌써 밖으로 내놓았다. 다음으로 그들은 이미 마룻바닥에 꼭 박혀 있는 책상을 흔들고 있었다.——그는 그 책상에서 상과 대학생으로서 아마 그보다 훨씬 전에는 국민학교 아동으로서 숙제를 한 일이 있었다——사태가 이쯤되고 보니, 이미 그로서는 두 여자들이 가지고 있는 좋은 의도를 시험해볼 만한 여유조차 없었다. 사실 그들이 그 자리에 있는 것조차 잊어버리고 있었다. 이미 지칠대로 지친 두 여자들은 아무 말도 없이 일에만 열중하고 있었기 때문에 그들이 무겁게 발을 구르는 소리만이 들릴 뿐이었다.

그는 후딱 소파 밖으로 기어나왔다——어머니와 누이동생은 숨을 돌리기 위해서 마침 옆방에서 책상에 기대고 있었다——우선 어니로 갈까 망설이면서 네 번이나 기어가는 방향을 바꿨다. 사실 무엇을 먼저 남겨놓아야 할는지 자기도 분간할 수 없었다. 그때 이미 텅 빈 벽에 온통 털가죽으로 몸을 싼 퉁퉁한 여인의 그림이 하나 걸려 있는 것이 유난히 눈에 띄었다. 그는 재빨리 기어올라가서 유리 위에 몸을 붙였다. 유리에 몸이 꼭 닿았기 때문에 후끈거리던 배가 시원해서 기분좋았다. 그레고르가 온몸으로 가리고 있는 이 그림만은 아무에게도 빼앗기고 싶지 않았다. 그는 여자들이 돌아오는 것을 살피기 위해서 거실로 통하는 응접실의 도어 쪽으로 머리를 돌렸다.

그들은 오랫동안 쉴 사이도 없이 곧 다시 돌아왔다. 그레테는 어머니의 몸에 한쪽 팔을 감고 거의 꼭 껴안으려고 하는 태도였다. "자 그러면 이번엔 무엇을 치울까요?" 그레테는 이렇게 말하고 두리번 거렸다. 그때 그레테의 시선과 벽에 붙어 있는 그레고르의 시선이 마주쳤다. 아마도 누이동생은 어머니가 바로 옆에 있었기 때문에 자 신을 억제하려고 애쓰는 모양이었다. 어머니가 주위를 돌아다볼 수 없도록 고개를 어머니에게로 수그리고 온몸을 떨면서 분별도 없이 말했다. "가요, 잠깐 동안만 거실로 돌아가죠." 그레테의 의도를 그 레고르도 잘 알았다. 어머니를 안전하게 모셔놓고 그 다음에 자기를 벽에서 쫓아내려고 한 것이다. 자아, 마음대로 해보려면 해보라지! 그는 그림 위에 달라붙은 채로, 그림을 내주지 않았다. 그림을 내줄 테면 차라리 그레테의 얼굴에 뛰어내리려고 했다. 그러나 그레테의 말은 도리어 어머니의 마음을 불안하게 했다. 어머니는 옆으로 걸음을 옮기더니 꽃무늬 벽지 위의 커다랗고 누런 반점을 발견하고 그것이 그레고르라는 것을 확실히 깨닫기도 전에 거칠고 날카로운 목소리로 외쳤다. "아이구머니! 아이구머니!" 두 팔을 쫙 벌리고 절망한 듯이 소파 위에 쓰러지더니 그만 꼼짝달싹도 못 했다. "어머나, 오빠!" 누이동생은 주먹을 휘두르고 날카로운 눈초리로 쏘아보면서 이렇게 외쳤다. 이 말은 자기가 변신된 이래 누이동생이 직접 자기에게 말한 첫마디였다. 누이동생은 어머니의 정신을 차리게 할 수 있는 각성제를 찾으려고 옆방으로 뛰어갔다. 그레고르도 도와주고 싶었다.――그림은 아직 구해낼 수 있었다――그러나 그는 유리에 착 붙어 있었기 때문에 억지로라도 몸을 떨어지게 하지 않으면 안 되었다. 그러고 나서 자기도 옆방으로 달려 기어갔다. 전과 같이 누이동생에게 어떤 충고라도 해줄 수 있을 것 같았다. 그러나 막상 당하고보니 충고는커녕 누이동생 뒤에 우두커니 서 있을 수밖에 없었다. 누이동생이 여러 가지 병 속을 휘젓고 있다가 뒤를 돌아보았을 때 또 한 번 깜짝 놀랐다. 병 하나가 마루에 떨어져서 산산이 부서지고 말았다. 깨뜨려진 조각 하나가 그레고르의 얼굴에 상처를 입혔다. 어떤 부식제(腐蝕劑) 같은 약물이 그의 몸에 흘러내렸다. 그레테는 이번엔 조금도 우물쭈물하지 않고 될 수 있는 대로 여러 개의 병을 손에 들고 어머니에게로 뛰어들어갔다. 도어를 발로 탕하고 닫았다. 이리하여 그레고르는 어머니에게 차단된 것이다. 어머니는 아마도 그레고르의 잘못으로 방금 빈사상태에 빠진 것 같았다. 도어를 열어서는 안 되었으며 누이동생은 어머니 옆에 붙어 있어야만 했다. 자기가 들어감으로써 누이동생을 쫓아내고 싶지는 않았다. 그는 그대로 기다리는 수밖에 다른 도리가 없었다. 그는 마음의 가책과 근심을 못 이겨서 이리저리 기어다니기 시작했다. 벽과 가구와 천장을 여기저기 기어다녔다. 어느덧 방 전체가 자기 주위에서 빙글빙글 돌기 시작했을 때 드디어 절망한 나머지 큰 책상 위에 보기좋게 떨어지고 말았다.

　잠시 동안 시간이 흘렀다. 그레고르는 힘없이 누워 있었다. 주위는 고요했다. 아마도 좋은 징조일 것이다. 그때 초인종이 울렸다. 물론 하녀는 부엌에 틀어박혀 있었기 때문에 그레테가 문을 열러 나가야 했다. 아버지가 돌아오신 것이다. "무슨 일이 있었니?" 이것이 그의 첫마디 말이었다. 그레테의 표정을 보고 모든 것을 알아챈 모양이다. 그레테는 아버지 가슴에 얼굴을 파묻고 어물어물 이렇게 대답했다. "어머니가 기절하셨어요. 그러나 이젠 괜찮아요. 글쎄 고레고르가 기어나왔지 뭐예요." "내 그럴 줄 알았다." 아버지가 말했다. "너희들에게 늘 말하지 않더냐, 그래도 어머니와 너는 통 들으려 하지 않았으니 이 꼴이지." 그레고르는 아버지가 그레테의 너무나 간단한 보고로 나쁜 인상을 받아 그레고르가 어떤 난폭한 짓을 저질렀다고 오해했다는 사실을 확실히 알아차릴 수 있었다. 그래서 그레고르는 우선 아버지의 마음을 가라앉히려고 시도해보았다. 아무튼 아버지에게 사정을 설명할 시간 여유뿐만 아니라 그런 가능성조차 없었기 때문이다. 그래서 그는 자기 방 도어 옆으로 재빨리 달려가서 도어에다 몸을 바짝 붙이고 기댔다. 그렇게 함으로써 아버지는 현관방에서 여기로 들어오자마자 그레고르가 자기 방으로 곧 돌아가려는 착한 생각을 갖고 있으므로 그를 쫓아보낼 필요도 없으며 단지 도어를 열어주기만 하면 자기 방으로 사라져버릴 것이라는 사실을 쉽사리 알아차릴 것이다. 그레고르는 그렇게 마음먹었던 것이다.

　그러나 아버지는 이러한 미묘한 생각을 이해할 수 있는 기분이 되어 있지 않았다. 아버지는 방 안으로 들어서자마자, 격분한 것 같으면서도 기뻐하는 것 같은 목소리로, "아!" 하고 외쳤다. 그레고르는 머리를 도어에서 돌려서 아버지 쪽을 쳐다보았다. 지금 자기 앞에 서 있는 그러한 모습의 아버지는 이제껏 상상조차 해본 적이 없었다. 특히 최근에 와서는 이리저리 기어다니기에 정신이 팔려서 전과 같이 집 안에서 일어나는 사건에 대해서 관심을 두는 것을 게을리 하고 있었다. 사실 전과 다른 사정에 부딪쳐도 그리 당황하거나 놀라지 않았을 것이다. 그럼에도 불구하고 아버지가 지금 웬일일까? 전에 그레고르가 상점 일로 여행을 떠날 때 피로해서 푹 묻혀 누워 계시던 바로 그 아버지란 말인가. 또 그가 저녁에 돌아올 때면 잠옷을 입은 채 안락의자에 앉아서 자기를 맞아 주시던 바로 그 아버지란 말인가. 또 아버지는 잘 일어서지도 못하고 반갑다는 표시로 두 팔만 쳐들고 맞아 주셨다. 일 년에 두서너 번 일요일이나 큰 축제 날에 어쩌다가 가족들과 함께 산보를 할 때는 그렇지 않아도 걸음이 느린 그레고르와 어머니 사이에 끼어서 그보다 더 느린 속도로 그는 발걸음을 옮겼다. 그때 그는 낡은 외투를 몸에다 두르고 언제나 조심스럽게 지팡이를 짚으며 걸어갔고 어떤 말이라도 할려면 거의 언제나 걸음을 멈추고 함께 따라가는 가족들을 자기 가까이 불러모으시던 그러한 아버지가 바로 이분이란 말인가? 그런데 아버지는 지금 꼿꼿이 바로 서 있었다. 마치 은행의 사환들이 입고 있는 저 옷처럼, 노란 금단추가 달려 있는 팽팽한 파란 빛깔의 정복을 입고 있었다. 윗도리의 높고 빳빳한 칼라 위에는 불룩하게 두 겹으로 군턱이 생겨 있었다. 총총하고 짙은 눈썹 밑에서 까만 눈동자가 생기있고 조심스럽게 빛나고 있었다. 전에는 거칠고 텁수룩했던 흰 머리칼을 단정하게 가리마를 타서 빗어내려 온 듯 머리에 착 붙여서 반지르르하게 광내고 있었다. 아버지는 제모를 내던졌다. 제모는 노란 금실로 큰 글자가 수놓여진 것으로 미뤄보아 아마도 은행 마크에 틀림없었다. 제모는 방 안에서 아치형의 선을 그으면서 소파 위에 떨어졌다. 아버지는 기다란 제복 윗도리와 옷자락을 활짝 뒤로 젖히고 두 손을 바지 호주머니에 넣은 채 못마땅한 듯이 상을 찌푸리면서 그레고르를 향해서 걸어왔다. 아버지는 자기가 어떻게 하려는지 자신도 모르고 여느 때와 달리 발을 번쩍 들며 걸어왔을 때 그레고르는 넓은 장화 바닥을 보고 깜짝 놀랐다. 그러나 그레고르는 가만히 있지 않았다. 그는 자기의 새 생활이 시작된 첫날부터 아버지가 자기에게 대해서 아주 엄격하게 대하는 것만이 적당하다고 생각하고 있다는 사실을 잘 알고 있었다. 그래서 그는 아버지가 다가오면 자기도 멈추고 아버지가 움직이는 기색이 보이면 앞으로 피해 달아났다. 이렇게 그들은 별다른 소동도 일으키지 않은 채 벌써 몇 번이나 방 안을 빙빙 돌아다녔다. 그리고 동작이 느렸기 때문에 겉으로는 추격하는 것처럼 보이지도 않았다. 만일 벽이나 천장으로 도망을 치면 특별한 악의에서 그런 행동을 했다고 아버지에게 오해받을까봐 두려워서 그는 잠시 마룻바닥에 머물러 있기도 했다. 어쨌든 그레고르는 이렇게 기어다니는 것이 오래 계속되지 못하리라고 생각했다. 아버지가 한 발자국 옮겨놓는 동안에 그는 무수한 운동을 해야만 되었기 때문이다. 이미 벌써 숨이 가쁜 것을 느낄 정도였다. 변신되기 전에도 그는 사람으로서 튼튼한 폐를 가지고 있지 못했기 때문에 어느덧 숨이 찬 것도 무리가 아니었다. 그가 이렇게 기어다니려고 안간힘을 다해서 비틀거리고 있는 동안에 눈도 제대로 뜨지 못할 지경이 되었다. 띵 하니 머리가 흐려져서, 이제는 마룻바닥을 기어서 도망치는 것밖에는 다른 도리가 없는 것 같았다. 또 자유롭게 벽을 기어올라갈 수 있었지만 그것조차 잊어버리고 있었다. 그런데 지난날에 이 방의 벽들은 온통 톱니 모양과 뾰족한 장식으로 가득차 있는 세밀하게 조각된 가구들로 말미암아 막혀 있었던 것이다. 그때 그의 바로 옆에 무엇인지 가볍게 던져져서 자기 앞으로 굴러왔는데 그것은 사과였다. 곧 두 번째의 사과가 날아왔다. 그레고르는 겁에 질린 나머지 그만 그 자리에 발을 멈췄다. 앞으로 달아나도 소용이 없었다. 아버지가 사과로 자기를 폭격하려고 결심했기 때문이었다. 아버지는 찬장 위에 있는 과일 접시에서 사과를 집어서 호주머니를 가득 채우고 처음에는 겨누지도 않고 사과를 연달아 던졌다. 이 조그마한 빨간 사과들은 전기 장치처럼 마루 위를 대굴대굴 굴러다니며, 서로 부딪치기도 했다. 살짝 던져진 사과 하나가 그레고르의 등을 스쳤지만 다치지는 않고 빗나갔다. 그러나 다음 날아온 사과가 바로 그레고르의 등에 박히고 말았다. 뜻밖에 받은 심한 고통이 자리를 옮김으로써 가시게 할 수 있는 듯이 그레고르는 천천히 앞으로 몸을 밀고 나가려고 했다. 그러나 꼼짝달싹 못하게 못박힌 것처럼 느껴졌으며, 온 감각이 산란해져 그 자리에 뻗어 버리고 말았다. 단지 마지막 시선으로 간신히 그는 자기 방의 도어가 화다닥 열리고 비명을 올리는 누이동생 앞으로 어머니가 속옷차림으로 뛰어나오는 것을 볼 수 있었다. 누이동생은 어머니가 기절했을 때 숨을 쉬기 좋게 하기 위해서 어머니의 옷을 벗겨놓았기 때문이다. 어머니는 아버지에게로 달려갔다. 그 도중에 풀어 놓았던 스커트들이 하나씩 연달아 마룻 바닥에 흘러내렸다. 어머니는 비틀거리며 흘러내린 스커트와 속옷을 밟고 넘어 아버지에게로 달려가서 꼭 껴안고——그때 그레고르의 시력은 말을 듣지 않았기 때문에 그 이상 쳐다볼 수도 없었다——어머니는 아버지의 뒷머리에 손을 대고 그레고르의 목숨을 살려달라고 애원하는 것이었다.

3

그레고르가 한 달 이상이나 신고(辛苦)한 이 증상은——아무도 꺼내주지 않았기 때문에 사과가 등살 속에 박힌 채 그 사건이 남긴 두드러진 선물로서 남아 있었다——그레고르가 현재 아무리 비참하고 징그러운 모습을 하고 있을지라도 어디까지나 가족의 한 사람임에 틀림없고 그를 원수처럼 대해서는 안 될 뿐만이 아니라, 그에게 대한 불쾌한 감정이라도 꾹 삼켜버리고 무조건 참는 것이 가족으로서 당연한 의무라고 아버지까지도 뼈저리게 반성하는 것 같았다.

아무리 그레고르가 부상으로 말미암아 영원히 활동력을 잃어버리고 얼마 동안은 자기 방을 건너가는 데도 늙은 상이 군인처럼 오랜 시간이 걸리기는 했지만——하물며 높이 기어올라가는 것은 상상조차 못 할 일이었다——이와 같은 자기의 상태가 악화된 반면에 그 대신 자기 생각으로는 다음과 같은 방법으로 충분히 만족할 만한 보상을 받게 된 셈이다. 다시 말하면 매일 저녁이 되면 거실로 통하는 도어가 열렸다. 그레고르는 한 시간이나 두 시간 전부터 언제나 그 도어를 노려보고 있었다. 그레고르는 어두운 자기 방에 누워서——거실에서 이쪽은 잘 보이지 않았다——환히 비치는 탁자 주위에 둘러앉아 있는 가족들을 바라보면서 그들의 이야기를 듣는 것이 전보다 아주 다르게, 어느 정도 공공연하게 묵인되어 있었다.

물론 그전에 그레고르가 어느 작은 호텔방에서 지칠대로 지친 피로한 몸으로 축축한 침대의 이부자리 속에 누워서 언제나 그렇게 생각했었던 그런 활기띤 이야기의 분위기는 아니었다. 이제는 대개 조용한 가운데 이야기가 계속되었다. 아버지는 저녁 식사를 하고 나면 곧 자기 안락의자에 앉아 잠이 들었다. 어머니와 누이동생은 서로 조용히 하라고 경고했다. 어머니는 불 밑으로 바짝 몸을 구부리고 유행 양장점의 고급 내의를 꿰매고 있었다. 여점원으로 취직한 누이도생은 장차 더 좋은 취직 자리를 얻으려고 저녁때면 속기술과 프랑스 어를 공부하고 있었다. 때때로 아버지는 잠자다가 깨어나서 자기가 잠들었던 사실을 전혀 모르는 듯이 어머니에게 말을 걸었다. "뭘 오늘도 그렇게 늦게까지 꿰매고 있어!" 그리고 바로 또 잠이 들었다. 어머니와 누이동생은 서로 피곤한 표정으로 미소를 지었다.

아버지는 한사코 고집만 부리고 집에 와서도 소사의 제복을 벗기를 거부했다. 잠옷은 아무 보람도 없이 옷걸이 못에 그냥 걸려 있었다. 아버지는 마치 언제나 직장에서 심부름의 준비라도 갖추고 있는 것처럼 집에서도 상관의 명령이라도 기다리는 듯이, 단정하게 제복을 입은 채 자기 자리에 앉아서 졸고 있었다. 그렇기 때문에 물론 옷을 지급받았던 처음부터 신품이 아닌 이 제복은 어머니와 누이동생이 때묻히지 않으려고 조심해서 다루었지만 점점 더러워졌다. 그레고르는 때때로 늘 닦아서 번쩍거리는 누런 금단추가 달려 있지만, 더럽기 이루 말할 수 없는 제복을 밤새도록 쳐다보곤 하였다. 이런 제복을 입은 늙은 아버지는 매우 거북하게 보였지만 그러나 곤하게 잠들고 있었다.

시계가 열시를 치면 어머니는 나지막한 목소리로 아버지를 깨워서 침대로 가서 자도록 권유하느라고 무척 애썼다. 아버지는 의자 위에서는 편히 잠을 잘 수도 없으므로 아침 여섯시에 출근하려면 충분한 휴식이 필요했기 때문이다. 그러나 아버지는 소사가 된 다음부터 고집에 사로잡혀 좀더 오래 탁자 옆에 앉아 있겠다고 떼를 쓰면서 늘 잠이 들곤 했다. 그래서 안락의자에서 침대로 잠자리를 옮기도록 권유하기란 무척 힘드는 일이었다. 어머니와 누이동생이 아무리 신중하게 아버지에게 졸라보아도 십오분 동안은 눈을 지그시 감은 채 느릿느릿 머리를 흔들기만 하고 일어서려고 하지 않았다. 어머니는 아버지의 소매를 잡아당기며 그의 귓속에 기분을 맞춰주는 말을 속삭이고 누이동생도 공부를 집어치우고 어머니를 도왔으나 아버지에게 대해서는 아무 효과도 없었다. 아버지는 점점 더 깊숙이 의자 속에 파묻혀 들어갔다. 모녀가 둘이서 손을 겨드랑이 밑을 들어올릴 때에야 비로소 눈을 뜨고 어머니와 누이동생을 번갈아 쳐다보고는 으레 다음과 같이 중얼거리는 것이었다. "이것이 인생이다. 늙은 나의 안식이란 요 모양 요 꼴이란 말이냐." 그리고 그는 모녀의 부축을 받으며 마지못해 일어나기는 했으나 자기 자신에게도 몸 전체가 무거운 짐처럼 느껴지는 듯했다. 모녀에게 도어 근처까지 끌려가서 이제는 됐다고 끄덕이면서 나머지는 혼자서 걸어갔다. 한편 어머니와 누이동생은 각각 재봉 도구와 펜을 내던지고 아버지 뒤를 쫓아가서 부축해드리곤 했다. 많은 일에 시달리고 지칠대로 지친 가족들 가운데서 누가 그레고르를 필요 이상으로 친절하게 돌봐줄 시간 여유를 가진 사람이 있을까? 궁색한 집안 살림은 점점 줄어들기 시작하여 하녀까지도 내보냈다. 흩어진 흰 머리칼을 머리 주위에 나부끼는 몸집이 크고 뼈대가 굵은 할멈이 아침 저녁으로 드나들며 가장 힘드는 일을 거들어주었다. 그 밖의 모든 일은 그렇게 많은 바느질을 해가면서도 어머니가 맡아서 해치웠다. 게다가 전에 어머니와 누이동생이 회합 때나 축제 날에 즐겨 걸쳤던 여러 가지 장식품도 팔아버리게 되었다. 그레고르도 이런 사정을 저녁때 가족들이 파는 가격에 대해서 이야기하는 것을 듣고서 알았다. 그러나 언제나 가장 큰 걱정거리는 현재의 상태로 보아서 너무나 넓기는 했지만 이 주택을 떠날 수 없다는 사실이었다. 이사를 하려고 해도 어떻게 하면 그레고르를 옮길 수 있을까, 엄두가 나지 않았기 때문이었다. 그러나 그레고르는 이사하는 데 방해가 되는 것은 단지 자기에 대한 걱정만은 아니라는 사실을 잘 알고 있었다. 왜냐하면 자기 하나쯤은 알맞은 궤짝 속에 넣어서 공기가 통하는 구멍을 두서너 개 뚫어놓기만 하면 쉽사리 운반할 수 있었기 때문이다. 주로 가족들이 이사를 하지 못하는 큰 원인은 오히려 깊은 절망감과, 이제까지 친척들이나 친구들 가운데서 아무도 겪어본 일이 없는 그러한 비참한 불행을 당하고 있다는 피해의식이라고 할 수 있었다. 세상 사람들이 불쌍한 사람들에게 요구한 것을 그의 가족들은 최대한도로 실천하고 있었다. 아버지는 하급 은행원들에게까지도 아침 식사를 날라다주고, 어머니는 알지도 못하는 사람들의 속내의 바느질에 갖은 희생을 다했으며 누이동생은 손님들이 명령하는 대로 카운터 뒤에서 이리저리 뛰어다녔다. 가족들은 이미 그 이상 더 일할 여력이 없었다. 어머니와 누이동생이 아버지를 침대로 데려다주고 거실로 돌아와서 하던 일을 그만두고 서로 뺨에 닿을 정도로 바짝 가까이 앉는다. 어머니는 그의 방을 가리키며, "그레테야, 저 도어를 닫아라!" 하고 말한다. 또다시 어둠 속에서 혼자 남아 있게 된다. 옆방의 모녀는 함께 눈물을 흘리거나 또는 눈물조차 말라서 탁자만 뚫어지게 바라본다. 그럴 때면 그레고르에게 등의 상처가 새삼스럽게 아프기 시작하는 것처럼 느껴졌다.

그레고르는 밤이나 낮이나 잠을 이루지 못하고 날을 보냈다. 때때로 그는 다음에 도어가 열리면, 가족들의 여러 가지 일을 전과 같이 도맡아서 해보려고 생각했다. 그의 머릿속에는 오래간만에 또다시—사장과 지배인, 그리고 점원이나 견습생들, 그리고 우둔한 하인이나 다른 직장에서 일하고 있는 두서너 명의 친구들, 지방에 있는 호텔 하녀, 즐거우면서도 허무했던 추억, 그가 진정이면서도 너무나 느리고 지루한 태도로 구혼을 했던 어느 모자점의 여자 회계원—이러한 모든 사람들의 모습이 전혀 낯선 사람이나 이미 다 잊어버린 사람들의 모습과 뒤섞여서 자꾸만 떠올랐다. 그러나 이러한 사람들의 모습은 모두들 자기와 가족들을 도와주기는커녕 멀리서 미치지 못할 정도로 서먹서먹했다. 따라서 그들의 모습이 그의 머릿속에서 사라지기를 은근히 바랐다. 그런가 하면 그레고르는 전혀 가족에 대해서 걱정할 기분이 나지 않을 때가 있는가 하면, 자기를 학대하는 데 대해서 그저 화가 날 뿐이었다. 그는 어떤 음식에 구미가 당길는지 알 수도 없었으나 어떻게 해서든지 식당까지 기어가서 식욕은 조금도 없는데도 그래도 구미에 맞는 음식을 먹어보려고 계획을 꾸몄다. 그때 누이동생은 무엇을 주면 그레고르를 즐겁게 할 수 있을까, 그것은 생각지도 않고 아침과 낮에 바삐 상점에 나가기 전에 닥치는 대로 간단히 있는 대로의 아무 음식이나 그레고르의 방 안에 발 끝으로 밀어넣었다——그리고 저녁때가 되면 그러한 음식을 조금 먹었거나 또는——흔히 그럴 때가 많았지만——전연 입을 대지도 않은 데 대해서는 아랑곳없다는듯이 서슴지 않고 빗자루로 밖으로 쓸어내버렸다. 누이동생은 언제나 저녁때마다 해주던 방소제를 이제 와서는 아무렇게나 되는 대로 빨리 해치웠다. 더러운 자국이 그대로 벽에 남아 있고, 여기저기 먼지와 쓰레기, 그리고 오물 덩어리가 흩어져 있었다. 처음에 그레고르는 누이동생이 들어오면 특히 그러한 더러운 구석에 누워 있으면서 누이동생에게 좀 핀잔을 주려고 했었다. 그러나 몇 주일이나 그런 곳에 누워 있었다손치더라도 누이동생은 태도를 고쳐줄 것 같지가 않았다. 누이동생도 자기와 마찬가지로 더러운 물건들을 빤히 바라보면서도 어쩐지 그냥 내버려두기로 결심했던 것이다. 사실 대체로 가족들은 신경 과민에 모두 걸렸지만, 누이도생도 그레고르의 방을 소제한다는 자기에게 맡겨진 특권이 침해당하지 않도록, 이제까지 그녀에게 볼 수 없었던 만큼 유달리 새삼 신경을 쓰면서 감시하고 있었다. 어느 날 어머니는 물을 몇 통 길어다가 그레고르의 방을 크게 청소한 일이 있었다——온통 물천지가 되어서 습기 때문에 그레고르는 기분이 상해서 꼼짝도 못 하고 화를 내며 소파 위에 벌렁 누워 있었지만—— 어머니도 그것에 대한 벌을 면치 못했다. 저녁때 누이동생은 그레고르의 방 안이 달라진 것을 보자 심한 모욕이라도 당한 듯이 불쾌하게 골을 발칵 내면서 안방으로 뛰어들어갔다. 어머니는 애원하다시피 손을 쳐들고 달래봤지만 누이동생은 몸부림을 치면서 울음보를 터뜨렸다. 그래서 부모는——물론 아버지는 안락의자에서 벌떡 일어섰지만——그냥 깜짝 놀라며 어쩔 줄도 모르고 바라보고만 있었다. 드디어 부모들은 간신히 마음을 가다듬고 움직이기 시작했다. 왼편에서는 아버지가 왜 그레고르 방의 청소를 누이동생에게 맡겨두지 않았는가 하고 어머니를 나무라는가 하면 또 바른편에서는 누이동생이 이제부터는 절대로 그레고르의 방을 청소하지 않겠다고 찢어지는 목소리로 앙탈을 부렸다. 한편 어머니는 너무 흥분해서 정신을 잃은 아버지를 침실로 끌고 가느라고 안간힘을 다하였다. 누이동생은 흐느껴 울며 분을 참지 못하고 조그마한 주먹으로 탁자를 두드려댔다. 그레고르는 도어를 닫아주기만 하면 이런 추태와 소동을 보지 않을 수도 있는데 아무도 도어를 닫아주려고 생각하는 사람이 없었기 때문에 화가 치밀어 쉿쉿 하고 큰소리로 씨근거리기만 했다.

그러나 아무리 누이동생이 일에 시달려서 전과 같이 그레고르를 돌봐주는 데 싫증이 났다고 하더라도 누이동생 대신에 어머니가 들어와야 할 필요는 조금도 없었으며 그레고르 역시 소홀히 취급당할 이유도 없었다. 그 늙은 할멈이 있었기 때문이다. 그 할멈은 한평생 아무리 어려운 일이나 심한 역경도 그의 강한 체력으로 능히 감당할 수 있었으리라고 생각되었지만 처음부터 그레고르의 추잡한 꼴을 보기 싫어하는 기색은 조금도 없었다. 어떤 호기심에서가 아니라 그 여자는 우연히 그레고르의 도어를 연 적이 있었다. 그때 그레고르는 아무에게도 쫓기지는 않았지만, 매우 당황하여 갈피를 못 잡고 이리저리 기어다니기 시작했다. 그 할멈은 두 손을 아랫배 위에 모아쥐고 놀라는 표정으로 그레고르의 모습을 보며 그 자리에 우두커니 서 있었다. 그때부터 그 할멈은 아침과 저녁에는 언제나 서슴지 않고 방의 도어를 살그머니 조금 열고 그레고르 쪽을 들여다보곤 했다. 처음 얼마 동안 그 할멈은 자기로서는 그래도 친절을 베푼다는 말투로, "이리 오너라, 늙은 말똥벌레야!"라든가, "저 늙은 똥벌레 좀 봐!" 하고 그레고르를 자기 옆으로 불러보려고 했다. 이런 말을 듣고도 그레고르는 아무 대답도 하지 않고 도어가 열린 것도 모르는 듯이 꼼짝도 않고 자기 자리에 누워 있었다. 그 할멈이 제멋대로 그렇게 쓸데없이 그레고르를 괴롭힌다면 차라리 매일같이 방이나 청소하라고 시켰으면 얼마나 좋을까 하고 생각했다. 한번은 어느 이른 아침에——어느덧 다가오는 봄날을 알리는 듯 모진 비가 창문에 들이치고 있었지만——그 할멈이 또다시 전과 같은 말투로 놀리기 시작했기 때문에 그레고르는 곧 쓰러질 것만 같아서 동작도 느렸지만 울화통이 터져서 덤벼들려는 듯이 할멈에게 몸을 돌렸다. 그러나 할멈은 무서워하기커녕 도어 옆에 놓여 있던 의자를 높이 쳐들어올렸다. 그 할멈이 입을 딱 벌리고 서 있는 꼴을 보니 그의 참뜻을 알 수 있었다. 그것은 높이 쳐들어올린 의자가 그레고르의 등을 내리쳤을 때, 비로소 입을 꼭 다물 작정이었던 것이다. "자아, 더 덤비지는 못하겠지?" 그 할멈은 그레고르가 슬며시 몸을 돌리는 것을 보자 그렇게 다짐하더니 의자를 가만히 방구석에 갖다놓았다.

　이제 그레고르는 거의 아무것도 먹지 못했다. 다만 기어다니다가 우연히 갖다놓은 음식 옆을 지나가게 되면 장난삼아 조금 입에 넣어보지만 삼키지도 않고 그냥 입 속에서 몇 시간 동안 물고 있다가 대개는 그대로 뱉아버리고 말았다. 식욕이 나지 않는 것은 방의 상태가 비참한 것을 슬퍼하는 탓이라고 생각했지만 그는 방의 변화에 대해서는 곧 순응하게 되었다. 다른 곳에 둘 수가 없는 물건들을 무엇이든 이 방에 들여놓기가 일쑤였다. 그런 물건은 이 집 안에 굉장히 많았다. 왜냐하면 살림방 하나를 세 사람이 하숙인에게 빌려주었기 때문이었다. 이 점잖은 신사들은——그레고르가 어느 때 문틈으로 확인한 바에 의하면 세 사람이 다 털보였다——환경 정리에 대해서 관심이 많은 사람들이었다. 자기들뿐만 아니라 일단 이 집에 하숙한 이상, 집안 전체에 대해서 특히 부엌에 대한 청결 문제까지 참견했다. 그네들은 쓸데없는 폐물이나 더러운 물건을 보면 참지 못했다. 게다가 그네들은 그네들 자신의 많은 가구를 갖고 들어왔기 때문에 많은 물건들이 남아 돌아가게 되었다. 그러나 억울해서 팔아버릴 수도 없고 아까워서 내버리고 싶지 않은 물건들이었다. 이러한 물건들이 모조리 그레고르의 방으로 옮겨졌다. 부엌에서 내버리는 상자와 쓰레기통까지 들어왔다. 우선 당장에 필요치 않은 물건들은 언제나 빠른 동작으로 일하는 할멈이 무조건 그레고르의 방으로 끌고 왔다. 다행히도 그레고르는 대개 날라다놓는 물건이나 그 물건을 들고 오는 할멈의 손밖에 보지를 못했다. 그 할멈은 적당한 시기에 기회를 타서 그런 물건들을 되가져가거나, 한꺼번에 갖다버리려니 했으나 사실 그 물건들은 처음 내던진 장소에 그대로 놓여 있었다. 그레고르는 이런 잡동사니들 사이를 구불구불 누비고 돌아다닐 수가 없었고 때문에 어쩔 수 없이 그 잡동사니를 옆으로 치워버렸다. 그러나 나중에는 이렇게 힘드는 일을 하며 기어다니고 나니 몸은 죽을 것처럼 몹시 고단하고 마음은 한없이 슬퍼져서 몇 시간 동안이나 꼼짝달싹할 수도 없게 되었지만 그러한 물건들을 움직이는 데 점점 더 흥미를 느끼게 되었다.

하숙인들이 집에서 저녁 식사를 할 때면 가끔 가족들이 공동으로 쓰고 있는 거실을 사용했기 때문에 저녁 때 거실의 도어가 닫혀 있는 일이 많았다. 그러나 그레고르는 선뜻 단념하고 도어를 억지로 열려고도 하지 않았다. 그전에도 저녁마다 도어가 열려 있는 저녁때에도 그레고르는 그 도어를 이용하지도 않고 가족들의 눈에 띄지 않도록 컴컴한 자기 방 한구석에 누워 있었다. 그런데 언젠가 할멈이 거실의 도어를 약간 열어놓은 채 내버려 둔 적이 있었다. 도어는 저녁때 하숙인들이 거실로 들어와서 불을 켤 때까지 열려 있었다. 그 하숙인들은 전에 아버지와 어머니와 그레고르가 앉았던 식탁의 윗자리에 자리잡고 냅킨을 펴더니 나이프와 포크를 손에 잡았다. 그러자 소복이 고기를 담은 대접을 들고 어머니가 도어에 나타났으며 바로 이어서 그 뒤에는 한 그릇 가득히 담은 감자 대접을 들고 누이동생이 따라 왔다. 음식은 김이 무럭무럭 오르고 냄새가 구미를 돋구었다. 하숙인들은 마치 먹기 전에 검사나 해보려는 듯이 자기들 앞에 놓인 대접 위로 허리를 구부렸다. 사실 그네들 중에서 한가운데 앉은 두목격인 남자가 대접에서 고기 한 점을 베더니, 그것이 너무 연하게 익지나 않았나, 그것을 부엌으로 되돌려 보내지 않아도 좋을까, 다른 사람 앞에서 서슴지 않고 음미해보았다. 그는 맛을 보고 나서 만족했다. 그래서 긴장한 표정으로 들여다보고 있었던 어머니와 누이동생은 한숨을 내쉬고 미소를 짓기 시작했다. 가족들은 부엌에서 식사를 했다. 그래도 아버지만은 부엌으로 가기 전에 거실에 들어와서 제모를 손에 든 채 인사를 하고 식탁 주위를 한 번 삥 돌아보았다. 하숙인들도 모두 일어나서 수염 속에서 무엇인지 중얼거렸다. 하숙인들은 자기들만 남게 되자 거의 아무 말도 하지 않고 조용히 식사를 했다. 그레고르는 식사하는 여러 가지 소리 가운데 한결같이 음식을 씹는 이빨 소리가 들리는 것이 이상스러웠다. 그 소리가 그레고르에게는 마치 음식을 먹으려면 이가 필요하고, 이 없는 턱은 아무리 훌륭하게 보여도 아무 소용이 없다는 사실을 알려주기 위해서 들려 오는 것처럼 느꼈다. '나도 구미가 당기는데.' 하고 수심에 잠긴 듯이 혼자서 중얼거렸다. 그러나 '저런 음식은 싫어. 저 하숙인들은 참 잘도 먹는데, 나도 이처럼 비참하게 죽어가는구나!'

바로 이날 저녁이다——그레고르는 변신된 후 쭉 바이올린 소리를 들어본 기억이 나지 않았다.——부엌 쪽에서 바이올린 소리가 이쪽으로 들려왔다. 하숙인들은 벌써 저녁 식사를 끝마치고 한가운데 앉은 두 목격의 남자가 신문을 끄집어 내어 두사람에게 한 장씩 나눠주었다. 그들은 모두 의자에 몸을 기대고 신문을 읽으며 담배를 피우고 있었다. 바이올린 소리가 들려왔을 때 그들은 그 소리에 신기하게 주의가 끌린 듯 일어나 현관방의 도어를 향해서 발 끝으로 소리를 죽이며 살금살금 걸어가서 도어 앞에 함께 모여 서 있었다. 부엌에서도 그들의 발자국 소리가 들린 것 같았다. 그래서 아버지가 소리를 쳤다. "여러분 바이올린 소리가 듣시 싫으신가요? 곧 그만두게 하지요." "천만에요." 하고 그 두목격인 남자가 말했다. "아가씨께서 이쪽 방으로 와서 연주해줄 수 없을까요? 그편이 훨씬 편하고 기분도 흐뭇할 것 같은데." "네, 그러시지요." 하고 아버지는 마치 자기가 바이올린을 켜기나 하듯이 대답했다. 하숙인들은 방으로 돌아와서 기다리고 있었다. 이윽고 아버지는 스탠드를, 어머니는 악보를, 누이동생은 바이올린을 들고 방 안으로 들어왔다. 누이동생은 침착한 태도로 연주할 준비를 갖추었다. 이제까지 한번도 방을 빌려준 일이 없었기 때문에 양친은 하숙인들에게 지나치게 예의를 지키느라고 감히 자기들 자리에 앉으려고도 못 했다. 아버지는 도어에 기대어 서서 단추를 꼭 채운 채 제복의 단추 사이에 오른손을 집어 넣고 있었다. 그러나 어머니는 하숙인 한 사람이 의자를 권해드렸기 때문에 자리를 얻어 앉았다그 자리는 우연히 한쪽 구석이었지만 어머니는 의자를 갖다놓아준 대로 그곳에 자리잡고 있었다.

누이동생은 바이올린을 켜기 시작했다. 아버지와 어머니는 제각기 자리잡은 위치에서 주의 깊게 딸의 두 손의 움직임을 바라보았다. 그레고르는 바이올린 소리에 마음이 끌려서 자기도 모르게 약간 앞으로 나아가서 머리를 거실 쪽으로 내밀고 있었다. 그는 요사이 다른 사람에게 주의를 기울이지 않고 지나온 것을 조금도 이상하게 여기지 않았다. 그는 전 같으면 다른 사람들에게 대해서 고려해줄 수 있다는 것을 스스로 자랑으로 삼았다. 그러니만큼 지금에 와서는 다른 사람의 눈앞에서 몸을 숨겨야 할 이유가 더욱 절실했을 것이다. 왜냐하면 자기 방 안에는 어디나 먼지가 소복이 쌓여 있으며, 조금만 몸을 움직여도 먼지가 펄펄 날리고, 온몸이 먼지투성이가 되었기 때문이다. 그뿐더러 실오라기, 머리털, 먹다 남은 음식 찌꺼기 같은 것을 등어리와 옆구리에 붙인 채 끌고 돌아다녔다. 모든 것에 대한 그의 무관심한 태도는 말할 나위도 없었다. 전에는 하루에도 몇 번씩 그랬지만 요사이는 벌렁 등을 대고 누워서 양탄자에 몸을 비비는 일도 없었다. 이러한 상태에도 불구하고 티끌 하나 떨어져 있지 않는 깨끗한 거실 마룻바닥 위를 기어갔지만 조금도 거리끼리 않았을 뿐더러 부끄러운 줄도 몰랐다.

그런데 그가 기어나온 데 대해서 눈치채는 사람은 아무도 없었다. 가족들은 완전히 바이올린 연주에 황홀해서 정신이 팔려 있었다. 하숙인들도 처음에는 두 손을 바지 호주머니 속에 처넣고 누이동생의 스탠드 바로 뒤에 자리잡고 앉아 있었다. 그래서 그들은 모두 악보를 들여다볼 수 있었기 때문에 누이동생에게는 확실히 방해가 되었을 것이다. 그들은 바로 머리를 수그리고 나직한 목소리로 속삭이면서 창문 옆으로 물러섰다. 아버지는 염려하는 눈초리로 창문 옆에 머무르는 그들을 쳐다보고 있었다. 사실 누가 보더라도 아름답고 재미있는 바이올린 연주를 들을 수 있으리라고 기대하였던 그들은 기대에 어긋나서 실망하고 싫증이 났다. 다만 체면을 생각하고 예의를 지킨다는 입장에서 할 수 없이 듣고 있다는 눈치가 명백했다. 특히 그들이 모두 담배 연기를 코와 입에서 허공으로 내뿜는 모습은 보는 사람으로 하여금 그들의 초조한 기색을 느끼게 하고도 남음이 있었다. 그래도 누이동생은 매우 훌륭하게 연주했다. 고개를 옆으로 갸우뚱거리고 눈초리를 감상에 젖은 듯이 슬픈 표정으로 악보의 줄을 더듬고 있었다. 그레고르는 조금 더 앞으로 기어나갔다. 그리고 혹시나 누이동생의 시선과 마주칠 수 있을까 기대하면서 고개를 마루 위에 바짝 대다시피 수그리고 있었다. 이처럼 음악 소리에 감동을 느끼는데도 그는 역시 동물이란 말인가? 그는 마치 자기도 모르게 그리던 마음의 양식을 얻는 길이 열리는 것처럼 느껴졌다. 그는 누이동생 옆으로 기어나가려고 했다. 누이동생의 스커트 자락을 끌어당겨서 누이동생이 바이올린을 가지고 자기 방으로 건너와 주었으면 하는 뜻을 알려주려고 했다. 왜냐하면 여기에서는 아무도 자기만큼 그 연주를 칭찬해주는 사람이 없었기 때문이다. 그는 자기가 살고 있는 동안은 적어도 누이동생을 자기 방에서 내보내고 싶지 않았다. 그의 흉악한 모습은 처음으로 도움이 될 것이다. 자기 방에 있는 전 도어를 정신 바짝 차리고 동시에 지켜 서 있다가 들어오는 놈들에게 으르렁대며 덤벼들려고 했다. 그러나 누이동생을 강요해서는 안 되며 자유로운 의사에 따라 자기 옆에서 지내게 해야 한다. 그러면 자기와 나란히 소파에 앉아서 자기 쪽으로 귀를 기울일 것이다. 그럴 때 그는 누이동생에게 그녀를 음악 학교에 보내주려고 확고한 계획을 세우고 있었다는 것과 이런 불행한 사건만 일어나지 않았더라면 어떤 반대가 있었다고 하더라도 그것에 구애되지 않고 지난 크리스마스 날 저녁에——그런데 도대체 크리스마스가 벌써 지났을까?——여러 사람들 앞에서 명백히 자기 계획을 발표했으리라는 것을 알려주려고 했다. 이런 이야기를 하면 누이동생은 틀림없이 감격한 나머지 울음을 터뜨릴 것이다. 그러면 그레고르는 어깨까지 기어올라가서 누이동생 목에 키스를 해주려고 했다. 누이동생은 직장에 나가게 되면서부터 리본도 칼라도 없이 목을 내놓고 다녔기 때문이다.

"잠자 씨!" 하고, 두목격인 남자가 아버지에게 소리를 쳤다. 그리고 그는 그 이상 아무 말도 하지 않고 천천히 앞으로 기어나오는 그

레고르를 집게손가락으로 가리켰다. 바이올린 소리가 멈췄다. 두목격인
그 남자는 우선 고개를 옆으로 저으며 친구들에게 미소를 던지고 다시
그레고르 쪽을 쳐다보았다. 아버지는 그레고르를 쫓아내는 것보다는
먼저 하숙인들을 진정시키는 것이 더 필요하다고 생각하는 것 같았다.
그러나 하숙인들은 흥분하기는커녕 바이올린 연주보다도 도리어 그
레고르에게 흥미를 느끼는 것 같았다. 아버지는 그들에게 뛰어가서
두 팔을 벌리고 하수인들을 자기 방으로 돌려보내려고 애쓰는 동시에
자기 몸으로 그레고르가 보이지 않도록 가리려고 했다. 그때 그들은
아닌게 아니라 약간 화를 내는 기색이었다. 아버지의 행동에 대해서
화를 냈는지, 또는 그레고르 같은 것이 이웃방에 살고 있었다는 사실을
꿈에도 모르고 있다가 그제서야 알게 되어 화를 낸 것인지, 도무지
알 수 없는 노릇이었다. 그들은 아버지에게 해명을 요구하고 그들
쪽에서도 팔을 쳐들며 불안스럽게 수염을 비비 꼬면서 천천히 자기
방으로 물러갔다. 그동안 누이동생은 별안간 연주가 중단된 후 잠시
정신없이 멍하니 있다가 바로 정신을 차리고 얼마 동안 축 늘어뜨린
두 손에 바이올린과 활을 쥐고 계속 연주를 하고 있는 것처럼 악보를
들여다보다가 갑자기 몸을 일으켰다. 이어서 누이동생은 어머니—
숨이 막히는 듯 가슴을 들먹거리며 아직도 안락의자에 앉아 있었다—
—무릎 위에 악기를 놓고 옆방으로 앞질러 뛰어들어갔다. 하숙인들은
아버지에게 쫓겨서 앞서보다 더 빨리 옆방(그들의 방)으로 다가오고
있었다. 누이동생은 익숙한 솜씨로 침대 위에 놓여 있던 이부자리와
베개를 톡톡 위로 올리더니 순식간에 보기 좋게 정돈해놓았다. 하숙
인들이 방으로 밀려들어오기 전에 침대를 정돈해버린 다음 그녀는
살짝 빠져나왔다. 아버지는 또다시 자기 옹고집에 사로잡혀서 늘 하
숙인들에게 베풀던 존경심조차 잊어버린 것 같았다. 아버지는 악착
같이 그들을 밀치고만 있었다. 드디어 방의 도어까지 다달았을 때
두목격인 남자가 쾅 하고 발을 굴렀기 때문에 아버지도 할 수 없이
발걸음을 멈추고 있었다. "나는 이 자리에서 선언하지만……" 그
남자는 한쪽 손을 쳐들고 어머니와 누이동생을 힐끗 바라본 다음
이렇게 말했다. "현재 이 집과 이 가족들 속에 감돌고 있는 불쾌한

분위기를 고려해서—여기서 그 남자는 선뜻 결심이라도 한듯이 마루 위에 침을 뱉았다—나는 방을 해약합니다. 물론 내가 지금까지 살아온 기간의 방세에 대해서는 한푼도 지불할 수가 없습니다. 그 대신 나는 앞으로—내 말을 똑똑히 들으십시오—아주 쉽게 근거를 대고 이유를 붙일 수 있는 어떠한 손해 배상 청구를 당신에게 제기하게 될 것인지 이 점을 신중히 고려해볼 작정입니다." 그 남자는 입을 다물고 마치 무엇을 기대하는 듯이 똑바로 앞을 쳐다보았다. 아닌게 아니라 두 친구들도 바로 입을 열었다. "우리도 역시 이 자리에서 당장 해약하겠습니다." 그러고 나서 그 두목격인 남자는 도어의 손잡이를 쥐고 탕 하고 요란스럽게 도어를 닫았다.

아버지는 손으로 더듬으며 비틀거리더니 힘없이 의자 위에 쓰러지고 말았다. 겉으로는 손발을 축 늘어뜨리고 전과 같이 저녁 잠을 자는 것처럼 보였으나 고개를 가만히 둘 수 없는 듯 쉴새없이 끄덕거리고 있는 모습을 보니 전혀 잠을 자고 있지 않다는 것을 알 수 있었다. 그레고르는 그 동안 자기가 하숙인들에게 현장에서 들켰던 바로 그 자리에 조용히 누워 있었다. 자기의 계획이 실패한 데 대한 실망과 아마도 오랫동안 많이 굶주렸기 때문에 몸이 극도로 쇠약해진 듯, 그는 도저히 옴짝달싹할 수가 없었다. 그는 지금 당장이라도 자기 몸 위에 여러 가지 물건들이 한꺼번에 무자비하게 허물어져 닥쳐올 것이라고 확실히 느끼면서 그 순간을 기다리고 있었다. 그때 어머니의 손가락이 떨리더니 바이올린이 어머니 무릎에서 떨어지며 소리가 크게 울렸지만 그레고르는 조금도 놀라지 않았다.

"어머니!……아버지!" 하고 누이동생은 이야기를 끄집어내기 전에 손으로 탁자를 쳤다. "이 이상 더 못 견디겠어요. 어머니와 아버지는 아직 사정을 모르시겠지만 저는 잘 알고 있었요. 저는 이런 괴물 앞에서 오빠의 이름을 부르고 싶지 않아요. 그래서 제 말씀은 저것을 없애야 한단 말이에요. 저것을 먹여 살리려고 참고 견디며 우리들은 인간으로서 할 수 있는 짓은 다해왔어요. 아무도 우리들을 나무랄 사람은 없어요."

"그래 네 말이 옳다." 아버지는 혼자서 중얼거리듯이 말했다. 아직도 완전히 숨을 돌리지 못하는 어머니는 마치 정신 나간 사람과 같은 눈초리로 손을 입에 대고 먹먹하게 기침을 하기 시작했다.

누이동생은 어머니 옆으로 달려가서 이마를 짚어주었다. 아버지는 누이동생의 말을 듣고서 무엇인지 마음속에 결심이라도 한 것처럼 보였다. 아버지는 의자 위에 똑바로 앉아서 하숙인들이 저녁 식사를 끝낸 다음에도 식탁 위에 놓여 있는 접시들 사이에서 소사의 제모를 주물럭거리면서 가끔 가만히 누워 있는 그레고르 쪽을 쳐다보았다.

"우리는 저것을 없애버려야만 해요." 하고 그저 아버지만 쳐다보며 누이동생은 다짐하듯이 말했다. 왜냐하면 어머니는 기침하느라고 아무 말도 듣지 못했기 때문이다. "저것이 아버지와 어머니의 목숨을 빼앗을 거예요. 어쩐지 저는 그렇게만 생각되어요, 저희들은 모두 갖은 고생을 다하면서 일해야 되는데, 이처럼 끝없는 두통거리를 집 안에 두고 어떻게 참을 수가 있겠어요? 저는 이 이상 더 참을 수가 없어요." 이렇게 말하고 누이동생은 왈칵 울음을 터뜨렸다. 그 눈물이 어머니의 얼굴에 흘러내렸으나 누이동생은 기계적으로 손을 움직이더니 어머니의 얼굴에서 눈물을 씻었다.

"애야." 하고 아버지는 동정하듯이 그리고 두드러지게 너그러운 마음으로 이렇게 말했다. "그러면 우리들은 어쩌면 좋단 말이냐?"

누이동생은 아버지에게 아무런 구체적인 방안도 없다고 어깨를 움츠렸을 뿐이다. 그녀는 울고 있는 동안에 앞서 그처럼 단호했던 태도와는 정반대로 정말 어쩌면 좋을지 갈피를 잡지 못했다.

"저놈이 우리 마음을 조금이라도 알아주었으면." 하고 아버지는 반쯤 물어보는 것처럼 말했다. 누이동생은 울면서 그런 일은 전혀 생각해볼 여지조차 없다는 듯이 한쪽 손을 성급히 내저었다.

"저놈이 우리 마음을 조금이라도 알아주었으면……." 하고 아버지는 같은 말을 되풀이하고, 그런 일은 도저히 있을 수 없다는 누이동생의 확신을 자기도 그대로 받아들이려는 듯이 눈을 지그시 감았다. "그렇다면 저놈하고 타협할 수도 있을 텐데. 그러나 저 모양, 저 꼴이니——."

"내쫓아야 해요." 하고 누이동생이 외쳤다. "그렇게 하는 수밖에 없어요. 아버지! 저것이 오빠라는 생각을 버리셔야만 되어요. 우리들이 이제껏 너무나 오랫동안 그렇게 믿어왔던 것이 우리들 자신의 불행이었어요. 어째서 저것이 그레고르란 말이에요? 만일 정말 그레고르라면 사람이 저런 동물과 함께 살 수 없다는 것쯤은 벌써 알아차리고 자기 스스로 나가버렸을 거예요. 그러면 오빠는 없어질망정 우리는 안심하고 살아나갈 수 있고 언제까지나 오빠를 소중하게 회상할 수 있지 않아요. 그런데 저것은 우리들을 못 살게 굴고 하숙인들을 쫓아낼 뿐더러, 나중에는 아마 이 집 전체를 차지하고 우리들까지 길가에서 잠을 자게 할 거예요——저것 좀 보세요, 아버지.” 하고 누이동생이 갑자기 외쳤다. “또 장난을 시작했어요!”

그레고르에게도 이해가 가지 않는 괴상한 공포에 사로잡힌 듯 누이동생은 어머니 곁을 떠나 마치 그녀가 우두커니 그레고르 옆에 있느니보다는 오히려 어머니를 희생시키는 편이 낫다는 듯이 어머니의 의자를 박차고 펄쩍 뛰어 뒤로 물러났다. 이어서 그녀는 아버지 뒤로 달려갔다. 아버지도 누이동생의 동작을 보고 당황한 나머지 자리에서 똑같이 일어나 누이동생을 보호하려는 듯이 두 팔을 앞으로 쳐들었다.

그러나 그레고르는 누이동생은 물론이고 아무에게도 공포심을 일으키려는 생각은 추오도 없었다. 그는 단지 자기 방으로 돌아가려고 몸을 돌리기 시작했던 것이다. 그의 비참한 상태로는 조금 몸을 돌리려고 해도 힘이 들었기 때문에 머리의 반동을 이용해야만 했다. 그래서 몇 번이고 머리를 쳐들었다가는 마룻바닥 위를 내려쳤다. 따라서 이같이 괴상한 동작이 말할 나위도 없이 그 사람들의 주의를 끌었다. 그는 동작을 멈추고 사방을 두리번거렸다. 그레고르의 악의 없다는 의도만은 그래도 알아 주는 것 같았다. 사람들은 그저 순간적으로 놀랐을 따름이다. 이제 가족들은 모두 아무 말도 하지 않고 슬픈 표정으로 그를 바라보고 있을 뿐이었다. 어머니는 의자에 앉아서 두 다리를 모아서 쭉 뻗치고 있었다. 극도로 피로했기 때문에 눈꺼풀이 거의 덮일 것만 같았다. 아버지와 누이동생은 나란히 앉아 있었다. 누이동생은 한쪽 손으로 아버지의 목을 감고 있다.

‘자 이제는 방향을 돌려도 상관없겠지.’ 그레고르는 그렇게 생각하고 다시 돌기 시작했다. 그는 일에 지쳐서 숨이 가쁘고 호흡이 거칠어졌기 때문에 숨을 돌리려고 이따금 쉬기도 했다. 그렇다고 해서 아무도 그를 쫓는 사람은 없었다. 무엇이든 그가 하는 대로 내버려두었다. 그는 방향을 돌리고 나서 자기 방으로 곧장 돌아가기 시작했다. 그는 자기 방까지의 거리가 이다지도 먼 데 대해서 크게 놀랐다. 그래서 조금 전에 쇠약한 몸을 이끌고 어떻게 이처럼 먼 거리를 기어왔는지 도무지 납득이 가지 않았다. 그저 빨리 기어가려고만 생각했기 때문에 가족들이 말을 걸거나 소리를 쳐서 자기를 방해하는 일도 없었다는 사실을 거의 눈치채지도 못했다. 겨우 도어 앞까지 갔을 때 비로소 한 번 고개를 돌려보려고 했으나 제대로 잘 돌려지지 않았다. 목이 굳어진 것처럼 느껴졌기 때문이다. 그러나 그 후 자기 뒤에서는 아무 변화도 일어나지 않았고 다만 누이동생의 서 있는 모습이 눈에 띄었을 뿐이다. 그의 마지막 시선이 어머니를 힐끗 스쳤는데 어머니는 그때 꼬빡 잠이 들어 있었다.

그가 방에 들어가자마자 어느새 성급히 도어가 닫히더니 고리가 잠기고 그대로 방 안에 갇히고 말았다. 별안간에 뒤에서 요란스러운 소리가 났기 때문에 그레고르는 너무나 놀라서 다리가 휘청 굽혀져서 부러질 지경이었다. 급히 달려온 사람은 누이동생이었다. 누이동생은 미리 서서 기다리고 있다가 그레고르가 방에 들어가자마자 번개같이 달려왔던 것이었다. 그레고르는 전혀 다가오는 누이동생의 발자국 소리를 듣지 못했다. 그녀는 열쇠를 자물쇠 구멍에 넣어서 돌리며 "됐어요!" 하고 양친을 향해서 외쳤다.

"자 이제부터 어쩔 셈이지?" 그레고르는 자기 자신에게 물어보며 어둠 속에서 주위를 둘러보았다. 그는 곧 자기가 그 이상 더 움직일 수 없다는 사실을 깨달았다. 그는 별로 이상하게 여기지 않았다. 오히려 전부터 이와 같이 가느다란 다리로 여기까지 기어올 수 있었다는 것이 부자연스럽게 생각될 정도였다. 그렇더라도 비교적 기분은 좋았다. 사실 그는 온몸이 아팠지만 점점 아픈 것이 가시고 결국 머지않아 완전히 가라앉을 것 같았다. 등에 박힌 썩은 사과도 부드러운 먼지에 쌓인 그의 주위의 염증도, 벌써 거의 느끼지 않게 되었다. 말할 수 없는 갈등과 애정을 가지고 가족들을 돌이켜 생각해보았다. 자기가 없어져야 한다는 그의 의견은 누이동생의 그것보다 아마도 훨씬 더 절실했을 것이다. 교회에서 탑 시계가 새벽 세시를 칠때까지 그는 이처럼 허전하고 고요한 명상에 잠겨 있었다. 창 밖이 훤하게 밝아오기 시작한 것을 그는 짐작할 수가 있었다. 그때 그의 머리가 자기도 모르게 밑으로 푹 수그러졌다. 그리고 그의 콧구멍으로부터 마지막 숨이 힘없이 흘러나왔다.

아침 일찍이 할멈이 왔을 때——그런 것만은 제발 하지 말라고 지금까지도 몇 번이나 타일렀지만 성급히 힘껏 도어를 모조리 닫기 때문에, 이 할멈이 오면 온 집안 사람들은 편히 잠도 잘 수 없을 지경이었다——보통때처럼 슬쩍 그레고르의 방을 들여다보았으나 처음에는 아무런 이상도 발견하지 못했다. 할멈은 그가 일부터 꼼짝도 않고 누워 감정이 상해서 능글능글 불쾌스런 태도를 취하고 있다고 생각했다. 할멈은 그가 모든 것을 다 이해하고 있다고 생각했던 것이다. 할멈은 때마침 손에 기다란 비를 들고 있었기 때문에 도어 밖에서 비를 내밀어 그레고르를 간지르려고 시도해보았다. 그래도 아무 효과가 없었기 때문에 할멈은 바짝 화가 나서 그레고르의 몸을 약간 쑤셔보았다. 그레고르가 아무 반항도 하지 못하고 자리에서 밀려나갔을 때 비로소 할멈은 이상하다는 듯이 휘둥그래져서 자기도 모르게 휘파람을 획하고 불었다. 그러나 그 이상 그 자리에서 우물쭈물하지 않고 갑자기 잠자 부부의 침실 도어를 열어젖히고 어둠 속을 향해서 큰소리로 이렇게 외쳤다. "좀 가봐요, 뻗었어요. 저기 자빠져서 그만 뻗어버리고 말았어요!"

잠자 부부는 후딱 더블베드에서 일어나 할멈의 보고 내용을 알아보기도 전에 우선 할멈 앞에서 놀라움과 당황한 꼬락서니를 감추지 않으면 안 되었다. 잠자 부부는 기겁을 하며 침대 좌우로 내려와 잠자씨는 어깨에 담요를 걸치고 부인은 잠옷을 입은 채 침실에서 나와 그레고르의 방으로 들어갔다. 그러는 동안에 거실의 도어도 열렸다. 하숙을 친 다음부터 그레테가 거실에서 자고 있었다. 그레테는 한잠도 자지 못한 것처럼 그대로 단정하게 옷을 입고 있었다. 무엇보다도

창백한 얼굴빛이 그것을 증명하는 것 같았다. "죽었다니?" 잠자 부
인은 이렇게 말하면서 믿을 수 없다는 듯이 할멈을 쳐다보았다. 물론
자기가 알아보아도 알 수 있었고 알아보지 않아도 알 수 있는 일이었다.
"죽은 것 같아요." 할멈은 이렇게 말하고 증거라도 보이려는 듯이 비로
그레고르의 시체를 옆으로 멀리 쭉 떠밀어보였다. 잠자 부인은 그 비를
가로막으려는 태도를 보였으나 사실 막지는 않았다. "자아, 이제 우
리는 하느님께 감사해야 할 거야." 잠자 씨는 이렇게 말했다. 그는
가슴에 십자가를 그었다. 어머니와 딸도 그가 하는 대로 따라서 똑같은
동작을 했다. 그때까지 시체에서 한눈도 팔지 않고 있었던 그레테가
입을 열었다. "좀 보세요, 오빠는 어쩌면 저렇게 말랐을까요. 벌써 오래
전부터 아무 것도 먹지를 않았어요. 음식을 갖다주어도 그냥 그대로
내보냈지 뭐예요." 사실 그레고르의 몸은 너무 말라서 뱃가죽이 등에
착 달라붙어 있었다. 이미 다리들이 몸뚱이를 위로 떠받들고 있는 것도
아니고 그 밖에 아무것도 사람들의 주의를 딴 데로 돌리게 하는 것이
없어져버린 지금에 와서 비로소 사람들은 그 사실을 똑똑히 알게
되었다.

"그레테야, 이리 좀 온." 하고 잠자 부인은 슬픈 미소를 지으며
말했다. 그레테는 시체를 돌아다보며 양친의 뒤를 따라 침실로 들어
갔다. 할멈은 도어를 닫고 창문을 활짝 열어젖뜨렸다. 아직 이른 아
침이지만 신선한 공기 속에는 어딘지 훈훈한 공기가 감돌고 있었다.
어느덧 벌써 삼월 말이었다.

세 하숙인들은 방에서 나와 아침 식사를 찾았으나 모두들 어리둥
절한 표정이었다. 하숙인의 존재조차 잊어버릴 지경이었다. "아침
식사는 어디 있어요?" 하고 그들 가운데 두목격인 남자가 투덜거리며
할멈에게 물었다. 그러나 할멈은 손가락을 입에 대고 아무 말도 없
었으나 성급히 서두르며 그레고르의 방에 가보라고 눈짓을 했다. 그
들은 그레고르의 방으로 가서 약간 해진 윗옷 호주머니에 두 손을
처넣고 그레고르의 시체를 둘러싸고 서 있었다. 방안은 이미 환하게
밝아졌다.

그때 침실의 도어가 열렸다. 잠자 씨는 소사의 제복을 입고 한쪽

팔을 아내에게 또 다른 쪽 팔은 딸에게 부축을 받으며 나타났다. 세 사람의 얼굴은 약간 울은 듯 눈이 부어 있었다. 그레테는 때때로 아버지의 팔에 얼굴을 파묻었다.

"당장 우리 집에서 나가주시오." 잠자 씨는 이렇게 말하고 아내와 딸을 자기 몸에서 떼지도 않은 채 현관문 쪽을 가리켰다. "무슨 말씀인지요?" 그 두목격인 남자가 약간 놀란 표정으로 싱긋 미소를 지으며 말했다. 나머지 두 사람은 뒷짐을 진 채로 끊임없이 손을 비비고 있었다. 마치 자기들에게 유리하게 벌어지게 될 언쟁을 마음속으로 은근히 기다리고 있는 것 같았다.

"지금 내가 말한 바로 그대로라니까요." 잠자 씨는 이렇게 대답하고 아내와 딸을 옆으로 거느린 채 그대로 나란히 서서 하숙인 앞으로 곧장 걸어갔다. 처음에는 두목격인 남자는 꼼짝도 않고 그 자리에 서 있었는데, 마치 머릿속에서 여러 가지 일을 다시 정리하려는 듯이 잠시 마루 위를 내려다보고 있었다. "그렇다면 나가지요." 하고, 그는 말하고 잠자 씨를 쳐다보았다. 그 남자는 갑자기 자기를 엄습해온 겸손한 기분 속에서 이와 같이 새삼 결심한 데 대해서까지도 주인에게 새로운 승인이라도 얻으려는 것 같았다. 그러나 잠자 씨는 눈을 부릅뜨고 그저 몇 번이고 고개를 끄덕일 뿐이었다. 두 친구는 손가락 하나 까딱하지 않고 잠시 귀를 기울이고 있었으나 곧 그 두목의 뒤를 쫓아갔다. 마치 잠자 씨가 자기들보다 먼저 앞질러서 현관방에 들어가 자기들과 두목 사이를 끊어 놓지나 않을까 두려워하는 것 같았다. 현관방에서 그 세 사람은 옷걸이에서 모자를 손에 잡아들고 지팡이를 세웠던 곳에서 꺼내든 다음 무뚝뚝하게 인사를 하고 집을 나섰다. 전혀 아무 근거도 없는 의심을 품고서—그의 의혹이 단순한 기우에 지나지 않는다는 사실은 바로 밝혀졌지만—잠자 씨는 아내와 딸을 데리고 계단 앞으로 나아가서 난간에 기대어 떠나가는 세 사람들의 뒷모습을 내려다보았다. 세 사람들은 천천히 그리고 한결같이 고르게 발을 옮겨서 긴 계단을 내려갔으며 아래층으로 내려가는 데 따라서 층계마다 중간의 층계참에 이르자 언뜻 자취를 감추었다가 이삼 초 후에 다시 모습을 나타냈다. 그들이 더욱 밑으로 내려갈수록 그들에 대한 잠자 가족의 관심도 점점 사라졌다. 다음에는 저 밑에서 세 사람들을 향해서 올라오던 푸줏간 급사가 마침내 그들을 지나쳐서 머리에 짐을 이고 뽐내듯이 퉁탕거리며 계단을 올라왔다. 그때 비로소 잠자 씨는 아내와 딸을 데리고 난간을 떠나서 가벼운 기분으로 되돌아왔다.

그들은 오늘 하루를 쉬면서 산보나 하기로 결의했다. 그들은 일을 쉴 만한 이유가 있었을 뿐만 아니라 쉴 필요가 있었다. 그래서 그들은 책상 옆에 앉아서 잠자 씨는 자기 지배인에게, 잠자 부인은 내재봉 주문자에게, 그리고 그레테는 상점 주인에게 각각 결근계를 썼다. 결근계를 쓰고 있을 때 할멈이 아침이 다 끝났으니까 집으로 돌아가겠다고 말했기 때문에 글을 쓰고 있던 그들은 고개도 들지 않고 고개만 끄덕거렸다. 그러나 할멈이 언제까지나 그 자리를 떠나려고 하지 않았기 때문에 화를 내며 얼굴을 들었다. "왜 그러고 있어요?" 하고 잠자 씨가 물었다. 할멈은 도어 옆에 서서 미소를 지었다. 마치 할멈은 가족들에게 매우 반가운 소식을 전해주려고 왔지만, 상대방이 캐어묻지 않으면 선뜻 알려주지 않으려는 태도였다. 할멈의 모자 위에서는 타조의 작은 깃이 하나 꼿꼿이 꽂혀 있었는데 가볍게 이리저리 흔들리고 있었다. 할멈이 자기 집에서 일하는 동안에도 잠자 씨는 그 날개털이 몹시 비위에 거슬렸다. "대체 무슨 일이 있어요?" 하고 잠자 부인이 물었다. 할멈은 이 집에서 부인을 가장 존경하고 있었다. "네……." 할멈은 이렇게 대답을 하고, 정답게 웃느라고 바로 말을 계속하지 못했다. "저어, 옆방에 있는 그것을 치워버릴 걱정은 조금도 마세요. 벌써 제가 다 치워버렸으니까요." 잠자 부인과 그레테는 결근계를 계속해서 쓰려는 듯이 고개를 수그리고 있었다. 잠자 씨는 할멈이 모든 일을 자세히 이야기하려고 하는 눈치를 챘을 때 손을 내밀며 한사코 거절했다. 할멈은 거절을 당하자 자기도 매우 바쁜 몸이라는 사실을 깨닫고 기분이 상한 듯이 "여러분, 안녕히 계세요." 하고 외치고 홱 돌아서더니 요란스럽게 도어를 닫고서 집을 나가버렸다.

"저녁에 돌아오면 할멈을 내보내." 잠자 씨가 이렇게 말했으나 부인이나 딸은 아무 대답도 하지 않았다. 애써서 얻은 마음의 안식이 할멈 때문에 다시 수포로 돌아간 것처럼 느껴졌기 때문이다. 아내와 딸은 자리에서 일어나 창문 옆으로 가서 서로 부둥켜안고 있었다. 잠자 씨는 의자에 앉은 채 몸을 두 사람 쪽으로 돌리더니 잠시 동안 조용히 그들을 쳐다보고 있었다. 그 다음에 그는 이렇게 말했다. "자 그만 이리 좀 와, 지난 일을 더 생각해서 뭘 해. 자 이제는 나도 좀 생각해 달란 말이야!" 아내와 딸은 아버지에게로 달려가 그를 위로한 다음 빨리 결근계를 써버렸다.

그러고 나서 세 사람은 함께 집을 나섰다. 몇 달 동안이나 이런 일은 없었다. 전차를 타고 교외로 나갔다. 전차 안에는 오붓하게 그들 세 사람뿐이었다. 따뜻한 햇볕이 찻간으로 흘러들어왔다. 그들은 편안하게 좌석에 몸을 기대고 장래 일에 대한 이야기를 주고받았다. 자세히 생각해보면 그들의 앞날은 전혀 희망이 없는 것도 아니라는 것을 알게 됐다. 왜냐하면 이제까지 서로 물어볼 기회조차 없었지만 막상 서로 이야기해본즉 세 사람의 직업은 퍽 훌륭한 것이며 특히 앞으로는 더욱 유망했다. 우선 당장에 집안 환경을 개선하는 데 가장 큰 문제는 물론 이사를 가기만 하면 쉽사리 해결될 것 같았다. 그들은 그레고르가 택한 지금의 주택보다도 작고 집세가 싸지만 그래도 위치가 좋고 무엇보 다도 훌륭한 주택을 택하기를 원했다. 그들이 이와 같이 이야기하고 있는 동안 잠자 부부는 점점 활기를 띠는 딸의 모습을 바라보고 거의 동시에 다음과 같은 현상을 눈치챘던 것이다. 즉, 그레테는 최근에 얼굴빛이 창백해지도록 갖은 고생을 다했지만 이제는 토실토실 예쁘게 피어난 처녀의 자태로 자라났다는 사실이다. 잠자 부부는 점점 말수가 적어지고 또 거의 무의식중에 눈과 눈으로 마음을 주고받으면서 이 제는 슬슬 딸을 위해서 훌륭한 신랑감을 얻어주어야 할 때가 왔다고 생각했다. 그리고 드디어 전차가 목적지에 닿았을 때 딸은 제일 먼저 일어나 싱싱한 육체를 쭉 폈다. 딸의 모습은 잠자 부부의 눈에는 그들의 새로운 꿈과 아름다운 계획을 다짐해주는 확증처럼 비쳤다.

심　판

1. 체포·그루바흐 부인과의 대화·뷔르스트너 양

누가 요제프 K를 중상한 것이 틀림없다. 왜냐하면 무슨 잘못한 일도 없는데 어느 날 아침 그가 체포된 까닭이다. 집주인인 그루바흐 부인의 식모는 매일 아침 여덟시만 되면 조반을 가져왔지만 이날 아침에는 얼굴도 보이지 않았다. 여태까지 그런 일은 없었다. K는 그 후 잠시 동안 베개에 누운 채 맞은편 집에 살고 있는 노파가 전과는 달리 매우 호기심에 가득 찬 시선으로 유심히 바라보는 것을 보고 있었으나 어쩐지 이상하기도 하고 배도 고프고 해서 그는 곧 벨을 울렸다. 그러자 노크하는 소리가 나더니 이 집에서는 그때까지 본 적이 없는 어떤 남자가 들어왔다. 그는 늘씬한 몸집에 뼈대가 굵직하고 게다가 알맞은 검은 옷을 입고 있었다. 그 옷은 여행복같기도 했지만 많은 주름과 호주머니와 고리와 단추가 달려 있고 띠까지 달려 있는 것으로 보아 어떤 때에 입는지 확실치는 않았으나 하여튼 다른 옷과 달라서 매우 실용적인 것 같았다.

"누구시지요?" K는 이렇게 묻고 침대에서 반쯤 몸을 일으켰다.

그러나 그 남자는 마치 방 안에 나타날 자기를 두말 말고 그대로 맞이하라는 듯이 K가 묻는 말에는 귀도 기울이지 않고 그저 제멋대로 이렇게 말했다.

"벨을 울렸어?"

"안나가 조반을 가져올 텐데." K는 이렇게 말하고 잠시 아무 말도 없이 생각에 잠기며 대체 이 남자가 어떤 사람인가 하는 것을 알아 보려고 주의를 다했다.

그러나 그 남자는 곧 그의 시선을 피하며 문 쪽으로 돌아서서 그 문을 약간 열더니 틀림없이 바로 그 뒤에 서 있는 사람을 보고 이렇게 말했다.

"안나한테 조반을 청한 모양인데."

옆방에서 나직한 웃음소리가 들렸다. 그러나 몇 사람이 모여 있는지는 확실치 않았다. 낯선 남자는 그 웃음소리를 듣자 무슨 영문인지 알아차린 듯이 K를 향해서 마치 전달이라도 하듯이 이렇게 말했다.

"안 되겠어."

"이상한데." K는 이렇게 말하고 침대에서 뛰어내리더니 허둥거리며 바지를 입었다.

"하여튼 옆방에는 어떤 사람들이 있으며 그루바흐 부인은 어떤 생각으로 나를 이렇게 괴롭히는지 좀 알아봐야겠소."

이런 말은 내놓고 할 필요도 없었고 결국 이런 말을 함으로써 도리어 그 남자의 감독권을 어느 정도 인정하는 셈이라는 것은 곧 짐작이 갔지만 그렇다고 해서 그리 대단한 것 같지는 않았다. 낯선 남자도 결국 그렇게 생각하는 것 같았다. 왜냐하면 그는 이렇게 말했던 까닭이다.

"여기 있는 편이 낫지 않을까?"

"있고 싶지도 않지만 당신이 신분을 밝히지 않는 한 나도 이야기하고 싶지 않소."

"호의로 그랬던 것이요." 그때 낯선 남자는 이렇게 말하고 자진해서 문을 열었다.

K는 제멋대로 옆방에 들어가 살펴보았으나 방 안은 전날 저녁과 별로 다름이 없었다. 그것은 그루바흐 부인의 살림방이었으며 가구나 이부자리나 꽃병이나 사진 같은 것이 이리저리 흩어져 있었지만 오늘은 전보다 어느 정도 여유가 있는 것 같았다.

열린 창문 옆에서 어떤 남자가 책을 읽고 있는 이외에는 별로 전과 다름이 없었지만 그때 그 남자는 얼굴을 들었다.

"왜 나왔어! 프란쯔가 그냥 방에 있으라고 그러지 않던가?"

"그런데 어찌 된 일이지요?" K는 이렇게 말하고 이 새로 알게 된 사람한테서 시선을 돌려 문간에 서 있는 프란쯔라는 남자를 쳐다보고 다시 시선을 돌렸다.

열린 창문으로 또 그 노파의 얼굴이 보였지만 그 여자는 어쩐지 노인다운 호기심에 가득 찬 시선으로 그때 바로 맞은편 창문 옆으로 가서 그 후의 사태를 끝까지 살피려는 태도였다.

"그루바흐 부인을 좀……." K는 이렇게 말하고 자기한테서 멀찍이 떨어져 서 있는 두 남자를 뿌리치기나 하려는 듯한 태도를 보이며 앞으로 걸어가려고 했다.

"안 돼." 하고 창문 옆에 있던 남자가 말하며 책을 자그마한 책상 위에 던지더니 그만 자리에서 일어섰다. "가면 안 돼. 자네는 체포된 거야."

"어쩐지 그런 것 같소." 하고 K는 말하고 다시 이렇게 물었다. "그런데 대체 무엇 때문에 그러시오?"

"자네한테 그런 말을 하라는 지시는 없었어. 방으로 들어가 기다려. 벌써 재판 수속은 다 되었으니까 적당한 때가 오면 다 알게 될 거야. 자네한테 이렇게 친절하게 말하는 것도 명령의 범위를 벗어난 것이야. 그러나 아마 프란쯔 이외에는 아무도 듣는 사람이 없고 그도 역시 모든 규칙을 어기면서까지 자네한테 친절을 다하고 있어. 우리가 자네 감시자로 결정되었을 때처럼 앞으로도 운이 좋으면 자네는 안심할 수 있을걸."

K는 앉으려고 했으나 그때 그는 아무리 둘러보아도 창문 옆에 있는 의자 이외에는 앉을 곳이 없다는 것을 알았다.

"머지않아 모든 일이 사실이라는 것을 알게 될 거야." 프란쯔는 이렇게 말하고 다른 남자와 같이 그를 향해서 가까이 걸어왔다. 무엇보다도 다른 남자는 K보다 훨씬 키가 크고 여러 번 그의 어깨를 두드려주었다. 두 남자는 K의 잠옷을 이리저리 살펴보더니 앞으로 좀더 좋지 못한 셔츠를 입게 될 것이니 이 셔츠는 다른 내복과 같이 보관해두었다가 사건이 유리하게 해결만 되면 다시 돌려주겠다고 말했다. "그런 물건을 창고에 넣어둘 바에는 우리들한테 맡기는 것이 나을걸." 하다가 어느 기한만 지나면 수속이 끝나건 말건 모조리 팔아버리는 거야. 그뿐 아니라 이러한 소송은 더디기가 한없고 특히 요즈음은 더해! 물론 나중에는 창고에서 매상금을 받겠지만 우선 팔아버릴 때 부르는 가격대로 결정되는 것이 아니라 뇌물이 얼마나 되느냐 하는 것이 문제니까 결국 팔아보아야 몇 푼 되지도 않고 게다가 이러한 매상금은 이 사람 저 사람 손으로 몇 해를 두고 오고가는 동안에 흐지부지 줄어들게 마련이지 별거 있어.”

K는 이런 이야기에는 조금도 귀를 기울이지 않았다. 그런대로 그 때까지 자기 물건에 대한 소유권을 갖고 있었으나 그는 그러한 것은 그리 중요시하지도 않고 그저 자기가 처해 있는 처지를 분명히 아는 것이 무엇보다 중요한 일이었다. 그러나 이런 낯선 사람들 앞에서는 조금도 마음놓고 생각할 여유가 없었다. 둘째 번 감시인——아무리 보아도 감시인에 지나지 않았지만——의 뚱뚱한 배가 이상하게도 정답게 여러 번 그에게 부딪쳤지만 그가 처다보았을 때는 억센 코가 옆으로 삐뚤어지고 뚱뚱한 몸집에 조금도 어울리지 않는 메마르고 뼈만 남은 얼굴이 보였다. 이 얼굴은 K의 머리 위로 보이는 다른 감시인과 무언지 열심히 이야기를 주고받았다. 대체 어떤 자식들일까? 무슨 이야기를 하고 있을까? 어떤 관청에 다닐까? 법치 국가에 살고 있으며 어디를 가든지 평화스럽고 모든 법률이 당당하게 있는데 감히 어떤 자식이 함부로 내 집에 들어오는 것일까?

그는 언제나 모든 일을 가벼운 기분으로 생각하여 아무리 최악의 경우라도 정말 그것이 나타나기 시작한 다음부터야 그러리라고 믿고 어떠한 위기가 닥쳐와도 앞날을 미리부터 궁상스럽게 근심하는 그런 성미는 아니었다.

그러나 지금 같은 경우에 그러한 태도는 옳지 못한 것 같았다. 사실 모든 일을 장난이라고 생각할 수도 있는 것이다. 아마 오늘이 그의 삼십 회 생일날이기 때문에 그럴 수도 있고 다소 심한 장난이지만 은행 친구들이 계획적으로 꾸민 장난이라고 생각할 수도 있는 것이다. 물론 그런 일은 얼마든지 있을 수 있고 모르긴 하지만 어떻게 해서든지 감시인들의 눈앞에서 웃어보이기만 하면 일은 그만 끝날 것 같았다. 그렇게 되면 그네들도 같이 따라 웃을는지도 모른다. 그네들은 혹시 거리에서 이 구석 저 구석 뛰어다니는 심부름꾼인지도 모른다. 그러고 보니 그네들은 본 일이 없는 얼굴도 아니었다. ——그럼에도 불구하고 그는 이번 이 감시인 프란쯔를 처음으로 만난 바로 그때부터 그네들에게 대해서 아무리 보잘것없는 자기 장점이라도 남김없이 발휘해야겠다는 생각이 우선 앞섰다. 그는 농담을 몰라준다고 후에라도 사람들이 말하게 되리라는 것을 사실 K는 조금도 염려하지 않았다. 확실히 그는 과거의 경험에 따라서 무슨 일을 생각한 적도 조금도 없었다. 그 사건 자체로 보아서는 그리 대수롭지도 않은 일이었지만 이상하게도 그때까지 경험한 몇 가지 사건이 자꾸만 머리에 떠올랐다. 그런 때에 그는 대개 짐작이 있을 터인데 그만 경솔한 태도를 취했기 때문에 처벌을 당한 일이 있었다. 그런 일은 두 번 다시 있어서도 안 될 것이오, 적어도 이번만은 그래서는 안 될 것이다. 만일 그것이 희극이라면 한번 같이 끼어보고 싶은 생각도 없지 않았다.

그는 아직 자유스러운 몸이었다.

"실례합니다." 그는 이렇게 말하고 두 감시인 사이를 빠져서 자기 방으로 급히 들어갔다.

"자식이 바보는 아닌 것 같은데." 하고 말하는 소리가 그의 뒤에서 들렸다.

방에 들어간 그는 곧 책상 서랍을 열었다. 그 안에는 모든 것이 말끔히 정돈되어 있었지만 찾고 있는 신분 증서만은 흥분된 탓인지 좀처럼 눈에 띄지 않았다. 하는 수 없이 자동차 면허증을 찾아본 결과 출생 증명서를 발견했다. 그가 다시 옆방으로 돌아왔을 때 바로 맞은편 문이 열리며 그루바흐 부인이 들어서려고 했다. 그 여자는 불쑥 얼굴을 보였을 뿐 K를 보자 확실히 망설이는 태도를 보이며 미안합니다, 하고 그만 뒤로 물러서며 매우 조심스럽게 문을 닫았다.

"어서 들어와요." K는 그때까지만 해도 이렇게 말할 수 있었다.

그러나 그는 서류를 들고 방 한가운데 서서 그대로 문을 빤히 쳐다보고 있었지만 그 문은 다시는 열리지 않았다. 감시인들의 부르는 소리에 흠칫 놀랐다. 그네들은 열린 창문 옆에 있는 책상에 앉아서 K의 조반을 다 먹어치웠다.

"왜 저 여자는 안 들어오지요?" 하고 그는 물었다.

“들어와선 안 돼.” 키가 큰 감시인이 말했다. “자네는 체포되어 있으니까.”

“어째서 체포돼요? 더구나 이런 꼴이 어디 있어요?”

“아, 또 시작하는군.” 하고 그 감시인은 말하고 버터 바른 빵을 꿀 그릇 속에 담갔다. “그 따위 질문에는 대답할 수 없어.”

“그래도 대답을 들어봐야겠어요.” K는 이렇게 말했다. “이것이 제 신분 증명서니까요. 이제는 당신들 것을 보여주시오. 무엇보다 체포장 말입니다.”

“쓸데없는 수작 말아!” 감시인은 말했다. “자네는 자네 입장에 순응할 수 없단 말이지. 지금 자네 친구라고 할 만한 사람들 중에서 사실 누구보다 가깝다고 할 수 있는 우리들을 쓸데없이 골릴 작정인가.”

“그러지 말고 자네도 잘 생각해봐.” 프란쯔는 이렇게 말하고 손에 들고 있던 커피 잔을 입으로 가져가지는 않고 의미심장하고 의아스러운 시선으로 오랫동안 K를 빤히 쳐다보았다.

K는 자기도 모르게 하는 수 없이 프란쯔와 시선을 주고받더니 서류를 탁 치며 이렇게 말했다.

“이것이 제 신분 증명섭니다.”

“그까짓 것이 뭔데.” 키가 큰 감시인은 갑자기 이렇게 외쳤다. “어린아이 장난이야 뭐야. 되어먹지 않게, 그래 어쩌자는 거야? 우리 감시인과 신분 증명서니 체포장이니 하며 입론(立論)을 해서 너의 시끄럽고 어쩔 수 없는 소송 문제를 어물어물 넘길 생각이냐? 우리는 말단에서 심부름이나 하는 놈이니 신분 증명서 같은 것을 알게 뭐야. 매일 자네를 열 시간씩 감시하고 그 보수를 받는 이외에는 자네하곤 아무 관계도 없어. 이것이 우리 신분에 관한 전부다. 그래도 우리들은 우리가 일하고 있는 관청에서 이러한 체포를 하기 전에 체포해야할 이유나 체포인의 신분쯤은 매우 상세하게 조사했다는 것을 잘 알고 있다. 그야 틀림있나. 우리 관청은 내가 아는 한에 있어서는, 물론 나는 가장 말단에서 일하는 사람밖에 모르지만 주민들 가운데서 어떤 범죄를 탐지하는 것이 아니라 법률에도 있지만 죄에 이끌려서 우리 감시인들을 보내지 않을 수 없는 것이다. 그것이 법률이다. 뭐 잘못된 점이 있어?"

"그런 법률은 모르겠소."

"그러니까 더욱 나쁜 거야."

"그것은 그저 당신들 머리로서나 통할 법률이오." K는 이렇게 말하고 어떻게 해서든지 감시인들이 생각하는 그 가운데로 쑥 들어가서 그것을 자기에게 유리하도록 돌리거나 그렇지 않으면 그 가운데로 파고들어가 볼 생각을 했다. 그러나 감시인은 그저 내뱉듯이 이렇게 말했다.

"이제 알게 될 테지." 프란쯔가 뛰어들며 이렇게 말했다.

"여봐, 빌렘. 저 자식은 법률을 모른다고 하면서 그만 자기는 죄가 없다고 야단이야."

"자네 말이 맞았네. 그런데 저 자식은 말을 알아들어야지." 하고 다른 남자가 말했다.

K는 그 이상 아무 대답도 없었다. 이러한 말단 관리들의——그네들 자신이 그렇다고 말했지만——수작을 듣고 그 이상 더 골치를 앓을 필요가 있을까 하고 그는 생각했다. 그네들은 자기도 모르는 수작을 하고 있었다. 태연한 태도를 취하는 것도 그네들이 어리석은 탓이었다. 자기와 비슷한 사람과 잠시 동안만 이야기하면 모든 일은 이러한 자식들과 오랫동안 지껄이는 것보다 훨씬 잘 알 수 있을 것이다. K는 빈 방 안을 두서너 번 이리저리 거닐었다. 맞은편에 살고 있는 그 노파는 훨씬 더 늙은 노인 하나를 창문 옆으로 끌고 와서 끌어안을 듯한 태도를 보이며 이쪽을 바라보았다. K는 이렇게 남의 눈앞에서 노리갯감이 되어 있는 것을 더 이상 참을 수 없었다.

"당신들의 상관한테 데려다 줘요."

"상관이 요구하면 모르되 그전엔 안 돼." 하고 빌렘이라고 부르는 남자가 말했다.

"그런데 자네한테 말이지." 하고 그는 말을 계속했다. "방으로 돌아가서 얌전하게 있으면서 자네에 대한 무슨 지시가 있을 때까지 기다려. 쓸데없는 생각을 하면서 어수선해서 그러지 말고 마음을 안정하란 말이야. 머지않아서 상부로부터 지시가 있을 테니까. 우리가 그렇게 친절하게 대했는데 자네는 우리한테 그렇지 못했어. 이러나 저러나 우리는 보잘것없는 하부 관리지만 적어도 지금 자네한테 대해서는 자유스러운 인간이라는 것을 자네는 잊어버리고 있어. 이것은 사소한 우월감에서 하는 말이 아닐세. 그래도 자네가 돈이 있다면 저 카페에서 간단한 아침 식사쯤은 얼마든지 가져다 줄 아량이 있단 말이야.”

이렇게 권하는 말에는 대답도 하지 않고 K는 잠시 동안 그냥 서 있었다. 옆방 문이나 응접실 문을 연다고 해도 아마 그 두 사람은 그를 가로막지는 않을 것이다. 그러니 그저 극단적인 태도를 취하는 것이 가장 간단하게 모든 일을 해결하는 방법인지도 모른다. 그러나 그렇게 되면 그네들은 붙잡을지도 모른다. 그리고 한번 그네들한테 두들겨 맞아서 쓰러지게 되면 지금 그네들에 대해서 아직껏 어느 정도 갖고 있는 우월감을 그만 잊어버리게 될 것이다. 그래서 그는 자연스러운 결과에 따르는 안전한 해결책을 택하려고 방으로 들어갔으나 그의 편에서나 감시인 편에서나 그 이상 아무 말도 없었다.

그는 침대 위에 몸을 던지고 세면대에서 깨끗한 사과 하나를 들었다. 전날 저녁에 아침 식사 때 먹으려고 남겨두었던 것이다. 지금 이 사과 한 개가 그의 아침 식사를 대신할 수 있는 것이지만 한 입 큼직하게 베어물어서 맛을 보니, 하여튼 감시인들이 동정해주는 덕분에 얻어 먹을지 모르는 그 더러운 카페의 아침 식사보다는 훨씬 맛이 나았다. 기분이 좋아지며 앞으로 기대를 가질 수 있는 것 같았다. 오늘 오전 중은 은행을 쉬게 되지만 그것도 그가 은행에서 차지하고 있는 높은 지위에서 본다면 변명할 길은 얼마든지 있었다. 사실대로 사과를 해야 옳을까? 그는 그렇게 하려고 생각했다. 그런 때에 흔히 있을 수 있는 일이지만 만일 그의 말을 믿어주지 않는다면 그루바흐 부인이나 맞은편에 살고 있는 두 노인을 증인으로 삼을 수 있었다. 그런데 이 두 노인은 확실히 지금 마주 보이는 창문 옆으로 걸어오고 있었다. 감시인들이 그를 방으로 몰아넣고 얼마든지 자살할 수 있는 이곳에 그냥 혼자 내버려둔다는 것은 K로서는 이상하게 생각되었다. 적어도 감

시인들의 사고방식으로 생각해도 이상했다. 물론 그와 동시에 그는
지금 자기대로 생각하면서 자살할 어떤 이유가 있느냐 하고 자문했다.
그 두 사람이 옆방에 앉아서 자기 조반을 다 먹어치웠다고 해서 자살할
수 있을까? 자살을 한다는 것은 어리석은 일이요, 아무리 해보려고
해도 너무나 어리석은 일이기 때문에 실행할 수 없을 것이다. 만일
감시인들이 그렇게까지 옹졸한 생각을 가지지 않았던들 그네들도 역시
그와 같은 생각을 가질 수 있었던 까닭에 그를 혼자 내버려두어도
위험하다고 생각하지는 않았을 것이다. 만일 그네들이 보려고 하면
그가 지금 고급 브랜디가 들어 있는 자그마한 찬장으로 와서 조반
대신에 우선 한 잔 들이켜고 두 잔째는 원기를 돋우기 위해서 마시려는
그의 태도를 바라볼 수 있겠지만 둘째 잔은 그저 정말 그럴 필요가
있다고 생각되는 그러한 경우는 거의 없는 그런 때에 대비하기 위해서
마시는 것이다.

그때 옆방에서 부르는 소리에 흠칫 놀라서 그는 이를 잔에 부딪쳤다.
"감독이 부른다!"는 것이다. 그를 놀라게 한 것은 다만 그 외치는
소리뿐이었다. 이 짤막하고 끊어지는 듯한 군대식 부르짖음은 감시인
프란쯔의 목소리라고는 조금도 생각되지 않았다. 그런데 명령 그 자
체는 매우 반가운 것이었다.

"그렇겠지." 그는 이렇게 대답하고 천장을 닫고 이내 옆방으로 달
려갔다. 거기에는 두 감시인이 서서 어림도 없다는 듯이 그를 다시
방으로 돌려보냈다.

"뭐야 이건." 하고 그는 외쳤다.

"셔츠바람으로 감독 앞에 나설 생각이야? 그러다간 호되게 얻어
맞을걸, 그리고 우리들까지도!"

"흥, 내버려둬!" 양복장 있는 데까지 되쫓겨간 K는 이렇게 외쳤다.
"남 자고 있는데 달려들어 예복을 입고 오라는 거야 뭐야."

"쓸데없는 수작 말아!" 하고 감시인들은 말했지만 K가 큰소리로
외치자 그만 조용해지며 어느 정도 시무룩한 표정을 띠었기 때문에
K는 당황하면서도 한편 바짝 정신을 차렸다.

"에이 빌어먹을!" 그는 또 이렇게 중얼거렸지만 어느덧 웃옷을

의자에서 집어 잠시 양손에 들고 서서 감시인들의 지시를 기다리는 듯한 태도였다.

"검정 웃옷을 입어야 해." 하고 그네들은 말했다.

그 자신은 어떤 생각에서 그랬는지 모르지만 K는 당장 웃옷을 마루에 던지며 이렇게 말했다.

"그러나 아직 공판은 아닙니다."

감시인들은 조롱하듯이 웃으며 자기들의 주장을 굽히려 하지 않았다.

"검정 웃옷이 아니면 안 돼."

"그렇게 해서 일이 빨리 끝난다면 그러지요." 하고 K는 말하고 스스로 양복장을 열고 얼마 동안 많은 양복 중에서 이것 저것 들추다가 가장 좋은 검정 옷을 택했다. 허리통 맵시가 좋아서 친지들 사이에서도 거의 화제거리가 되었던 양복이었다. 그리고 셔츠를 꺼내서 단정히 갈아입기 시작했다. 감시인들이 목욕을 하라고 억지로 떼를 쓰는 데 까지는 생각이 미치지 못했던 까닭에 그런 대로 모든 일이 빨리 진행되었다고 그는 생각했다. 그러나 그네들에게 그런 생각이 떠오르지나 않을까 해서 그네들의 태도를 살폈으나 사실 그것까지는 생각이 나지 않는 모양이었다. 그 대신 빌렘은 옷을 갈아입는다는 보고를 프란쯔가 감독한테 해야 한다는 것을 잊지 않았다.

전부 다 갈아입고 나서 그는 빌렘의 바로 앞을 지나 빈 옆방을 빠져서 다음 방으로 가야만 했다. 문은 양쪽 다 이미 열려 있었다. 이 방에는 K도 잘 알고 있지만 얼마 전부터 타이피스트인 뷔르스트너 양이 살고 있으나 그 여자는 언제나 매우 일찍 직장에 나가서 늦게야 돌아오는 까닭에 K하고는 인사를 할 정도뿐 그 이상 이야기를 주고받은 일은 없었다. 그런데 침대 옆에 있었던 자그마한 야간용 책상을 심문할 때 쓰기 위해서 방 한가운데로 끌어내놓고 저쪽에 감독이 앉아 있었다. 그는 다리를 포개고 한쪽 팔을 의자 뒤로 늘어뜨리고 있었다.

방 한쪽 구석에는 청년 셋이 서서 대지(臺紙)에 붙여서 벽에 걸어놓은 뷔르스트너 양의 여러 가지 사진을 바라보고 있었다. 열린 창문 고리에는 하얀 블라우스가 걸려 있었다. 맞은편 창문에는 아직 늙은 두 노인이 있었지만 사실은 사람 수효가 더 늘었었다. 왜냐하면 훨씬 키가 큰 남자가 셔츠바람으로 가슴을 헤치고 벌그무레한 수염을 손가락으로 누르기도 하고 비틀기도 하면서 있었던 까닭이다.

"요제프 K지?" 감독은 이렇게 물었으나 모르긴 하지만 그저 K의 불안한 시선을 자기한테로 돌리려고 하는 것 같았다. K는 머리를 끄떡거렸다.

"오늘 아침 사건 때문에 매우 놀랐지?" 하고 감독은 물었다. 그러면서 양손으로 양초, 성냥, 책, 바늘쌈지 할 것 없이 마치 심문하는 데 필요하기나 하듯이 자그마한 야간용 책상 위에 놓여 있던 그러한 몇 가지 물건을 옆으로 밀어놓았다.

"정말 놀랐습니다." 하고 K는 말하고 겨우 이해성있는 사람과 마주앉아서 자기 일에 관한 이야기를 할 수 있다는 쾌감을 느끼게 되었다.

"사실 놀라기는 했으나 그리 대단한 것은 아니었습니다."

"그리 대단친 않았다고?" 감독은 이렇게 묻고 책상 한가운데에 양초를 세우고 그 주위에 다른 물건들을 모아놓았다.

"제 말을 오해하시는 것 같으신데요." 하며 K는 당황히 자기 말을 해명하려고 했다.

"그러니까 결국." 여기서 그는 말을 끊고 의자를 찾으며 주위를 돌아보았다.

"앉아도 좋습니까?"

"그건 안 되게 돼 있어." 감독은 이렇게 대답했다.

"결국." K는 단숨에 이렇게 말했다. "물론 매우 놀랐습니다만, 세상에 나서 나이가 삼십쯤 되면 저같이 고생을 한 사람은 웬만한 일에는 그리 놀라지도 않고 태연한 태도를 취할 수 있습니다. 특히 오늘 아침 같은 사건에 대해서는 더욱 그렇습니다."

"왜 오늘 같은 사건에 대해서 더욱 그럴까?"

"그 사건을 농담으로 생각한다는 것은 아닙니다. 농담치고는 너무나 빈틈없었으니까요. 아파트에 사는 사람은 모두, 그리고 당신들까지도 그 일에 관련이 된 것을 보면 농담의 범위를 넘었으니까요. 그렇기 때문에 농담이라고 말하려는 것은 아닙니다."

"그렇고말고." 감독은 이렇게 말하고 성냥통에 성냥이 얼마나 들어 있는가 세고 있었다.

"그러나 한편." K는 이야기를 계속했지만 이때 모든 사람들을 돌아보며 사진을 쳐다보는 세 젊은 남자도 자기를 돌아보아주었으면 하고 생각했다. "이 사건은 그리 대수로운 것이 아닙니다. 그렇게 생각되는 것은 제가 고발은 되었지만 고발을 당할 만한 죄는 조금도 느낄 수가 없기 때문입니다. 그러나 그것도 그리 대수로운 일은 아닙니다. 문제는 누가 고발을 했는가 하는 것입니다. 어느 관청에서 재판 수속을 했는지요? 당신들은 관리신가요? 정복을 입으신 분은 없으시고 당시들의 복장은."——여기서 그는 프란쯔를 돌아보았다——'정복이라고 할 수는 없으니까요. 아무리 보아도 여행복 같습니다. 이러한 의문에 대해서 명쾌한 답변을 바라고 싶습니다. 확실한 설명이 있으면 저희들은 서로 매우 유쾌한 기분으로 헤어질 수 있으리라고 생각합니다."

감독은 성냥통을 책상 위에 놓고 말했다.

"자네는 틀렸어. 여기 있는 이 사람들이나 나는 자네 사건에 대해서는 제삼자에 불과해. 사실 그 일에 대해서는 아무 것도 몰라. 그런데 우리들은 규칙대로 정복을 입을 수도 있겠지만 그런다고 해서 자네 사건이 불리해질 건 조금도 없는 거야. 자네가 고발되었다는 것을 나는 말할 수 없을 뿐 아니라 도리어 자네가 고발을 당하고 있는지 어쩐지도 나는 몰라. 그러나 자네가 체포된 것은 사실이다. 그 이상은 알 수 없어. 혹시 감시인들이 무슨 다른 말을 했는지는 모르나 그렇다면 그것은 아무 근거도 없는 말에 지나지 않아. 그러니까 자네 질문에 대해서는 대답할 수 없지만 우리 일이나 자네한테 앞으로 일어날는지 모르는 그러한 일에 대해서는 너무 머리를 쓰지 말고 도리어 자네 자신의 일을 생각하라고 나는 충고하고 싶네. 자기가 결백하다고 해서 이렇게 떠들어서는 안 돼. 자네가 다른 때에 남긴 그리 나쁘지 않은 인상을 그만 망치고 마는 거야. 그리고 무엇보다 말을 삼가야 해. 자네가 지금까지 말한 것은 모두 한두 마디만 말하면 자네 태도에서 다 알게 될 것이 아닌가. 게다가 그런 말은 자네한테 그리 이로울 건 없지.”

　K는 빤히 감독을 바라보았다. 아무리 보아도 자기보다 손아래 같은 이 남자한테 여기 이런 딱딱한 설교를 받아야 하는가? 공명정대하게 말한 탓으로 훈계를 받아야 한단 말인가? 체포 이유나 명령의 출처에 대해서는 아무 말도 없지 않느냐? 그는 적이 흥분된 태도로 이리저리 걸어다녔지만 아무도 그를 가로막는 사람은 없었다. 그는 와이셔츠의 커프스를 속으로 밀어 넣기도 하고 가슴을 어루만지기도 했다. 머리 칼을 쓰다듬어서 바로잡기도 하고 하면서 그네들 앞을 지나가며 K는 이렇게 말했다.

　“참 맹랑한 일인데.”

　이 말을 듣고 세 남자는 그를 향해서 하고 싶은 대로 말해보라는 태도였지만 매우 심각한 표정으로 그를 응시했다. K는 드디어 감독의 책상 앞에서 다시 발걸음을 멈추었다.

　“하스테러 검사는 저의 친한 친구인데요.” 하고 그는 말했다. “전화를 걸어도 괜찮겠습니까?”

　“좋소.” 하고 감독은 말했다. “그러나 전화를 거는 데 어떤 의미가 있는지는 알 수 없으나 그저 개인적인 일로 검사하고 말하려는 것이겠지?”

　“어떤 의민지 모르신다고?” K는 화가 나서라기보다 당황한 빛을 띠며 이렇게 외쳤다.

　“대체 당신은 누구요? 의미니 뭐니 하지만 하는 일이 모두 무의미한 일만 하지 않소? 어리석기 짝이 없는 일이지. 이 사람들이 먼저 나를 습격하고서 지금은 이 방 안 여기저기서 섰다 앉았다 하면서 당신 앞에서 저더러 고등 마술을 하라는 거요. 제가 확실히 체포된 것 같습니다. 검사한테 전화를 거는 것이 어떤 의미가 있느냐 말씀이지요? 좋습니다. 전화는 걸지 않겠소.”

　“그러나 저 그러지 말고.” 감독은 이렇게 말하고 전화가 있는 응접실 쪽으로 손을 내밀고 “어서 거시오.”

　“아니오. 걸고 싶지 않아요.” 하고 K는 말하고 창문 옆으로 갔다. 맞은편에는 늙은 친구들이 아직 창문 옆에 있었지만 지금 K가 창문 옆으로 걸어갔던 까닭에 조용히 바라보고 있던 그네들에게 조금 방해가 되는 것 같았다. 두 노인은 몸을 일으키려고 했으나 그네들 뒤에 있던 남자가 그네들을 진정시켰다.

"저쪽은 저쪽대로 또 구경꾼이 있습니다." 하고 K는 커다란 목소리로 감독을 향해서 외치며 둘째 손가락으로 밖을 가리켰다.

"거기서 비켜!" 하고 맞은편을 향해서 외쳤다.

세 남자도 두서너 걸음 뒤로 물러서고 두 노인은 남자 뒤로 돌아섰지만 그 남자는 넓직한 몸으로 두 노인을 가리고 멀어서 잘 알아들을 수는 없었지만 입을 씰룩거리는 것으로 보아 무슨 말을 하고 있는 것 같았다. 그러나 그네들은 그만 그 자리를 물러선 것이 아니라 슬며시 또 창문으로 가까이 갈 수 있는 기회를 엿보는 것 같았다.

"염치 없고 뻔뻔한 자식들!" 하고 방 안으로 돌아서며 K는 말했다. K가 곁눈으로 얼핏 살펴보았지만 감독도 아마 그의 말에 대해서 동감인 것 같았으나 한편 생각하면 전연 귀도 기울이지 않는 것 같았다. 왜냐하면 한쪽 손을 책상 위에 쪽 뻗치고 손가락 길이를 서로 비교해보는 것 같았기 때문이다. 두 감시인은 천으로 장식해서 씌운 트렁크 위에 앉아서 무릎을 쓰다듬고 있었다. 세 젊은 남자는 손을 허리에 대고 멍하니 주위를 살피고 있었다. 어딘지 아무도 돌보지 않는 사무실처럼 조용했다.

"그런데 여러분!" 하고 K는 외쳤지만 그는 잠시 동안 자기 어깨에 그 세 사람을 걸머진 것 같은 느낌이었다. "당신들의 태도로 보아 저에게 대한 용무는 끝난 것같이 생각되는데요. 저의 의견으로서는 당신들의 행동이 옳고 그른 것은 더 이상 생각지 말고 서로 악수나 하고 일을 원만히 해결하는 것이 가장 좋으리라고 생각합니다. 당신들이 저와 의견이 같으시다면 어서——." 이렇게 말하고 그는 감독의 책상 옆으로 걸어가서 손을 내밀었다. 감독은 얼굴을 들고 입술을 지그시 깨물며 K가 내민 손을 바라보고 있었다. 어디까지나 감독이 응해주리라고 K는 생각하고 있었다. 그러나 감독은 자리에서 일어나 뷔르스트너 양의 침대 위에 놓여 있던 빳빳하고 둥그런 모자를 들고 마치 새로운 모자를 써보기나 하듯이 양손으로 단정히 쓰면서 "자

네는 모든 일을 왜 그렇게 간단히 생각하는 거야!"하고 K를 보고
말했다. "일을 원만히 해결하잔 말이지? 아니 아니야, 사실 그렇겐
안 돼. 물론 그렇다고 해서 자네에게 실망을 줄 생각은 손톱만큼도
없네. 아니 그런 짓을 어떻게 할 수 있겠어? 다만 자네가 체포되었다는
것뿐이야. 자네가 그것을 그대로 받아들인 것도 알고 있어. 그래서
오늘은 그만 하면 충분하니까 그만 헤어지기로 하세. 물론 잠시 동
안이지만 사실 자네는 지금 은행으로 가고 싶어하는 거지?"

"은행요?"하고 K는 말했다. "저는 체포되었다고 생각하고 있었
는데요."

K는 약간 거만한 태도로 이렇게 물었다. 왜냐하면 그가 청한 악수를
받아들이지 않았지만 하여튼 감독이 자리에서 일어선 다음부터는
그네들한테서 벗어나게 된 것같이 생각되었기 때문이다. 그는 그네
들을 놀리고 있었다. 그네들이 떠나가게 되면 현관까지 따라가서 저는
체포되어 있는데요, 하고 다시 한번 말할 뱃심이었다. 그래서 그는
또 이야기를 반복했다.

"체포되었는데 어떻게 은행엘 갑니까?"

"아 그것 말인가,"하고 이미 문간에 서 있던 감독은 말했다. "그것은
자네의 잘못된 생각이야. 자네는 체포되었어. 사실 그렇단 말이야.
그러나 그렇다고 해서 자네 직업까지 방해하지는 않아. 전과 같이 살아
가도 아무 상관없어."

"그러면 체포되어도 그리 나빠지는 않구만요."하고 K는 말하고
감독 옆으로 가까이 갔다.

"언제나 그렇지는 않아."하고 감독은 말했다.

"그러나 그렇다면 체포장은 별로 필요할 것 같지도 않군요." K는
이렇게 말하고 좀더 가까이 갔다. 다른 사람들도 가까이 왔다. 모두
좁은 방문 옆으로 모였다.

"그것은 내 의무니까."하고 감독은 말했다.

"어리석은 의무인데요."하고 K는 조금도 지지 않고 말했다. "그
럴지도 모르지."하고 감독은 말했다. "그러나 이런 이야기로 시간을
보내고 싶지는 않다. 자네가 은행으로 가려는 거라고 생각했던 거야.

자네는 말 마디마디 신경을 쓰고 있지만 은행에 가라고 자네한테 강요할 생각은 없고 다만 자네가 은행으로 가고 싶어한다고 생각했을 뿐이야. 그리고 자네가 마음을 안정하고 은행에 나가서도 그리 눈에 띄지 않도록 하기 위해서 자네 친구 세 사람을 자네 재량에 맡기려고 여기 데리고 왔네.”

“뭐요？” K는 이렇게 외치고 어이가 없다는 듯이 그 세 사람을 바라보았다. 아무 특징도 없고 핏기도 없는 이 젊은 남자들은 다만 사진을 찍었을 때의 친구로서 지금도 기억에 남아 있기는 했지만 사실은 그저 은행 행원이지 친구라고 할 정도는 아니었다. 친구라고 하는 것은 너무나 지나친 이야기고 그저 전지 전능한 감독의 머리가 약간 돌았다는 것을 나타내고 있는 것이었는데, 하여튼 그네들은 은행의 하급 행원인 것만은 틀림없었다. 어떻게 돼서 K는 그네들을 알아보지 못했을까？ 이 세 사람을 알아보지 못한 것을 보니 감독이나 감시인들한테 얼마나 정신이 팔려 있었던가 말이다. 태도가 어색하고 양손을 마구 젓는 라벤슈타이너, 눈이 우묵하게 들어가고 금발머리를 한 쿨리히, 만성이 되다시피 근육이 팽팽 당기우는 탓으로 언제나 징그러운 웃음을 띠는 카미너.

“안녕하시오.” K는 잠시 후에 이렇게 말하고 가지런히 머리를 숙이는 그 세 사람에게 손을 내밀었다. “나는 조금도 몰랐어. 그러면 직장으로 나가볼까？”

그 세 사람은 웃으면서 마치 그 동안 쭉 그 말이 떨어지기만 기다린 듯이 자꾸만 머리를 끄떡였다. 그러나 K가 모자를 방에 놓아두고 손에 들고 있지 않는 것을 보자 그 모자를 가지러 그네들은 모두 덩달아 뛰어나갔지만 그 태도로서는 하여튼 어떤 당황한 꼴을 숨길 수가 없었다. K는 아무 말도 없이 서서 두 개의 열린 문으로 들어가는 그네들의 뒷 모양을 보고 있었다. 가장 뒤떨어진 것은 물론 아무 관심도 없는 라벤슈타이너였지만 그는 다만 그럴 듯이 발만 터벅거리고 있었다. 카미너가 모자를 내밀었으나 하여튼 은행에서는 가끔 그렇게 하지 않을 수 없었다. 카미너의 웃음은 그러고자 해서 웃는 것이 아니라 그는 아마 자기가 하고자 해서 웃음을 띨 수는 없는 것이라고 K는 혼자서 분명히 말했다. 다음 응접실에서 그루바흐 부인이 여러 사람에게 현관문을 열어주었지만 그 여자는 그리 책임을 느끼는 것 같지 않았다. 그리고 K는 전과 같이 그 여자의 뚱뚱한 몸뚱이를 너무나 깊숙이 파고 들어간 앞치마 끈을 쳐다보았다. 밖에 나오자 K는 시계를 한쪽 손에 들고 이미 반 시간이나 늦은 시간을 쓸데없이 그 이상 더 늦어지지 않도록 하기 위해서 자동차를 타기로 했다. 카미너는 차를 잡으러 모퉁이까지 뛰어가고 다른 두 사람은 사실 K의 기분을 돌리려고 애를 썼지만 갑자기 쿨리히가 맞은편 문간을 가리켰다. 거기에는 바로 그 노랑 수염을 한 거인이 나타나 두리두리한 몸집을 보였던 까닭에 처음에는 조금 당황하면서 그는 뒤로 물러서서 벽에 몸을 기대고 있었다. 두 노인은 바로 계단을 내려오고 있었다. 자기가 이미 전에 보았고 게다가 나타나리라는 것을 기대하고 있던 그 남자를 쿨리히가 가리킨 까닭에 K는 화를 내고 말았다.

“그런 델 보는 게 아니야!” 하고 그는 커다란 목소리로 외쳤지만 다 큰 남자들을 보고서 그러한 말투로 말한다는 것이 얼마나 귀에 거슬리는 것인지를 그는 깨닫지 못했다. 그러나 변명할 필요는 없었다. 그때 바로 자동차가 왔기 때문이다. 그네들은 차를 타고 앞으로 달렸다. 그때 K는 감독이나 감시인들이 돌아간 것을 전연 깨닫지 못한 것을 생각했다. 감독한테 정신이 쏠려서 세 은행원을 알아보지 못했지만 이번에는 또 행원들에게 정신이 팔려서 감독을 생각하지 못했다. 이런 것으로 보아 침착하지 못했던 것은 사실이지만 이러한 점을 앞으로 좀더 주의하려고 생각했다. 그러나 그는 자기도 모르게 자동차 뒤 쿠션 위에 몸을 굽히고 혹시나 감독과 감시인들이 보이지나 않나 하고 살펴보았다. 그러나 이내 다시 몸을 돌리더니 차 한쪽 구석에 푹 기대고 어느 누구를 찾아볼 생각은 조금도 없었다. 지금으로서는 이야기를 건넬 필요도 없었으며, 세 행원들은 피로했던지 라벤슈타이너는 오른쪽에서 쿨리히는 왼쪽에서 차창 밖을 내다보고 다만 카미너만이 전과 다름없이 싱글거리며 무슨 일이라도 하려는 듯한 표정이었지만 이러한 태도를 놀리는 것은 섭섭하지만 인정상 할 수 없는 일이었다.

이해 봄 K는——대개 아홉시까지 사무실에 있었지만——일이 끝나

면 혼자서 혹은 은행원들과 더불어 될 수 있는 대로 잠깐 산보를 한
후 어떤 비어홀에 가서 늙은 신사들이 많이 모인 전용 테이블에 같이
끼어서 보통 열한시까지 밤을 지내기가 일쑤였다. 그러나 이러한 시간
배정에도 예외가 없는 것은 아니었다. 말하자면 K의 사무 역량과
신뢰할 수 있는 점을 매우 높이 사고 있던 지점장은 그를 드라이브하러
데리고 나가거나 혹은 만찬에 초대하는 일도 있었다. 그 밖에 K는
한주일에 한 번씩 엘자라는 처녀를 찾아가지만 그 여자는 밤을 새우고
아침에도 늦게까지 어떤 술집에서 일을 보는 까닭에 낮에 찾아가면
반드시 침대에서 그를 맞이했다.

그러나 이날 밤—낮에는 일에 몰리고 또 점잖고 정다운 생일 축
사를 받는 가운데 어느덧 지나갔지만—K는 곧 집으로 돌아가려고
했다. 낮일을 잠깐 쉬는 동안에도 그는 그렇게 생각했다. 대체 어째서
그런 생각을 했는지 알 수 없었으나 오늘 아침 사건 때문에 그루바흐
부인의 집안 전체가 일대 혼란을 일으키게 되었고 질서를 회복하려면
누구보다 자기가 필요할 것같이 생각되었다. 그러나 이 질서가 한 번
회복되면 그 사건의 모든 흔적은 사라지고 모든 일은 전과 다름이
없을 것이다. 더구나 그 세 행원에 대해서는 조금도 겁낼 필요가 없었고
또 그네들은 은행의 수많은 직원들 가운데 끼어 있으며 아무런 변화도
느낄 수가 없었다. K는 가끔 한 사람 혹은 세 사람을 다같이 자기
사무실로 부르기도 했지만 그것은 그네들의 태도를 살펴보려는 것
뿐이지 별다른 목적은 없었다. 그러나 그는 언제나 그네들을 안심하고
돌려보낼 수가 있었다.

밤 아홉시 반에 그가 살고 있는 집 앞에 왔을 때 현관 앞에서 그는
어떤 젊은 남자와 마주쳤다. 그는 그 자리에 떡 버티고 서서 파이프에
담배를 피우고 있었다.

"누구시지요?" K는 곧 이렇게 묻고 얼굴을 그 젊은 남자한테로
가까이 했으나 현관이 어두컴컴해서 잘 보이지 않았다.

"문지기 아들입니다, 아저씨." 하고 그 젊은 남자는 파이프를 입에서
떼며 옆으로 비켜섰다.

"문지기 아들이라고?" K는 이렇게 묻고 지팡이로 믿어지지 않

는 다는 듯이 마루를 두들겼다.

"아저씨, 무슨 일이 있으세요? 아버지를 불러올까요?"

"아니 좋아." 하고 K는 말했지만 그 목소리 가운데는 그 남자가 어떤 나쁜 짓을 했지만 자기가 용서해준다는 듯한 어조가 들어 있었다.

"좋아." 그는 이렇게 말하고 발걸음을 옮겼으나 계단을 오르기 전에 다시 한번 돌아보았다.

그대로 자기 방으로 가도 좋았지만 그루바흐 부인과 이야기하고 싶었던 까닭에 곧 그 여자의 방문을 두드렸다.

부인은 책상 옆에서 양말을 꿰매고 있었다. 책상 위에는 또 한 무더기의 낡은 양말이 쌓여 있었다. K는 어물어물 이렇게 늦게 죄송하다고 변명을 했지만 그루바흐 부인은 매우 정다운 표정으로 그러한 변명은 듣고 싶지도 않다는 듯이 당신이라면 언제든지 말동무가 될 수 있고 당신은 우리 집에서 제일 좋고 정다운 손님이라고 제가 생각하는 것을 알고 계시지 않느냐고 말했다. K는 방 안을 돌아보았으나 전날과 조금도 변함이 없었다. 아침에 창문 옆에 있는 조그마한 책상 위에 놓여 있던 조반 식기도 이미 다 치우고 없었다.

'여자의 손이란 남몰래 여러 가지 일을 해치우는구나.' 하고 K는 생각했다. 사실 자기 같으면 식기를 당장에 다 부숴버리고 방 안에서 그것을 밖으로 내보내지는 못했을 것이다. 그는 용서라도 구하듯이 그루바흐 부인을 바라보았다.

"왜 이렇게 늦게까지 일을 하시지요?" 하고 그는 물었다.

두 사람은 책상 옆에 앉았는데, K는 때때로 양말 속에 손을 쑥 넣었다.

"일이 한이 있어야지요." 하고 그 여자는 말했다. "낮에는 손님들한테 시달리고 있으니까 천상 내 일을 좀 치우려면 아무래도 밤에 하는 수밖에 없어요."

"정말 오늘은 너무 수고 많았습니다."

"왜요?" 그 여자는 이렇게 묻고 좀더 캐어물으려는 듯한 표정으로 일하던 손을 무릎 위에 놓았다.

"오늘 아침 여기 있던 사람들 말입니다."

"네, 그 일이요?" 그 여자는 다시 마음을 안정하며 이렇게 말했다. "뭐 그리 대단한 일도 아니었는데요."

K는 아무 말도 없이 다시 양말을 꿰매는 부인의 모습을 바라보았다. 그 말을 했기 때문에 그 여자는 이상하게 생각하는 것 같고 그 말을 달리 생각하는 것같이 여겨졌다. 그러니까 더욱 그럴 필요가 있었고 늙은 여자니까 그런 말은 할 수 있는 것이다.

"아니요, 정말 수고를 끼쳤습니다." 하고 그는 말했다. "그러나 다시 그런 일은 없을 겁니다."

"그럼요. 또 그런 일이 있겠어요?" 다짐하는 듯이 이렇게 말하고 그 여자는 쓸쓸히 그에게 미소를 던졌다.

"정말 그렇게 생각하시오?"

"그렇고 말고요." 그 여자는 나직한 목소리로 말했다. "그러나 무엇보다 그 일을 너무 어렵게 생각지 마세요. 이런 세상에서 무슨 일이 있을지 알아요! K 선생님, 당신이 저와는 터놓고 말씀하시니까 저도 숨김없이 말씀드리지만 저는 문 뒤에서 조금 엿듣기도 했고 두 감시인도 저한테 얼핏 비친 말도 있고해서, 하여튼 당신의 행복에 관계되는 일인데 전들 어떻게 걱정이 안 되겠어요. 그야 저로서는 너무나 지나친 말 같지만 하여튼 저는 하숙집 주인에 지나지 않으니까요. 그런데 감시인한테서 얼핏 들은 말이 있다고 했지만 무슨 나쁜 짓을 했다고 할 수도 없어요. 그런 일은 조금도 없었어요. 체포되었다고 해도 도둑질을 하고 체포되는 것과는 다르지 않아요. 도둑놈같이 체포되는 것은 그야 나쁘지만 당신이 체포된 것은——그러고 보니 학문 같은 것 때문에 그러는 것 같더군요. 주착없는 말을 했으면 용서하세요. 어쩐지 학문 같은 것 때문에 그러는 것 같아요. 물론 저도 잘 모르고 아무도 알 수 없는 일이지만."

"말씀하신 것은 주착없는 말은 아닙니다. 아주머니, 적어도 저는 어느 정도 당신과 같은 생각입니다. 그러나 저는 이 문제를 당신보다 예리하게 판단하는 까닭에 저는 간단히 학문이라든가 그런 것이라고 생각지 않고 거의 무의미한 일이라고 생각해요. 저는 습격을 당한 셈이지요. 만일 잠이 깨자마자 안나가 나타나지 않는 데도 조금도

구애되지 말고 자리에서 일어나 저를 방해하러 들어오는 사람 같은
것은 돌보지도 말고 당신한테로 가서 오늘 아침 식사만은 예외로
부엌에서라도 하고, 옷은 당신더러 제 방에서 가져오게 해서 결국 좀더
현명한 태도를 취했더라면 그 이상 무슨 일이 일어나지도 않고 일어날
일이라도 모두 막을 수 있었을 겁니다. 그러나 마음의 준비가 없었어요.
말하자면 은행에서는 마음의 준비가 되어 있기 때문에 그런 일은
일어날 리가 없습니다. 제 밑에서 심부름하는 아이가 있고 또 외부
전화와 사무실 전화가 눈앞에 있는 책상 위에 놓여 있으며 손님들이나
행원들이 끊임없이 드나들고 있으니까요. 게다가 무엇보다 은행에서는
사무 관계로 언제나 머리가 긴장되어 있기 때문에 그런 일이 일어나면
참 시원하게 해치울 수 있습니다. 그러나 일은 다 끝났으니까 저도
이 이상 그런 문제에 대해서는 조금도 말하고 싶지 않습니다. 그러나
저는 당신의 판단, 분별있는 여자의 판단을 들어보려고 생각했던 겁
니다. 좋은 의견을 말씀해주셔서 반갑습니다. 그러면 저와 악수를
해주서요. 그렇게 의견이 일치했으니까 서로 손을 잡고 그 기분을 더욱
두텁게 해야겠습니다.”

　부인이 손을 내미는데 어쩌지 ? 감독인지 뭔지 하는 자식은 손을
내밀지도 않았는데, 하고 K는 생각하고 전과는 달리 의아스러운 시
선으로 그 여자를 바라보았다. 그가 자리에서 일어났기 때문에 그
여자도 일어섰지만 그 여자는 K가 말한 것을 그대로 이해하지 못했다.
이렇게 조금 당황했기 때문에 그 여자는 자기로서는 말할 생가도 없이
그 장소에는 어울리지 않는 말을 했다.

　“그렇게 어렵게 생각지 마세요, K 선생님.” 하고 울음 섞인 목소리로
그 여자는 말했지만 사실 악수 같은 것은 다 잊어버리고 있었다.

　“저는 조금도 어렵게 생각지는 않습니다.” K는 이렇게 말하고 갑
자기 피로를 느끼며 이 부인의 동의같은 것은 아무 의미도 없다는
것을 깨달았다.

　문을 나서며 그는 다시 물었다.

　“뷔르스트너 양은 계시나요 ?”

　“없어요.” 그루바흐 부인은 이렇게 말하고 보고라도 하는 듯한

이 멋적은 대답을 생각하자 늦은 감이 있었지만 제딴엔 동정이라도 하듯이 미소를 지었다.

"그이는 극장에 갔어요. 무슨 일이 있으시나요? 제가 전해드릴까요?"

"아니요. 그저 그이하고 이야기를 좀 할까 해서."

"안됐습니다만 언제 돌아올는지 모르지요. 극장에 가면 언제나 늦게야 돌아오니까요."

"아니요, 관계없습니다." K는 이렇게 말하고 머리를 숙이고 문 쪽으로 몸을 돌리더니 그만 밖으로 나가려고 했다.

"그이 방을 오늘 아침 좀 썼기 때문에 사죄라도 할까 해서 그럽니다."

"그럴 필요가 뭐 있어요, K선생님. 당신은 너무나 신경을 쓰시는군요. 그이는 아무것도 모른답니다. 아침 일찍이 집을 나간 다음에 이내 말끔히 다 치웠어요. 보세요." 그리고 그 여자는 뷔르스트너 양의 방문을 열었다.

"감사합니다. 알겠어요." 하고 K는 말했지만 열린 문까지 걸어갔다.

달빛이 어두운 방안으로 고요히 스며들고 있었다. 보기에는 사실 모든 것이 전과 다름없고 블라우스도 이미 창문 고리에는 걸려 있지 않았다. 침대 밑 자리가 눈에 띄게 불쑥 두드러진 것 같았으며 그 일부가 달빛 속에 놓여 있었다.

"그이는 언제나 늦게 돌아오더군요." 하고 K는 말하고 그 책임은 당신에게 있다고 하는 것처럼 그루바흐 부인을 쳐다보았다.

"아무래도 젊은 사람이니까요!" 그루바흐 부인은 마치 변명이라도 하듯이 이렇게 말했다.

"사실 그렇습니다." 하고 K는 말했다. "그러나 너무 지나치지 않아요?"

"그렇지요." 하고 그루바흐 부인은 말했다. "당신 말씀이 옳습니다. K 선생님, 그이도 아마 그렇게 생각할 겁니다. 뷔르스트너 양을 흠 잡으려는 것은 아닙니다. 그이는 얌전하고 귀여운 여자니까요. 친절하고 착실하며 시간도 잘 지키고 일도 잘하기 때문에 저도 모든 일에 감탄했습니다만 사실은 좀더 자존심을 갖고 삼가야 할 것 같아요.

이번 달에 들어서도 두 번이나 변두리 길거리를 다른 남자와 같이 돌아다니는 것을 보았지 뭐예요. K 선생님, 당신한테니 말이지 저는 참 불쾌했어요. 그러나 머지않아서 그이한테 직접 그런 말을 하게 될 겁니다. 더구나 의심되는 일이 그것뿐이 아니니까요.”

“천만에, 그럴 리가 있어요.” 하고 화를 내며 K는 이렇게 말하지 않을 수 없었다. “그러고 보니 제가 그 여자에 대해서 말한 것을 정말 하시는군요. 저는 그런 의미에서 말한 것은 아닙니다. 분명히 말씀 드립니다만 그 여자한테 무슨 말을 해서는 안 됩니다. 당신은 정말 오해하고 있습니다. 저는 그 여자에 대해서 잘 알고 있습니다만 당신이 말한 것은 새빨간 거짓말입니다. 혹시 제가 너무 지나친 말을 했는지 모르지만 조금도 당신의 말을 막을 생각은 없으니까 그 여자에게 말씀하시려거든 하시오. 그럼 안녕히.”

“K 선생님.” 하고 그루바흐 부인은 애원하듯이 말하며 그가 연 문까지 급히 따라갔다.

“사실은 아직 그 여자한테 말하려는 것은 아니예요. 물론 그전에 좀더 그 여자에 대해서 살펴볼 생각입니다만 제가 알고 있는 일을 당신에게 숨김없이 말한 것뿐입니다. 결국 이렇게 생각하는 것은 자기 하숙을 좀더 깨끗이 하려고 하는 주인이라면 누구나 다 그렇지 않을까요? 저도 그래서 그러는 것뿐이에요.”

“깨끗이요!” K는 문틈으로 이렇게 외쳤다. “만일 하숙을 깨끗이 하려면 우선 저 같은 것을 내보내야 할걸요.” 그리고 그는 문을 눌러 닫고 나직한 노크 소리에는 귀도 기울이지 않았다.

그러나 조금도 자고 싶은 생각은 없었기 때문에 그냥 일어나 앉아서 뷔르스트너 양이 언제나 돌아오나 하고 이 기회에 그것을 확인하려고 결심했다. 그리고 너무 주제넘은 일이지만 그 여자와 한두 마디 이야기라도 할 수 있을 것 같았다. 창문 옆에 누워서 피로한 눈을 감았을 때 그루바흐 부인을 힐책하리라, 그리고 뷔르스트너 양한테 권고해서 같이 이 집을 나가리라 하는 생각이 머리에 떠올랐다. 그러나 곧 그런 짓은 너무 지나친 일이라고 생각하고 오늘 아침 사건 때문에 집을 옮길 생각이 난 자기 자신에 대해서 의심까지 해보았다.

하여튼 그보다 더 무의미하며 무모하고 어리석은 짓은 없을 것같이 생각되었다.

인적이 없는 길거리를 바라보는 데 싫증이 나자 이 집에 들어오는 사람이 소파에서도 곧 눈에 띌 수 있도록 응접실 문을 조금 열고 소파 위에 누웠다. 거의 열한시까지 담배를 한 대 피우면서 소파 위에 조용히 누워 있었다. 그 이상 그대로 기다릴 수가 없었기 때문에 잠시 응접실로 들어갔다. 이렇게 함으로써 뷔르스트너 양을 좀더 빨리 집으로 돌아오게 할 수 있을 것 같은 생각이 들었던 것이다. 더구나 그 여자에 대해서 무슨 생각이 있는 것도 아니요, 어떤 모양을 한 여자인지 조금도 생각이 나지 않았지만 지금은 그 여자와 이야기를 하고 싶었으므로, 그녀의 늦은 귀가가, 오늘이라는 하루가 채 다 가기도 전에 그녀가 가져다준 불안과 혼란이 그를 초조하게 만들었다. 저녁 식사도 못 하고 오늘밤 엘자를 찾아가려고 마음먹었던 것을 포기하게 된 것은 그 여자에게도 책임이 있다. 물론 지금부터라도 엘자가 일하고 있는 술집에 가면 이 두 가지 일은 아직 늦지 않았다. 그러나 그 일은 후에 뷔르스트너 양과 이야기가 끝난 다음에 하려고 생각했다.

열한시 반이 지났을 때 누군지 계단에서 발걸음 소리가 들렸다. 여러 가지 생각에 잠기며 마치 자기 방에나 있는 듯이 발걸음 소리도 드높이 응접실에서 이러저리 거닐고 있던 K는 자기 방문 뒤로 몸을 숨겼다. 온 사람은 뷔르스트너 양이었다. 떨리는 마음으로 문을 닫았을 때 그 여자는 비단 숄로 좁다란 어깨를 감쌌다. 이때를 놓치게 되면 그 여자는 자기 방으로 들어가버리게 될 것이요, 그렇게 되면 밤중인 까닭에 그 방에 들어갈 수도 없는 일이었다. 그래서 그때야말로 그 여자를 부를 때였지만 일이 안될 세라 자기 방 전등을 켜두지 않았기 때문에 어두운 방에서 나간다면 마치 습격이라도 당한 것 같아서 적어도 상대방이 몹시 놀랄 것은 틀림없었다. 더 이상 어물거릴 수도 없었기 때문에 어쩔 줄을 몰라하며 그는 문틈으로 나직한 목소리로 그 여자를 불렀다.

"뷔르스트너 양."

그것은 부르는 것이 아니라 애원하는 어조였다.

"누구세요?" 뷔르스트너 양은 이렇게 묻고 눈을 두리번거리며 주위를 돌아보았다.

"접니다." 하고 K는 말하고 앞으로 나섰다.

"아, K 선생님이세요!" 하고 뷔르스트너 양은 미소를 지으며 말했다.

"안녕하세요." 하고 그 여자는 K에게 손을 내밀었다.

"말씀드릴 것이 있는데, 지금 괜찮겠습니까?"

"지금이요?" 하고 뷔르스트너 양은 물었다. "지금 아니면 안 되겠어요? 좀 이상하지 않아요?"

"아홉시부터 기다렸는데요."

"그래요? 저는 극장에 갔었어요. 당신이 기다리는 줄 누가 알았어요?"

"말씀드리려는 동기는 오늘 비로소 생긴 겁니다."

"그러세요? 그러시다면 피곤하고 몸을 가눌 수가 없다고 해서 그만 거절할 수도 없는 일이니까 잠깐 들어오실까요? 여기서는 아무래도 이야기할 수가 없고 다른 사람들을 깨우며 되면 그네들보다도 저희들을 위해서도 기분 나쁘지 않아요. 불을 켤 테니까 여기서 잠깐 기다리세요, 네. 그러고 여기 불은 꺼주세요."

K는 하라는 대로 했지만 뷔르스트너 양이 자기 방에서 다시 한번 나직한 목소리로 들어오라고 재촉할 때까지 잠시 기다리고 있었다.

"앉으세요." 하고 그 여자는 말하며 안락의자를 가리켰지만 자기는 피곤하다고 하면서도 침대 가장자리 철주에 기대고 그냥 서 있었다. 자그마하지만 꽃으로 가득히 장식한 모자를 좀처럼 벗으려고 하지 않았다.

"그런데, 무슨 말씀이지요? 어서 말씀하세요." 그 여자는 가볍게 다리를 포갰다.

"아마 당신은" 하고 K는 이렇게 말했다. "말하자면 저의 책임입니다만 당신 방이 오늘 아침 조금 헝클어졌댔습니다. 저는 그럴 생각도 없었지만 낯도 코도 모르는 사람들이 그랬습니다. 지금 말씀드린 바와 같이 저 때문에 그렇게 되었습니다. 그래서 사죄 말씀이라도 드릴까 해서……"

“제 방이요?” 하고 뷔르스트너 양은 말하고 방 안을 돌아보지도 않고 의아스러운 듯이 K를 바라보았다.

“그렇습니다.” 하고 K는 말하고 두 사람은 여기서 처음으로 서로 시선을 나누었다. “어떻게 해서 그렇게 되었다는 것은 전연 말씀드릴 만한 것이 못 됩니다.”

“하지만 그것이 더 알고 싶은데요.”

“아닙니다.”

“그렇다면 저는 별로 그런 비밀에 뛰어들고 싶지도 않습니다만 재미 없는 이야기라면 그만두세요. 별로 방 안이 헝클어진 흔적도 없으니까 당신의 소원대로 그저 용서해드리겠어요.” 그 여자는 이렇게 말하고 손바닥을 허리에 바싹 대고 방 안을 한 바퀴 돌았다. 사진을 붙인 대지 옆에서 그 여자는 발걸음을 멈추었다.

“어머나, 이것 좀 봐요!” 그 여자는 이렇게 외쳤다. “정말 제 사진이 이렇게 막 헝클어지고. 난 몰라요. 그러고 보니 제 방에 누가 들어 왔었군요. 실례지 뭐예요.”

K는 머리를 끄떡이고 멋적게 쓸데없이 집적거리지 않고는 못 배기는 행원 카미너를 마음속으로 원망했다.

“참 이상해요.” 하고 뷔르스트너 양은 다시 말했다. “빈 방에 들어와서는 안 된다는 것은 당신도 아실 텐데, 어떻게 그런 걸 다 일일이 말씀드리겠어요.”

“당신 사진에 손을 댄 것은 제가 아니란 말입니다. 믿어주실 것 같지 않아서 솔직히 말씀드립니다만 심리위원들이 은행원을 셋이나 데리고 왔었어요. 그 중에서 한 사람은 머지않아 은행에서 내보낼 생각입니다만 사실 그 자식이 사진을 만졌습니다. 그렇습니다. 심리 위원회가 여기서 열렸으니까요.” 그 여자가 의아스러운 시선으로 그를 쳐다보았던 까닭에 그는 이렇게 이야기를 덧붙였다.

“당신 때문에 그랬어요?”

“그렇습니다.”

“설마.” 그 여자는 이렇게 외치며 웃었다.

“그러면 제가 무죄라고 생각하십니까?”

"무죄라니요. 모르긴 하지만 그렇게 중대한 판결을 간단히 말할 수는 없지 않아요. 저는 당신을 잘 모르지만 그렇게 즉시로 심리 위원회에 회부된 것을 보면 중범이 틀림없지 뭐예요. 그러나 당신은 자유스러운 몸이니까——적어도 당신의 안정된 태도로써 감옥에서 도망친 것이 아니라는 것은 알 수 있습니다만——그러한 죄를 범할 수가 있어요."

"그렇습니다." K는 말했다. "그러나 심리 위원회는 제가 무죄다, 혹은 생각했던 것보다는 죄가 가볍다고 인정했는지도 모릅니다."

"물론 그렇겠지요." 뷔르스트너 양은 매우 조심해서 말했다.

"좀 들어보시오." 하고 K는 말했다. "당신은 재판 사건에 대해서는 잘 모르시는 것 같은데."

"그럼요. 알 수 없어요." 뷔르스트너 양은 이렇게 말했다. "정말 여태껏 섭섭하게 생각한 적이 한두 번이 아니었어요. 왜냐하면 저는 뭐든지 알고 싶었어요. 그리고 재판에 대해서는 누구보다 흥미를 가지고 있으니까요. 재판은 특별한 재미가 있지요? 저의 지식은 이러한 방면에서 꼭 성공을 할 거예요. 내달이면 사무원으로서 어떤 변호사 사무소에 들어가게 돼 있어요."

"그것 참 잘됐군요." 하고 K는 말했다. "그렇게 되면 저의 심판 때에 힘을 좀 빌려야 하겠습니다."

"그러시지요." 하고 뷔르스트너 양은 말했다. "왜 안 되겠어요? 시원하게 제 실력을 한번 휘둘러보겠어요?"

"진정입니다." 하고 K는 말했다. "적어도 당신이 해주신 말씀과 같을 정도로 반은 진정으로 말하는 겁니다. 변호사를 데려오기에는 너무 사소한 문제지만 될 수 있으면 충고자를 잘 이용해야 되겠습니다."

"그렇지요. 그러나 저더러 충고자가 되어 달라고 하신다면 문제가 대체 어떤 것인지 알아야 하지 않겠어요."

"바로 그것이 문제입니다." 하고 K는 말했다. "그러나 제 자신도 모르겠어요."

"그러면 저를 놀리는 거지요." 뷔르스트너 양은 매우 실망한 듯이 이렇게 말했다. "하고많은 날에 이런 밤중에 그런 말을 하러 오셨어요. 너무해요!"

그리고 그네들은 그때까지 나란히 서 있던 사진 옆에서 물러섰다.

"아닙니다." 하고 K는 말했다. "농담이 아닙니다. 제 말을 믿지 못하겠다는 말씀이지요. 제가 알고 있는 것은 이미 말씀드렸습니다. 아닙니다. 제가 알고 있는 것 이상이지요. 왜냐하면 그것은 심리 위원회라는 것이 아니라 다만 제가 제멋대로 그렇게 부른 것이지요. 뭐라고 해야 좋을지를 몰라서 그랬지요. 심문은 전연 없습니다. 저는 그저 체포되었을 뿐입니다. 그러나 그것은 어떤 위원회에서 했습니다."

뷔르스트너 양은 안락의자에 앉아 있었지만 그만 웃어버리고 말았다.

"대체 어떻게 체포되었지요?"

"무시무시하더군요." K는 이렇게 말했으나 지금 그런 일은 조금도 생각지 않고 그저 뷔르스트너 양의 표정에 그 마음이 끌려 있었다. 그 여자는 한쪽 손으로 얼굴을 괴고——팔굽은 안락의자의 쿠션에 올려놓고 있었지만——또 한쪽 손은 천천히 자기의 허리를 어루만지고 있었다.

"그까짓 대수롭지도 않은 일, 뭔지 알겠어요." 하고 뷔르스트너 양은 말했다.

"무엇이 대수롭지 않단 말이오?" 하고 K는 물었으나 곧 머리에 떠오른 듯이 이렇게 물었다. "그때 일을 알고 싶단 말씀이지요?" 그는 몸을 움직이려고 했으나 나가려고는 하지 않았다.

"저는 그만 지쳤어요."

"너무 늦게 돌아오니까 그렇지요."

"결국은 꾸지람을 듣게 되었군요. 이맘때쯤에 당신을 방에 들이지 않았더라면 좋았을걸, 꾸지람을 들어 싸지, 그리고 보니 오실 필요도 없는 걸 그랬어요."

"필요했지요. 그것은 이제 곧 아시게 될 겁니다." 하고 K는 말했다. "침대 옆에 있는 야간용 책상을 이리 옮겨도 괜찮겠어요?"

"또 무슨 생각이 나셨어요?" 하고 뷔르스트너 양은 말했다. "물론 그러시면 곤란한데요."

"그러면 당신한테 말씀드릴 수 없지 않아요." K는 그 여자의 그러한 말 때문에 대단한 손해라도 입은 듯이 흥분된 어조로 말했다.

"그렇군요. 만일 설명하시는 데 필요하시다면 책상을 조용히 끌어내세요." 뷔르스트너 양은 이렇게 말하고 조금 후에 다시 나직한 목소리로 말을 계속했다.

"피곤한데 공연히 또 그랬구나."

K는 책상을 방 한가운데 놓고 그 뒤에 앉았다.

"인물 배치를 정확히 알아두시오. 그것이 매우 재미있습니다. 제가 감독이라 합시다. 저쪽 트렁크 위에는 두 감시인이 앉아 있고 사진 옆에는 세 젊은 남자가 서 있습니다. 그리고 말이 났으니 말이지 창문 고리에는 하얀 블라우스가 한 벌 걸려 있습니다. 그리고 지금 막 심문이 시작됩니다. 아 참 저는 제 자신을 잊어버리고 있었군요. 가장 중요한 인물인 저는 이 책상 앞에 서 있습니다. 감독은 다리를 포개고 팔을 의자 뒤로 이렇게 축 늘어뜨리고 있습니다. 그렇게 버릇없는 자식이 어디 있어요. 그리고 이제 정말 심문이 시작됩니다. 감독은 마치 정신을 차리라는 듯이 커다란 목소리로 냅다 고함을 질렀습니다. 당신이 아실 수 있도록 하려면 미안합니다만 저도 여기서 고함을 한 번 질러야 하겠습니다. 그런데 그가 그렇게 고함을 치며 부르는 것은 제 이름뿐입니다."

웃으면서 귀를 기울이고 있던 뷔르스트너 양은 K가 고함을 치는 것을 가로막기 위해서 둘째 손가락을 입에 대었지만 그때는 이미 늦었다. K는 자기가 하는 일에만 열중하며 천천히 이렇게 외쳤다.

"요제프 K!"

아무려나 감독이 외친 소리만큼은 크지 못했으나 돌연 입 속에서 터져나온 그 목소리는 점점 방 안에서 감도는 것 같았다.

그때 두서너 번 옆방 문을 두들기는 소리가 들렸다. 강하고 짤막하며 규칙적인 노크였다. 뷔르스트너 양은 파랗게 질려서 손을 가슴에 대었다. 더구나 K는 그 후 얼마 동안 오늘 아침의 사건과 그 장면을 보여 줄 상대인 이 여자 이외에는 아무것도 생각지 못하였던 까닭에 더욱 놀랐다. 마음을 가다듬고 그는 뷔르스트너 양한테로 나는 듯이 달려가서 그 여자의 손을 붙잡았다.

"뭐 염려하실 것 없습니다." 하고 그는 속삭였다. "모든 일을 저한테 맡겨주세요. 누가 있길래 그러세요? 이 옆방은 살림방이니까 아무도 자지 않습니다."

"그래도." 뷔르스트너 양은 K의 귀에 대고 이렇게 속삭였다. "어제부터 그 방에는 그루바흐 부인의 조카인 대위가 자고 있어요. 빈 방이 어디 있나요. 저도 깜빡 잊었지만, 그런데 당신은 왜 그렇게 소리를 지르세요! 제가 괴롭지 않아요."

"괴로울 거 뭐 있어요." K는 이렇게 말하고 그 여자가 쿠션에 몸을 던졌을 때 그는 그 여자의 이마에 키스를 했다.

"싫어, 싫어요." 그 여자는 이렇게 말하고 급히 몸을 일으켰다. "나가세요. 나가주세요. 어쩌자고 그러세요. 그이가 문 뒤에서 엿듣고 있어요. 다 듣지 않아요. 왜 저를 괴롭히세요."

"저는 가지 않겠어요." K는 이렇게 말했다. "당신이 좀더 안정하기 전에는 방 저쪽 구석으로 가주세요. 거기면 저희들이 말하는 것도 들리지 않을 테니까."

그 여자는 거기까지 끌리는 대로 몸을 내맡기고 있었다. 그러자 그는 말했다.

"물론 당신은 괴로우시겠지만 위험할 건 조금도 없다는 것을 왜 모르세요. 당신도 아시지만 이 문제는 그루바흐 부인에게 달려 있으며, 더구나 대위가 그 여자의 조카니까 더욱 그렇게 되는데 그 여자는 저를 매우 존경하며 제 말이라면 뭐든지 무조건 믿습니다. 그 여자는 그러지 않아도 제 신세를 지고 있습니다. 왜냐하면 상당한 돈을 저한테서 빌렸으니까요. 저희들이 한방에 있는 데 대한 변명에 대해서는 조금이라도 앞뒤가 들어맞기만 하면 무엇이든지 당신의 청을 받아들이겠습니다. 그리고 그루바흐 부인을 들춰서 다른 사람들이 그 변명을 믿도록 하게 할 뿐만 아니라 정말 진심으로 그것을 믿도록 할 수 있습니다. 그때 당신은 결코 저를 두둔해서는 안 됩니다. 제가 당신한테 달려들었다고 소문을 퍼뜨리고 싶으시면 그루바흐 부인에게 그렇게 알리는 것은 문제 없겠지만 그렇게 한다 해도 저에 대한 신뢰는 변함없을 겁니다. 그만큼 그 여자는 저를 좋아하고 있으니까요."

뷔르스트너 양은 아무 말도 없이 약간 쓰러질 듯한 자세로 멍하니 바닥만 바라보았다.

"제가 당신한테 달려들었다고 그루바흐 부인이 생각한다 해도 관계없지 않아요?" K는 이렇게 말을 계속했다.

그의 눈앞에는 그 여자의 머리칼, 가리마를 타고 약간 불룩하게 바싹 동인 불그레한 머리칼이 보였다. 그 여자가 자기한테로 시선을 돌린다고 그는 생각했지만 그 여자는 태도를 변치않고 이렇게 말했다.

"미안해요. 갑자기 노크하는 소리가 들렸기에 그만 놀라서 그랬어요. 대위가 있으니까 그 결과가 어떻게 될까 해서 그러는 건 아니에요. 당신이 소리를 지른 다음 매우 조용했었는데 노크 소리가 들리기에 그만 그렇게 놀랐지 뭐예요. 그리고 저는 문 옆에 앉아 있던 까닭에 정말 바로 옆에서 노크 소리가 들렸어요. 당신의 말씀은 감사합니다만 저는 응할 수 없어요. 저의 방에서 일어난 일은 모두 제게 책임이 있으니까요. 그리고 누가 뭐라고 해도 제가 책임을 지겠어요. 물론 당신의 호의는 알겠어요. 그러나 그와 동시에 당신의 말씀 가운데 저에 대한 모욕이 다소 들어 있다는 것을 당신이 느끼지 못하신다니 그게 참 이상해요. 그러면 가보세요. 저한테 관계 마세요. 무엇보다 지금은 혼자 있는 것이 필요하니까요. 잠시 동안이라고 말씀하신 것이 어느덧 삼십분 이상이나 지났어요."

K는 그 여자의 손을 쥔 다음 팔목을 붙잡았다.

"화났어요?" 하고 그는 말했다. 그 여자는 그의 손을 뿌리치며 말했다.

"아니요, 천만에요. 언제나 저는 누구한테도 화낸 일이 없어요."

그는 다시 그 여자의 손목을 붙잡았으나 이때 그 여자는 그대로 그 남자를 방문까지 데리고 갔다. K는 그 방에서 나가려고 했다. 그러나 문 앞에 왔을 때 그는 이런데 문이 있으리라고는 생각지도 못했다는 듯이 발걸음을 멈추었지만 뷔르스트너 양은 그 순간을 이용해서 K를 뿌리치고 문을 열더니 응접실로 살금살금 들어가서 거기서 K를 보고 나직한 목소리로 말했다.

"이봐요. 이리 좀 와요. 자, 보세요."——그 여자는 대위의 방 문을 가리켰는데 그 문 밑으로 불빛이 스며 나왔다——“저이는 등불을 켜고 저희들의 행동을 재미있게 엿듣고 있어요.”

“그래! 어디.” K는 이렇게 말하고 응접실로 들어가서 그 여자를 붙잡고 입에 키스를 하고 나서 얼굴에다 마구 키스를 했지만 그것은 마치 목마른 짐승이 겨우 발견한 샘물에서 혀를 빼고 덤벼드는 것 같았다. 나중에 그는 식도(食道) 가까이 그 여자의 목에 키스를 하고 오랫동안 입술을 대고 있었다. 대위 방에서 기척이 들리자 그는 얼른 얼굴을 들었다.

“그만 가겠어요.” 그는 이렇게 말하고 뷔르스트너 양의 세례명을 부르려고 했으나 알 수가 없었다. 그 여자는 기운없이 머리를 끄덕이며 어느덧 반쯤 몸을 돌리고 그가 자기 손에 키스하는 방으로 들어갔다. K는 곧 침대에 누웠다. 곧 잠이 들었지만 잠이 들기 전에 잠시 동안 자기 행동을 생각하며 어떤 만족을 느꼈으나 더 크게 만족하지 못한 것이 원통했다. 대위가 있었기 때문에 그는 뷔르스트너 양을 진심으로 걱정했다.

2. 첫 심 문

K는 다음 일요일에 그의 사건에 대해서 간단한 심문이 있으리라는 전화를 받았다. 이 심문은 일요일마다 있는 것은 아니지만 하여튼 연이어서 여러 번 규칙적으로 행하게 되리라는 주의가 있었다. 한편 생각하면 누구나 심문을 재빨리 끝내는 것을 원하는 바이지만 또 한편 심문은 모든 점에서 철저히 하지 않으면 안 된다. 그렇다고 해서 그 심문에 따르는 노력을 생각하면 결코 너무 오래 끌어도 안 될 것이다. 그렇기 때문에 다시금 반복되면서도 짧은 심문으로서 끝날 수 있는 방법을 택해야만 했다. 심문하는 날짜를 일요일로 하는 것은 K의 직장일에 방해가 되지 않게 하기 위해서였다. 그도 그렇게 하는 데 찬성하리라고 그 사람들은 생각했지만 만일 다른 날짜를 원한다면 될 수 있는 데까지 그렇게 해주겠다고 했다.

말하자면 심문은 밤에라도 할 수 있지만 밤에는 확신히 K의 미리가 흐려진다는 것이다. 하여튼 아무 이의가 없는 한 일요일로 정하겠다고 했다. 그리고 더 말할 것도 없이 반드시 출두해야 하며 물론 이 점은 다짐하지 않아도 잘 알 거라는 이야기였다. 출두할 집 번지를 들었지만 그것은 K가 아직 한번도 가본 일이 없고 교외에 멀리 떨어져 있는 집이었다.

이 통지를 받은 그는 아무 대답도 없이 수화기를 놓았다. 그는 곧 일요일에 출두하려고 결심했다. 아무래도 가야 할 길이요, 시작되었으니 자기는 자기대로 그 일에 대비가 있어야만 할 것 같았다. 그리고 첫심문으로 그만 끝내버리려고 했다. 그는 아직 생각에 잠겨서 전화 옆에 서 있었으나 그때 뒤에서 지점장 대리의 목소리가 들렸다. 전화를 걸려고 했지만 K가 길을 가로막고 있었다.

"좋지 못한 소식이오?" 하고 지점장 대리는 태연하게 말했지만 별로 무엇을 알아보려는 것이 아니라 K를 전화통에서 물리치기 위해서였다. 지점장 대리는 수화기를 들고 전화가 통하기를 기다리며 수화기 너머로 이렇게 말했다.

"저——K군, 일요일 아침에 내 요트를 타고 뱃놀이하러 가지 않겠소? 여러 사람이 모일 텐데, 아마 아는 사람도 있을걸. 누구보다 하스테러 검사 말일세. 오겠나? 오게나그려!"

K는 지점장 대리의 이야기에 주의를 기울이려고 했다. 그것은 그에게 무의미한 말이 아니었다. 왜냐하면 그와 그리 사이가 좋지 못하던 지점장 대리의 이 초대는 상대방에서 취한 유화책을 의미하는 것이며 K가 은행에서 얼마나 중요한 자리에 있으며 그의 우정이나 혹은 적어도 그의 공평한 처사가 은행에서 지점장 다음으로 가는 사람에게 얼마나 중하게 생각되었느냐 하는 것을 보여준다. 이 초대는 다만 전화가 통하기를 기다리는 동안 수화기 너머로 전해진 것이었지만 지점장 대리의 겸손한 태도임에는 틀림없었다. 그래서 K도 그만은 못했지만 겸손한 태도로 대하지 않을 수 없었다.

"감사합니다! 그러나 일요일에는 시간이 없겠는데요. 벌써 미리 약속한 데가 있어서."

"그래, 안됐는데." 지점장 대리는 이렇게 말하고 돌아와서 그때 바로 통한 전화로 이야기를 시작했다. 짧은 대화였지만 K는 그 동안 그냥 멍청하니 전화 옆에 서 있었다. 지점장 대리가 수화기를 놓았을 때 비로소 그는 놀라며 필요하지도 않은데 서 있었다는 것을 조금 변명이라도 하려는 듯이 이렇게 말했다.

"지금 저한테 전화가 와서 어디어디로 오라는 이야기는 있었습니다만 저쪽에서 시간을 알려주지 않아서 그래……."

"그러면 다시 한번 전화를 걸어서 물어보시오." 하고 지점장 대리는 말했다.

"대단한 일은 아닙니다." 하고 그는 말했으나 앞서 그것만으로도 어딘지 불충분한 그 변명을 이 말로써 더욱 잡치고 말았다. 지점장 대리는 걸어가면서도 무슨 말을 했기 때문에 K는 대꾸를 하지 않을 수 없었으나 평상시에는 재판이 대개 오전 아홉시에 시작되니까 일요일에도 그 시간에 가는 것이 가장 좋으리라고 그는 그저 그런 일만 생각했다.

일요일은 흐릿한 날씨였다. K는 전날 밤 늦게까지 같은 패들과 언제나 드나드는 그 술집에서 마시고 떠들었던 까닭에 몹시 피곤해서 하마터면 그냥 계속 잘 뻔했다. 충분히 생각하고 지난 일 주일 동안 쭉 생각해본 여러 가지 계획을 정리할 시간의 여유도 없이 옷을 갈아입고 조반도 먹지 않은 채 지정된 교외로 달려갔다. 주위를 살필 여유도 없었지만 이상하게도 그는 자기 사건에 관련된 은행원인 라벤슈타이너와 쿨리히와 카미너를 만났다. 처음 두 사람은 전차를 타고 K가 가는 길을 옆질러 달렸지만 카미너는 어떤 카페의 테라스에 앉았다가 K가 지나가는 것을 보고 마치 무슨 구경거리나 생긴 듯이 그 난간 위로 몸을 굽혔다. 세 사람은 그의 뒷모습을 멍청하니 바라보며 자기들의 상관이 발걸음을 재촉하며 달려가는 것을 의아해했다.

K가 차를 타지 않은 것은 어떤 반항심에서였다. 자기 사건 때문에 남의 힘을 빈다는 것은 그것이 아무리 적일지라도 싫었고 어느 누구에게 요구하고 싶지도 않았다. 그렇게 함으로써 아무리 사소한 일이라고 깨끗이 처리하려고 했다. 결코 조금도 어김없이 시간을 지킴으로써 심리위원들에게 굽실거리려는 것은 아니었다. 하여튼 그는 지금 어느 일정한 시간을 지시받은 것은 아니지만 될 수 있는대로 아홉시에 닿으려고 급히 달려갔다.

자기로서도 분명히 건물을 상상할 수 없었으나 하여튼 어떤 특징으로 멀리서라도 분간이 될 수 있을 것이요, 혹은 현관 앞에서도 어물거리는 색다른 사람의 태도로 보아 얼마간 거리를 두고라도 알아볼 수 있으리라고 생각했다. 그러나 그가 앞으로 가야 했고 들어서자마자 잠깐 발걸음을 멈추었던 유리우스 통로는 양쪽이 다 똑같은 모양으로 지은 집들, 다시 말하면 가난한 사람들이 사는 높고 회색빛 나는 셋집만이 늘어서 있었다. 일요일인 까닭에 창문에는 대개 사람들이 있었다. 소매를 걷어올린 남자들이 창문에 기대어 담배를 피우기도 하고 창문가에서 어린아이를 조심스럽고 정답게 부축하고 있는 사람도 있었다. 다른 창문에는 이부자리가 가득히 쌓여 있고 그 위로 가끔 여자의 흩어진 머리가 보였다. 사람들은 통로를 사이에 두고 서로 부르며 그 부르는 소리가 바로 K의 머리 위에서 커다란 웃음소리로 변했다. 긴 통로에는 일정한 간격을 두고 두서너 계단 내려가 도로보다 낮은 곳에 자리잡은 여러 가지 식료품을 놓고 있는 가게들이 나란히 서 있었다. 여자들은 그러한 상점에 드나들거나 계단 위에 앉아서 잡담을 하고 있었다. 물건을 창가에 가득히 내놓고 있던 과일 장수도 주의를 게을리했지만 그도 부주의했기 때문에 K는 그 남자의 수레에 걸려서 하마터면 그 자리에 그만 쓰러질 뻔했다. 바로 그때 좀더 부유해 보이는 주택지 어느 집에서는 다 낡은 축음기 소리가 시끄럽게 들려오기 시작했다.

K는 그때 시간도 넉넉하고 예심 판사가 어느 집 창문에서 자기를 보고 자기가 나타난 것을 알아주리라는 듯이 천천히 골목길을 걸어 들어갔다. 아홉시가 조금 지났었다. 그 건물은 약간 멀리 있었으며 흔히 볼 수 없을 만큼 기다랗게 뻗쳐 있었다. 특히 출입구는 높고 널찍했다. 그것은 분명히 각 상품 창고 소속의 화물 자동차가 드나들기 위해서 마련된 것이다. 그러한 창고들은 이맘때에는 아직 열리지도 않은 채 넓은 안뜰을 둘러싸고 있었으며 상회 마크들이 붙어 있었지만 K도 은행 시그 관계로 몇몇 상회는 알 수 있었다. 전과는 달리 이러한 환경을 좀더 자세히 마음속에 간직하려고 K는 안뜰 입구에서 잠시 동안 서 있었다. 가까이 있는 상자 위에는 발을 벗은 어떤 남자가 앉아서 신문을 읽고 있었다. 밀차 위에서는 두 어린아이가 흔들거리고 있었다. 그리고 펌프 앞에서는 잠옷과 자켓 바람으로 연약한 어린 처녀가 우두커니 서서 물이 통에 떨어지는 동안 K를 바라보고 있었다. 안뜰 한쪽 구석에는 두 개의 창문 사이에 매인 줄에 젖은 빨래가 걸려 있었다. 어떤 남자가 그 밑에 서서 몇 마디 소리를 지르며 일을 시키고 있었다.

심문실로 가려고 계단 쪽을 향했으나 다시 발걸음을 멈추었다.

왜냐하면 이 계단 이외에 안뜰에는 다른 계단이 셋이나 있었고 게다가 뜰안 저쪽 끝에 좁은 길이 있었지만 그것은 그 옆에 있는 뜰로 통한 것같이 보였던 까닭이다. 방 위치를 좀더 잘 알려주지 않은 것이 원망스러워서 자기를 대하는 그러한 등한하고 냉정한 태도를 커다란 목소리로 단단히 한 번 따져볼 생각이었다. 그러나 결국 그 계단을 올라갔다. 재판은 죄악에 끌리게 된다는 감시인 뷜렘의 말이 머리에 떠올랐기 때문에 마음속으로 그 말을 생각해보았으나 사실 그렇다면 결국 심문실은 K가 우연히 택한 계단 위에 있어야만 했던 것이다.

올라가면서 그가 계단에서 놀고 있던 수많은 어린아이들을 괴롭히는 결과가 되었는데, 그네들의 대열을 헤치고 걸어갔을 때 어린 아이들은 매서운 눈초리로 그를 바라보았다.

'다음에 또 이 계단을 오르게 되면.' 하고 그는 마음속으로 생각했다. '어린 아이들의 마음을 살 수 있는 과자를 들고 오거나 그렇지 않으면 그네들을 후려갈길 지팡이라도 들고 와야겠다.'

바로 이층에 올라서려고 할 때 그는 공이 지나갈 때까지 잠시 기다리지 않을 수 없었다. 그러는 동안에 불량배같이 사나운 얼굴을 한 두 어린아이가 그의 바지를 붙잡았다. 그것을 뿌리치다가는 그네들을 다치게 할는지도 모른다. 그리고 무엇보다도 그네들이 울음보라도 터뜨리지나 않을까 하는 것이 걱정이었다.

이층에 올라가서 그는 본격적으로 방을 찾기 시작했다. 심리위원회가.어디냐고 물을 수도 없었고, 잠시 가구사 란쯔라는 이름이 머리에 떠올랐기 때문에——이 이름이 생각난 것은 그루바흐 부인의 조카인 대위가 바로 그 이름이었던 까닭이지만——여기 가구사 란쯔라는 사람이 살지 않느냐고 방마다 물으면서 방 안을 들여다보려고 했다. 그런데 그렇게 할 수 있다는 것이 곧 판명되었다. 왜냐하면 문이란 문은 다 열려 있었고 어린아이들이 드나들고 있었기 때문이다.

어느 방이나 자그마한 창문 하나가 있었고 부엌도 그 안에 있었다. 몇몇 여자들은 젖먹이 어린것을 한쪽 팔에 안고 또한 쪽 손으로는 부뚜막 일을 하고 있었다. 아직 애티를 벗지 못하게 보기에 앞치마만 입은 것같이 보이는 처녀들이 부산히 이리저리 뛰어다녔다. 어느 방이나 아직 침대에는 이부자리가 깔려 있었고 거기에는 환자나 자는 사람들이 누워 있기도 하고 옷을 입은 채 기지개를 켜기도 했다. 문이 닫혀 있는 방에 오면 K는 노크를 하고 여기 가구사 란쯔라는 사람이 살지 않느냐고 물었다. 대개 여자가 문을 열고 그러한 질문을 당하면 누군지 방 안 침대에서 몸을 일으키는 사람을 향해서 이렇게 말했다.

"가구사 란쯔라는 사람이 여기 있느냐고 묻는데요."

"가구사 란쯔?" 하고 침대에 있던 사람이 물었다.

"그렇습니다." K는 이렇게 말했지만 사실 심리위원회가 거기에 없었기 때문에 그의 용무는 이미 끝났다. 사람들은 대개 K가 가구사 란쯔라는 사람과 꼭 만날 일이 있는 것으로만 생각하고 오랫동안 생각하다가 가구사의 이름을 쭉 불렀지만 그 이름이 란쯔라는 이름과 조금이라도 비슷하면 옆방 사람에게 물어보기도 하고 훨씬 떨어진 방까지 데려다 주기도 했다. 그네들은 자기 생각에 따라서 그러한 사람이 아마 세로 들어 있을는지도 모른다느니, 자기네보다 사정이 밝은 사람이 있네 하면서 수선을 떨었다. 나중에 K는 이미 자기는 물어볼 필요도 없이 이렇게 각 층으로 끌려다니고 보니 처음에는 매우 실질적으로 생각되었던 그 계획도 안됐다는 생각이 들었다. 육층으로 올라가려고 했을 때 찾는 것을 그만두려고 결심하고 그를 다시 위로 데리고 가려던 친절한 청년과 헤어져서 밑으로 내려왔다. 그러나 이번에는 그렇게 두루 찾고도 아무 효과가 없었다는 데 화가 났던지 다시 한번 돌아서서 육층의 첫번 문을 노크했다. 그 자그마한 방에서 처음으로 그의 눈에 띈 것은 이미 열시를 가리키는 괘종시계였다.

"여기 가구사 란쯔라는 사람 없습니까?" 하고 그는 물었다.

"어서 오세요." 하고 까만 눈을 반짝이며 어떤 젊은 여자가 말했는데 그 여자는 바로 함지에 어린아이의 내복을 빨던 젖은 손으로 열려 있는 옆방 문을 가리켰다.

K는 어떤 집회에 들어온 느낌이었다. 창문이 두 개 달려 있고 작지도 크지도 않은 방 안에는——누구 하나 들어오는 그를 거들떠보는 사람도 없었지만——저마다 색다른 옷을 입은 수많은 사람들이 뒤끓고 있었다. 그 방은 천정 밑으로 겨우 회랑이 둘려 있었고 그 회랑도 역시 초

만원이었다. 사람들은 그저 몸을 굽히고 겨우 서서 머리와 등을 천정에 맞대고 있었다. 착한 공기에 숨이 막힐 지경이어서 그는 다시 나와서 자기 말을 오해한 듯한 그 여자를 보고 이렇게 말했다.

"가구사 란쯔라는 사람을 찾는데요?"

"그러게 말씀입니다." 하고 그 여자는 말했다. "어서 들어가 보세요."

만일 그 여자가 그의 옆으로 와서 문 손잡이를 쥐고 "당신이 들어가고 나면 문을 닫아야 하겠어요. 이 이상 더 들어갈 수는 없으니까요." 하고 말하지 않았더라면 K는 아마 그 여자의 뒤를 따르지 않았을 것이다.

"그러지요." 하고 그는 말했다. "그런데 벌써 만원이군요." 그런 대로 그는 다시 안으로 들어갔다.

바로 문 옆에서 이야기를 하던 두 남자 사이를 지나가려니까—그 한 사람은 양손을 쭉 뻗치고 돈을 세는 시늉을 하고 또 한 사람은 그의 눈을 뚫어지게 쳐다보았지만—누구의 손인가가 K를 붙잡았다. 그것은 키가 자그마한 홍안의 청년이었다.

"이리 와요, 이리." 하고 그는 말했다. K는 그 남자가 끄는 대로 따라가면서 북적거리는 혼잡 가운데서도 좁은 통로가 트여 있고 그 통로를 사이에 두고 두 패로 갈려 있다는 것을 알았다. 이것은 좌우 양쪽 맨 앞줄에 서 있는 사람들 중에는 아무도 그를 돌보지 않고 몸짓 손짓을 하며 자기 패를 향해서 이야기를 하는 그네들의 뒷모습만이 보이는 것만으로도 확실했다. 대개는 축 늘어진 낡고 기다란 검은 예복을 입고 있었다.

이런 복장을 보았을 때 K는 그저 당황했지만 그 외에는 어느 점으로 보나 정치적인 지구(地區) 총회같이 생각되었다.

K가 끌려간 집회실 한쪽 끝에는 역시 사람들이 뒤끓고 매우 나직한 연단 위에 책상 하나가 가로놓여 있고 그 뒤 연단 한쪽에 키가 자그마하고 똥똥한 남자가 씨근거리며 앉아 있었다. 바로 그때 그는 그의 뒤에 서 있던 남자와—이 남자는 팔굽으로 의자등을 짚고 다리를 포개고 있었지만—너털웃음을 지으며 말했다. 몇 번이고 허공으로 팔을 젓는 폼이 누구를 조롱하며 흉내를 내는 것 같았다. K를 데리

고 간 남자는 보고하는 데 무척 애를 먹었다. 발끝을 세우고 두 번이나 무슨 말을 하려고 했으나 단 뒤에 있던 남자는 그것을 조금도 느끼지 못했다. 연단 위에 있던 다른 남자가 청년에 대해서 주의를 환기하자 그 남자는 그때야 겨우 그를 돌아보고 허리를 굽히고 나직한 목소리로 보고하는 것을 들었다. 그러더니 그는 시계를 꺼내며 K를 힐끗 쳐다보았다.

"한 시간 오분이나 늦었어." 하고 그는 말했다.

K는 뭐라고 대답하려고 했으나 그럴 여유가 없었다. 그 남자가 그렇게 말하자 방 안 오른편에 있던 사람들이 뭐라고 불평을 말하며 웅성거렸던 까닭이다.

"한 시간 오분 전에 왔어야 해." 하고 그 남자는 버럭 소리를 지르며 다시 이렇게 말하고 얼핏 방 안을 내려다보았다. 이내 또 불평하는 소리가 떠올랐으나 그 남자가 그 이상 아무 말도 없었기 때문에 그 소리도 점점 사라졌다. 지금 방 안은 K가 들어왔을 때보다 훨씬 조용했다. 다만 회랑에 있는 친구들이 제멋대로 떠들고 있었다. 어두 컴컴한 그 위에서 연기와 먼지 때문에 확실히 분간되지는 않지만 그네들은 밑에 있는 사람들보다 차림차림이 더욱 허술했다. 그네들은 대개 방석을 들고 와서 쏠리지 않도록 머리와 천정 사이에 그것을 끼웠다.

K는 무슨 말을 하느니보다는 좀더 유심히 살펴보려고 단단히 마음먹었던 까닭에 사실 늦게 온 데 대한 변명 같은 것을 그만두고 다만 이렇게 말했다.

"늦었는지는 모르겠습니다만 하여튼 지금 이 자리에 와 있습니다."

그러자 오른편에 모여 있던 사람들이 박수갈채를 했다.

다루기 쉬운 자식들이라고 K는 생각했으나 왼편에 있는 사람들이 묵묵히 그저 아무 말도 없는 것이 조금 마음에 꺼림칙했다. 왼편은 바로 그의 등 뒤였으며 거기서는 드문드문 여기저기서 박수 소리가 들렸을 뿐이었다. 전원을 일시에, 만일 그렇게까지는 안 되더라도 적어도 잠시 왼편에 있는 친구들의 기분을 맞추려면 뭐라고 말하면 좋을까 하고 그는 생각했다.

"참 그렇군 그래." 하고 그 남자는 말했다. "그러나 나는 지금 자네를 심문할 의무는 없다."——또 불평하는 소리가 여기저기서 들렸으나 사실 이번에는 오해한 것 같았다. 왜냐하면 그 남자는 떠드는 사람들을 손으로 제지하고 말을 계속했던 까닭이다.——"그러나 오늘은 예외로 심문하기로 하겠다. 두번 다시 이렇게 늦어서는 안 돼. 자 이리 나와!" 누군지 단에서 뛰어내리고 자리가 났기 때문에 K는 위로 올라갔다. 그는 책상옆에 바싹 대 섰지만 뒤에 있는 군중이 너무나 많았던 까닭에 예심 판사의 책상과 판사까지 연단 밑으로 밀어내지 않으려면 군중을 막아내지 않으면 안 될 정도였다.

그러나 예심 판사는 그런 것은 조금도 돌보지 않고 제멋대로 버젓이 안락의자에 푹 몸을 파묻고 그의 뒤에 있던 남자를 보고 뭐라고 한 마디 간단히 말하고 그의 책상 위에 그것 하나밖에 없던 조서를 손에 들었다. 그것은 학생들의 공책 같기도 하고 낡을 대로 낡고 너무나 들춘 까닭에 꾸깃꾸깃해져 형편이 없었다.

"그런데." 하고 예심 판사는 말하고 조서를 들추며 따지려는 듯이 K를 보고 말했다. "자네는 실내 화가지?"

"아닙니다." 하고 K는 말했다. "어느 은행의 업무 주임입니다."

이렇게 대답하자 밑에 있던 오른편 친구들 가운데서 웃음소리가 터졌기 때문에 어쩔 수 없이 K도 따라 웃지 않을 수 없었다. 사람들은 양손을 무릎 위에 뻗치고 터지는 기침을 걷잡지 못할 때처럼 몸을 자꾸만 흔들었다. 회랑 위에서도 누군지 웃는 사람이 있었다. 그만 기분이 상한 예심 판사는 밑에 있는 사람들에게는 그럴 힘이 없었던지 회랑에 있는 사람들한테 분풀이를 하려고 그리로 뛰어올라가 그네들을 위협했는데 그때까지 조금도 눈에 띄지 않던 검은 눈썹을 씰룩거리며 미간을 찌푸렸다.

그러나 방 왼편에 있던 친구들은 여전히 아무 말도 없이 열을 지어 나란히 서서 얼굴을 연단 쪽으로 향하고 단상에서 주고받는 이야기나 다른 편 친구들의 입론에 대해서도 역시 조용히 귀를 기울이고 자기들의 대열에서 하나씩 빠져나가 상대방 친구들과 여기저기 같이 이야기를 주고받는 것까지도 꾹 참고 있었다. 왼쪽 친구들은 무엇보다 수효가 적었고 결국 오른편 친구들처럼 대단치 않은 것 같았지만 그 안정된 태도는 그저 소홀히 대할 수 없을 것 같았다. K가 이야기를 시작했을 때도 그는 왼쪽 친구들과 같은 기분으로 말한다고 생각했다.

"예심 판사님, 제가 실내 화가가 아니냐고 물으신 것은——도리어 당신은 물으신 것이 아니라 꾸짖는 어조였지만——제게 대해서 취한 재판 수속의 전모를 특히 잘 나타내고 있습니다. 무엇보다 수속이 아니라고 이의를 품으실는지는 모르겠습니다만 그러한 당신의 이의는 그야말로 당연한 것입니다. 왜냐하면 제가 그것을 인정할 때만 수속이라고 할 수 있는 까닭입니다. 그러나 지금은 잠시 그렇게 인정해 두기로 하지요. 그것은 말하자면 동정하는 의미에서 그러는 겁니다. 하여튼 이러한 수속을 존중하려고 할 때는 동정하는 마음으로 대하는 수밖에 없으니까요. 저는 그것이 부당한 수속이라고 말하지는 않습니다만 저는 이 말을 당신의 자아 인식을 위해서 당신에게 말씀드리고 싶습니다."

K는 말을 멈추고 방 안을 내려다보았다. 그의 말은 사실 예리하였고 생각했던 것보다는 더 예리했지만 하여튼 옳은 말이었다. 여기저기서 반드시 박수가 일어날 만도 했지만 그대로 조용했다. 확실히 사람들은 긴장한 가운데 다음에 일어날 일을 기다리는 표정이었다. 사실 그러한 정적 가운데는 모든 일이 종막을 내릴 그러한 폭발이 준비되어 있었다. 바로 그때 빨래를 끝마치고 방문을 열고 들어온 그 젊은 여자는 매우 조심스런 태도였지만 몇몇 사람의 눈총을 받은 것이 몹시 기분에 거슬리는 것 같았다. 예심 판사의 태도를 보고 K는 싱글거리며 웃었지만 그것은 K의 이야기를 듣고 판사가 그만 당황하는 것같이 보였기 때문이었다. K의 말에 놀란 탓이겠지만 판사는 그저 전신이 굳어진 듯 회랑을 향해서 서 있었다. 그러나 그때 잠시 틈을 타서 그는 남의 눈에 띄지 않으려는 듯이 천천히 자리에 앉았다. 사실은 자기의 표정을 걷잡기 위해서 그는 다시 그 조서를 손에 들었다.

"아무리 그래도 소용없습니다." 하고 K는 말을 계속했다. "예심 판사님, 당신의 그 조서는 제가 이야기할 것을 그대로 보여주고 있습니다."

낯선 사람들이 모인 가운데 자기 이야기만이 차근차근 울려나오는데 적이 만족하여 K는 예심 판사의 손에서 조서를 느닷없이 빼앗더니 마치 오물이라도 만지듯이 손가락 끝으로 중간 한장을 집어들었기 때문에 빈틈없이 씌어 있고 가장자리가 누렇게 절고 얼룩진 책장들이 양쪽으로 축 늘어졌다.

"이것이 예심 판사의 문섭니다." 그는 이렇게 말하고 조서를 책상 위에 떨어뜨렸다.

"예심 판사님, 어서 천천히 계속해서 읽어주십시오. 저는 이 학생 노트 같은 건 조금도 무섭지 않습니다. 무엇보다 저는 다만 두 손가락으로 집어들었을 뿐 손에 들어볼 생각이 없었으니까 그 안에 무엇이 적혀 있는지 전연 모릅니다."

예심 판사는 책상 위에 떨어진 조서를 들고 조금 정리하더니 다시 그것을 읽으려고 했으나 이것이야말로 어디까지나 그의 비굴한 태도의 증거이며 적어도 그렇게 생각하지 않을 수 없는 것이다.

맨 앞줄에 있던 사람들이 매우 긴장된 시선을 K한테로 던졌기 때문에 K는 잠시 그네들을 내려다보았다. 모두가 다 상당한 연배였으며 그 중 몇몇 사람은 수염까지 희뜩희뜩했다. 아마 그네들은 예심 판사의 비굴한 태도를 보았을 것이다. 이야기를 시작할 때부터 K가 취한 그 침착한 태도는 조금도 변치 않는 그 수많은 군중에게 결정적인 영향을 주게 될 것이 아닌가?

"제가 저지른 일은." 하고 K는 말을 계속했지만 이번에는 전보다 조금 나직한 목소리였다. 맨 앞에 있는 사람들의 얼굴을 살피고 있었기 때문에 그의 이야기는 약간 불안한 느낌이 있었다.

"제가 저지른 일은 어디까지나 개인적인 사건에 불과하며 그리 심각한 문제라고는 생각지 않습니다. 그 문제만을 볼 때 그리 중대한 것이 아니지만 그것은 수많은 사람들이 밟고 있는 재판 수속의 좋은 실례라고 할 수 있을 겁니다. 이러한 사람들을 위해서 저는 이 자리에 서 있는 것이지 저 개인을 위해서는 아닙니다."

그는 자기도 모르게 언성을 높였다. 어디서 누군지 양손을 높이 들고 박수를 치며 이렇게 외쳤다.

“옳소! 그렇소. 옳소! 백 번이라도 옳소!”

맨 앞줄에 서 있던 사람들은 여기저기서 수염만 쥐어뜯을 뿐 뒤를 돌아보는 사람은 하나도 없었다. K도 외친 그 소리를 그렇게 대수롭게 여기지는 않았으나 그래도 기운을 얻었다. 그는 지금 그 자리에 모인 사람들이 다 같이 박수쳐 주기를 바라는 것이 아니라 그만하면 군중들이 이 문제에 대해서 반성하기 시작했으니까 누구든지 가끔 자기 설교에 찬동만 해주면 그만이었다.

“저는 구면을 자랑하려는 것은 아닙니다.” K는 확신을 갖고 말했다. ‘그리고 도저히 그럴 수도 없습니다. 아마 판사님이 훨씬 더 구변이 좋으실 겁니다. 그것이 직업이니까요. 제가 바라는 것은 어떤 공공연한 부정을 이 자리에서 털어놓으려는 것입니다. 좀 들어보십시오. 저는 약 열흘 전부터 체포되어 있습니다. 체포한다는 그 자체가 어리석은 일이지만 그것을 지금 이 자리에서 말하려는 것은 아닙니다. 저는 아침에 침대에 누운 채 습격을 당했습니다만 아마——이것은 판사님 말씀대로 부인할 수 없습니다만——저와 마찬가지로 아무 죄도 없는 어떤 화가를 체포하라는 명령이 내려진 것 같은데 바로 제가 그 대상이 되었습니다. 저의 옆방은 뻔뻔스러운 두 감시인에게 점령되었습니다. 제가 아무리 무시무시한 강도라 할지라도 이보다 더 철저히 감시할 수는 없을 겁니다. 그뿐만 아니라 이 감시인들이라는 것이 불순하기 짝이 없는 놈들이라 쓸데없는 수작을 한바탕 지껄이고 나서는 뇌물을 먹으려고 갖은 구실을 다 붙이며 내복과 양복을 빼앗으려고 했습니다. 그리고 제 눈앞에서 제가 먹을 아침 식사를 후다닥 다 먹어치우고 아침 식사를 사다 주겠노라고 하면서 돈을 요구했습니다. 그뿐이 아닙니다. 저는 다음 방에 있는 감독 앞으로 끌려갔습니다. 그것은 제가 매우 존경하는 어떤 부인의 방입니다. 그 방이 저 때문에 더러워졌다고 하지만 저는 아무 죄도 없습니다. 하는 수 없이 저도 그 꼴을 보았습니다만 사실은 감시인과 감독이 들어간 탓으로 그만 그 방이 더러워진 것입니다. 간신히 제 자신을 억제하고 감독을 보고 어디까지나 냉정한 태도로——그가 만일 여기 있으면 이 일을 보증해줄 겁니다만——왜 저는 체포되었느냐고 물었습니다. 그런데 이 감독이 제가 지금 말씀드린 그 부인이 의자에 되지 못하게 거만한 태도로 앉아서 뻗대던 꼴이 아직 눈앞에 선하게 떠오릅니다만 그가 뭐라고 대답했는지 아세요? 여러분, 그는 결국 아무 대답도 없었습니다. 사실은 아무것도 몰랐겠지만 그는 저를 체포하고 그것으로 만족했던 것입니다. 그 남자는 그 밖에 또 이런 일을 했습니다. 그 부인 방에 저의 은행 하급 행원을 데리고 왔었지만 그네들은 멋대로 그 부인의 사진이나 소지품에 손을 대기도 하고 뒤헝클어놓기도 했습니다. 이 행원들이 온 것은 물론 다른 목적이 있었겠지만 저의 집 주인이나 하녀와 같이 제가 체포되었다는 이야기를 사방에 퍼뜨리며 저의 사회적 체면을 손상시키고 더구나 은행에서의 저의 지위를 손상시키고 말았습니다. 그러나 그것은 아무 효과도 없었습니다. 저의 집 주인은 매우 순박한 사람이며——저는 여기서 존경하는 의미에서 그 여자의 이름을 부르겠습니다만 그 여자는 그루바흐 부인이라고 하는데——이 부인까지도 이러한 체포는 버릇이 사나운 어린아이가 길가에서 노는 장난에 지나지 않는다는 것을 잘 알고 있었습니다. 다시 말씀드립니다만 이러한 모든 사건 때문에 저는 더욱 불쾌한 감을 느끼는 한편 한때 자꾸만 떠오르는 울화를 어찌할 수가 없었습니다. 그러나 그것은 더욱 좋지 못한 결과를 가져온 것이 아닐까요?"

그가 여기서 이야기를 끊고 아무 말도 없이 묵묵히 앉아 있는 예심 판사를 바라보았을 때 그 남자가 군중 가운데 있는 어떤 사람에게 얼핏 눈짓을 하는 것 같았다.

K는 미소를 띠며 이렇게 말했다.

"바로 지금 제 옆에서 예심 판사님은 여러분 가운데 있는 어떤 사람에게 눈짓을 한 것 같았습니다. 그러고 보니 여러분 가운데는 이 연단에서 눈짓을 받은 사람이 있는 것 같습니다. 지금 이 암시는 쉬쉬하며 방해를 하라는 것인지 박수를 하라는 것인지 알 수 없습니다만 모든 문제가 한 걸음 앞서서 드러날 대로 다 드러나고 누구나 다 알고 있는 이상 저는 그 암시가 무엇을 의미하는지 알아볼 생각은 조금도 없습니다. 그러한 일은 아무 흥미도 없습니다. 저는 판사님께 숨김없이 말씀드리지만 그렇게 남모를 암시는 그만두고 도리어 커다란 목소리로 '자 쉬쉬해라!' 또는 '자 박수를 쳐라!" 하는 식으로 밑에 있는 부하들에게 명령을 내리는 것이 좋다고 말씀드리고 싶습니다."

초조해서 어쩔 줄을 모르며 예심 판사는 의자 위에서 이리저리 몸을 틀었다. 그의 뒤에서는 전에도 한번 말한 적이 있는 그 남자가 다시 그에게로 몸을 굽혔지만 그것은 단지 여느 때처럼 그를 격려하는 것이 아니면 그에게 어떤 특별한 대책이라도 베풀어주려는 것인지 모른다. 밑에 있는 사람들은 그냥 쑥덕거리며 이야기에 정신이 없었다. 그때까지는 서로 대립된 의견을 갖고 있는 것같이 보이던 두 패가 뒤섞여서 어떤 사람은 K를 손가락으로 가리키기도 하고, 또 어떤 사람은 예심 판사를 가리키기도 했다. 방 안은 안개같이 자욱한 먼지 때문에 기분이 언짢아지며 멀리 서 있는 사람들은 잘 보이지도 않는다. 무엇보다 회랑에 있는 사람들은 더욱 보이지 않았던지 어물어물 예심 판사의 얼굴을 굽어보며 사실은 어찌 된 일인지 자세히 알기 위해서 그 자리에 모인 사람들에게 귓속말로 물어보지 않을 수 없었다. 대답하는 사람도 입에 손을 대고 역시 나직한 목소리로 말했다.

"곧 끝납니다." 하며 K는 종이 없었기 때문에 주먹으로 책상을 쳤다. 이 소리에 놀라서 예심 판사와 그에게 귓속말을 하던 그 남자는 맞대고 있던 머리를 흠칫하며 곧 들었다.

"모든 일이 저와는 인연이 머니까 저는 냉정하게 판단을 내리겠습니다만 여러분이 이 피상적인 재판에 관심을 가지고 저의 이야기를 들어주신다면 매우 감사하겠습니다. 제가 말씀드리는데 대해서 여러분이 서로 이야기하는 것은 다음으로 미루어주시기 바랍니다. 시간도 없거니와 저는 곧 돌아가야 하겠습니다."

이렇게 말하자 장내는 곧 조용해졌다. 사실 K는 이미 이 집회를 이끌어나가고 있었다. 이미 처음같이 외치는 사람도 없고 찬성의 박수를 치는 사람도 없었지만 그네들은 어느덧 K의 이야기에 그만 확신을 가졌거나 그렇지 않더라도 어느 정도 그런 것같이 보였다.

"틀림없이." 하고 K는 매우 나직한 목소리로 말했다. 모인 사람들이 모두 긴장된 표정으로 귀를 기울이고 있는 것이 기뻤다. 이러한 정적 가운데는 눈에 보이지 않는 어떤 홍분이 흐르며 가장 열광적인 박수보다 사람들의 마음을 더욱 흥분시켰다.

  "틀림없이 법정에서 볼 수 있는 모든 언행, 다시 말하면 저와 같은 경우에서 말한다면 체포와 오늘 이 자리에서 받을 심문의 배후에는 커다란 조직체가 하나 있습니다. 이 조직체는 매수할 수 있는 감시인이나 몽매한 감독 그리고 좋게 말해서 겸손한 예심 판사가 고용살이를 하고 있을 뿐만 아니라 나아가서는 결국 상급 재판관이나 최고 재판관들과 아울러 수많은 조수, 서기, 헌병, 그리고 그 외의 고용인들, 게다가 아마 저는 이렇게 말하기를 주저치 않습니다만 사형 집행인들까지도 고용살이를 하고 있습니다. 그리고 여러분, 이 커다란 조직체는 무엇을 말하는 것일까요 ? 그것은 무고한 사람들을 체포하고 그네들에 대해서 무의미하며 저의 경우와 마찬가지로 대개 아무 소용도 없는 재판 수속을 하고 있습니다. 모든 일이 이처럼 아무 의미도 없으니 관리들이 극도로 부패하는 것을 어떻게 면할 수 있겠습니까 ? 그것은 어림도 없는 일이요, 최고 재판관도 혼자서는 어쩔 수 없는 일일 겁니다. 그렇기 때문에 감시인들은 체포된 사람들한테서 의복을 빼앗으려고 하고 있습니다. 그래서 감독은 남의 집에 함부로 들어가 무고한 사람들을 심문할 뿐만 아니라 이렇게 수많은 군중 앞에서 모욕을 주고 있습니다. 감시인들은 체포된 사람들의 소지품을 보관할 창고 이야기만 하고 있었습니다만 저는 이런 창고를 한 번 보았으면 좋겠습니다. 체포된 사람들이 피땀을 흘려서 번 재산은 창고 안에서 도둑이나 다름없는 창고 관리인들에게 도난을 당하거나 그렇지 않으면 그냥 썩어버리고 마는 겁니다."

  K는 방 한쪽 구석에서 일어난 예리한 목소리에 그만 이야기를 끊고 그 쪽을 바라보려고 이마에 손을 대었다. 흐릿한 광선을 받으며 자욱한 먼지가 빛나며 눈이 부셨기 때문이었다. 방 안에 들어서자마자 빨래를 하던 그 여자가 눈에 띄었지만 사실 그 여자는 누구보다 자기를 괴롭히는 것같이 생각되었다. K의 이야기를 가로막은 책임이 그 여자에게 있는지 어쩐지는 알 수 없었다. K는 어떤 남자가 그 여자를 문 옆 한쪽 구석으로 끌고 가서 끌어안고 있는 것을 보았다. 그러나 소리를 지른 것은 여자가 아니라 남자였다. 그는 그저 입을 헤벌리고 천정

만 쳐다보고 있었다. 그 두 사람 주위에는 사람들이 쭉 둘러서 있고 거기서 가까운 회랑에 있는 사람들도 K가 이 집회에서 조성한 엄숙한 분위기를 이렇게 망친 데 대해서 몹시 흥분하고 있는 것 같았다. 그래서 K는 얼른 그리로 뛰어가서 장내의 질서를 돌이키려고 했다. 적어도 그 두 사람을 방 안에서 쫓아내는 것은 사실 모든 사람들의 관심거리가 되어 있다고 생각했지만 그의 앞에 서 있던 맨 앞줄 사람들이 그냥 버티고 서서 꼼짝도 하지 않았기 때문에 K는 지나갈 수가 없었다. 도리어 그를 가로막으려는 듯이 노인들은 팔을 앞으로 쭉 뻗치고 누구의 손인지——그는 돌아볼 사이도 없었지만——뒤에서 그의 목덜미를 거머쥐었다. 그러자 K는 그 두 사람에 대한 생각은 없이 자기의 자유가 구속되며 정말 체포되는구나 하는 기분으로 연단에서 허둥지둥 뛰어내렸다. 그러자 그는 군중과 바싹 얼굴을 마주대고 서 있었다. 사람들을 정당히 판단하지 못한 것이 아니었더냐? 자기 이야기의 효과를 과신했던 것이 아니냐? 자기가 이야기하는 동안 사람들은 그럴 듯한 표정으로 서 있었으나 정작 결론을 맺으려는 지금에 와서 자기들의 허세에 싫증을 일으킨 것일까? 자기를 둘러싸고 있는 것은 대체 어떠한 낯짝들일까? 자그마하고 까만 눈깔이 여기저기서 K를 노리며 취한 듯이 양볼은 축 처져 있고 빳빳하고 기다란 수염은 꺼칠하며 그것을 만지면 수염을 만지는 것이 아니라 손톱으로 할퀴는 느낌이었다. 그런데 수염 밑에는——정말 처음으로 발견했지만——올망졸망하고 가지각색의 휘장이 상의 옷깃에 빛나고 있었다. 보이는 사람들은 모두 이 휘장을 달고 있었다. 보기에 좌우 양패로 갈려 있는 듯한 그 사람들은 모두 똑같은 종류의 인간들이었다. 그리고 갑자기 돌아섰을 때 그는 양손을 무릎에 놓고 조용히 밑을 바라보는 예심 판사의 옷깃에서도 그와 똑같은 휘장을 보았다.

"아, 그렇구나." 하고 K는 외치며 두 손을 높이 들었으나 그때까지 의심했던 모든 문제가 쭉 풀리는 것 같았다.

"사실은 너희들이 모두 관리들이구나. 너희들은 바로 지금 내가 공격을 한 그런 썩은 도배들이다. 청중이며 동시에 탐정으로서 여기 모여들었다. 보기에는 두 패로 갈려서 한 패는 나를 떠보려고 박수를 쳤다. 죄 없는 사람을 어떻게 하면 끌어들일까 하는 것을 연구하려고 한 것이다. 그러고 보니 여기서는 그래도 쓸모가 있을 것이다. 아무 죄도 없는 사람이 너희들에게 변호를 부탁한 데 대해서 무한한 위안을 느꼈거나 그렇지 않으면—'저리 가, 이러면 갈긴다'—하고 K는 자기 옆으로 어물어물 다가오며 부들부들 떨고 있는 어떤 노인을 보고 말했다. "아니면 정말 무엇을 배웠으리라. 그리고 나는 너희들의 직업에 축복을 보낸다."

책상 한쪽 옆에 있는 자기 모자를 재빨리 쥐고 멍하니 어쩔 줄을 모르며 아무 말도 없이 서 있는 사람들 사이를 헤치고 출입구로 쏜살같이 달렸다. 그런데 예심 판사가 K보다 한 걸음 앞서 갔던지 문 옆에서 K를 기다리고 있었다.

"잠깐." 하고 그는 말했다.

K는 발을 멈추었으나 예심 판사는 보지도 않고 그가 이미 손잡이를 잡고 있는 문을 보고 있었다.

"주의해두지만." 하고 예심 판사는 말했다. "자네는 오늘—아직 모르는 것 같은데—심문할 때 체포된 자가 받을 수 있는 특전을 포기한 것이다."

K는 문을 향해서 웃었다.

"거지 같은 자식들." 하고 K는 외쳤다.

"일체 심문을 거부한다."

그리고 문을 열고 계단을 쏜살같이 뛰어내려갔다. 뒤에서는 방 안에 모인 사람들이 또다시 떠들썩하며 웅성거리는 소리가 들렸지만 사실은 이 사건을 연구자의 태도로서 토의하기 시작했던 것이다.

3. 빈 법정에서 · 학생 · 재판소 사무실

K는 다음 한 주일 동안 무슨 새로운 타협이나 있지 않을까 해서 매일같이 기다리고 있었다. 심문을 거부한다고 했지만 그네들이 그 말을 그대로 받아들인 것같이 생각되지는 않았다. 그리고 기다리고 있던 타협이 사실 토요일까지도 없었기 때문에 아무 말도 없는 것을 보면 그 집으로 같은 시간에 오라는 것이라고 생각했다. 그래서 그는 일요일에 다시 찾아가서 이번에는 곧장 계단을 올라가 복도를 지나갔다. 그를 알아본 몇몇 사람들은 입구에서 인사를 했지만 이미 누구한테 물어볼 필요도 없었기 때문에 주저할 것 없이 곧 그 문을 찾아갔다. 노크를 하자 문이 열렸다. 문 옆에 서 있던 그 여자는 전에 만난 일이 있지만 그는 쳐다보지도 않고 그냥 옆방으로 들어가려고 했다.

"오늘은 쉬는데요." 하고 그 여자는 말했다.

"왜 쉬지요?" 하고 그는 말했지만 어쩐지 믿을 수 없다는 태도였다. 그러나 그 여자가 문을 열었을 때 그도 역시 그렇게 생각했다. 방 안은 텅 비어 있었고 그렇게 비어 있는 탓인지 전번 일요일보다 훨씬 더 덩그라니 쓸쓸했다. 연단 위에 있는 책상에는 여전히 책이 몇 권 놓여 있었다.

"저 책을 좀 보아도 좋습니까?" 하고 K는 물었으나 그것은 별다른 흥미가 있어서가 아니라 그저 이 방에까지 왔다가 그냥 돌아가고 싶지가 않았기 때문이었다.

"안 됩니다." 그 여자는 이렇게 말하고 그만 문을 닫았다.

"그건 안 돼요. 저것은 예심 판사님의 책이니까요."

"아, 그렇습니까." 하고 K는 말하고 머리를 끄덕였다.

"틀림없이 법률서적일 텐데. 이 사법 제도에서는 아무 죄도 없는 사람이 쥐도 새도 모르는 사이에 판결을 받게 된단 말이야."

"그럴는지도 모르지요." 하고 그 여자는 말했지만 그의 말을 이해하지 못하는 것 같았다.

"그러면 가야지."

"예심 판사님한테 무슨 전할 말씀이 있어요 ?"

"그이를 아시오 ?"

"그러믄요." 그 여자는 이렇게 말했다. "주인이 정리(廷吏)인데요."

그때 비로소 K는 그전에 왔을 때는 빨래통 하나밖에 없던 그 방이 지금은 어떻게 된 셈인지 말끔하게 정돈되어 있다는 것을 알았다. 그 여자는 그가 놀라는 것을 보고 이렇게 말했다.

"이 방을 그저 그냥 빌려쓰고 있지만 개정(開廷)날이 되면 비워야 해요. 주인의 입장으로서는 불편한 점이 한두 가지가 아니지만 어떡해요."

"방 때문에 놀란 것이 아닙니다." 하고 K는 말하며 못마땅한 표정으로 그 여자를 바라보았다. "당신이 결혼했다는 데 대해 놀랐습니다."

"제가 당신의 이야기를 방해한 전번 재판 때 일을 비꼬시는 겁니까 ?"

"그렇습니다. 오늘에 와서는 이미 다 지난 일이고 거의 잊어버리고 말았지만 그때는 정말 화가 났습니다. 그러시면서 이제 와서는 주인이 있다고 말하시오, 원."

"이야기가 중단되었다고 해서 당신에게 불리할 건 없지 않아요. 그 후 당신에 대한 이야기도 많았지만 사실 그네들의 판단은 그리 좋지 못했어요."

"그랬을 겁니다." 하고 K는 화제를 돌리며 말했다. "그러나 그렇다고 해서 그것이 구실은 안 될걸요."

"그래도 저를 아시는 분은 누구나 다 그만한 일은 용서해주시는

데요." 하고 그 여자는 말했다. "그때 저를 끌어안은 사람은 오래 전부터 저를 따라다녔어요. 저는 대개 남자들을 집적거리는 성미가 아니지만 어쩐지 그 남자한테는 그렇지 않아요. 이것은 숨길 수 없는 사실이고 저의 주인도 벌써 눈치를 채고 있는걸요. 그러나 저의 주인이 직장을 유지하려면 별 수 있어요? 그 양반은 학생인데 아마 앞으로 훌륭한 사람이 될 거예요. 언제나 저를 따라다니면서 그때도 당신이 오시기 조금 전에 돌아갔어요."

"다른 사람들도 다 그렇지 뭐요." 하고 K는 말했다. "별로 놀라지도 않습니다."

"사실 당신은 여기서 뭘 좀 개선해보시려는 거지요?" 하고 그 여자는 마치 자기나 K한테 어떤 해로울 말이라도 하듯이 의아스러운 표정으로 천천히 말했다. "당신의 이야기에서 저는 알았어요. 말씀이 참 훌륭하시더군요. 저도 동감이에요. 물론 조금밖에 듣지는 못했지만. 처음에는 그만 들을 수가 없었고 나중에는 그 학생과 같이 마루 위에 누워 있었으니까요.——여기는 참 끔찍해요." 잠시 후에 그 여자는 이렇게 말하고 K의 손을 쥐었다. "개선할 수 있으리라고 생각하세요?"

K는 미소를 지으며 부드러운 그 여자의 두 손에 쥐인 채 자기 손을 약간 오므렸다.

"사실 당신의 말과 같이 저는 여기서 무엇을 개선할 그런 입장에 있지 못할 뿐 아니라 가령 당신이 그런 말을 예심 판사한테라도 하면 당신은 웃음거리가 되고 그렇지 않으면 처벌이나 당할 겁니다. 저는 사실 자진해서 이런 일에 뛰어들 생각은 없었고 아무리 사법 제도를 개선할 필요가 있다 해도 그것이 저의 잠자리를 괴롭히는 것은 아니니까요. 그런데 저는 보시다시피 체포된 까닭으로——사실 저는 체포되었습니다만——이런 곳에 뛰어들지 않을 수 없게 되었습니다. 사실 그것은 제 자신을 위해서 그런 겁니다. 그러나 당신한테 도움이 될 수 있는 일이 있다면 저는 무슨 일이든지 달게 받겠습니다. 그저 이웃사람같이 정다워서가 아니라 당시도 저를 도와줄 수 있지 않겠어요?"

"대체 어떡하면 도와드릴 수 있겠어요?" 하고 그 여자는 물었다.

"예를 들면 우선 저 책상 위에 있는 책이라도 보여주시오."

"그러시지요." 하고 그 여자는 외치더니 서둘러 앞장을 서서 K를 끌고 갔다. 그것은 모두 낡고 해진 책이며 표지 한가운데가 거의 다 꺾이고 실밥만이 간신히 달려 있었다.

"여기 있는 것은 왜 이렇게 모두 더러울까." 하고 K는 머리를 흔들며 말했다. 그 여자는 K가 책을 손에 들기 전에 앞치마로 표지에 묻은 먼지를 대강 닦았다.

K가 맨 위의 책을 들치자 추잡한 그림이 나왔다. 한 쌍의 남녀가 홀랑 벗고 의자 위에 앉아 있었다. 그 화가의 속된 구상이 그대로 드러났지만 그 솜씨가 너무나 서툴기 때문에 결국 남자와 여자가 눈에 띌 뿐이었다. 그리고 그것이 너무나 입체적으로 그림 속에서 두드러지고 너무 딱딱한 자세로 앉아 있으며 원근법(遠近法)이 맞지 않기 때문에 서로 마주앉아 있다는 것을 겨우 알아볼 정도였다. K는 그 이상 들치지 않고 둘째 번 책 표지를 펴보았으나 그것은 《그레테가 자기 남편 한스로부터 받지 않을 수 없었던 고통》이라는 제목의 소설이었다.

"이것이 법률책이야." 하고 K는 말했다. "이런 인간들한테 재판을 받다니 원."

"당신을 도와드리겠어요." 하고 그 여자는 말했다. "좋습니까?"

"정말 그러다가 공연히 시끄러워지지 않겠어요? 당신이 남편은 상관 앞에서 그저 굽실거리기만 한다고 당신은 지금 말했는데."

"그래도 저는 당신을 도와드리겠어요." 하고 그 여자는 말했다. "이리 오세요. 우리 이야기 좀 해요. 시끄러우니 뭐니 그런 말씀은 아예 마세요. 아무리 위험한 일이라도 그저 겁을 집어먹을 때 그때뿐이지요. 자 어서 이리 오세요." 그 여자는 연단을 가리키며 자기와 같이 계단에 앉기를 권했다.

"까만 눈이 참 아름답군요." 같이 자리에 앉으며 그 여자는 이렇게 말하고 밑에서 K의 얼굴을 쳐다보았다. "제 눈도 다들 아름답다고 했지만 당신 눈에 비하면 아무것도 아니군요. 당신이 처음으로 여기

들어오자 저는 곧 그렇게 생각했어요. 그래서 당신의 뒤를 따라 회의실에 들어갔지 뭐예요. 이전 같으면 어디 그래요, 어림도 없지요.”

‘하하 이렇게 됐구나.’ K는 이렇게 생각했다. 그 여자는 나한테 몸을 내맡기고 있다. 주위에 있는 모든 사람들과 다름없이 그 여자도 타락한 것이다. 그야 당연한 일이지만 재판소 관리들이 싫증이 났기 때문에 마음에 드는 다른 사람을 보고 눈이 아름다우니 뭐니 하며 아양을 떠는 것이다. K는 아무 말도 없이 일어섰지만 사실은 자기가 생각하고 있는 것을 분명히 말해서 그 여자에게 자기의 태도를 밝히려고 했다.

“당신이 저를 도울 수 있으리라고는 생각지 않는데요.” 하고 그는 말했다. “저를 정말 도와주시려면 훌륭한 관리들과의 관계가 필요합니다. 그런데 당신은 그저 여기서 우글거리는 수많은 하부 관리들만 알 뿐이지 그 이상 뭐 있어요. 사실 그런 사람에 대해서는 잘 아시니까 그네들에게는 무슨 일이나 부탁할 수 있을 겁니다. 저도 그것은 잘 알고 있습니다만 아무리 큰일을 한다 해도 그것은 결심(結審)에 가서는 아무 효과도 없을 겁니다. 그러나 그렇게 함으로써 당신은 몇몇 친구들과 사이가 멀어지게 되는지도 모릅니다. 그래서야 되겠어요. 역시 당신은 그네들과의 관계를 그냥 계속하세요. 사실 그러지 않을 수 없을 겁니다. 이런 말을 하니까 어쩐지 쓸쓸합니다. 그렇다고 해서 당신의 호의에 보답하려고 하는 것은 아니지만 당신이 지금처럼 별다른 이유도 없이 저를 그렇게 쓸쓸히 바라보고 있을 때 당신의 얼굴은 더욱 제 마음에 듭니다. 당신을 차지할 수 있다면 저는 얼마든지 싸우겠어요. 그러나 당신은 그런 데서 만족을 느끼며 학생 따위를 사랑하고 있지요. 사랑하지는 않는다 해도 적어도 당신의 남편보다 좋아한다는 것은 당신의 말에서 곧 알 수 있습니다.”

“천만에요.” 그 여자는 이렇게 외치고 앉은 대로 K의 손을 붙잡았지만 사실 그는 손을 끌어당길 여유가 없었다.

“가시면 안 돼요. 저에게 오해를 남기고 가시면 안 돼요! 정말 가시겠어요? 잠깐만이라도 더 계실 수 없겠어요? 그렇게 제가 값싼 여자같이 보이세요?”

“그건 오햅니다.” K는 이렇게 말하고 자리에 앉았다. “제가 여기 있는 것이 그렇게도 소원이라면 얼마든지 있겠습니다. 사실 시간은 있으니까요. 오늘은 심문이 있을 것 같아서 왔습니다. 지금도 말했지만 저의 소송 문제에 대해서는 아무 말도 말아주시오. 소송의 결과 같은 것은 아무래도 좋으니까 유죄 판결이 내려도 그저 웃어버리고 말겠어요. 그러니까 제가 당신의 호의를 무시한다고 해서 나쁘게 생각지는 마시오. 하여튼 이것은 재판이 원만히 끝날 것을 전제로 하고 하는 말이지만 사실 어떻게 되는지 누가 알아요. 도리어 저는 관리들이 게으르거나 건망증이 있거나 혹은 공포심을 느낀 탓으로 재판 수속은 이미 중단되었거나 머지않아서 중단되리라고 생각합니다. 사실 상당한 뇌물을 기대하면서 그네들은 형식적인 소송을 계속할 수도 있기는 있습니다만 역시 그것은 아무 소용이 없을 겁니다. 저는 누구한테나 뇌물을 줘본 일이 없으니까요. 당신이 예심 판사나 혹은 중요한 뉴스를 퍼뜨리기 좋아하는 어떤 친구에게 저라는 인간은 어떠한 일이 있더라도 또는 그네들이 어떠한 수단을 쓰더라도 절대로 뇌물은 바치지 않는다고 전해주시오. 그런 일은 절대로 없다고 그네들에게 분명히 말해도 좋습니다. 그렇지 않아도 그네들은 아마 자연히 알게 될 겁니다. 그렇게 느끼지 않는다 해도 지금 곧 그네들에게 저의 심정을 알릴 필요는 없을 것 같습니다. 그냥 그네들이 알고 있다면 그네들도 그 이상 쓸데없이 애쓰지 않아도 좋을 것이오. 사실 저도 불쾌한 일을 면할 수 있지만 만일 그것이 그네들에게 반박할 기회를 준다면 저는 서슴지 않고 달게 받겠습니다. 그리고 그렇게 되도록 일부러라도 한 번 꾸며보고 싶습니다. 그런데 당신은 정말 예심 판사를 아십니까?"

"그럼요." 하고 그 여자는 말했다. "당신을 도와드리려고 했을 때도 제일 먼저 그 양반을 생각했어요. 그 양반은 지위가 낮은 관리인지 어쩐지는 모르겠습니다만 당신이 그렇다고 말씀하니까 아마 그렇겠지요. 그래도 그 양반이 상부에 제출하는 보고는 정말 유력한 것인가 봐요. 그리고 보고도 참 많이 쓰더군요. 관리들은 게으르다고 당신은 말씀했지만 반드시 다 그렇지는 않을 겁니다. 특히 예심 판사님은 그렇지 않아요. 그 양반은 참 많이 써요. 말하자면 전번 일요일에도 재판이 저녁때까지 계속되었어요. 그런데 다른 사람들은 다 돌아가도 예심 판사님은 방에 남아 있지 않아요. 그래서 저는 등잔까지 갖다 드렸어요. 저의 집에는 부엌에서 쓰는 등잔밖에 없었지만 그것으로 만족하며 쓰기 시작했어요. 그러는 동안 그 일요일에 바로 휴가를 받아서 나온 저의 주인과 같이 가구를 옮겨놓고 방을 정리하는데 이웃 사람들이 찾아와서 저희들은 촛불 하나를 놓고 이야기를 했어요. 그런데 그만 예심 판사님 생각을 못 하고 그냥 자버리지 않았어요. 글쎄, 꽤 밤이 깊었을 때 갑자기 눈을 뜨니까 예심 판사님이 침대 옆에 서서 저의 주인한테 불빛이 비치지 않도록 손으로 가리고 있었어요. 공연한 염려를 하셨지요. 저의 주인은 아무리 불빛이 비쳐도 세상 모르고 자니까요. 저는 너무나 놀라서 소리를 지를 뻔했지만 예심 판사님은 매우 정답게 조심하라고 주의를 하시더니 지금까지 쓸 것이 있어서 좀 늦었습니다, 지금 등잔을 갖고 왔습니다, 당신이 자고 있는 모습은 잊지 않겠습니다, 하고 속삭였어요. 제가 이런 말을 하는 것은 그저 당신에게 예심 판사님이 정말 보고서를 많이 쓰시고 더구나 당신에 대해서 쓰고 있다는 것을 알리고 싶어서 그랬어요. 사실 당신에 대한 심문은 전번 일요일 재판 중에서 가장 중요한 문제였으니까요. 그런데 그렇게 긴 보고서가 아무 의미도 없을 리가 있어요. 그리고 그 밖에도 지금 제가 말씀드렸지만 예심 판사님이 저를 생각하며 처음으로 저한테 마음을 두고 있는 이때 그 양반을 이용하기가 제일 좋다는 것은 당신도 아시겠지요. 그 양반이 저한테 마음을 두고 있다는 데 대해서는 다른 증거도 있어요. 그 양반이 어제는 그이가 가장 신임하는 그 학생을 통해서 명주 양말을 선물로 보냈어요, 글쎄 겉으로는 제가 법정을 소제한다고 그러신다지만 그것은 구실에 지나지 않아요. 소제한다는 것은 제 책임이고 그 때문에 저의 주인은 봉급을 받을 수 있으니까요. 참 예쁜 양말이에요. 좀 보세요."——그 여자는 다리를 쭉 뻗치고 스커트를 무릎까지 걷어올리고 자기도 양말을 그냥 들여다보고 있었다——"참 예쁘지요. 그런데 정말 너무나 좋아서 어쩐지 저한테는 어울리지가 않는대요." 돌연 그 여자는 이야기를 그치고 K의 마음을 안정시키려는 듯이 그의 손 위에 자기의 손을 얹고 이렇게 속삭였다.

"이봐요. 베르트홀트가 저희들을 보고 있어요."

K는 천천히 얼굴을 들었다. 법정 문 옆에 어떤 젊은 남자가 서 있었다. 그는 몸집이 자그마하고 다리가 조금 굽은 것 같았으며 나슬나슬한 노랑 수염을 비틀며 위엄을 보이려고 했다. K는 그 남자를 신기한 듯이 바라보았으나 그 남자는 사실 처음으로 만나보는, 자기와는 거리가 먼 법률학을 연구하는 그 학생이며 아마 앞으로 고관직에 오르게 될는지도 모른다. 그런데 그 학생은 K같은 사람은 상대도 하지 않는 것 같았다. 그 남자는 수염에서 손을 떼더니 그 여자에게 손짓을 하고 창문 옆으로 갔다. 그 여자는 K한테로 몸을 굽히고 이렇게 말했다.

"노하지 마세요, 네. 저를 나쁜 여자라고 생각지 마세요. 저 양반한테 잠깐 다녀오겠어요. 참 보기 싫게 저 굽은 다리 꼴 좀 보세요. 그러나 곧 돌아오겠어요. 그리고 만일 당신이 데리고 가신다면 같이 가겠어요. 어디든지 당신이 원하는 대로 가겠어요. 좋으신 대로 해주세요. 될 수 있는 대로 여기서 멀리 떠났으면 얼마나 좋겠어요. 물론 영원히 떠난다면 그야 더 말할 것도 없지만."

그 여자는 그때까지 K의 손을 어루만지고 있었으나 자리에서 벌떡 일어나 창문으로 달려갔다. K는 자기도 모르게 여자의 손을 찾으며 허공을 더듬었다. 그는 정말 그 여자한테 마음이 끌렸다.

왜 이런 유혹에 빠져서는 안 되느냐 하는 것을 생각해보았지만 확실히 이유는 잡히지 않았다. 그 여자는 재판소를 위해서 나를 낚으려는구나 하는 생각이 얼핏 머리에 떠올랐지만 그러한 이유는 아무것도 아니었다. 어떻게 그 여자가 나를 낚을 수 있으랴. 저어도 내 자신 아직은 즉시라도 재판소를 모조리 부숴버릴 만한 자유가 있지 않느냐? 그렇게 생각하자 그 여자가 자기를 도와주겠다고 말한 것은 거짓이 아니라 믿을 수 있을 것같이 생각되었다. 그리고 예심 판사나 그 일당에 대해서는 이 여자를 빼앗아서 자기 것으로 만드는 것보다 더 통쾌한 복수는 없을 것 같았다. 그렇게 되면 어느 때 한번 예심 판사가 K에 관한 허위 보고를 꾸미느라고 애를 쓰다가 늦은 밤중에 그 여자의 침대가 텅 빈 것을 발견하게 될 경우도 있을 것이다. 침대가 비게 되는 것은 그 여자가 K의 소유가 되기 때문이다. 창문 옆에 있는 저 여자, 거칠고 탁탁한 천으로 만든 검은 옷을 입고 풍만하고 후

리후리하며 따스한 육체가 완전히 K의 소유가 되기 때문이었다.

이와 같이 여자에 대한 여러 가지 생각을 씻어버리고 K는 창문 옆에서 주고받는 나직한 대화가 너무나 지루했던 까닭에 손 마디로 연단을 두들기다가 나중에는 주먹으로 연단을 쳤다. 학생은 얼핏 그 여자의 어깨 너머로 K한테 시선을 던졌으나 그 남자는 조금도 서슴지 않고 여자한테 바싹 몸을 대고 그 여자를 끌어안았다. 그 여자는 그의 이야기에 귀를 기울이는 듯이 머리를 푹 숙이고 있었다. 학생은 여자가 머리를 숙이면 그만 하던 이야기를 끝내지도 않고 그 여자의 목에 쪽 하고 소리를 내며 키스를 했다.

이러한 태도애 대해서 그 여자가 불평을 하자 학생은 매우 사나운 태도로 그 여자를 대했다. 이런 광경을 보고 K는 자리에서 일어나 방 안을 이리저리 거닐었다. 학생의 태도를 힐끔힐끔 살피며 어떻게 하면 그를 빨리 쫓아낼 수 있을까 하는 것을 생각했다. 그렇기 때문에 그때 가끔 퉁퉁 하고 커다란 소리를 내며 방 안을 휘돌아가는 K의 태도가 그만 기분에 거슬린 그 학생이 다음과 같이 말했을 때 K는 단지 불쾌한 기분만이 아니었다.

“그렇게 못 참겠으면 가면 되지 않아. 벌써 나갔어야지. 자네 없다고 누가 서운해 할 사람이 있어. 사실 내가 들어왔을 때 벌써 돌아갔어야 하는 거야. 어물거릴 게 뭐야.”

이런 말을 듣자 머리 끝까지 분노가 솟구쳐올랐지만 무엇보다 그 말에는 불쾌한 피고에 대해서 말하는 듯한 미래의 법관의 거만한 태도가 들어 있었다. K는 바로 학생 옆에 서서 빙글빙글 웃으며 이렇게 말했다.

“참을 수 없는 것도 사실이지만 이렇게 초조한 기분은 자네가 가 버리면 제일 간단히 해결될 수 있는 것이다. 그러나 만일 자네가 법률을 연구하기 위해서 여기 와 있다면——자네가 학생이라는 것은 들었지 만——나는 성큼 이 자리를 내주고 저 여자와 같이 나가버리겠다. 하여튼 자네가 앞으로 재판관이 되려면 좀더 많이 배워야 할 테니까. 자네가 연구하는 사법 제도에 대해서 나는 아직 잘 모르지만 그러한 제도는 사실 자네가 부끄러운 줄도 모르고 지금 제멋대로 지껄인 그런 건방진 이야기와는 아무 관계도 없을걸."

"저런 자식을 그냥 내버려둬." 하고 학생은 K의 모욕적인 말에 대해서 그 여자에게 설명이라도 하려는 듯이 이렇게 말했다. "틀렸어. 예심 판사한테도 말했지만 심문하는 동안은 적어도 방 안에서 얼씬 못 하게 해야 하는 건데. 예심 판사도 가끔 주착이야."

"쓸데없는 수작 말아." K는 이렇게 말하고 여자한테로 손을 내밀었다. "이리 와요."

"오라구 흥." 하고 학생은 말했다. "안 돼, 안 돼 이 여자는 내놓을 수 없어."

그리고 학생은 어디서 그런 힘이 났는지 그 여자를 한 팔로 덥석 안고 정답게 바라보더니 등을 구부리고 문을 향해서 나갔다. 그러면서도 K에 대한 불안한 빛은 숨길 수 없었다. 그러나 학생은 한쪽 손으로 그 여자의 팔을 어루만지기도 하고 붙잡기도 하며 어디까지나 K의 기분을 건드리려고 했다. K는 두서너 걸음 그의 옆으로 다가가서 그를 붙잡고 목을 졸라버릴 생각도 없지 않았으나 그때 그 여자는 이렇게 말했다.

"쓸데없이 그러지 마세요. 예심 판사님께서 저를 부르러 보내신 거예요. 당신하고 같이 갈 수는 없어요. 이 양반이 왜 이럴까." 하고 그 여자는 말하며 손으로 학생의 얼굴을 어루만졌다.

"이 난쟁이 같은 양반이 저를 놓아주어야지요."

"그러고 보니 당신은 떠나고 싶지 않은 모양이구려." K는 이렇게 말하고 한쪽 손을 학생의 어깨에 얹었으나 학생은 그 손을 이빨로 물어뜯으려고 했다.

"그러지 말아요." 하고 그 여자는 외치고 K를 두 손으로 가로막았다. "그러지 마세요. 그러지 말아요. 그러면 안 돼요. 그런데 왜 이러실까! 그러시면 제가 괴롭지 않아요. 놓으세요, 네, 놓아요. 이 양반은 그저 예심 판사님의 명령에 따라서 저를 데리고 가는 것뿐이에요."

"그러면 가도 좋아요. 그리고 당신과는 다시는 만나지 않겠소." K는 어이없다는 듯이 어리둥절해서 화를 내며 이렇게 말하고 학생의 등

어리를 떠밀었으나 쓰러지지 않은 것만을 다행으로 생각하며 학생은 여자를 끌어안은 채 한 걸음 후닥닥 뛰었다. K는 천천히 그네들의 뒤를 따라갔으나 사실 그것은 처음으로 그네들한테서 당한 패배였다. 그렇다고 해서 겁낼 필요는 없었다. 싸워 보려고 했기 때문에 패배를 당한 것이다. 집에 있으면서 전과 다름없는 생활을 했더라면 그는 이러한 사람들의 어느 누구보다 뛰어났을 것이요, 그네들은 한 번 툭 차기만 해도 그만 꼼짝도 못 하고 물러설 그러한 사람들이었다. 그때 그는 웃지 않을 수 없는 장면을 머리 속에 그려보았다. 그것은 이 불쌍한 학생, 쓸데없이 뽐내는 이 자식, 다리가 굽고 수염을 기른 이 자식이 엘자의 침대 앞에 무릎을 꿇고 손을 합장하고 용서를 구하는 그러한 장면이었다. 이러한 생각이 그의 마음을 만족시켰기 때문에 기회만 있으면 한 번 그 학생을 엘자한테로 데리고 가려는 생각을 했다.

호기심에서 K는 다시 문으로 달려갔다. 그 여자를 어디로 데리고 가나 보려고 했지만 아무려니 학생은 길거리에서까지 그 여자를 껴 안고 가지는 못할 것이다. 길은 훨씬 가까운 것같이 보였다. 이 살림방 바로 맞은편에 좁다란 나무 계단이 지붕 밑으로 통해 있는 것같이 보였으나 그것은 한 굽이 돌면서 끝까지 보이지는 않았다. 학생은 이 계단으로 그 여자를 데리고 올라가며 그때까지 뛰어간 탓으로 기운이 빠졌기 때문에 몹시 느린 발걸음으로 씨근거리며 올라갔다. 그 여자는 밑에 있는 K를 보고 손짓을 하고 어깨를 들먹거려보이며 자기는 이 유혹에 대해서 아무런 죄도 없다는 것을 보이려는 듯 했으나 그 태도에는 그리 섭섭해서 안타까워하는 빛은 없었다. K는 그 여자를 전혀 알지도 못하는 남같이 아무 표정도 없이 바라보며 사실 자기가 실망을 느낀 것과 그 실망을 쉽사리 극복할 수 있다는 것을 보이고 싶지는 않았다.

그 두 사람은 곧 사라지고 K는 문간에 그냥 서 있었다. 그 여자는 자기를 배반했을 뿐 아니라 예심 판사한테로 간다고 하면서 자기를 속인 것이라고 생각지 않을 수 없었다. 예심 판사가 지붕 밑에 앉아서 기다린다고는 생각할 수가 없었다. 아무리 나무 계단을 바라보아도 아무런 반응도 없었다. 그때 K는 계단 입구에 있는 자그마한 간판이 눈에 띄기에 가까이 가보았더니 거기에는 어린 아이같이 서투른 글씨로 '재판소 사무실 승강구'라고 씌어 있었다. 그러면 이 아파트 지붕 밑에 재판소 사무실이 있었던가? 그것은 누구나 탄복할 만한 시설은 아니었다. 그 자체가 처음부터 가장 가난한 사람들에 속하는 아파트의 주민들이 별의별 잡탕을 다 쓸어넣는 이 장소에 사무실을 정하고 있다면 이 재판소가 자금 조달에 얼마나 곤란할까 하는 것을 생각할 때 피고로서는 마음이 가벼워지는 일이었다. 물론 돈은 얼마든지 있었지만 재판소 관계로 사용되기 전에 관리들이 먹어치우는 일은 얼마든지 있었다. 그것은 지금까지 K의 경험에 비추어보아도 있을 수 있는 일이었으나 그렇다고 하면 재판소가 이렇게까지 부패했다는 것은 도리어 피고의 위신을 더럽히는 일이었지만 결국 재판소가 가난한 것보다는 훨씬 더 마음이 편했다. 그래서 처음으로 심문을 할 때는 피고를 지붕 밑으로 소환하기가 부끄러워서 그러지는 못하고 도리어 피고의 집을 찾아가서 괴롭힌다는 것은 K도 이해할 수 있는 일이었다. 이러한 재판관에 비할 때 K는 어떠한 지위에 있었던가! 재판관은 지붕 밑에 앉아 있지만 K자신은 응접실이 달린 커다란 방에 앉아서 큼직한 창문으로 번화한 거리의 광장을 내려다 볼 수 있었다. 물론 그는 뇌물을 먹고 횡령을 해서 부수입이 있는 것도 아니요, 급사를 시켜서 사무실로 여자를 데려오는 일도 없었다. 그러나 적어도 K는 이렇게 살아가면서 그런 일까지 할 생각은 조금도 없었다.

K가 간판 앞에 서 있으려니까 어떤 남자가 계단을 올라와서 열려진 문으로 거실을 들여다 볼 때 그리로 법정이 보였다. 나중에 그 남자는 조금 전에 어떤 여자를 보지 못했느냐고 K한테 물었다.

"당신은 정리지요, 그렇지요?" 하고 K는 물었다.

"그렇습니다." 하고 그 남자는 말했다. "아, 그렇지, 당신은 피고인 K씨군요. 그러고 보니 알겠습니다. 반갑습니다."

그러면서 그 남자는 뜻밖에도 K한테 악수를 청했다.

"그런데 오늘은 쉬는데요." K가 아무 말도 없이 서 있을 때 정리는 이렇게 말했다.

“알고 있습니다.” 하고 K는 말하고 정리의 사복을 바라보았다. 그 복장에는 흔히 볼 수 있는 몇 개의 단추 이외에 관청에 다니는 유일한 표시로서 장교의 낡은 외투에서 떼어 단 것같이 보이는 두 개의 금단추가 달려 있었다.

“조금 전에 당신의 부인과 만났습니다만 지금은 여기 없습니다. 학생이 예심 판사한테로 데리고 갔는데요.”

“그래요. 보시다시피.” 하고 정리는 말했다. “저의 처는 언제나 그렇게 끌려다니지요. 오늘은 일요일이 돼서 저는 아무 일도 없었지만 저를 여기서 쫓아내기 위해서 아무리 보아도 쓸데없는 일을 전하라고 하면서 저를 내보내지 않습니까, 글쎄. 그러나 그리 멀지도 않고 해서 빨리 다녀오면 늦지 않으리라고 생각했지요. 그래서 저는 될 수 있는 대로 달려가서 그곳에 파견되어 있는 그 양반한테 무슨 소린지 알아들을 수도 없을 만큼 큰소리로 단숨에 전할 말을 전하고 다시 달려 왔습니다만 그 학생이 저보다 좀더 빨리 온 모양이군요. 물론 그 자식은 가까워서 그저 지붕 밑 계단을 내려오면 되니까요. 제가 이렇게 매어 있지만 않으면 그 학생놈을 이 벽에다 그저 한번 짓눌러줄 텐데, 여기 간판 옆에서 말입니다. 언제나 그런 꿈만 꾸지요. 그 자식이 여기의 마루 위에서 조금 들렸다가 그저 꼼짝도 못 하게 처박혀서 팔을 벌리고 손가락을 쫙 펴고 꼬부라진 다리를 뒤틀면서 사방 핏방울이 튀고, 그러나 그것은 지금까지 꿈이었지요.”

“달리 할 수는 없습디까?” K는 히죽이 웃으며 이렇게 물었다.

“모르겠는데요.” 하고 정리는 말했다. “지금은 더 불쾌하게 되지요. 지금까지 그 자식은 저의 처를 자기 방으로 끌고 갔으나 결국 그렇게 되리라고 전부터 생각은 했지만 지금은 예심 판사한테까지 끌고 가지 않습니까, 글쎄.”

“그러면 당신 부인은 아무 죄도 없단 말이오?” 하고 K는 말했지만 사실 그는 이렇게 묻지 않을 수 없었다. 그만큼 그도 질투를 느끼고 있었다.

“없을 리 없어요.” 하고 정리는 말했다. “그 년이 가장 죄가 크지요. 사실은 그 자식한테 홀딱 반한걸요. 그 자식으로 말하더라도 여자라면 기어이 꽁무니를 따르고 말거든요. 이 집에서만 해도 그 자식은 다섯 곳이나 슬며시 들어갔다가 쫓겨났답니다. 무엇보다 저의 처는 이 집에서 가장 예쁘니까 전들 어떻게 막아낼 도리가 있어야지요.”

“그렇다면 어쩔 수 없는 일이지요.”

“왜 어쩔 수가 없어요?” 하고 급사는 물었다. “그 학생놈은 겁쟁이니까 저의 처한테 손을 대기만 하면 한 번 납작하니 두들겨서 다시는 그러지 못하게 해야겠어요. 그렇다고 해서 제가 할 수 있는 일은 아니고 다른 사람도 저를 위해서 그런 짓은 하지 못할 겁니다. 누구나 그 자식의 권세가 무서우니까요. 그저 당신 같은 사람이나 할 수 있을 겁니다.”

“그걸 어떻게 제가?”

“아 참 당신은 고소를 당했지요.”

“그렇습니다.” K는 이렇게 말했다. “아마 그 남자가 소송의 결과를 좌우할 힘은 없겠지만 예심에서는 그럴 수 있을 것 같아서 더욱 근심이 되는군요.”

“그렇지요.” 하고 정리는 K의 의견이 자기 의견과 같이 어디까지나 옳다는 듯이 말했다. “그래도 여기서는 원칙으로 희망이 없는 소송은 할 수 없는데요.”

“저의 의견은 그렇지 않습니다.” K는 이렇게 말했다. “그런데 그것은 그렇다 하고 사실 그 학생놈을 해치워야 할 필요가 있다고 생각하는데요.”

“매우 감사합니다.” 하고 정리는 예의를 갖추어 깍듯이 말했지만 사실은 자기의 최고 희망이 실현될 가망이 없는 것으로 생각하는 것 같았다.

“아마 또.” K는 이렇게 이야기를 계속했다. “당신은 상관 이외의 다른 자식들도 역시 다 해치워야 할걸요.”

“그렇고말고요.” 하고 정리는 그것이 당연하다는 듯이 말했다. 그리고 그때까지 매우 정다운 태도로 대하면서도 그런 표정은 보이지 않았으나 K의 이야기라면 어디까지나 믿을 수 있다는 듯한 시선으로 그는 이야기를 계속했다. “그 자식들은 언제나 음모만 하고 있으니까요."

그러나 그는 이 말이 조금 불쾌하게 생각되었던지 이야기를 돌려서 이렇게 말했다.

"자 사무실로 가봐야겠는데. 같이 가시지 않겠습니까?"

"별로 볼일도 없는데요."

"사무실 구경이나 하지요. 당신을 거들떠볼 사람은 아무도 없으니까요."

"볼 만한 것이 있을까요?" K는 주저하며 이렇게 물었으나 사실 같이 가보고 싶은 생각이 간절했다.

"그런데 참 재미있을 겁니다."

"좋습니다." 하고 K는 말했다. "같이 가지요."

그리고 그는 정리보다도 앞서서 급히 계단을 올라갔다.

들어서면서 그는 하마터면 쓰러질 뻔했다. 왜냐하면 문 뒤에 층계가 또 하나 있었기 때문이다.

"이런 데는 아무 관심도 없는 모양이지요?"

"아마 조금도 관심이 없을 겁니다." 정리는 이렇게 말했다. "보십시오, 여기가 휴게실입니다." 기다란 복도가 있었고 그 복도는 아무렇게나 짜서 단 몇 개의 문을 지나 지붕 밑에 있는 여러 개의 자그마한 방으로 통해 있었다.

직접 광선을 받을 곳은 없었으나 그렇게 캄캄하지는 않았다. 조그마한 여러 개의 복도를 향해 있고 벽은 판자로 막은 대신에 그저 굵다란 나무 창살이 천장까지 닿아 있었다. 그 창살 사이로 광선이 조금 스며들고 있었다. 그리고 그 창살 사이로 책상에 앉아서 글을 쓰기도 하고 바로 창살 사이로 복도에 서 있는 사람들을 바라보는 몇몇 관리가 보였다. 사실 일요일이기 때문에 복도에는 사람이 별로 없었다. 그네들은 매우 점잖은 인상을 주었다. 거의 일정한 거리를 두고 복도 양쪽에 두 줄로 기다랗게 놓인 걸상에 앉아 있었다. 모두 아무 관심도 없는 듯한 태도였지만 그네들은 얼굴 표정이나 태도나 수염 또는 그 외에도 확실히 말할 수는 없지만 여러 가지 세심한 점으로 보아서 대개 부유한 층에 속하는 사람들이었다. 양복걸이가 없었던 까닭에

누가 먼저 그랬는지 모르나 그네들은 모자를 걸상 밑에 넣어두고
있었다. 바로 문 옆에 앉아 있던 사람들이 K와 정리를 보고 인사를
하려고 일어섰다. 그러자 다른 사람들은 그것을 보고 자기들도 인사를
해야겠다고 생각했던지 두 사람이 지나갈 때 모두 자리에서 일어섰다.
완전히 다 일어서는 사람은 없고 등이나 무릎을 구부리고 마치 거리의
거지 같은 태도로 서 있다. K는 자기보다 조금 뒤떨어져서 걸어오는
정리를 기다려서 이렇게 말했다.

"저 사람들은 어쩐지 비굴해 보이는 군요."

"그렇습니다." 하고 정리는 말했다. "저 사람들은 피고인들이에요.
여기 있는 사람은 모두 피고인들입니다."

"그렇습니까?" 하고 K는 말했다. "그러면 제 친구들이군요."

그리고 그는 메마르고 키가 늘씬하며 이미 백발이 다 된 남자를
보고 이렇게 말했다.

"여기서 무엇을 기다리지요?" K는 은근히 이렇게 물었다.

그런데 이 예기치 않은 질문을 받고 그 남자는 매우 당황하는 태
도였다. 다른 곳 같으면 확실히 자기를 억제할 수도 있을 것이다.
수많은 사람들에 대해서 가질 수 있는 우월감을 쉽사리 버리지 못하는
것 같고 세상 물정에 익숙할 대로 익숙한 사람이기 때문에 그가 당
황하는 표정은 매우 거북해 보였다. 그런데 여기서는 그렇게 간단한
질문에도 대답을 못 하고 다른 사람들을 바라보며 자기를 도와줄
의무가 있고 그렇게 도와주지 않으면 아무도 자기한테 대답을 요구할
수는 없다는 듯한 표정이었다. 그때 정리가 가까이 걸어가더니 그
남자의 마음을 안정시키고 원기를 돋우기 위해서 이렇게 말했다.

"이 양반은 그저 무엇을 기다리느냐고 물었을 뿐이오. 그러니 어서
대답해봐요."

그 남자는 정리의 목소리가 귀에 익은 것 같았기 때문에 K가 묻는
것보다 효과가 있었다.

"제가 기다리고 있는 것은……." 하고 그는 이야기를 시작했지만
곧 말문이 막히고 말았다. 확실히 그는 그 질문에 대해서 상세히 대
답하기 위해서 이렇게 이야기의 서두를 꺼냈는지는 모르나 그 이상

더 나오지를 않았다. 기다리던 사람이 몇몇 가까이 와서 이 세 사람 주위에 빙 둘러섰기 때문에 정리는 그들에게 이렇게 말했다.

"비켜, 비켜, 통로는 내놔야지."

그 사람들은 조금 물러섰지만 전에 있던 자리로 돌아가지는 않았다. 그러는 동안에 질문을 받은 그 남자는 마음을 안정시키고 가벼이 미소까지 지으며 이렇게 대답했다.

"한 달 전에 저의 사건에 대한 증거 신청을 했는데 그것이 정리되기를 기다리고 있습니다."

"참 애를 많이 쓰십니다."

"네." 하고 그 남자는 말하였다. "아무튼 제 일이니까요."

"누구나 다 당신처럼 생각한다고는 할 수 없지요." 하고 K는 말했다. "예를 들면 저도 고소를 당하고 있습니다만 사실 원만히 해결되기를 진심으로 원하면서도 증거 신청이라든가 혹은 그 밖에 그러한 일은 해보려고 한 적이 없으니까요. 그런데 도대체 당신은 그런 일이 필요하다고 생각하십니까?"

"자세한 것은 모르지만." 하고 그 남자는 또다시 어디까지나 애매한 태도로 말했다. 다시 말하면 그 남자는 확실히 K가 자기를 놀리고 있다고 생각했기 때문에 또 무슨 실수나 하지 않을까 염려하면서 전에 한 대답을 그냥 반복하는 것이 제일 좋겠다고 생각하는 것 같았으나 K의 초조한 시선을 받으며, 그저 이렇게 말했다.

"저는 증거 신청을 했습니다."

"제가 고소를 당하고 있다고는 조금도 생각지 않습니까?"

"그럴 리 있어요? 그렇게 생각하고 있습니다." 그 남자는 이렇게 말하고 조금 옆으로 비켰으나 그 대답 가운데는 그렇게 믿는다기보다 불안만이 나타나 있었다.

"그러면 당신은 제가 말하는 것을 믿지 않습니까?" K는 이렇게 말하고 그 남자의 비굴한 태도에 자기도 모르게 그만 구역질이 났지만 어떻게 해서든지 믿도록 해보려는 듯이 그 남자의 팔을 붙잡았다. 그러나 그를 괴롭히려는 것은 아니었기 때문에 그저 가볍게 붙잡았을 뿐이었지만 그런데도 그 남자는 K의 두 손가락이 아니라 새빨갛게

단 부젓가락으로 집히기나 한 듯이 소리를 질렀다. 이런 터무니없는 소리를 듣자 어쩐지 K는 그 남자가 싫었다. 자기가 고소를 당하고 있다는 것을 믿지 않아도 좋다. 아마 자기를 재판관으로 생각하는지도 모른다. 그리고 그때 그는 작별 인사로서 그 남자의 손을 꽉 쥐고 다시 걸상 위에 떠밀어버리더니 그만 앞으로 걸어갔다.

“피고들은 대개 저렇게 신경질적입니다.” 하고 정리는 말했다.

그네들 뒤에서는 이미 비명을 그친 그 남자 주위에 호기심을 갖고 기다리고 있던 사람들이 모두 모여서 생각지도 않았던 그 일에 대해서 자세히 물어보는 것 같았다. 그때 K를 향해서 어떤 감시인이 걸어왔다. 무엇보다 칼을 차고 있는 것으로서 알아볼 수 있었지만 그 칼집은 색깔로 보아서 그저 알미늄으로 된 것 같았다. K는 감시인을 보고 놀라며 손을 내밀고 악수까지 했다. 외치는 소리를 듣고 온 감시인은 무슨 일이냐고 물었다. 정리는 몇 마디 말로 그를 안정시키려고 했으나 감시인은 어디까지나 자기가 조사할 필요가 있다고 고집을 부리면서 가볍게 머리를 끄덕이더니 매우 빠르기는 했으나 풍증으로 다 굳어진 것 같은 짧은 발걸음으로 계속해서 걸어갔다.

K는 감시인이나 복도에 있던 사람들을 그 이상 더 생각하지는 않았지만 무엇보다 그가 거의 복도 중간까지 왔을 때 문도 없는 공간을 지나서 오른편으로 돌아가게 되리라는 것을 깨달았을 때 더욱 그네들에 대한 생각은 없었다. 이리 가도 좋으냐고 정리에게 물었다. 정리가 고개를 끄덕였던 까닭에 K는 거기서 그냥 오른편으로 돌았다. 언제나 한두 걸음 정리보다 앞서 걸어가는 것이 괴로웠지만 사실 여기서는 마치 자기가 체포되어서 몰려가는 것같이 보일 수도 있는 일이었다. 그래서 가끔 정리가 따라오기를 기다리기도 했지만 정리는 이내 또 떨어지고 말았다. 드디어 K는 그런 불쾌한 기분에서 벗어나려고 이렇게 말했다.

“여기가 어떤 곳이라는 것을 보았으니까 그만 가야겠습니다.”

“아직 다 보시지 못했습니다.” 하고 정리는 어디까지나 태연하게 말했다.

“그렇다고 해서 다 보고 싶지도 않습니다.” 하고 사실 피로를 느끼며 K는 말했다. "그만 가겠습니다. 출입구가 어디지요?"

"벌써 그렇게 방향을 모르시오?" 정리는 놀라며 이렇게 말했다. "이 끝까지 가서 오른편으로 복도를 따라 곧장 내려가시면 문이 있습니다."

"같이 가십시다." 하고 K는 말했다. "길을 좀 가르쳐주시오." 여기는 너무 길이 많기 때문에 혹시 잘못 들지나 않을까 해서."

"길은 하나뿐입니다." 정리는 그만 시끄럽다는 듯이 이렇게 말했다. "당신과 같이 다시 돌아갈 수는 없는데요. 보고도 해야겠고, 그렇지 않아도 당신 때문에 시간을 많이 보냈으니까요."

"같이 가요!" 그때 K는 정리의 못마땅한 태도를 알아차렸다는 듯이 좀더 날카로운 어조로 이렇게 반복했다.

"그렇게 떠들지 말아요." 하고 정리는 속삭였다. "여기는 어디나 사무실인데. 혼자 돌아가고 싶지 않으시면 좀더 저하고 같이 가시든지 그렇지 않으면 보고를 마치고 올 때까지 여기서 기다려주시오. 그러면 같이 가도 좋습니다."

"안 돼, 안 돼." 하고 K는 말했다. "기다릴 수는 없어. 지금 같이 가요."

K는 아직 자기가 서 있는 곳을 잘 돌아보지는 않았지만 두루 달려 있는 여러 개의 나무문 가운데서 그 하나가 열렸을 때 비로소 그는 그리로 시선을 돌렸다. K의 떠드는 소리가 시끄럽다는 듯이 어떤 처녀가 나타나더니 이렇게 물었다.

"무슨 일이 있으세요?"

그 여자 뒤에 멀찍이 어두컴컴한 가운데서 또 어떤 남자 하나가 가까이 걸어오는 것이 보였다. K는 정리의 얼굴을 바라보았다. K를 거들떠볼 사람은 아무도 없다고 정리는 말하지 않았던가. 그런데 어느덧 두 사람이 나타났다. 그 이상 더 필요도 없었지만 관리들은 그에게 주의를 기울이는 동시에 왜 여기 왔느냐고 따져 물을지도 모른다. 단 한 가지 알아들을 수 있고 그렇다고 생각할 수 있는 변명은 자기는 피고이며 다음 심문 예정 날짜를 물어보려고 왔다는 것이지만 사실 그는 그런 변명까지 하고 싶지는 않았다. 무엇보다도 그것이 사실

이 아니고 허위라는 이유는 그가 그저 호기심에서 온 것이요, 역시 그것은 변명으로서 통하기 어려운 일이지만 이 사법 제도가 내부나 외부나 똑같이 메스꺼운 제도라는 것을 확인하러 왔던 까닭이다. 그리고 어디까지나 자기의 이러한 추측이 옳은 것이라고 생각되었던 까닭에 그 이상 더 캐고 들어갈 생각은 없었다. 그때까지 본 것만 해도 속이 꺼림칙하고 지금 이 순간에 어느 문에서라도 불쑥 나타날지도 모르는 고관을 대할 만한 마음의 준비가 없었기 때문에 정리하고 같이 가든지 그렇지 않으면 하는 수 없이 혼자서라도 나가버리려고 했다.

그러나 그가 아무 말도 없이 그냥 서 있는 것이 이상했던지 사실 그 처녀와 정리는 다음 순간 틀림없이 그에게 어떤 커다란 변화가 일어날 것이며 그것을 보고야 말겠다는 듯한 표정으로 K를 바라보았다. 그리고 문간에는 조금 전에 멀찍이 K의 눈에 띄었던 그 남자가 나직한 마루 기둥에 바싹 몸을 기대고 서서 성미가 급한 관객처럼 발을 돋우며 조금 몸을 흔들고 있었다. 그러나 그 처녀는 K의 그러한 태도는 기분좋지 못한 탓이라고 생각했던지 의자를 들고 와서 이렇게 물었다.

"앉지 않으시겠어요?"

K는 곧 의자에 앉아서 좀더 태연한 자세를 취하기 위해서 의자가에 팔꿈치를 짚었다.

"조금 현기증이 나시지요?" 하고 그 여자는 물었다. 그때 바로 그의 눈앞에 그 여자의 얼굴이 보였지만 그 얼굴은 가장 아름답게 피어난 여자들에게 흔히 볼 수 있는 새침한 표정을 띠고 있었다.

"걱정하실 것 없어요." 하고 그 처녀는 말했다. "여기서는 그리 이상할 것도 없어요. 처음 여기 오면 정말 누구든지 그런 기분을 일으키니까요. 여기는 처음 오세요? 그래요. 그러시면 그리 이상할 것도 없어요. 태양이 지붕 판자를 내려쪼이고 그 탓으로 나무가 달면 자연 방 안 공기가 흐릿하고 침침해지지 뭐예요. 그래서 사실 여기는 사무실로서는 적당치 않아요. 물론 그 외에 여러 가지 좋은 점도 있지만 그러나 공기만은 거의 매일, 그렇지만 소송 관계로 수많은 사람들이 오고 가는 날이면 숨이 탁탁 막힐 지경이지요. 그리고 여기에는 또 여러 가지 빨래가 널린다는 것을 생각하면——그렇다고 해서 하숙인들에게 누구 하나 빠짐없이 금할 수도 없는 일이지만——조금 기분이 나쁘시다고 해서 이상할 것은 없다고 생각되시겠지요. 그래도 나중에는 이런 공기에 그만 익숙하게 되니까요. 두 번이나——혹은 세 번쯤 오시게 되면 여기서도 그렇게 답답한 감은 느끼지 않으실 겁니다. 그런데 기분이 좀 어떠세요?"

K는 아무 대답도 없었다. 이렇게 갑자기 몸이 불편해서 이러한 사람들에게 몸을 맡기다시피 한 일이 너무나 애통했고 게다가 지금 자기 몸이 불편하게 된 원인을 알게 되었던 까닭에 기분이 나아지기는커녕 조금 더 불쾌해지고 말았다. 그 처녀는 K의 그러한 기분을 깨닫고 그의 기분을 돌리기 위해서 벽에 세워져 있던 갈고리 달린 장대를 들고 바로 K의 머리 위에 있는 밖으로 통한 들창을 밀어 열었다. 그러나 그을음이 떨어졌기 때문에 그 여자는 이내 그 들창을 당겨서 닫고 수건으로 K의 두 손에 떨어진 그을음을 털어주지 않을 수 없었다. K는 너무나 피곤해서 스스로 털어버릴 기운이 없었다. 걸어갈 수 있을 만큼 원기를 회복할 때까지 그 자리에 그대로 앉아 있고 싶었으나 자기에 대한 사람들의 관심이 더욱 적어지자 될 수 있는대로 빨리 그 자리를 떠나지 않을 수 없었다. 그런데 더구나 그 여자는 이렇게 말했다.

"여기는 있을 수 없어요. 다니는 데 방해가 되니까."—— K는 대체 어디 다니는 데 방해가 되느냐고 눈짓으로 물었다——"원하신다면 병실로 데려다 드리겠어요. 좀 도와주세요 네." 하고 그 여자가 문간에 서 있던 남자에게 말하자 그 남자는 곧 가까이 걸어왔다.

그러나 K는 병실로 가고 싶지는 않았고 그 이상 더 끌려다니고 싶지도 않았으며 사실 끌려다녀야 틀림없이 불쾌할 것만 같았다. 그래서,

"이제는 걸을 수 있습니다." 말하고 그는 자리에서 일어났지만 편히 앉아 있던 탓인지 몸이 떨렸다. 그래서 몸을 똑바로 세울 수가 없었다.

"안 되겠어요." 그는 머리를 흔들며 이렇게 말하고 한숨을 쉬며 다시 자리에 앉았다. 그래도 정리라면 자기를 밖으로 대리고 나갈 수 있

으리라고 생각했지만 어느덧 자리에는 있는 것 같지 않았다. 자기 앞에 서 있던 그 여자와 남자 사이로 바라보았으나 정리는 보이지 않았다.

"내가 생각하기에는." 하고 그 남자는 말했지만 사실 말쑥하게 차린 그는 무엇보다 양쪽 끝을 뾰죽하고 길게 만든 회색 조끼로 더욱 눈에 띄었다. "이 양반이 기분이 불쾌한 것은 이 집안 공기 탓이니까 병실로 가느니보다 우선 사무실에서 나가는 것이 좋을 것이오. 그러면 이 양반도 매우 기분이 좋을 겁니다."

"그렇습니다." K는 기쁨에 가득찬 어조로 이렇게 말하고 그 남자의 이야기에 뛰어들었다. "틀림없이 기분이 좋아질 것 같습니다. 그렇게까지 몸이 약하지는 않으니까 그저 조금만 옆구리를 받쳐주면 되겠어요. 사실 당신들에게 무슨 대단한 수고를 끼칠 것도 아니고 그리 멀지도 않습니다. 문까지 데려다 주신다면 계단 위에서 조금 쉬고 기분을 회복할 것 같습니다. 결국 이런 증세를 일으킨 일은 지금까지 없었고 정말 저도 놀랐어요. 저도 관리이고 사무실 공기에는 익숙한 사람이지만 여기는 당신의 말씀대로 너무나 공기가 좋지 못한 것 같습니다. 그러니까 조금만 데려다 주시오. 내가 혼자서 일어서면 현기증이 나고 어지러울 겁니다."

그리고 그는 그 두 사람이 자기 옆구리를 받치기 좋도록 어깨를 올렸다. 그러나 그 남자는 K의 요구에는 응하지 않고 그저 태연하게 양손을 호주머니에 넣고 커다란 소리로 웃었다.

"그거 봐요." 하고 그 남자는 여자한테 말했디. "역시 내 밀이 맞시. 이 양반은 아무 데서나 기분이 나쁜 것이 아니라 이 방에서만 기분이 나쁜 것입니다."

그 처녀는 미소를 지었지만 그 남자가 너무나 K를 놀리는 것같이 생각되었던지 손 끝으로 그 남자의 팔을 가볍게 두들겼다.

"그러면 어때." 하고 그 남자는 그냥 웃으면서 말했다. "그야 물론 이 양반을 데리고 가기는 하지만."

"그러면 좋아요." 하고 깨끗하게 손질한 머리를 조금 갸웃하면서 그 처녀는 말했다.

"이 양반이 웃는다고 해서 너무 기분 나쁘게 생각지 마세요, 네?"

하고 그 처녀는 K에게 말했지만 K는 그냥 우울한 기분으로 멍하니 앞을 바라보며 그런 설명은 필요없다는 듯한 태도였다.

"이 양반을 소개해도 괜찮겠지요? (그 남자는 좋다는 듯이 손짓을 했다.)——이 양반은 안내인이에요. 기다리는 피고인들에게 필요에 따라 여러 가지로 안내를 하지만 이 사법 제도가 일반에게는 그리 알려져 있지 않기 때문에 안내할 일이 참 많아요. 이 양반은 어떤 질문에도 응하니까 그럴 생각이 계시면 한 번 안내를 청해보세요. 그런데 이것은 이 양반의 유일한 장점이지만 또 다른 장점은 이 말쑥한 옷차림이지요. 저희 관리들 말씀입니다만 더구나 누구보다 피고들과 직접 접촉하는 안내인은 무엇보다 인상을 좋게 하기 위해서 언제나 옷차림이 말쑥해야 한다고 생각해요. 저희 다른 사람들이야 저를 보셔도 아시겠지만 어쩔 수 있어요? 그저 허술하고 낡은 옷을 입고 있지요. 복장에 돈을 들인다는 것은 사실 아무 의미도 없으니까요. 그런데 저희들은 거의 언제나 사무국에 있으면서 여기서 잡니다. 그러나 지금도 말씀드렸지만 안내자만은 깨끗한 옷이 필요하다고 생각해요. 그런데 이렇게 말하면 좀 이상합니다만 이 옷은 관청에서 준 것이 아니라 저희들이 돈을 모아서——피고들한테도 돈을 모았지만——이 양반에게 이렇게 깨끗한 옷과 다른 물건을 사다 드렸어요. 지금 이만하면 차릴 대로 다 차리고 좋은 인상을 줄 수 있는데 공연히 웃기만 하면서 사람을 골리지 뭐예요."

"그건 그렇지만." 하고 그 남자는 비웃는 듯이 말했다. "여보, 어째서 이 양반한테 우리들의 내막을 다 드러내서 말하는지 알 수 없는데, 더구나 듣기도 싫다는데, 왜 억지로 그런 이야기를 하는지 몰라. 이봐요, 이 양반은 확실히 무슨 볼일이 있어서 여기 온 거예요."

K는 그 말에 대꾸할 생각은 조금도 없었다. 사실 그 처녀는 친절하게 대해서 아마 K의 기분을 돌리고 혹은 기분을 가다듬을 기회를 주려는 것이었는지는 모르지만 그 수단은 틀렸었다.

"이 양반에게 당신이 웃은 이유를 설명하려고 했어요." 하고 처녀는 말했다.

"정말 사람을 모욕했지 뭐예요."

"나중에 데려다 주기만 하면 이 양반은 그보다 더한 모욕이라도 다 용서하리라고 생각하는데요."

K는 아무 말도 없이 올려다보지도 않고 두 사람이 마치 무슨 사건이나 이야기하듯이 떠드는 것을 그냥 참고 있었다. 그런데 갑자기 K는 한쪽 팔을 안내자가 붙잡고 다른 팔을 그 처녀가 붙잡는 것을 느꼈다.

"그러면 일어나시오. 참 몸이 약하시군요." 하고 안내인은 말했다.

"두 분에게 정말 미안합니다." K는 기뻐서 어쩔 줄을 모르며 이렇게 말하고 천천히 일어서서 부축하기에 가장 편한 곳으로 두 사람의 손을 이끌었다.

"저는 이렇게 생각합니다만." 그네들이 복도에 가까이 이르렀을 때 그 처녀는 나직한 목소리로 K의 귀에 대고 이렇게 속삭였다. "이 안내원에 대해서 좋게 생각해주시도록 하는 것이 무엇보다 저의 의무같아요. 저는 사실대로 말씀드리지만 그렇게 믿어주시면 좋겠어요. 이 양반은 결코 냉정한 사람이 아니예요. 몸이 불편한 피고를 데리고 나가는 것은 이 양반의 할 일이 아니지만 보시다시피 이렇게 하지 않아요. 저희들은 누구나 다 그렇게 냉정한 사람은 아닙니다. 언제나 다른 사람을 도와주고 싶어요. 그러나 재판소의 관리니까 우리들은 냉정하고 누구 하나 도와주려고 하지 않는다고 할 만큼 그런 인상을 받게 됩니다. 그렇게 생각하면 참 괴로워요."

"여기서 좀 쉬지 않겠소?" 하고 안내자가 말했지만 사실 그때는 이미 얼마 전에 K가 이야기를 걸었던 그 피고 바로 앞에 와 있었다. K는 어느 정도 자신을 부끄럽게 생각했다. 얼마 전에는 그 피고 앞에 똑바로 서 있었지만 지금은 두 사람의 부축을 받으며 모자는 안내인의 쫙 벌린 손가락 위에 놓여 있고 머리는 흩어지고 머리카락은 땀이 축축한 이마 위에 늘어져 있었다. 그러나 피고는 그런 것은 조금도 느끼지 못하는 듯이 자기 머리 위로 시선을 던지는 안내자 앞에 공손히 서서 자기가 그 자리에 서 있는 것을 변명이라도 하려는 것 같았다.

"오늘은 아직." 하고 그는 말했다. "저의 신청이 다 정리되지 않은 것을 잘 알고 있습니다. 그러나 여기서 기다릴 수 있겠지요. 오늘은 일요일이니까 시간도 있고 여기 있어도 그리 방해가 될 것 같지도 않고 해서 찾아왔습니다.”

“그렇게 변명하실 필요는 없습니다.” 하고 안내자는 말했다. “그렇게까지 걱정하신다면 도리어 괴롭습니다. 당신은 여기서 쓸데없이 이렇게 기다리고 있습니다만. 제 입장이 곤란하지 않는 한 당신의 사건 진행을 조금이라도 방해하고 싶지는 않습니다. 자기 할 일을 소홀히 하는 사람들만 보면 당신 같은 사람들에 대해서는 얼마든지 참을 수가 있습니다. 자 앉으시지요.”

“피고들과 하는 그런 말을 그가 어떻게 이해하겠어요.” 하고 그 처녀가 속삭였다. K는 머리를 끄덕였으나 안내자가 “여기 좀 앉지 않겠소?” 하고 묻자 그는 흠칫하고 놀랐다.

“아니오.” 하고 K는 말했다. “앉고 싶지 않아요.”

어디까지나 이렇게 분명하게 대답했지만 사실은 앉는 것이 무엇보다 편했을는지 모른다. 마치 배멀미를 하는 것 같았다. 난항(難航) 중의 배를 탄 것같이 생각되었다. 물결이 나무로 만든 배허리를 몰아치며 복도 저쪽에서는 엎치고 덮치고 물결 소리가 쏴쏴 하고 들려오며 복도가 옆으로 흔들리고 양쪽에서 기다리던 피고들이 쓰러졌다가 다시 일어나는 것같이 생각되었다. 그렇기 때문에 자기를 데리고 가는 처녀와 그 남자의 태연한 태도를 알 수가 없었다. 자기는 그네들에게 몸을 맡기고 그네들이 자기를 놓으면 나무조각처럼 그냥 쓰러질 것만 같았다. 그네들 두 사람은 자그마하고 날카로운 시선으로 이리저리 살피며 그네들의 규칙적으로 옮기는 발걸음을 K는 느꼈지만 거의 한걸음 한걸음 그네들에게 끌려가는 형편이었기 때문에 발걸음을 맞출 수가 없었다. 나중에 그네들이 자기에게 뭐라고 말하는 듯하였으나 무슨 말을 하는지 알 수 없었다. 그저 소란한 소리가 들릴 뿐이었다. 그 소리가 너무 심해서 그 소리를 뚫고 마치 바다의 마귀 소리와 같이 아무 변화도 없이 드높은 소리가 울려오는 것 같았다. “좀더 큰 소리로” 하고 그는 머리를 숙이고 속삭였으나 자신을 부끄럽게 생각했다. 왜냐하면 자기 귀에는 들리지 않았으나 몹시 큰소리로 말했다는 것을 알고 있었기 때문이다. 결국 그때 벽에 구멍이 뚫린 것 같이 시원한 바람이 흘러들었다. 그리고 옆에서 이렇게 말하는 소리가 들렸다.

"처음에는 가고 싶어하지만 여기가 출입구라고 몇 번이고 말하면 그는 꼼짝도 하지 않을걸."

K는 그 처녀가 열어준 출입문 앞에 서 있다는 것을 깨달았다. 마치 그는 자유의 첫맛을 맛보기 위해서 전신의 모든 힘이 대번에 다시 생겨난 것 같았다. 그는 곧 계단에 한걸음을 내디디고 거기서 자기한테로 몸을 굽히고 있는 두 전송자들과 작별을 했다.

"매우 감사합니다." 그는 또 이렇게 말하고 다시 한번 그네들의 손을 쥐었으나 그네들이 사무실 공기에는 익숙했지만 계단에서 흘러드는 비교적 시원한 공기에는 견딜 수 없을 것같이 보인다고 생각되었을 때 비로소 그는 그곳을 떠났다. 두 사람은 아무 대답도 없었고 만일 K가 재빨리 문을 닫아주지 않았더라면 그 처녀는 아마 그 자리에 쓰러졌을지도 모른다. K는 잠시 발걸음을 멈추고 호주머니에 있던 자그마한 거울을 보고 머리를 만지고 계단 한 가운데를 굴러가던 모자를 집어들고——안내인이 그것을 내던진 모양이었지만——계단을 내려갔으나 사실 너무나 기분이 상쾌하고 성큼성큼 뛰어내려갈 수가 있었던 까닭에 이러한 변화에 대해서 불안을 느낄 정도였다. 그때까지 건강이 매우 좋았을 때도 이러한 뜻밖의 변화는 전연 느껴본 적이 없었다. 육체가 어떤 혁명을 일으키려고 하며 그때까지 이겨온 낡은 과정이 물러가고 새로운 과정이 준비되려는 것일까? 될 수 있는 대로 빨리 의사를 찾아가 보려는 생각에서 좀처럼 벗어나지를 못했으나 하여튼 그는——단단히 결심을 했지만——앞으로 일요일 오후에는 오늘보다 좀더 유익하게 보내려고 했다.

4. 뷔르스트너 양의 친구

그 후 얼마 동안 K는 뷔르스트너 양과 이야기할 기회가 거의 없었다. 그야말로 갖은 수단을 다해서 그 여자에게 접근 하려고 했으나 그 여자는 언제나 그것을 피하고 있었다. 사무실에서 집으로 돌아오면 그는 등불도 켜지 않고 방 안에서 긴의자 위에 앉아서 그저 응접실만 바라보고 있었다. 식모가 지나가던 걸음에 아무도 없는 그 방문을 닫고 가면 그는 잠시 후 자리에서 일어나 그 문을 다시 열었다. 아침에는 전보다 한 시간쯤 일찍 일어났지만 그것은 아마 뷔르스트너 양이 사무실에 나갈 때 그 여자와 단 둘이서 만나려는 것인지도 모른다. 그러나 아무리 이렇게 애를 써도 좀처럼 만날 수가 없었다. 그래서 그는 그 여자에게 사무실로 편지를 보내는 동시에 그 여자의 방으로도 편지를 내서 자기의 태도를 다시 한 번 밝히려고 했다. 그리고 어떠한 요구라도 응해주겠다고 하면서 그 여자가 그에 대해서 두려고 하는 한계는 결코 넘지 않겠다고 약속하고 한번 만나서 이야기하면 좋겠다고 애원했다. 그러면서 특히 그 여자와 만나서 이야기하지 않고서는 그 이상 더 그루바흐 부인 집에는 있을 수 없기 때문에 만나주었으면 좋겠다고 말하고 마지막에 다음 일요일에는 하루 종일 방에 있으면서 자기 청을 들어주겠다고 약속하는, 혹은 적어도 무슨 일이든지 그 여자의 청이라면 응해주겠다고 약속을 하는 데도 불구하고 자기 청을 들어줄 수 없는 이유를 설명하는 그러한 어떤 회답이라도 기다리고 있겠다고 써 보냈다. 편지는 돌아오지도 않고 아무 회답도 없었다. 그 대신 일요일이 되니까 어디까지나 분명한 한 가지 징조가 보였다.

그날 아침에 K는 일찍부터 열쇠 구멍을 통해서 응접실에 특별한 동정이 있다는 것을 깨달았다. 그리고 곧 그 원인도 알게 되었다. 사실은 독일 사람으로서 몬타크라고 하며 몸이 약하고 얼굴이 파리하고 게다가 다리까지 조금 저는 프랑스 어 선생이며 그때까지 자기 방을 잡고 있던 그 여자가 뷔르스트너 양의 방으로 이사를 했다. 몇 시간 동안 그 여자가 발을 이끌며 응접실을 지나다니는 것이 보였다. 잊어버렸던 내복이며 책상보며 책 같은 것을 들고 새 방으로 옮기느라고 그냥 드나들었다.

그루바흐 부인이 K한테 조반을 들고 왔을 때—K가 노한 다음부터 그 부인은 아무리 사소한 일이라도 식모한테는 맡기지 않았다—K는 닷새 동안이나 아무 말도 없이 지냈지만 그 여자에게 이야기하지 않을 수 없었다.

"대체 오늘은 응접실이 왜 저렇게 분주하지요?" 하고 K는 커피를 따르며 물었다. "그만두라고 할 수 없어요?" 하필 일요일에 방을 치울 건 뭐예요?" K는 그루바흐 부인을 쳐다보지는 않았지만 그 여자가 살짝 안도의 한숨을 쉬는 것을 느꼈다. K가 그렇게 단단히 따져 물었지만 그 부인은 그것을 용서나 혹은 용서하려는 것이라고 생각했다.

"방을 치우는 것이 아니예요, K 선생님." 하고 부인은 말했다. 몬타크 씨가 뷔르스트너 양의 방으로 이사하면서 짐을 옮기느라고 그래요."

부인은 그 이상 더 말하지 않고 K가 그 이야기를 어떻게 생가하며 계속해서 이야기하는 것을 허락할는지 어쩐지 하는 것을 기다리고 있었다. 그러나 K는 부인을 한 번 떠보려고 했던 까닭에 생각에 잠긴 듯이 커피를 저으며 아무 말도 없었다. 그러고 나서 그 여자를 쳐다보며 이렇게 말했다.

"뷔르스트너 양에 대해서 당신이 전에 의심하시던 것은 이만하면 풀렸겠지요, K 선생님?" 이 질문만을 기다리고 있던 그루바흐 부인은 이렇게 외치고 포갠 자기 손을 K한테로 내밀었다. "당신은 요전 제가 공연히 지껄인 이야기를 너무 어렵게 생각하셨어요. 저는 당신이나 다른 어떤 사람을 중상하려는 생각은 조금도 없었어요. K 선생님,

당신은 이미 오랫동안 저하고 아는 사이니까 이것은 믿을 수 있으리라고 생각해요. 제가 요사이 며칠 동안 마음속으로 얼마나 괴로워했는지 당신은 모르실 겁니다! 제가 방을 빌려 있는 사람의 험담을 어떻게 하겠어요! 그리고 당신은 그렇게 생각하실 겁니다! 그리고 당신을 내보낸다고 말했지요! 당신을 보내려고!"

마지막 말은 이미 눈물섞인 목소리로 그만 말이 막히더니 그 여자는 앞치마를 얼굴에 대고 훌쩍거리며 흐느껴 울었다.

"울지 마시오, 그루바흐 씨." 하고 K는 말하고 창 밖을 내다보았으나 그저 뷔르스트너 양에 대해서만 생각하며 그 여자가 낯설은 처녀를 자기 방으로 맞아들였다는 것을 생각했다.

"울지 마시오." 하고 말하며 K는 돌아보았으나 그루바흐 부인은 그냥 울고 있었다. "사실 그때는 저도 그렇게 나쁜 의미로 말한 것은 아닙니다. 서로 오해했어요. 그런 일은 가장 가까운 친구들 사이에도 있을 수 있는 일이니까요. 그루바흐 부인은 앞치마를 눈 밑까지 내리고 K가 정말 마음을 풀었는지 어쩐지 하는 것을 살펴보았다.

"그런데 사실은 그런 것입니다." K는 이렇게 말하고 그루바흐 부인의 태도로 볼 때 대위가 그 사실을 조금도 폭로하지 않은 것 같았던 까닭에 서슴지 않고 다시 이야기를 계속했다. "그런데 제가 남의 처녀 때문에 당신과 사이가 멀어지리라고 생각하십니까?"

"그러믄요, K 선생님." 하고 그루바흐 부인은 말하면서 조금 안심하는 것 같았으나 이내 쓸데없는 말을 한 것은 그 여자의 버릇이 그런 탓인지도 모른다. "언제나 저는 혼자서 이렇게 반문했어요. 왜 K 선생님은 그렇게 뷔르스트너 양에 대해서 걱정을 하실까? 당신한테서 무슨 싫은 소리만 들으면 저는 잠을 자지 못한다는 것을 잘 아시면서 그 여자 때문에 왜 저하고 다투려는 것일까? 사실 그 처녀에 대해서는 제 눈으로 본 것밖에는 말하지 않았어요."

K는 그 이야기에 대해서 아무 말도 하지 않았다. 그 이야기 첫마디부터 부인을 방에서 쫓아내야겠다고 생각했으나 그러고 싶지가 않았다. 커피를 마시고 그루바흐 부인에게 너무 이야기가 많다는 것을 깨닫게 할 정도로 그치고 말았다. 문 밖에서는 몬타크 양이 터덕터

덕 발을 이끌며 응접실을 건너가는 발걸음 소리가 들렸다. "들리십니까?" K는 이렇게 물으며 손으로 문을 가리켰다.

"네." 하고 그루바흐 부인은 말하며 한숨을 쉬었다. "저도 도와주고 식모를 보내서 도와줄까도 했지만 저 여자는 고집이 세서 모든 것을 혼자 다 옮기려고 하고 있어요. 뷔르스트너 양도 참 이상해요. 몬타크 씨한테 방을 빌려준 것만 해도 불쾌할 때가 있는데 그런 여자를 자기 방으로 불러들이지 않아요, 글쎄."

"그런 걸 걱정할 건 뭐요." K는 이렇게 말하고 찻잔 속에 남아 있는 설탕덩어리를 깨뜨렸다. 그렇다고 해서 당신한테 무슨 손해날 것 있소?"

"아니요." 하고 그루바흐 부인은 말했다.

"그 일만은 저도 그랬으면 했어요. 그래서 방이 하나 비면 거기다 저의 조카인 대위를 넣을 수 있으니까요. 요사이 그를 당신 옆방에 들어 있게 해서 당신에게 방해가 되지나 않을까 벌써부터 걱정을 하고 있어요. 그런데 그는 남의 일에 별로 신경을 쓰는 사람은 아니예요."

"어떻게 생각을 하시오!" K는 이렇게 말하고 자리에서 일어섰다. "그런 이야기가 아니예요. 저 몬타크 씨가 걸어다니는 것을――지금 또 돌아옵니다만――참지 못한다고 해서 당신은 저를 신경과민이라고 생각하는 것 같은데."

그루바흐 부인은 그야말로 어찌할 수가 없는 것같이 생각되었다.

"K 선생님, 이삿짐 남은 것은 다음 날로 미루라고 할까요? 만일 원하신다면 곧 그렇게 하겠어요."

"아니오. 뷔르스터 양한테도 옮기도록 하시오!"

"그러지요." 하고 그루바흐 부인은 말했지만 K의 이야기를 완전히 이해하는 것 같지는 않았다.

"그런데." 하고 K는 말했다. "그 여자가 짐을 나르는 대로 내버려 두시오."

그루바흐 부인은 그저 머리를 끄덕였다. 아무 말도 없이 겉으로 보기에는 거만한 것같이 보이는 그 당황한 표정은 K의 기분을 더욱 건드렸다. 그는 창문 옆에서 문까지 방 안을 이리저리 걸어다니면서 그루바흐 부인에게 방 안에서 나갈 기회를 주지 않았지만 사실 그러지 않았더라면 나가버렸을지도 모른다.

바로 K가 다시 문까지 왔을 때 노크하는 소리가 들렸다. 그것은 식모였다. 몬타크 양이 K한테 좀 할 말이 있어서 식당에서 기다리고 있으니까 곧 내려와주었으면 좋겠다는 말을 전했다. K는 식모의 이야기를 무슨 생각에 잠기듯이 기웃하고 듣고 있더니 어느 정도 조롱하는 듯한 눈초리로 놀라며 그 자리에 서 있던 그루바흐 부인한테로 돌아섰다. 이 눈초리는 K가 벌써 전부터 몬타크 양의 초대를 예상하고 있었으며 그것은 일요일 오전에 그루바흐 부인 집에 하숙을 하는 사람들한테서 자기가 맛보게 될 괴로움과 어디까지나 관계가 있다고 말하는 것 같았다. 식모에게 곧 가겠다는 말을 전해 보내고 웃옷을 갈아입으려고 양복장 옆으로 가서 시끄러운 사람이라고 투덜거리는 그루바흐 부인에 대한 대답으로써 그만 아침 밥상이나 치우라고 부탁을 했을 뿐이었다.

"조금도 드시지 않으셨군요." 하고 그루바흐 부인은 말했다.

"아, 네 그냥 치워주시오." 하고 K는 외쳤지만 사실 모든 일에 몬타크 양이 개입된 것 같아서 더욱 기분이 불쾌했다.

응접실을 지나가며 그는 뷔르스트너 양의 닫혀 있는 방문을 바라보았다. 그러나 초대를 받은 곳은 그 방이 아니라 식당이었다. 그는 노크도 없이 식당 문을 열었다.

식당은 길기는 했으나 조금 비좁고 창문이 하나밖에 없는 방이었다. 그런 대로 그 방은 여유가 있어서 문 옆으로 한쪽 구석에 찬장 두 개가 가로놓여 있었고 다른 장소에는 기다란 식탁이 쭉 놓여 있고 그 식탁은 문 가까이에서 시작해서 커다란 창문 바로 옆에까지 닿아 있기 때문에 창문까지는 갈 수 없게 되어 있었다.

이미 식사 준비는 다 되어 있었다. 더구나 일요일에는 하숙인들이 거의 다 여기서 점심을 먹기 때문에 상당히 준비가 많았다.

K가 들어갔을 때 몬타크 양은 창문 옆에서 식탁을 따라 K를 향해서 걸어오고 있었다. 그네들은 아무 말도 없이 인사를 했다. 그러자 전과 같이 머리를 몹시 뻣뻣하게 쳐들고 몬타크 양이 말했다.

"저를 아실는지 모르겠어요."

K는 눈길을 좁히고 그 여자를 바라보았다.

"잘 알고 있습니다. 당신은 그루바흐 부인 댁에 사신 지가 오래 되셨으니까요."

"그래도 제가 보기에 당신은 하숙에 대해서 그리 관심이 없으신 것 같던데요."

"그럴 리 있어요?"

"앉으시지요." 하고 몬타크 양은 말했다.

그네들은 아무 말도 없이 식탁 한쪽에 있는 의자를 각각 끌어당기고 서로 마주앉았다. 그러나 몬타크 양은 다시 일어섰다. 핸드백을 창문턱에 놓아두었던 까닭에 그것을 가지러 갔다. 그 여자는 천천히 걸어갔다. 핸드백을 가볍게 흔들며 돌아오더니 그 여자는 이렇게 말했다.

"저는 그 친구의 부탁을 받고 당신에게 몇 마디 말씀드리려는 겁니다. 그 여자 자신이 오려고 했지만 오늘은 기분이 좀 좋지 못해서 그러니까 그저 너무 나쁘게 생각지는 마시고 그 여자 대신으로 제가 당신에게 말씀드리는 것을 들어주세요. 그 여자도 아마 제가 당신에게 말씀드리는 것 외에는 더 말할 수 없을 겁니다. 도리어 저는 비교적 아무 관계도 없으니까 그 여자보다 더 말씀드릴 수 있으리라 생각해요. 당신도 그렇게 생각하겠지요?"

"대체 무슨 말씀입니까?" 하고는 대답했지만 몬타크 양의 두 시선이 자기 입술을 노리고 있는 것이 보기에도 피곤했다. 그 여자는 그렇게 함으로써 그가 처음 말하고자 하는 것을 억누를 만한 힘을 얻으려고 간청했다. "저는 뷔르스트너 양 자신이 만나 줄 것을 간청했는데 그것은 안 되는 모양이지요?"

"그렇습니다." 하고 몬타크 양은 말했다. "혹은 도리어 그렇지 않다고 말씀드려야 할는지도 모르지요. 당신의 말씀은 이상하게도 날카로운데요. 말하자면 당신에게 말씀드릴 책임을 맡은 것도 아니고 그렇다고 해서 반대로 거절한 것도 아니예요. 그러나 말씀드릴 필요가 있다고 생각할 때도 있지만 바로 지금 이 자리가 그렇게 생각되는군요. 지금 당신의 말씀을 듣고보니 솔직하게 다 터놓고 말씀드릴 수 있을 것 같아요. 당신은 저의 친구에게 편지나 구두로 말씀드릴 것을 요구했었지요. 그러나 적어도, 그것은 저도 그렇게 생각하지 않을 수 없습니다만, 그 여자는 무엇에 대한 이야기라는 것쯤은 알고 있어요. 그렇기 때문에 이유는 알 수 없으나 제가 정말 당신을 만나보게 된 것은 어느 다른 사람을 위해서가 아니라는 것을 잘 알고 있어요. 그러나 그 여자는 어제야 겨우 그런 말을 했습니다만 그저 조금 그런 말을 비쳤을 뿐이에요. 그리고 그때 말씀하신 것은 선생님께서도 그저 우연히 그런 생각을 하신 것이니까 당장에는 그렇지 않다고 해도 머지않아서 그것이 아무 의미도 없는 일이라고 생각하시게 될 테니까 만나뵈어야 K선생님도 별달리 생각하시지는 않으리라고 말했어요. 그런 말을 듣고 저는 그건 그렇지만 선생님에게 분명히 회답을 올리는 것이 일을 원만히 해결하는 데 도움이 되리라고 생각한다고 대답했어요. 제가 이 책임을 지겠다고 말하자 그 여자는 조금 망설이더니 제 말을 승낙했어요. 어떻게 생각하면 당신의 소원대로 한 것 같기도 해요. 아무리 사소한 문제라도 그것이 조금만 분명치 않으면 언제나 마음이 괴롭기도 하지만 이번과 같이 쉽사리 해결할 수 있으면 곧 결말을 지어버리는 것이 좋을 테니까요.”

“감사합니다.” K는 이렇게 말하고 천천히 자리에서 일어나 몬타크 양을 바라보고 식탁 위와 창문 밖으로 시선을 던지더니——맞은편 집은 햇빛을 받고 있었지만——문으로 걸어갔다. 몬타크 양은 그의 진의를 알 수 없다는 듯이 몇 걸음 그의 뒤를 따라갔다. 그러나 문 앞에서 그네들은 뒤로 물러서지 않을 수 없었다. 문이 열리며 란쯔 대위가 들어왔기 때문이다. K는 처음으로 그 남자를 가까이 대할 수 있었다. 몸집이 크고 사십 가량 되어 보이는 그 남자는 햇빛에 까맣게 타고 퉁퉁한 얼굴을 하고 있었다. 그 인사는 K한테도 한 것이지만 그는 가볍게 인사를 하고 나서 몬타크 양한테로 걸어가더니 점잖게 그 여자의 손에 키스를 했다. 그 태도는 조금도 어색한 점이 없었다. 몬타크 양에 대한 그의 은근한 태도는 K가 그 여자에게 대해서 취한 태도와는 너무 현저한 대조를 이루고 있었다. 그렇지만 몬타크 양은

K에 대해서 별로 불쾌한 기분을 느끼는 것 같지 않았다. K는 그 여자의 태도에서 그렇게 생각했지만 그 여자는 자기를 대위한테 소개하려고 했기 때문이다. 그러나 K는 소개를 받고 싶지도 않았고 대위나 몬타크 양에 대해서 정답게 대할 수가 없을 것 같았다. 그리고 K는 그 여자의 손에 키스를 하는 것으로 보아서 그 여자가 매우 순진하고 깨끗한 것같이 보이면서도 실은 자기를 뷔르스트너 양한테서 떼어버리려는 친구들과 무슨 관계가 있는 것같이 생각되었다. 그러나 K는 그것을 깨달았고 생각했을 뿐만 아니라 몬타크 양이 교묘하면서도 어디까지나 일거 양득이라고 할 만한 수단을 택하고 있다는 것을 깨달았다. 이 여자는 뷔르스트너 양과 K와의 관계가 어떻다는 것을 과장해서 말할 뿐 아니라 특히 부탁을 받은 그 말을 과장하면서도 도리어 K가 모든 일을 과장하는 듯이 보이게 하려고 했다.

그러나 그 여자의 생각은 그릇된 것이다. 자기는 조금도 과장하려는 생각이 없고 뷔르스트너 양만 하더라도 보잘것없는 타이피스트에 지나지 않았다. 그래서 자기로서는 그렇게 언제까지나 대항할 수는 없다는 것을 알고 있다고 그는 생각했다. 그때 그는 그루바흐 부인 으로부터 뷔르스트너 양에 관해서 들은 이야기를 일부러 생각하려고 하지도 않았다. 그는 이런 일을 생각하면서 이렇다 할 인사도 없이 방을 나섰다. 그대로 곧 자기 방으로 가려고 생각했지만 뒤에 있는 식당에서 들리는 몬타크 양의 나직한 웃음소리가 귀에 거슬렸던지 그는 대위와 몬타크 양을 한번 놀라게 하리라는 생각을 했다. 그는 주위를 돌아보며 어느 방에서 어느 누가 자기를 가로막지나 않을까 해서 귀를 기울였지만 사방은 고요하고 다만 식당에서 들리는 웃음 소리와 부엌으로 통한 복도에서 그루바흐 부인의 목소리가 들릴 뿐 이었다. 정말 기회만은 좋은 것 같았다. K는 뷔르스트너 양의 방 문으로 가서 가볍게 노크를 했다. 아무 기척도 없었기 때문에 다시 한 번 노크를 했지만 역시 아무 대답도 없었다. 자고 있는 것일까? 혹은 정말 기분이 나쁜 것일까? 혹은 또 이렇게 나직하게 노크를 하는 것은 K임에 틀림없다고 생각하고 그만 꼼짝도 않고 방 안에 들어앉아 있는 것이 아닐까? 그 여자가 방 안에 들어앉아 있다고 생각하자 그는 더욱 크게 노크를 했지만 역시 아무 대답도 없었기 때문에 쓸데없는 짓을 한다는 느낌이 없는 것도 아니었으나 결국 무슨 옳지 못한 짓이나 하듯이 조심스럽게 문을 열어보았다. 방 안에는 아무도 없었다. 벽 있는 쪽으로 침대가 두 개 나란히 놓여 있고 문 가까이 있는 세 발 달린 의자에는 옷가지와 내복이 가득히 쌓여 있었고 옷장이 하나 열린 채로 놓여 있었다. 몬타크 양이 식당에서 K와 이야기하고 있는 동안 뷔르스트너 양은 밖으로 나가버린 것 같았다. 그렇다고 해서 K는 그리 놀라는 것은 아니었다. 그렇게 쉽사리 뷔르스트너 양을 만나리라고는 거의 기대하지 않았고 그렇게 문을 열어본 것도 사실은 그저 몬타크 양에 대한 반발심에서 그랬던 것이다. 그러나 문을 다시 닫으며 열린 식당 문간에서 몬타크 양과 대위가 서로 이야기하고 있는 것을 보았을 때 그는 더욱 쓸쓸하고 괴로운 기분이 들었다. K가 문을 열었을 때부터 그네들은 거기 서서 K를 쳐다보는 내색은 보이지 않으면서도 나직한 목소리로 말하며 말하는 동안에도 멍하니 주위를 돌아볼 때와 같은 시선으로 K의 동정을 더듬고 있었다. 그러나 실은 그 시선이 무겁게 그를 노리고 있었기 때문에 그는 벽을 따라서 급히 자기 방으로 돌아갔다.

5. 태형관(笞刑官)

그 다음 어느 날 저녁, K가 사무실과 중앙 계단 사이로 통한 복도를 지나가고 있을 때——그날 저녁에는 그가 아마 가장 나중에 집으로 돌아갔으며 다만 발송실(發送室)에서 급사 두 사람이 희미한 등불 밑에서 일을 하고 있었다.——아직 한 번도 들여다본 일은 없지만 폐물 창고가 있다고 생각했던 그 문 뒤에서 흘러나오는 신음 소리가 들렸다. 깜짝 놀라서 그는 발걸음을 멈추고 잘못 들은 것이나 아닐까 해서 다시 한 번 귀를 기울였다.——잠시 고요했으나 다시 신음 소리가 들렸다——증인이 필요할 것 같기도 해서 그는 우선 급사 하나를 부르려고 했으나 호기심을 억제치 못하여 노크를 하고 문을 열었다. 생각했던 것과 다름없는 폐물 창고였고 문 뒤에 쓰지 못할 낡은 인쇄물과 흙으로 만든 빈 잉크병이 너저분하게 흩어져 있었다. 그런데 천정이 낮은 그 창고 안에는 남자 세 사람이 허리를 구부리고 서 있었다. 선반 위에 놓은 촛불이 그네들을 희미하게 비추었다.

"여기서 뭘 하는 거야?" 흥분한 탓으로 당황하면서 나직한 목소리로 K는 이렇게 물었다. 분명히 다른 두 사람을 마음대로 다루고 있던 한 남자, 우선 그에게 시선이 갔지만 그 남자는 검은 가죽 옷 같은 것을 입고 두 팔은 물론 목에서 가슴팍에 이르기까지 드러내놓고 있었다. 이 남자는 아무 대답도 없었다. 그러나 다른 두 남자는 이렇게 외쳤다.

"여보시오! 당신이 예심 판사한테 쓸데없는 이야기를 했기 때문에 우리는 이렇게 매를 맞고 있소."

그때 비로소 K는 그것이 감시인 프란쯔와 뷜렘이며 다른 남자 하나는 그네들을 때리기 위해 채찍을 손에 들고 있는 것을 깨달았다.

"그런데." K는 이렇게 말하고 그 남자들을 바로보았다. "나는 조금도 쓸데없는 이야기를 한 일은 없소. 그저 우리 집에서 일어난 일을 말했을 뿐이오. 그리고 당신들이 취한 행동도 옳다고만 할 수는 없지요."

"여보시오." 하고 뷜렘이 말했지만 한편 프란쯔는 그 뒤에 몸을 숨기고 확실히 그 남자의 채찍을 피하려고 했다. "저희들의 보수가 얼마나 나쁘다는 것을 아신다면 저희들에 대해서 좀더 좋게 판단할 수도 있지 않겠습니까. 저는 가족을 먹여 살려야 하고 이 프란쯔는 결혼하려고 하고 있어요. 흔히 있는 일이지만 돈을 좀더 벌어보려고 해도 그저 일만 꾸벅꾸벅 해서는 제아무리 부지런을 피워도 어디 됩니까. 그래서 당신이 입은 훌륭한 내복이 우리 마음을 유혹했고 물론 그런 일을 하는 것은 감시인들에게 금지된 것이며 옳지 못한 것만은 사실이오. 내복은 감시인들에게 금지된 것이라고 정해 있었고 사실 지금까지 그렇게 됐어요. 그리고 또 체포될 만큼 운수가 좋지 못한 사람에게 그런 물건이 무슨 소용이 있느냐 하는 것쯤은 다 아실 것 아닙니까? 물론 그런 말을 내놓고 함부로 하니까 저희들은 벌을 받았지 별 수 있어요."

"자네들이 지금 말한 것은 알지도 못했고 그리고 결코 자네들을 처벌하라고 요구한 것은 아니지만 결국은 나는 원칙이 문제라고 생각하는데."

"여보게 프란쯔." 하고 말하며 뷜렘은 다른 감시인을 바라보았다. "이 양반은 우리를 처벌하라고 요구하지는 않았다고 내가 자네한테 말하지 않던가? 지금 자네도 들었지만 이 양반은 우리가 틀림없이 처벌을 당하리라는 것을 몰랐다는 거야."

"이런 말에 흔들리지 말아요." 하고 그 남자는 K를 보고 말했다. "처벌은 어디까지나 정당한 것이며 피할 수 없는 것이야."

"이 사람 말은 듣지 말아요." 하고 뷜렘은 말하고 채찍으로 얻어맞은 손을 재빨리 입으로 가져갈 때 이야기를 끊었다. "우리가 이렇게 처벌을 받게 된 것은 당신이 밀고한 탓입니다. 그렇지 않으면 우리가 한 일을 알게 된다 해도 아무 일도 없을 겁니다. 이러한 처벌을 정당한 것이라고 말할 수 있을까요? 우리 두사람은 다 그렇지만 더구나 저는 감시인으로서 오랫동안 충실히 일을 해왔어——당신이라도 관리의 입장에서 말하면 우리가 어디까지나 충실하게 감시했다는 것을 말하지 않을 수 없을 겁니다.——저희들은 그래도 출세할 희망이 있었어요. 머지않아서 틀림없이 이 사람같이 태형관이 되었을 겁니다. 이 사람이라면 아무라도 밀고할 수 없는 그런 좋은 자리에 있어요. 왜냐하면 이러한 밀고는 그리 흔한 일이 아니니까요. 그러나 여보시오. 이제는 만사가 다 글렀어요. 출세할 길도 막혔고 감시인보다 훨씬 낮은 일을 하지 않으면 안 될 것이오. 게다가 지금 이렇게 쓰라리고 무서운 매를 맞게 되었어요."

"그런데 매가 그렇게도 아파요?" K는 이렇게 묻고 자기 앞에서 태형관이 휘두르는 채찍을 유심히 바라보았다.

"홀랑 벗어야 하니까요." 하고 빌렘이 말했다.

"그렇습니까?" K는 이렇게 말하고 뱃사공처럼 시꺼멓게 타고 야성적이며 기운이 넘치는 태형관의 얼굴을 유심히 바라보았다.

"이 두 사람에 대한 형벌을 감할 수 없을까요?" 하고 K는 그 남자에게 물었다.

"안 돼요." 하고 태형관은 말하고 능글맞은 웃음을 띠며 머리를 흔들었다. "옷을 벗어!" 그 남자는 감시인들에게 이렇게 명령을 하고 다시 K를 보고 말했다.

"저 자식들의 말을 그대로 믿어서는 안 돼요. 무엇보다 채찍이 무서워서 머리가 좀 돌았으니까요. 말하자면 여기 이 자식은."——하고 그는 빌렘을 가리켰다——"출세니 뭐니 말했지만 참 어리석은 일이지요. 저 뚱뚱하게 살찐 꼴 좀 보시오——때려도 처음에는 기름진 살 속에 채찍이 푹 박힐 겁니다. 어떻게 해서 저렇게 살이 쪘는지 아시오? 체포된 사람의 조반을 처먹는 버릇이 있어요. 당신의 조반은 처먹지 않습디까? 어때요, 제 말이 맞지요?. 그런데 배가 저렇게 뚱뚱한 자식은 태형관이 될 수 없어요. 절대로 안 됩니다."

"배가 이런 태형관도 있어요." 그때 혁대를 늦추고 있던 빌렘은 이렇게 대들었다.

"닥쳐, 이 자식아." 태형관이 이렇게 말하며 그의 목덜미를 채찍으로 후려갈겼던 까닭에 그는 전신을 부들부들 떨었다.

"남의 이야기에 참견 말고 옷이나 벗어."

"이 사람들을 놓아주면 사례는 얼마든지 하지요." K는 이렇게 말하고 태형관의 얼굴은 보지도 않고——이런 흥정은 서로 눈을 딱감고 해치우는 것이 제일 좋으니까——종이 봉투를 꺼냈다.

"틀림없이 다음에는 저를 밀고해서." 하고 태형관은 말했다.

"매를 맞힐 작정이군요. 안 돼요, 안 돼!"

"좀 생각해보시오." 하고 K는 말했다.

"이 두 사람이 벌을 받는 것을 원했다면 이렇게 돈을 내서 그네들을 구하려고 하지는 않을 겁니다. 그저 문을 닫고 이상 보고 들을 필요도 없이 집으로 돌아가면 그만이지만 어떻게 그럴 수 있어요. 도리어 저는 진정으로 이 두 사람을 구해낼 생각입니다. 그네들이 벌을 받아야 한다거나 혹은 벌을 받을는지 모른다는 것을 알기만 했으면 그네들의 이름은 말하지 않았을 겁니다. 저는 이 두 사람이 죄가 있다고는 조금도 생각지 않습니다. 이 제도가 죄지요. 죄는 상관들에게 있어요."

"그렇습니다." 감시인들이 이렇게 말하자 어느덧 그네들의 벗은 등어리에 또 채찍이 내렸다.

"만일 여기서 자네 채찍을 어떤 고위층의 재판관이 받는다면." K는 이렇게 말하며 이미 치켜올린 채찍을 가로막았다.

"자네가 때린다고 해도 사실 막지는 않겠네. 그러나 반대로 자네가 용기를 내서 그네들을 놓아준다면 돈은 아끼지 않을 텐데."

"당신의 이야기도 그럴 듯하기는 하지만." 하고 태형관은 말했다. "나는 뇌물 같은 것으로 속지 않아요. 내가 할 일은 때리는 일이니까 그래서 그저 때리는 거요."

아마 K가 뛰어들어서 그 결과가 좋으려니 하고 기대하면서 그때까지 자신을 억제하고 있던 감시인 프란쯔는 이때 바지만 입은 채 문으로 걸어오더니 무릎을 꿇고 K의 팔에 매달리며 이렇게 속삭였다.

"저희들 두 사람을 다 구할 수 없으면 적어도 저만이라도 벗어나게 해주시오. 빌렘은 저보다 나이도 많고 어떤 점으로 보나 좀 둔한 편이며 약 이 년 전에도 한번 가벼운 태형을 받은 일이 있지만 저는 아직 이런 수치를 당한 일이 없으며 그저 빌렘이 하라는 대로만 했어요. 어쨌든 그는 저의 선생격이니까요. 아래층 은행 앞에서는 불쌍한 저의 약혼자가 이 사건이 어떻게 되나 하고 기다리고 있어요. 정말 부끄러워서 견딜 수가 있어야지요.”

그는 K의 웃옷에 눈물에 젖은 자기 얼굴을 씻었다.

“더 이상 기다릴 수 없어.” 하고 태형관은 말하고 두 손으로 채찍을 쥐더니 프란쯔를 후려갈겼지만 한편 빌렘은 한쪽 구석에 웅크리고 감히 어쩔 줄을 모르며 어물어물 그 광경을 바라보고 있었다. 그때 끊임없이 일정하게 울부짖는 소리가 프란쯔의 입에서 터져 나왔지만 그것은 인간의 소리가 아니라 고문하는 기계에서 나는 소리같이 들렸다. 그 소리는 복도 전체를 울리며 틀림없이 그 집 어디서나 들렸을 것이다.

“소리지르지 말아.” K는 이렇게 소리를 질렀으나 자신을 억제할 수가 없었다. 그리고 긴장한 얼굴로 급사가 달려올 것같이 보이는 그 방향을 바라보면서 가볍게 그 남자를 툭 쳤으나 정신없이 멍하니 서 있던 그 남자는 그만 그 자리에 쓰러져 마치 경련이라도 일으킨 듯이 두 손으로 마루를 더듬었다. 그러나 그가 채찍을 피할 길 없이 마루 위에서도 그냥 매를 맞으며 쫓기고 있는 동안 채찍 끝은 일정하게 아래 위로 흔들렸다. 그러는 동안에 멀찌이 급사 하나가 나타나고 그 뒤에 조금 떨어져서 또 하나가 나타났다. K는 급히 문을 닫고 안뜰로 향한 한쪽 창문으로 걸어가서 그 문을 열었다. 울부짖는 소리는 완전히 그쳤다. 급사를 가까이 오지 못하게 하기 위해서 그는 이렇게 외쳤다.

“나야.”

“안녕하세요, 부장님.” 대답하는 소리가 들렸다. “무슨 일이 있었어요?”

“아니, 아무것도 아니야.” K는 이렇게 대답했다. “안뜰에서 개가 짖었어.”

그래도 급사가 그냥 그 자리에 서 있었던 까닭에 그는 다시 말을 계속했다. "너희들은 가서 일이나 해."

급사들과 그 이상 더 이야기하지 않기 위해서 그는 창문으로 몸을 내밀었다. 잠시 후 다시 복도를 바라보았을 때 이미 급사들은 없었다. 그러나 K는 그때 창문 옆에 서서 감히 폐물 창고 안으로 들어가지도 못하고 그렇다고 해서 집으로 돌아가고 싶지도 않았다. 네모진 자그마한 안뜰을 내려다보았을 때 그 주위에는 사무실이 빙 둘러 있고 창문들은 이미 컴컴했지만 맨위층의 창문만이 달빛에 어른거리고 있었다. K는 손수레가 서너 대 아무렇게나 놓여 있는 뜰 안 한쪽 구석 어둠 속을 살펴보려고 애를 썼다. 매질하는 것을 막지 못한 것이 괴로웠지만 막지 못한 것이 그의 책임은 아니었다. 만일 프란쯔가 울부짖지 않았더라면——확실히 아프기는 아팠겠지만 그래도 결정적인 순간에는 자신을 억제해야 했다——적어도 K는 정말 태형관을 이해시킬 어떤 수단을 발견했을는지도 모른다. 말단 관리들이 모두 천박한 사람이라면 가장 비인간적인 일을 맡아보는 태형관인들 어찌 그렇지 않다고 할 수 있으랴. 그리고 K는 그 남자가 지폐를 보고 눈을 번들거리는 모양을 역력히 알아보았지만 확실히 그 남자는 그저 뇌물 금액을 조금이라도 올리기 위해서 태연한 태도로 채찍을 휘두르고 있었다. 그리고 K도 돈을 아끼지는 않았을 것이다. 사실은 감시인들을 구하는 것이 문제였다. 이렇게 썩어빠진 사법 제도와 싸우기 시작한 이상 이러한 방면으로도 파고들어간다는 것은 당연한 일이었다. 그러나 프란쯔가 외치기 시작했을 때는 사실 모든 일이 틀어지고 말았다. 그가 폐물 창고에서 그 친구들과 홍정을 하고 있을때 급사들이나 혹은 그때 그 집 안에 있을 수 있는 모든 사람들이 달려든다면 그것은 K로서도 견딜 수 없는 일이었다. 사실 이러한 희생은 어떤 사람이라도 그에게 요구할 수 없는 것이다. 만일 그가 할 생각만 있다면 스스로 옷을 벗고 태형관에게 자기가 감시인 대신으로 몸을 맡기는 것이 사실은 훨씬 더 간단한 일이었다. 그러나 태형관은 아마 그렇게 대신으로 나서는 것을 받아들이지 않았을 것이다. 왜냐하면 그렇게 해야 조금도 이로울 것이 없을 뿐만 아니라 어디까지나 자기 의무를 소홀히 하는 것이오, K가 재판 수속 중에 있는 한 재판소의 모든 관리들한테 손을 대지 못하게 되어 있는 까닭에 사실은 이중으로 의무를 소홀히 하게 되는지도 모르기 때문이다. 물론 이때에 있어서는 특별한 규정이 적용될 수도 있을 것이다. 하여튼 K는 그저 문을 닫을 수밖에 없었으나 그렇다고 해서 K가 모든 위기에서 벗어나는 것은 아니었다. 나중에 프란쯔를 한 번 툭 친 것이 마음에 걸렸지만 그것은 자기가 흥분한 탓이라고 하면 그대로 넘길 수도 있는 일이었다.

멀리서 급사들의 발걸음 소리가 들렸다. 그네들의 눈에 띄지 않도록 문을 닫고 K는 중앙 계단으로 갔다. 폐물 창고에서 잠시 발걸음을 멈추고 귀를 기울였다. 그 남자는 감시인들을 때려죽였는지도 모른다. 사실 그네들은 그 남자의 수중에 있었다. K는 손잡이로 손을 내밀려고 했으나 그만 다시 움츠리고 말았다. 이미 그는 그네들 중에서 한 사람도 구할 수가 없었으며 게다가 급사들이 곧 달려올 것이 틀림없었다. 그러나 그는 이 사건을 다시 화제에 올려서 진범인, 다시 말하면 자기 눈앞에는 얼씬도 하지 않는 고관들을 힘 자라는 대로 법에 의해 처단하리라고 마음먹었다. 은행 현관 계단을 내려가며 지나가는 사람들을 유심히 보았으나 그 넓은 광장에는 누구를 기다리는 듯한 처녀는 보이지 않았다. 약혼자가 기다리고 있다는 프란쯔의 말은 어디까지나 동정을 사려고 그런 것이지만 사실 그러한 거짓말쯤은 용서할 수 있으리라고 생각했다.

다음 날에도 감시인들이 K의 머리에서 떠나지 않았다. 일을 하면서도 어수선하기만 하고 무리로 해치우려고 생각했던 까닭에 진닐보다 조금 오래 사무실에 남아 있어야 했다. 돌아오는 길에 또 폐물 창고 앞을 지나며 버릇이 된 것처럼 그 문을 열었다. 캄캄하리라고 생각했으나 사실 그때 눈에 띈 것은 도무지 이해할 수가 없었다. 모든 것이 전날 밤에 문을 열었을 때 본 그대로 조금도 다름이 없었다. 바로 문지방 밑에 쌓여 있는 인쇄물이나 잉크병, 채찍을 손에 들고 있는 태형관, 여전히 홀랑 벗은 감시인들, 선반 위에 놓인 촛불, 그리고 감시인들은 탄식하며 이렇게 외쳤다.

"아, 여보시오!"

K는 곧 문을 닫고 좀더 꼭 닫으려는 듯이 주먹으로 문을 두들겼

다. 거의 울상을 하고 급사들한테로 달려갔을 때 그네들은 조용히 등사를 하고 있었지만 깜짝 놀라며 하던 일을 중지했다.

"하여튼 폐물 창고를 치워주게!" 하고 그는 외쳤다. "정말 먼지 투성이야!"

급사들은 내일 소제를 하겠다고 말했던 까닭에 K는 머리를 끄덕거리며 이미 밤도 늦었기 때문에 자기 생각대로 무리하게 일을 시킬 수도 없었다. 급사들을 잠시 가까이 붙들어두기 위해서 조금 앉아서 등사한 종이를 몇 장 헝클어뜨려 자기가 등사한 것을 조사하는 것같이 보일 수도 있었다고 생각했었으나 급사들이 자기와 같이 가려고 하지 않는다는 것을 알고 피곤한 몸으로 허둥지둥 집으로 돌아갔다.

6. 아저씨 · 레니

어느 날 오후——바로 우편물 마감 전날인 까닭에 K가 몹시 분주했을 때 서류를 들고 들어오는 두 급사 사이를 헤치고 시골 소지주인 K의 아저씨 칼이 방으로 들어왔다. 그가 아저씨를 대하고도 놀라지 않은 것은 이미 그보다도 훨씬 전에 아저씨가 온다는 소식을 받고 매우 놀라 있었기 때문이다. 아저씨가 온다는 것을 벌써 한 달 전부터 K는 알고 있었다. 이미 그때 아저씨가 조금 허리를 굽히고 왼손에는 납작하게 된 파나마 모자를 들고 멀리서부터 오른손을 내밀고 도중에 있는 여러 가지 물건에 부딪치기도 하며 허둥지둥 서둘면서 책상 너머로 손을 붙잡는 모습이 K의 눈앞에 보이는 것 같았다. 아저씨는 항상 그렇게 바빴는데 언제나 하루밖에 수도에 머물지 않으면서도 그 동안 계획하였던 일을 죄다 처리해야만 했을 뿐 아니라 게다가 가끔 있는 면회나 혹은 흥정이니 오락을 하나도 놓치지 않으려는 그런 엉뚱한 생각에 사로잡혀 있었기 때문이었다. 그럴 때 K는 무엇보다 옛날에 자기 후견인으로서 은혜를 입었기 때문에 무슨 일이든지 아저씨의 뒤를 돌봐주어야 했다. K는 언제나 아저씨를 '시골서 온 유령'이라고 불렀다.

인사가 끝나자 곧——K는 안락의자에 앉으라고 권했지만 아저씨는 그럴 여유조차 없었다.——단 둘이서 잠시 만나고 싶다고 K한테 말했다.

"둘이서만 만날 필요가 있어." 하고 아저씨는 괴로운 듯이 침을 삼키며 말했다. "그래야만 안심이 되니까."

K는 이내 아무도 방 안에 들여보내서는 안 된다고 타이르고 급사

들을 방에서 내보냈다.

"그런데 어떻게 된 일이냐, 요제프?" 두 사람만이 남게 되자 아저씨는 이렇게 외치고 책상 위에 앉더니 좀더 자리를 편하게 하기 위해서 여러 가지 서류를 들춰보지도 않고 어물어물 엉덩이 밑으로 쓸어 넣었다. K는 아무 말도 없었다. 무슨 이야긴지 알기는 했지만 사무실에 열중했던 긴장이 갑자기 풀리며 전신이 노곤해서 창문으로 맞은편 건물을 바라보고 있었다. 그의 자리에서는 자그마한 삼각 지대와 두 진열장 사이에 있는 아무것도 놓여지지 않은 벽이 약간 보일 뿐이었다.

"바깥만 바라보구 있어!" 아저씨는 팔을 들어 이렇게 외쳤다.

"제발 대답 좀 해봐, 요제프! 정말이야? 대체 그런 일이 있을 수 있어?"

"아저씨." K는 이렇게 말하고 방심하고 있던 마음을 가다듬었다. "무슨 말씀인지 모르겠는데요."

"요제프." 아저씨는 마치 경고라도 하듯이 이렇게 말했다. "내가 아는 한 너는 언제나 사실대로 말했다. 그런데 지금 너의 말을 좋지 못한 표시라고 생각해도 좋겠나?"

"네, 무슨 말씀인지 알겠습니다." 하고 K는 솔직히 말했다. "틀림없이 제 소송에 대한 이야기를 들으셨군요."

"그래." 하고 아저씨는 천천히 머리를 끄덕이며 말했다. "나는 네 소송에 대해서 들었어."

"대체 누구한테서 들었지요?"

"에르나가 편지를 써보냈어." 하고 아저씨는 말했다. "사실 그 애는 너와 아무런 교섭도 없고 너는 너대로 그 애를 별로 생각지 않는 것은 섭섭한 일이지만 어쨌든 그애는 다 알고 있더군그래. 사실 오늘 그 애의 편지를 받고 곧 이리로 왔지. 별다른 이유는 없었지만 그것만으로도 이유는 충분하니까. 그러면 네게 관계 있는 곳만을 읽어줄게, 들어봐."

그는 종이 봉투에서 편지를 꺼냈다.

"여기 있군. 그런데 이렇게 씌어 있다. '오랫동안 요제프를 만나지 못했습니다. 전번 주말에 한번 은행에 갔습니다. 요제프는 몹시 바빠서 만나지 못했습니다. 거의 한 시간이나 기다렸습니다만 피아노 연습이 있어서 집으로 돌아오고 말았습니다. 그를 만날 생각입니다만 머지 않아서 기회가 있을 것 같습니다. 저의 명명일(命名日)에 커다란 통으로 초콜릿을 보내왔습니다. 정말 반갑기도 했지만 남의 눈에 띄었어요. 그때 잊어버리고 그만 알려드리지를 못했습니다만 물으시길래 지금에야 겨우 생각이 났습니다. 기숙사에서는 초콜렛이라면 금방 밑바닥이 드러나고 맙니다. 그러나 요제프에 대해서 좀더 알려드리겠습니다. 위에서도 말씀드렸지만 은행에서는 어떤 사람과 이야기를 하고 있었기 때문에 만나지 못했습니다. 잠시 동안 그냥 기다리다가 아직 말씀 중이냐고 급사에게 물어보았어요. 그랬더니 아마 그럴 거라며 주임님에 대해서 일어난 소송 문제 때문에 그런다는 이야기였습니다. 어떤 소송이냐, 잘못 생각한 것이 아니냐고 물어보았습니다만 아니요, 잘못일리가 없어요, 하며 소송도 매우 중대한 소송이지만 자기는 그 이상 알 수 없다는 것이었습니다. 주임님께서는 참 훌륭하고 정직한 분이기 때문에 어디까지나 도와드리고 싶었지만, 어떻게 했으면 좋을지 몰라서 그저 유력한 분들이 그이의 뒤를 돌봐 주기를 바랄 뿐이다, 틀림없이 그렇게 되면 결국 원만한 결과를 맺게 되겠지만 주임님의 기분으로 미루어본다면 지금까지는 어쩐지 그리 신통한 일이 없는 것 같다는 이야기였습니다. 물론 이 이야기는 그리 대단한 것은 아니라고 생각하면서도 단순한 급사의 마음을 안정시키기 위해서 다른 사람들에게는 말하지 말라고 타일렀습니다만, 무두 쓸데없는 이야기라고 생각했습니다. 그러나 아버님, 이번에 이곳에 오시게 되면 아마 잘 조사하시는 것이 좋으실 것 같습니다. 그래서 자세한 것을 들어보시고 만일 필요하시다면 아버님의 유력한 친구분들의 힘을 빌려서 그 사건을 수습하는 것은 그리 힘들 것 같지는 않습니다. 그러나 그렇게까지 한 필요는 없다 해도, 대개는 그렇게 되리라고 생각합니다만 적어도 당신의 딸이 머지않아서 아버님의 품에 안길 수 있는 기회를 베풀어주신다면 제 기쁨은 이에 더할 바 없겠습니다.' 참 똑똑하지?"
편지를 다 읽고 난 아저씨는 이렇게 말하고 눈에서 찔끔거리는 눈물을 씻었다.

K는 머리를 끄덕거렸으나 얼마 동안 여러 가지 시끄러운 일 때문에 그만 에르나를 잊어버리고 그 여자의 생일까지도 잊어버렸던 것이 생각났다. 그리고 초콜릿에 대한 이야기는 확실히 자기를 아저씨나 아주머니에 대해서 두둔해주려는 생각에서 나온 말이었다. 이것은 정말 기특한 생각이었다. 사실 자기가 지금부터 어김없이 보내주려고 했던 극장표로써는 도저히 그 신세를 갚을 수 없었지만 그렇다고 해서 지금 기숙사로 찾아가서 열여덟 살의 어린 여학생과 이야기할 생각도 없었다.

"그래 어찌된 일이냐?" 그렇게 서둘며 흥분한 자신을 편지 때문에 잊어버리고 있던 아저씨는 이렇게 말하고 다시 한번 편지를 읽는 것 같았다.

"네, 아저씨." 하고 K는 말했다. "사실 그렇습니다."

"사실이야?" 하고 아저씨는 외쳤다. "사실이라니 대체 뭐냐? 그런 일이 있을 수 있니? 무슨 소송이냐? 설마 형사 소송은 아니겠지?"

"형사 소송입니다."

"그런데 너는 여기 이렇게 태연하게 앉아 있으면서 그래 네 목에는 형사 소송이 걸려 있단 말이냐?" 하고 아저씨는 외쳤는데 그 목소리는 점점 높아졌다.

"태연한 태도를 취할수록 그 결과는 좋을 겁니다." 하고 K는 피로한 듯이 말했다. "걱정 마세요."

"그러고야 어떻게 안심하겠어?" 하고 아저씨는 외쳤다. "요제프, 이봐 요제프, 너나 친척이나 우리 집안을 생각해봐! 너는 지금까지 우리 집안의 명예였어. 앞으로도 집안의 수치가 되어서는 안 돼. 너의 태도는." 그는 이렇게 말하며 머리를 옆으로 기웃하고 K를 쳐다보았다. "내 기분에 맞지가 않아. 아직 원가를 잃지 않은 결백한 피고의 태도는 아니야. 자 어서 말해봐, 뭣 때문에 그래, 네가 너를 도와줄 테니까. 물론 은행에 관한 일이겠지?"

"천만에요." K는 이렇게 말하고 자리에서 일어났다. "아저씨 목소리가 너무 커요. 급사들이 문 뒤에서 듣지 않습니까. 그건 참 불쾌한 일이에요. 차라리 밖으로 나가실까요? 밖으로 나가면 뭐든지 아저씨의 질문에 대답하겠어요. 집안 사람들한테도 사정을 설명할 책임이 있다는 것은 저도 잘 알고 있어요.”

“그렇고말고!” 아저씨는 이렇게 외쳤다. “옳은 말이다. 자 어서, 요제프, 빨리 나가!”

“아직 조금 일러두어야 할 일이 있으니까.” K는 이렇게 말하고 전화로 대리를 부르자 대리는 곧 들어왔다. 흥분한 아저씨는 일부러 그러지 않아도 뻔한 일이었지만 당신을 부른 것은 이 남자입니다, 하고 대리를 보며 손으로 K를 가리켰다. K는 책상 앞에 서서 여러 가지 서류를 들추면서 자기가 없는 동안 오늘 중으로 처리해야 할 일을 나직한 목소리로 그 청년에게 말하자 그 남자는 냉정하면서도 주의를 다해서 듣고 있었다. 우선 눈을 크게 뜨고 초조한 듯이 입술을 깨물며 옆에 서 있는 것이 괴로웠으며 그런 태도만 보아도 매우 기분이 거슬렸다. 그러자 아저씨는 방 안을 이리저리 걸어다니며 창문 앞이나 그림 앞에서 발걸음을 멈추고 “정말 알 수 없는 일이야. 대체 어떻게 되는 판이냐 말이야.” 하며 혼자서 그냥 중얼거리고 있었다. 그 젊은 남자는 그런 말은 들리지도 않는다는 듯이 K가 부탁하는 일을 끝까지 차근차근 들으며 몇 가지 적기도 하고는 K와 아저씨에게 인사를 하고 나갔다. 그때 아저씨는 그 남자에게 등을 돌리고 창문 밖을 바라보며 두 손을 내밀고 커튼을 구깃구깃하게 주물럭거리고 있었다. 문이 닫히자마자 아저씨는 이렇게 말했다.

“자, 인형 같은 그자가 나갔으니 이제 우리도 나가세. 자, 그만 나가!”

홀에는 몇 명의 행원과 급사가 여기저기 서 있고 마침 지점장 대리가 지나갔기 때문에 소송에 대한 아저씨의 질문을 가로막을 도리가 없었다.

“그런데, 요제프.” 하고 아저씨는 그 부근에 서 있던 사람들의 인사에 대해서 가볍게 답례를 하며 말했다. “솔직히 말해봐, 어떤 소송이냐?”

K는 입 속으로 우물거리면서 웃음까지 조금 띠고는 계단까지 왔을 때 비로소 사람들 앞에서 내놓고 말하고 싶지 않다고 아저씨에게 설명했다.

"그것도 그렇지만." 하고 아저씨는 말했다. "이만하면 말해도 괜찮아."

머리를 갸웃하고 담배를 연거푸 뻑뻑 빨면서 아저씨는 귀를 기울이고 있었다.

"하여튼, 아저씨." 하고 K는 말했다. "보통 재판소의 소송이 아닙니다."

"그러면 안 되지."

"어째서요?" K는 이렇게 묻고 아저씨를 뚫어지게 바라보았다.

"그러면 안 된단 말이야." 하고 아저씨는 이야기를 반복했다.

두 사람은 거리로 통하는 현관 계단 위에 있었다. 수위가 귀를 기울이는 것 같았기 때문에 K는 아저씨를 끌어내렸다. 왕래가 빈번한 거기로 그들은 들어섰다. K의 팔을 붙잡고 걸어가던 아저씨는 그 이상 소송에 대해 서둘러 묻지도 않았으며 잠시 동안 그들은 아무 말도 없이 앞으로 걸어갔다.

"그런데 무슨 일이 생겼어?" 하고 드디어 아저씨가 물으며 갑자기 발걸음을 멈추었던 까닭에 그 뒤에서 걸어오던 사람들은 흠칫하며 그를 피했다.

"하여튼 그런 일은 갑자기 일어나는 것이 아니라 오래 전부터 천천히 일어나니까 그러한 징조도 있었을 텐데 왜 그렇다는 편지라도 한 장 못 내? 너도 아다시피 나는 너를 위해서라면 무슨 일이든지 해왔고 사실 지금이라도 너의 후견인이라고 할 수 있으며 나도 오늘날까지 그것을 자랑으로 삼아왔다. 물론 지금도 너를 도와줄 생각이지만 이미 소송이 시작되어 있으면 조금 힘들지 몰라. 하여튼 여기서 얼마 동안 휴가를 받아 가지고 우리 시골로 오는 것이 좋을걸. 지금 보니 말이지, 너는 얼굴이 좀 상했구나. 시골에서 원기를 회복하게 될 테니까 그렇게 해라. 무엇보다도 앞으로 여러 가지 시끄러운 일이 많을 테니까. 그리고 시골로 가면 어느 정도 재판소를 피할 수 있지만 여기서는 여러 가지 권력과 수단이 있어서 자동적으로 너한테도 반드시 그것을 적용하게 될 것이다. 그러나 시골에 가 있으면 기껏해야 기관에 있는 사람들을 파견하거나 그렇지 않으면 그저 편지나 전보나 전화로 너에게 간섭을 하지 그 밖에 별 수 있어. 물론 그렇게 되면 별로 효과는 없고 사실 너를 완전히 구할 수는 없어도 그저 숨만이라도 돌릴 수는 있지 않겠나."

"여기서 떠나는 것을 금할는지도 모르지요." 아저씨의 이야기에 조금 귀가 솔깃해진 K는 이렇게 말했다.

"그런 일이 있으리라고는 생각되지 않는데." 하고 아저씨는 조금 생각에 잠기면서 말했다. "네가 여행을 떠났다고 해서 권력 있는 그들에게 무슨 큰 지장이 있을라고."

"아저씨께서는 이 사건을 대수롭지 않게 여기시리라고 생각했는데 도리어 저보다 훨씬 어렵게 생각하시는 것 같으시군요."

"요제프." 하고 아저씨는 외치며 발걸음을 멈출 수 있도록 K를 뿌리치려고 했으나 K는 그를 놓지 않았다. "너는 참 이상하다. 하여튼 지금까지 무슨 일이나 올바르게 생각할 수 있었는데 이젠 그런 힘이 없단 말이냐? 그러면 소송에 져도 좋으냐? 그렇게 되면 어떻게 된다는 것쯤은 알겠지? 그러면 너는 그만 말살되고 마는 거야. 친척들까지도 모두 휩쓸리지 않으면 적어도 크게 수치를 당하게 되는 거야. 요제프, 정신을 차려. 너의 그 등한한 태도는 도무지 알 수가 없단 말이야. 너의 표정을 보면 되지도 않을 뻔한 소송, 어디서 가서 못 하랴, 하는 것 같구나."

"아저씨." 하고 K는 말했다. "공연히 흥분하지 마세요. 아저씨는 흥분하고 계시며 저도 그런지 모르지요. 흥분해서는 소송에 이길 수 없어요. 아저씨의 경험은 언제나 저를 놀라게 하며 지금도 저는 그것을 소중히 생각하지만 저의 실제적인 경험도 조금 인정해주세요. 소송 때문에 가족들한테까지 괴로움을 끼칠 것이라고 아저씨는 말씀하셨으니까――저로서는 그런 말씀은 도무지 이해할 수가 없지만 그것은 다른 문제니까 그만두겠습니다――무슨 일이든지 저는 마음대로 달게 복종하겠어요. 그러나 시골에 머문다는 것만은 아무리 아저씨께서는 그렇게 생각해도 이로울 것 같지 않아요. 그렇게 하면 도망친 것이 되고 죄를 자인하는 셈이 되니까요. 그리고 여기 있으면 시끄럽게 따라다니겠지만 한편 저대로 좀더 그 사건을 처리할 수 있을 겁니다."

"그건 그렇지." 아저씨는 그때서야 결국 서로 조금 기분이 통한다는 듯한 어조로 이렇게 말했다. "내가 지금 그런 말을 한 것은 그저 네가 여기 있으면 너의 무관심한 태도로 사건이 더욱 시끄러워질 것 같기도 하고 내가 네 대신으로 그 사건을 처리하면 도리어 그것이 낫다고 생각되었기 때문이다. 그러나 만일 네 자신이 힘을 다해서 그 사건을 처리할 생각이라면 그야 그것이 훨씬 더 낫겠지."

"그러시면 이 점에 있어서는 저와 의견이 같으시다고 할 수 있을 겁니다." 하고 K는 말했다. "그런데 우선 제가 해야 할 일에 대해서 무슨 다른 의견은 없으십니까?"

"물론 그야 그 사건은 좀더 충분히 생각해봐야지." 하고 아저씨는 말했다. "너도 짐작하겠지만 나는 이미 이십 년 동안이나 시골에 파묻혀 있었기 때문에 이런 방면에도 여간 어둡지 않단 말이야. 그래서 사실 거기 있으면서 모든 사정에 좀더 밝은 사람들과는 여러 가지 필요한 관계가 자연히 그만 멀어지게 되고 너도 알지만 나는 시골에서 남들과 그리 어울리지를 못했어. 사실 이런 사건에 부딪쳐보니까 비로소 나도 짐작이 가는군그래. 이상하게도 에르나의 편지를 읽은 후 곧 그런 느낌이 있었고 오늘 너의 얼굴을 대했을 때도 어느 정도 짐작이 가기는 했지만 너의 이 사건만은 조금 의외였어. 그러나 그런 것은 아무래도 좋아. 그저 지금 가장 중요한 것은 때를 놓치지 않아야 한단 말이야."

이렇게 말하며 아저씨는 어느덧 발꿈치를 들고서 자동차 한 대를 부르더니 운전수에게 행방을 알리고 K를 차 안으로 끌어들였다.

"저 훌트 변호사한테로 가주시오." 하고 그는 말했다. "그 사람은 내 동창이야. 너의 이름은 알겠지? 모르겠어? 그 사람을 모르다니. 가난한 사람을 변호하는 변호사로서 참 유명한 사람이다. 하지만 나는 무엇보다 인간으로서의 그가 더욱 믿음직하단 말이야."

"아저씨가 하시는 일이라면 뭐든지 좋습니다." K는 이렇게 말했지만 실은 너무나 급히 서둘며 사건을 취급하는 태도가 어쩐지 기분에 맞지 않았다. 피고로서 빈민을 상대로 하는 변호사를 찾아간다는 것은 그리 달가운 일은 아니었다.

"이런 사건에 변호사까지 댈 줄은 몰랐어요." 하고 K는 말했다.

"당연하지 뭐야." 하고 아저씨는 말했다. "뻔한 일이지. 왜 못 대? 그런데 사건을 자세히 알 수 있도록 지금까지 일어난 일을 좀 말해 봐."

K는 곧 이야기를 시작했지만 조금도 숨기지는 않았다. 어디까지나 솔직한 그의 태도는 소송이 대단한 수치라는 아저씨의 의견에 대한 유일한 항거이기도 했다. 뷔르스트너 양의 이름은 그저 어쩌다가 한번 입에 담았지만 그것도 그 솔직한 태도를 더럽히는 것은 아니었다. 왜냐하면 뷔르스트너 양은 소송과는 아무 관계도 없었기 때문이다. 말을 하면서 창 밖을 내다보며 자기들이 바로 재판소 사무실이 있는 그 교외로 가까이 가고 있다는 것을 깨닫고 아저씨에게 그 사실을 깨우쳤으나 아저씨는 그렇게 우연히 일치된 것을 별로 놀라지도 않았다. 차는 어떤 컴컴한 집 앞에서 섰다. 아저씨는 아래층 첫째 방 문에서 벨을 눌렀다. 기다리는 동안 그는 커다란 이빨을 드러내놓고 웃으며 이렇게 속삭였다.

"여덟시라. 소송 문제로 찾아오기에는 조금 적합치 않은 시간인데. 그러나 훌트가 오해하지는 않겠지."

그 때 문에 달린 자그마한 창 구멍에 두 개의 커다란 검은 눈동자가 나타나 잠시 동안 그 두 손님을 빤히 바라보더니 그만 자취를 감추었다. 그러나 문은 열리지 않았다. 아저씨와 K는 두 개의 눈을 보였다는 사실을 서로 확인했다.

"새로 들어온 하녀니까 낯선 사람이 무서운 모양인데." 아저씨는 이렇게 말하고 다시 한번 문을 두들겼다. 또다시 두 눈이 나타났지만 이번에는 어쩐지 우울한 표정을 띠고 있었다. 아마 그것은 그저 두 사람의 머리 위에서 시끄럽게 질질 소리를 내며 타고 있는 등잔불이 희미한 탓으로 느낀 착각인지도 모른다.

"문 열어." 하고 아저씨는 외치고 주먹으로 문을 두들겼다. "변호사의 친구야."

"변호사님은 편찮으신데요." 하고 그들 뒤에서 속삭이는 소리가 들렸다. 좁은 복도 저쪽 구석에 있는 문에 잠옷을 입은 어떤 신사가 서서 매우 나직한 목소리로 이렇게 알려주었다. 이미 오랫동안 기다리느라 화가 난 아저씨는 휙 돌아서며 이렇게 외쳤다.

"편찮아요? 그 남자가 편찮단 말씀이지요?" 그러더니 마치 그 신사가 병균을 지니고 있기나 하듯이 약간 위협적인 태도를 보이며 그 남자한테로 가까이 걸어갔다.

"벌써 문은 열렸습니다." 하고 그 신사는 말하며 변호사의 방문을 가리키더니 잠옷 깃을 여미며 자취를 감추고 말았다. 문은 정말 열려 있었으며 어떤 젊은 처녀가——K는 검고 조금 튀어 나온 그 눈을 다시 살펴보았다——기다랗고 하얀 앞치마를 입고 응접실에 서서 촛불을 들고 있었다.

"이 다음에는 좀 빨리 열어주시오." 아저씨는 인사 대신에 이렇게 말했지만 그 처녀는 조금 무릎을 굽히며 인사를 했다.

"이리 와, 요제프." 천천히 처녀의 옆을 지나가는 K를 보고 아저씨는 이렇게 말했다.

"변호사님은 편찮으신데요."

아저씨가 발걸음을 옮기며 문으로 걸어가는 것을 보자 그 처녀는 이렇게 말했다.

K는 그때까지도 멍청하니 그 처녀를 바라보고 있었지만 그 여자는 돌아서서 방문을 닫으러 갔다. 인형같이 동그란 얼굴이, 파리한 뺨과 이마도 그랬지만 관자놀이는 특히 더 동그스름했다.

"요제프!" 하고 아저씨는 또 소리를 지르더니 그 처녀를 보고 이렇게 물었다.

"심장병인가?"

"아마 그런 것 같아요." 하고 그 처녀는 말하고 촛불을 들고 앞장을 서서 방문을 열 시간 여유를 가졌다. 그때까지 촛불 빛을 받지 못한 방 한쪽 구석에 놓인 침대에서 수염이 꺼칠한 얼굴이 나타났다.

"레니, 누가 왔어?" 촛불에 눈이 부신 탓으로 손님을 분간치 못한 변호사는 이렇게 물었다.

"아 알버트." 하고 변호사는 말하더니 이 손님에 대해서 별로 체면을 차릴 필요가 없다는 듯이 이불 위에 털썩 몸을 뉘었다.

"정말 그렇게 편찮은가?" 아저씨는 이렇게 말하고 침대가에 앉았다.

"나는 그렇게 생각하지 않는데 심장병이야. 전에도 그랬지만 곧 낫겠지."

"글쎄." 하고 변호사는 나직이 말했다.

"그러나 이번에는 전보다 훨씬 좋지 못해. 숨이 가쁘고 도무지 잠을 못 자니까 날로 더 약해진단 말이야."

"그래." 하고 말하면서 아저씨는 커다란 손으로 무릎에 놓인 파나마 모자를 꾹 눌렀다. "그것 참 안됐는걸. 그런데 제대로 몸조리는 했나? 이 방은 너무 침침하고 어두운데. 여기 왔던 지가 벌써 오래 되었지만 그때는 좀더 명랑한 것 같았는데. 그리고 여기 있는 어린 자네 딸도 어쩐지 새침해서 명랑한 빛이 없는 것 같군그래."

그 처녀는 그때까지도 그냥 촛불을 들고 문 옆에 서 있었다. 그 여자의 불안한 시선에서 느낄 수 있는 일이었지만 아저씨가 지금 자기에 대한 이야기를 하고 있으니까 그쪽을 볼 것 같은데도 아저씨는 K를 바라보고 있었다. K는 그 처녀 옆으로 밀어 놓은 의자에 기대고 있었다.

"나같이 몸이 좋지 않으면," 하고 변호사는 말했다. "안정이 필요해. 별로 내가 우울한 것은 아니야." 잠시 후에 그는 다시 이야기를 계속했다. " 그리고 레니는 나를 잘 간호해주니까. 참 얌전하시."

그러나 아저씨는 그 말을 그대로 받아들이지 못하고 분명히 간호원에게 편견을 갖고 있는 것 같았다. 환자한테는 아무 말도 없었지만 아저씨는 간호원이 침대로 가서 자그마한 야간용 책상 위에 촛불을 놓고 환자 위에 몸을 굽히고 이불을 바로 하며 환자와 나직한 목소리로 말하는 것을 냉정한 시선으로 노려보았다. 환자에 대한 생각은 별로 없이 자리에서 일어서서 간호원의 뒤를 이리저리 따라다니다가 아저씨는 뒤에서 그 여자의 웃옷을 붙잡고 침대에서 끌어낸다 해도 K로서는 별로 이상할 것이 없을 것 같았다. K 자신은 매우 태연하게 그들을 대하며 변호사의 병환을 어디까지나 당연한 것으로 생각하며 아저씨가 자기 사건에 대해서 베푼 열성을 거역할 수도 없었지만 별로 애를 쓰지도 않고 아저씨의 이러한 열성을 다른 데로 돌릴 수 있었다는 것이 K는 무엇보다 반가웠다. 그때 아저씨는 "이봐 처녀, 잠시 나갈 수 있을까. 친구하고 개인적으로 할 이야기가 있는데." 하고 말했지만 사실 그것은 그저 간호원을 모욕하려는 생각에서 나온 말이었다. 아직 환자 위로 쑥 몸을 굽히고 벽에 닿은 이불을 펴면서 간호원은 얼굴만 돌리고 어디까지나 태연한 태도로 "보시다시피 이렇게 몹시 불편하시니까 말씀하실 수 없지 않아요." 하고 말했다. 그것은 홧김에 그만 막힐 것 같으면서도 다시 흘러나오는 아저씨의 이야기와는 너무나 현저한 대조를 이루고 있었다.

간호원은 아저씨의 이야기를 그저 쉽사리 반복한 데 지나지 않았지만 하여튼 그 말은 제삼자가 들어도 조롱하듯이 들렸기 때문에 아저씨는 무엇에 찔리기나 한 듯이 흠칫 자리에서 일어났다.

"뭣이 어째!" 하고 흥분한 탓으로 목소리를 떨며 더구나 분명히 알아들을 수 없는 어조로 아저씨는 말했지만 결국 그렇게 되리라고 생각했던 K는 깜짝 놀라며 두 손으로 그의 입을 막으려는 생각에서 아저씨한테로 달려갔다. 그러나 때마침 처녀 뒤에서 환자가 몸을 일으켰기 때문에 아저씨는 마치 무슨 꺼림칙한 것이나 삼킨 듯이 쓰디쓴 얼굴을 했지만 그는 곧 한결 태연한 태도로 말했다.

"물론 우리는 아직 서로 이성을 잃어버린 것은 아니다. 내가 요구하는 일이 불가능하다면 구태여 요구하지도 않겠다. 그런데 처녀, 그만 좀 나갈 수 없을까."

간호원은 침대 옆에 딱 버티고 서서 아저씨를 정면으로 대하며 한쪽 손으로 변호사의 손을 어루만지는 것을 K도 본 것같이 생각되었다.

"아니, 레니 앞에서 못 할 말이 뭐야." 솔직히 애원하는 듯한 어조로 환자는 말했다.

"내 일이 아니야." 하고 아저씨는 말했다. "내 비밀이 아니란 말이야."

그리고 그는 더 이상 이러쿵저러쿵 이야기할 필요가 없고 잠시 생각할 여유를 주려는 듯이 몸을 돌리고 말았다.

"그러면 대체 누구 일이지?" 하고 가라앉는 목소리로 변호사는 묻더니 또 몸을 뉘었다.

"내 조카를." 하고 아저씨는 말했다. "같이 데리고 왔어." 그리고 그는 "업무주임 요제프, K."라고 소개를 했다.

"오오." 하고 환자는 훨씬 원기 있게 말하며 K에게 손을 내밀었다. "미안합니다. 조금도 몰랐어요. 레니, 저리 나가요, 응." 하고 간호원에게 말하자 그 여자도 그 이상 거역치 않았지만 환자는 마치 오랫동안 작별이라도 하듯이 그 여자한테 손을 내밀었다.

"그러면 자네는." 아저씨가 기분이 풀려서 환자에게 가까이 가자 결국 그는 아저씨에게 이렇게 말했다. "문안을 온 것이 아니라 일이 있어서 왔군."

병 문안을 왔다는 생각 때문에 그때까지 변호사는 기분이 우울했던지 그 이야기를 듣자 원기를 얻은 듯 적이 괴로운 일임에도 불구하고 팔꿈치를 세운 채 많은 수염 가운데서 몇 오라기를 쥐어뜯고 있었다.

"그 마귀 같은 여자가 나간 다음부터." 하고 아저씨는 말했다.

"자네는 훨씬 건강해 보이는데."

여기서 그는 이야기를 끊고 이렇게 속삭였다.

"틀림없이 엿듣고 있을 거야!"

그리고 문으로 달려갔으나 문 뒤에는 아무도 없었다. 그래서 다시 돌아왔지만 그 여자가 엿듣지 않았다는 것이 아저씨에게는 더욱 꺼림칙하게 생각되었던 까닭에 조금도 실망하지는 않았지만 확실히 기분이 좋지 못했다.

"자네는 그애를 오해하고 있어." 변호사는 말했지만 그 이상 더 간호원을 두둔하려고 하지는 않았다. 아마 그렇게 말함으로써 그 처녀를 두둔할 필요가 없다는 것을 나타내려고 했는지도 모른다. 그러나 훨씬 더 관심이 있는 듯한 어조로 이야기를 계속했다.

"자네 조카분의 일이지만 만일 어려운 문제를 대할 기운이 있으면 그야 나도 행복스러운 일이겠으나 그저 그만한 힘이 있을는지 근심인데. 하여튼 무슨 일이든지 해보지도 않고 내던지고 싶지는 않아. 만일 나만으로서 부족하면 어떤 다른 사람한테라도 부탁할 수 있으니까. 솔직히 말해서 이 사건은 매우 흥미가 있으니까 딱 손을 떼고 싶지 않단 말이야. 만일 내 심장이 일을 견뎌내지 못한다면 적어도 이 기회에 그만 변호사업을 집어치우는 것이 가장 적절한 거야."

K는 이 이야기를 도무지 이해할 수 없다고 생각하며 설명을 구하려고 아저씨의 얼굴을 보았지만 아저씨는 촛불을 손에 들고 야간용 책상 위에 앉아서 이미 약병을 하나 마루에 깐 융단 위에 떨어뜨리고 변호사의 말에는 무슨 말이든지 머리를 끄덕이고 동의를 하면서 때때로 K한테도 역시 동의를 재촉하는 듯이 그의 얼굴을 살폈다. 혹시나 아저씨는 벌써 소송에 대해서 미리 변호사에게 말했던 것이 아닐까? 그러나 그런 일이 있을 수 없다는 것은 지금까지 여기서 일어난 일이 무엇보다 그것을 반증하고 있었다. 그래서 그는 이렇게 말했다.

"무슨 말씀인지 모르겠는데요."

"그래요. 그러고 보니 당신은 오해했다는 말씀이신가요 ?"
하고 변호사도 K와 같이 놀라 당황하며 물었다.

"아마 너무나 지나친 말을 한 것 같습니다만 대체 무슨 일로 저를 만나시려고 하시지요 ? 저는 소송 문제라고 생각했는데요."

"그렇기는 합니다만 대체 저와 저의 소송에 대한 말을 어디서 들었습니까 ?" 하고 K는 물었다.

"아, 그거요." 하고 변호사는 웃으며 말했다. "저는 변호사니까요. 재판소 사람들과 교제도 있고 여러 가지 소송, 특히 눈에 띄는 소송에 대한 이야기 같은 것, 무엇보다 친구의 조카분에 대한 일이라 기억하고 있다는 게 이상할 건 없지요."

"대체 어쩔 셈이냐 ?" 하고 아저씨는 다시 한 번 물었다.

"너의 태도는 참 불안해."

"당신은 재판소 사람들과 교제를 하시지요 ?" 하고 K는 물었다.

"그렇습니다."

"너는 어린애 같은 말을 묻고 있구나." 하고 아저씨는 말했다.

"자기와 같은 길로 나가는 사람들과 교제를 하지 않고 대체 어떤 사람과 하겠어요 ?" 하고 변호사는 이야기를 계속했다. 그 말은 부인할 수 없었기 때문에 K는 아무 대꾸도 없었다.

"그런데 당신은 대법원에서 재판할 때 일을 하시지 댁의 지붕 밑에서 일을 하시지는 않겠지요？" 하고 K는 말하려고 했으나 사실 그런 말을 입 밖에 낼 수는 없었다.

"하여튼 알아 둘 필요가 있지만." 하고 빤히 일을 덧붙여 쓸데없이 설명이라도 하는 듯한 어조로 변호사는 말을 계속했다. "알아둘 필요가 있지만 그러한 교제를 통해서 변호를 의뢰하는 사람들에게 여러 가지 이로운 점을 알아낼 수 있으니까요. 무엇보다 이런 이야기가 퍼지면 곤란하지만 사실 여러 가지 점에서 그렇습니다. 물론 저는 지금 자리에 누워 있기 때문에 조금 마음대로 되지 않는 일도 있지만 그래도 재판소의 친한 친구들이 문병을 왔기에 몇 가지 알았습니다. 아마 건강한 몸으로 하루 종일 재판소에서 보내는 사람들보다 더 많이 알고 있을 겁니다. 말하자면 바로 지금도 반가운 손님이 와 있으니까요." 이렇게 말하고 그는 컴컴한 방 한쪽 구석을 가리켰다.

"대체 어디 있지요？" 하고 놀라며 K는 당황하여 물어보았다. 그는 어물어물 주위를 둘러보았다. 희미한 촛불빛이 맞은편 벽까지는 도저히 밝히지 못했다. 그러나 사실 그 구석에서 뭔지 움직이기 시작했다. 그때 아저씨가 높이 올린 촛불빛을 받으며, 거기에 있던 자그마한 책상 옆에 어떤 중년 신사가 앉아 있었다. 그처럼 오랫동안 그 남자가 있다는 것을 깨닫지 못한 것은 그가 조금도 숨을 쉬지 않은 탓인지도 모른다. 자기에게 주의가 쏠리게 되었다는 데 대해서 확실히 불만을 느낀 듯이 그 남자는 무거운 몸을 일으켰다. 짧은 날개처럼 두 손을 흔들며 소개나 인사는 일체 거절하려는 것 같았으며 언제나 자기가 끼어서 남을 괴롭히고 싶지 않고 어디까지나 그저 자기를 어둠 속에 내버려두고 자기가 있다는 것을 잊어달라고 애원하는 것 같았다. 그러나 이렇게 된 이상 그럴 수도 없는 일이었다.

"사실 정말 놀랐어요." 하고 변호사는 설명이라도 하려는 듯한 어조로 말하면서 가까이 오라고 재촉하며 그 신사에게 눈짓을 했지만 그 남자는 주저하는 듯 천천히 주위를 살피며 어느 정도 자기대로 체면을 세우면서 가까이 걸어왔다. "사무국장님——아, 그렇지, 아직 소개를 못 했군요.——이분은 제 친구인 알버트 K 씨, 여기는 조카분이신 업무 주임 요제프 K 씨, 그리고 이쪽은 사무국장이십니다——

그런데 사무국장님께서 모처럼 이렇게 찾아주셨습니다. 이렇게 찾아
주시는 것이 얼마나 고마운지는 사실 사무국장님께서 얼마나 바쁘
신지를 아는 사람만이 깨달을 수 있습니다. 그럼에도 불구하고 지금
이 양반이 이렇게 찾아주셨기 때문에 저의 약한 몸이 허락하는 한
저희들은 정답게 이야기를 했었습니다. 손님이 오면 거절하라고 레
니에게 이르지는 않았지만 저희들끼리만 이야기를 하려고 했어요.
그런데 글쎄, 알버트. 자네가 주먹으로 문을 두들기지 않나. 그래서
사무국장님께서는 책상과 의자를 들고 구석으로 자리를 옮기셨단
말이야. 그러나 이렇게 되었으니 결국 이 사건에 대해서 다같이 이
야기하는 것을 원한다면 될 수 있는대로 그것은 그래야만 할 것이오.
그렇게 되면 확실히 또 서로 가까워질 수도 있을 겁니다──그러시면
사무국장님." 변호사는 비굴한 웃음을 띠며 이렇게 말하고 침대 옆에
있는 안락 의자를 가리켰다.

"죄송합니다만 그렇게 오래 있을 수는 없습니다." 사무국장은 정
답게 이렇게 말하고 털썩 의자에 앉아서 시계를 보았다. "일이 너무
밀려서. 하여튼 저는 제 친구의 친구분을 대할 수 있는 기회를 놓치고
싶지는 않아요."

그는 머리를 약간 아저씨한테로 숙였지만 아저씨는 이 새로운 지
기에 대해서 매우 만족하는 듯하면서 전에도 그랬지만 경의를 표하지
못하고 당황한 듯이 너털웃음을 지으며 사무국장의 말에 비위를 맞
추었다. 얼마나 아니꼬운 꼴이냐! K는 모든 것을 태연히 바라볼 수가
있었다. 왜냐하면 아무도 그에게 관심을 가진 사람이 없었기 때문이다.
사무국장은 그의 습관인지는 몰라도 한번 끌려들어가면 어디까지나
그 화제를 이끌어 나갔으며 변호사는 변호사대로 처음에 몸이 약하
다고 말한 것은 새로운 손님을 쫓아보내려고 그랬던지 손을 귀에 대고
유심히 듣고 있었다. 아저씨는 촛불을 들고──그는 허벅다리 위에
촛불을 놓고 쓰러지지 않도록 했지만 변호사는 때때로 염려되는 듯이
힐끔힐끔 쳐다보았다── 곧 당황했던 기분을 잊어버리고 사무국장의
말투에 따라 가볍게 파도처럼 흔드는 손짓에 그만 마음이 끌려 있었다.
침대 철주에 기대고 있던 K는 어쩐지 그저 사무국장에게 고의적인

무시를 당한 듯이 늙은 신사들의 이야기에 그저 귀만 기울이고 있었다. 그러나 도대체 무슨 이야긴지 알 수 없었다. 그래서 그는 간호원이나 또는 여자가 아저씨한테 당한 그 사나운 대우를 생각하기도 하고, 때로는 사무국장이라는 사람을 전에 한 번도 본 일이 없는지 또는 자기가 첫 심문을 당할 때 그 군중 가운데서 본 일이 있지나 않은지 하는 것을 생각했다. 잘못 보았는지는 모르나 이 사무국장은 그때 맨 앞줄에 서 있는 사람들 다시 말하면 수염을 날리던 노인들 사이에 끼어 있던 것같이 생각되었다.

그때 응접실에서 접시가 깨어지는 것 같은 소리가 들렸던 까닭에 그들은 모두 귀를 기울였다.

"무슨 일인지 제가 알아보지요." 하는 K는 말하고 다른 사람들에게 자기를 붙잡을 기회라도 주려는 듯이 천천히 나갔다. 응접실로 들어가서 어둠 속에서 방향을 분간하려고 하자마자 문을 붙잡고 있던 자기 손에 훨씬 자그마한 손이 놓이더니 조용히 문이 닫혔다. 여기서 기다리고 있던 것은 간호원이었다.

"아무것도 아니예요." 하고 그 여자는 속삭였다. "당신을 이리로 끌어내려고 그저 접시를 한 개 벽에다 던진 것뿐이에요."

K는 어물어물 이렇게 말했다. "저도 당신을 생각했어요."

"그러면 더욱 좋군요." 하고 간호원은 말했다. "이리 오세요."

조금 걸어가자 그들은 흐린 유리가 박힌 문에 이르렀는데 간호원은 K의 앞에서 그 문을 열었다.

"자 들어오세요." 하고 그 여자는 말했다. 틀림없이 그것은 변호사의 연구실이었다. 세 개의 커다란 창문으로 흘러 들어와 각각 마루 위에 자그마한 사각형으로 비치는 달빛을 빌려보건대 그 방에는 묵직하고 낡은 가구들로 장식되어 있었다.

"이쪽이에요." 하고 간호원은 말하고 기슭에 나무 장식이 달린 검은 궤짝을 가리켰다. 그 위에 앉으며 K가 방 안을 둘러보니 천장이 높은 커다란 방이었다. 빈민을 상대로 한다는 이 변호사의 의뢰인들이 이 방에 들어와보면 사실 정신을 차리지 못할 것이다. K는 손님들이 커다란 그 테이블 앞으로 걸어가는 짧은 발걸음이 눈앞에 보이는 것 같았다. 그러나 어느덧 그런 일은 잊어버리고 바싹 그의 옆에 다가앉아서 그를 궤짝 옆에 있는 의자 가로 슬며시 밀고 있는 간호원에게 그만 정신이 팔렸다.

"제가 부르지 않아도 당신이 혼자서 오시리라고 저는 생각했어요." 하고 그 여자는 말했다. "그런데 참 이상했어요. 방에 들어오면서부터 저를 뚫어지게 쳐다보시고는 저를 기다리게 하는 법이 어디 있어요. 지금부터 저를 레니라고 불러주세요, 네 ?" 단숨에 내뱉듯이 이렇게 말하며 그 여자는 잠시라도 그 이야기를 하지 않고는 견딜 수 없는 것 같았다.

"좋습니다." 하고 K는 말했다. "그런데 제가 이상했다고 하지만, 레니 양, 그것은 간단히 설명할 수 있어요. 우선 노인들의 이야기를 들어야만 했기 때문에 아무 이유도 없이 나올 수 없었고 둘째로 저는 뻔뻔한 사람이 아니라 도리어 수줍어하는 축이어서, 레니 양, 당신이 대변에 저를 따르리라고는 생각지 못했어요."

"그렇지 않아요." 레니는 이렇게 말하고 팔을 의자에 걸치고 K를 바라보았다. "그런데 저 같은 것은 당신의 마음에 들지 않았을 겁니다. 그리고 지금도 그럴 거예요."

"마음에 든다고 해서 대단한 것은 없지만." 대답을 회피하려는 듯이 K는 이렇게 말했다.

"어머나 !" 하고 그 여자는 미소를 지으며 말했지만 사실 그 여자는 K의 이야기와 자기의 가냘픈 부르짖음에서 어느 정도의 우월감을 느꼈다. 그래서 K는 잠시 동안 아무 말도 하지 않았다. 어두컴컴한 방이 어느덧 눈에 익었기 때문에 방 안에 꾸며놓은 자잘한 부분까지 모두 분간할 수가 있었다. 무엇보다 문 오른편에 걸려 있는 한 장의 커다란 그림이 그의 눈에 띄었던 까닭에 그것을 좀더 자세히 보기 위해서 앞으로 몸을 굽혔다. 그것은 판사복을 입은 어떤 남자를 그린 그림이었다. 그는 왕자같이 높다란 의자에 앉아 있었으며 그 의자의 금빛이 그 그림 가운데서는 무엇보다 훨씬 뚜렷하게 나타나 있었다. 특히 이상한 점은 이 판사가 위엄을 보이며 태연하게 앉아 있는 것이 아니라 왼팔을 의자의 뒤쪽과 옆쪽에 꼭 붙이고 오른팔은 어디까지나 자유스럽게 가지고 그저 손 끝으로 한쪽 귀퉁이를 붙잡고 있으며 다음 순간에는 화를 내면서 사나운 태도로 벌떡 일어나 무슨 결정적인 이야기를 하든지 그렇지 않으면 판결이라도 내릴 것같이 보이는 점이었다. 확실히 피고는 계단 밑에 있다고 생각할 수 있었으며 누런 융단이 깔려 있는 계단 맨 위층계까지 그림에 나타나 있었다.

"아마 저건 내 재판관인 모양이지." K는 이렇게 말하고 손가락으로 그 그림을 가리켰다.

"저 사람은 저도 알아요." 하고 레니는 말하고 역시 그 그림을 쳐다보았다. "가끔 여기 오는걸요. 이 그림은 젊었을 때 것이라고 하지만 그 사람은 조금도 이 그림과 닮았을 것 같지 않아요. 하여튼 그 사람은 정말 몸집이 작으니까요. 그래도 여기서는 다른 모든 사람들과 같이 쓸데없이 저만 잘났다고 하지만 아마 이 그림에서는 치수를 늘여서 그렸을 겁니다. 그러나 저도 제 자신을 자부하고 있는데 당신이 마음에 들지 않는다고 하니 참 섭섭해요."

그 여자의 마지막 말에 대답 대신 K는 그저 레니를 와락 끌어당겨 으스러지게 안았다. 그 여자는 조용히 그의 가슴에 머리를 기대고 있었다.

"어떤 지위의 사람이지?"

"예심 판사예요." 하고 그 여자는 말하고 자기를 끌어안고 있는 K의 손을 쥐고 손가락을 만지작거리고 있었다.

"겨우 또 예심 판사야." 하고 K는 실망한 듯이 말했다. "고관들은 숨어 있는 모양이지. 그래도 이 사람은 왕자 같은 의자에 앉아 있는데."

"모두 조작이에요." 하고 레니는 K의 손 위로 얼굴을 숙이며 말했다. "사실은 부엌에 있던 의자 위에 낡은 말 안장에 덮는 담요를 씌우고 그 위에 앉아 있는 거예요. 그런데 언제나 그렇게 소송에 대한 생각이 당신의 머리에서는 떠나지 않습니까?" 하고 그 여자는 천천히 이야기를 계속했다.

"아니, 천만에." 하고 K는 말했다. "사실은 너무들 생각해서 걱정이지."

"그것은 당신의 잘못이 아니예요." 하고 레니는 말했다. "듣기에는 당신이 너무 고집쟁이라고 하던데요.”

“누가 그래?” 하고 K는 물었지만 사실은 여자의 육체를 가슴에 느끼면서 탐스럽고 단단히 땋은 그 여자의 검은 머리를 내려다보았다.

“그런 말은 다 하면 실없는 사람이 되게요.” 하고 레니는 말했다. “이름은 묻지 마세요. 그런데 당신은 당신의 잘못을 버리고 앞으로는 너무 고집을 부리지 말아야 해요. 아무래도 이 재판에 항거할 수는 없고 결국은 고백을 해야 하는걸요. 그러지 말고 다음 번에는 솔직히 말하세요. 그렇게 해야만 빠져나갈 구멍이 생기는 거예요. 그리고 그 다음은 어떻게 될 테니까. 그러나 그렇게 할래도 남의 힘을 빌려야 하지만 그런 걱정은 마세요. 제가 다 해드릴 테니까요.”

“그러고 보니 이 재판의 일이나 여기서 필요한 허위적인 수단을 잘 알고 있군그래.” 하고 K는 말하고 너무나 심히 달라붙는 그 여자를 무릎 위에 끌어올렸다.

“어머, 좋아.” 하고 그 여자는 말하고 스커트의 주름을 펴고 블라우스를 바로잡으며 무릎 위에서 몸매를 다듬었다. 그러더니 두 손으로 그의 목에 매달려서 몸을 축 늘어뜨리고 오랫동안 그를 쳐다보았다.

“그래 내가 솔직히 말하지 않으면 나를 도울 수 없나?” 하고 K는 슬며시 물어보았다. 어째서 여자들이 나를 도우려고 이렇게 달려들까, 이상스러운 듯이 K는 이렇게 생각했다. 우선 뷔르스트너 양, 다음에는 법정 정리의 처, 이번에는 이 자그마한 간호원이지만 이 여자는 내게 대해서 어림도 없는 욕망을 품고 있는 것 같다. 이 여자는 마치 내가 유일한 보금자리인 양 내 무릎 위에 어엿이 앉아 있지 않으냐 말이다.

“안 돼요.” 하고 레니는 천천히 머리를 흔들며 대답했다. “그러면 제가 당신을 도울 수 없어요. 그러나 당신은 고집만 부리며 제멋대로 남의 말은 듣지도 않으니까 제 힘을 빌 생각은 없을 게고 그런 일은 어떻게 되든 좋지 않아요.”

“좋아하는 사람이 있지요?” 잠시 후 그 여자는 이렇게 물었다.

“천만에.”

“말해 보세요, 네?”

“그러고 보니 정말.” 하고 K는 말했다. “이봐, 벌써 헤어졌어. 그러나 아직도 사진은 몸에 품고 있지."

　그 여자가 하도 조르는 바람에 그가 엘자의 사진을 보여 주었더니 그 여자는 무릎 위에서 허리를 구부리고 그 사진을 유심히 살폈다. 그것은 스냅 사진이었으며 엘자가 술집에서 언제나 추는 원무(圓舞)가 끝난 다음에 찍은 것이었다. 스커트는 돌때처럼 주름진 채 몸에 감겨 있었고 단단한 허리에 두 손을 내고 목을 쭉 빼고 웃으면서 옆을 바라보고 있었다. 누구를 보고 웃는지 이 사진으로써는 알 수가 없었다. "허리를 무던히도 동였군요." 레니는 이렇게 말하고 자기 생각대로 그렇게 보이는 곳을 가리켰다. "이런 여자는 싫어요. 쌀쌀하고 사납고, 그러나 당신에게는 아마 싹싹하고 친절했을 겁니다. 사진을 봐도 다 알 수 있어요. 이렇게 키가 크고 몸집이 굵은 여자라면 싹싹하고 친절하게 아양을 떠는 것뿐이에요. 그러나 당신을 위해서 몸을 바칠 수 있을까요?"

　"없어." 하고 K는 말했다. "싹싹하지도 친절하지도 못하고 아마 나를 위해서 몸을 바치지도 못할 거야. 나는 지금까지 그런 것은 요구한 일도 없지만 사실 너같이 이 사진을 자세히 본 일도 없어."

　"그러면 별로 관심이 없으시군요." 하고 레니는 말했다. "그러면 당신의 애인은 아니란 말이지요."

　"그러나." 하고 K는 말했다. "내 말을 취소하지는 않을 테야."

　"그러면 당신의 애인이라도 좋아요. 그런데 이 여자를 놓치고 어떤 다른 여자를, 말하자면 저 같은 여자를 대하게 된다 해도 별로 섭섭하지는 않으시겠어요?"

　"사실." 하고 K는 미소를 지으며 말했다. "그런 생각도 없진 않지만 이 여자는 너에 비해서 큰 장점이 있다. 내 소송에 대해서 아무것도 모른단 말야. 그리고 안다 해도 그런 일은 생각지도 않을 거야. 자기 말대로 하라고 나에게 타이르지도 않을 테니까."

　"그게 무슨 장점이에요." 하고 레니는 말했다. "무슨 다른 장점이 없으면 저는 용기를 잃지 않겠어요. 몸에 무슨 결함이 있나요?"

　"결함?"

　"네." 하고 레니는 말했다. "저는 이런 자그마한 결함이 있어요.

좀 보세요." 이렇게 말하고 그 여자는 오른손의 가운뎃손가락과 무명지를 벌렸는데 그 사이에는 피막이 거의 짧은 손가락 맨 끝 마디까지 닿아 있었다. 어둠 속에서 K는 그 여자가 보여주려는 것이 뭔지 곧 분간치 못했기 때문에 그 여자는 K가 그것을 만질 수 있도록 그의 손을 끌어당겼다.

"자연의 장난이란 참 그만이군." 하고 K는 말하고 손을 다 보고 나서 말을 했다. "얼마나 귀여운 손톱이냐!"

레니는 일종의 자부심을 가지고, K가 감탄하면서 두 개의 자기 손가락을 여러 번 벌렸다좁혔다 하는 것을 보고 있었으나 나중에 K는 손가락에 살짝 키스를 하고 놓아주었다.

"어머나!" 그 여자는 곧 이렇게 외쳤다. "당신은 저한테 키스를 했지요."

입을 벌린 채 그 여자는 재빨리 그의 무릎으로 냉큼 기어올랐다. K는 어리둥절해서 여자의 얼굴을 쳐다보고 있었지만 그 여자가 이렇게까지 가까이 오니까 마치 후추같이 맵고 자극적인 향기가 그의 코를 찔렀다. 그 여자는 그의 머리를 쓸어안고 머리 위로 몸을 굽히더니 그의 목을 자그시 물고 키스를 하며 머리털까지 물어뜯었다.

"당신은 저한테로 돌아왔어요!" 그 여자는 때때로 이렇게 외쳤다. "보세요, 이젠 저한테 돌아왔어요!"

그때 그 여자는 무릎에서 미끄러지며 나직이 외치더니 그만 융단 위로 떨어지려고 했다. K는 그 여자를 붙잡으려고 끌어안았으나 도리어 여자에게 끌리고 말았다.

"당신은 이젠 제것이에요." 하고 그 여자는 말했다.

"저 여기 열쇠가 있으니까 생각이 나시면 언제든지 오세요." 이것이 그 여자의 마지막 말이었다. 그리고 방을 나서는 그의 등에다 대고 막연히 키스를 보냈다. 현관을 나섰을 때 비가 부슬부슬 내렸다. 창문 옆에 있는 레니를 다시 한번 볼 수 있지 않을까 해서 도로 한가운데로 나갔을 때 K는 멍하니 서서 조금도 깨닫지 못했으나 그 집 앞에 서 있던 자동차 안에서 아저씨가 뛰어나오더니 그의 팔을 붙잡고 마치 그곳에 처박아 두려는 듯이 현관 문으로 그를 밀어버렸다.

"이 자식아." 하고 그는 외쳤다. "그게 무슨 꼴이냐. 그런 대로 잘 되어 가던 네 사건을 그만 쫄딱 망쳐버리지 않았니. 그래 보잘것없는 그런 더러운 년한테 기어들어간단 말이야. 게다가 그년은 틀림없이 변호사의 정부다. 그런데 한 시간 이상이나 얼씬도 않는단 말이야. 이렇다 할 무슨 이야기도 없이 버젓하게 내놓고 그년한테 달려가서는 그냥 처박혀 있어 그래. 그 동안 너를 위해서 애를 쓴 아저씨, 아무래도 힘을 빌려야 할 변호사, 그리고 누구보다 현 단계에 있어서는 너의 사건을 좌우하게 될 그 훌륭한 사무국장, 이렇게 다 모여 있었단 말야. 어떻게 하면 너를 구할 수 있을까 하고 나는 변호사를 신중히 대했지만 변호사는 또 그이대로 어떻게 사무국장을 소홀히 대할 수 있어. 그리고 너는 어디까지나 나를 도와주어야 한단 말이야. 결국 끝까지 숨길 수는 없었지만 그 사람들은 은근하고 세상 물정을 훤히 알고 있기 때문에 그래도 아무 말도 하지 않고 도리어 나를 두둔해주었지만 결국 그 사람들도 '그 이상 참을 수 없고 사건에 대해서 말할 수도 없으니까 그만 입을 닫고 말았어. 그러고도 몇 분 동안이나 묵묵히 앉아서 이제나 네가 돌아오지 않을까 해서 귀를 기울이고 있었다. 그러나 모두가 다 허사였다. 처음 생각했던 것보다는 훨씬 오랫동안 앉아 있던 사무국 장이 드디어 자리에서 일어나 작별 인사를 하고 분명히 나를 도와주지 못해서 미안하다고 하며 뭐라고 말할 수 없이 친절한 태도로 문간에서 기다리다가 그만 가고 말았어. 그이가 나가버렸기 때문에 물론 나도 한시름 놓았지만 사실은 숨이 막힐 지경이었다. 환자인 변호사로서는 모든 일이 더욱 괴로웠을 것이다. 내가 작별 인사를 했을 때도 그렇게 너그러운 그 친구가 전연 말을 못 하더구나 글쎄. 너는 확실히 그 남자의 파멸을 서둘며 네가 힘을 빌지 않을 수 없는 그 사람의 죽음을 재촉한 거야. 그리고 이렇게 아저씨를 비를 맞히며——만져봐, 푹 젖었어——몇 시간 동안이나 걱정을 끼치며 애를 태우게 한단 말이냐."

7. 변호사·공장 주인·화가

어느 겨울날 오전——밖에는 흐릿한 날씨에 눈이 내리고 있었다.
——아직 시간도 일렀지만 이미 지쳐버린 K는 사무실에 앉아 있었다.
적어도 밑에서 일을 보는 직원들이 들어오지 못하도록 하고, 중요한
일을 하고 있으니까 아무도 들여보내서는 안 된다고 급사에게 일러
두었다. 그러나 그 일을 하는 것이 아니라 의자의 방향을 빙그르르
돌리더니 책상 위에 있는 물건을 몇 개 밀어 놓고 자기도 모르게 팔을
쭉 뻗치고 책상 위에 걸터 앉아서 머리를 숙인 채 꼼짝도 않고 있었다.
소송에 대한 생각이 그의 머리를 떠나지 않았다. 변론 서류를 작
성해서 재판소에 내는 것이 좋지 않을까 생각한 것이 한두 번이 아
니었다. 그 가운데서 간단히 약력을 쓰고 비교적 중요한 사건에 대
해서는 하나하나 어떤 이유로 자기가 그런 행동을 취하게 되었는지,
현재 판단하건대 그런 행동은 비난을 받아야 하는지 그대로 시인할
것인지, 또는 옳고 그른 어떤 이유를 들 수 있을지 어쩐지를 설명하려고
했다. 하여튼 이의가 없을 수 없는 변호사의 단순한 변호에 비해서
이러한 변론 서류가 도움이 되리라는 것은 의심할 여지가 없었다. 사실
K는 그 변호사의 생각이 어떤 것인지 전연 알 수가 없었다. 하여튼
그리 대단할 것 같지는 않았다. 이미 한 달 동안이나 그를 부르지
않았다. 그리고 그 전에 만나서 이야기했을 때도 그 남자가 자기를
위해서 여러 가지로 돌보아줄 능력이 있는 것 같은 인상을 받은 일은
한번도 없었다. 무엇보다 그에게 무엇을 물어본 적이 거의 없었다.
그러나 이번에는 물어볼 일이 많았다. 물어보는 것이 우선 제일 중

요한 일이었다. 자기 자신은 이번에도 필요한 질문을 할 수 있을 것같이 생각되었다. 그런데 변호사는 물어보지는 않고 자기가 말하든가, 또는 아무 말도 없이 그와 마주 앉아서 물론 귀가 먼 탓이겠지만 책상 위로 약간 몸을 굽히고 많은 수염 가운데서 몇 오라기를 쥐어뜯으며 양탄자 위로 시선을 던지고 있었다. 사실은 K가 레니와 같이 앉아 있던 바로 그 자리인 것 같았다. 가끔 그는 K에게 쓸데없이 몇 가지 주의를 주었다. 그 이야기는 아무 소용도 없고 지루하기만 했기 때문에 K는 이야기가 끝나고 그에게는 한푼도 사례를 하지 않을 생각이었다. 변호사는 그를 한바탕 곯려주었다고 생각하게 되면 그때는 으레 조금 그의 원기를 돋우어주려고 했다. 자기는 이와 비슷한 여러 가지 소송에서 전면적으로나 혹은 부분적으로라도 이겼다고 말했다. 그러한 소송은 사실 이 소송보다 더 힘들지는 않았지만 표면적으로는 더욱 절망적인 것이었다. 이런 소송의 기록은 이 서랍 속에 들어 있다고——말하며 그는 서랍 하나를 두들겼다——미안하지만 이러한 문서는 관청 비밀에 속하는 것이기 때문에 보여줄 수 없습니다. 그러나 지금 이러한 모든 소송에서 자기가 얻은 풍부한 경험은 사실 당신을 위해서도 많은 도움이 될 겁니다. 물론 저는 곧 모든 절차를 밟기 시작했으며 첫 진정서는 거의 다 되었습니다. 변호사 측에서 주는 첫 인상은 가끔 재판 수속의 방향을 결정지어주는 것이기 때문에 이 서류는 매우 중요한 것입니다. 유감스럽지만 사실 당신이 처음으로 넣은 진정 서류는 재판소에서 전연 거들떠보지도 않는 일이 가끔 있다는 것을 유의해주기 바랍니다. 관청에서는 그러한 서류를 그저 단순히 다른 서류들과 같이 넣어두고 우선 피고를 심문 조사하는 것을 모든 서류보다도 중요시한다는 것을 아셔야 합니다. 그리고 신청인이 귀찮게 서둘면 관청에서는 모든 자료가 수집되는 대로 최종 판결을 내리기 전에 물론 전체적으로 관련을 지어서 모든 서류, 말하자면 이 첫 진정서도 자세히 검토된다고 그는 이야기를 덧붙였다. 그러나 유감스럽지만 이것은 대개 그렇지 못하고 첫 진정서는 흔히 잊어버리거나 혹은 고스란히 분실되고 마는 것입니다. 그리고 아무리 나중까지 남아 있다 해도 그것은 사실 변호사가 소문으로 들어서 아는 일이지만 전연 읽히지 않습니다. 이러한 일은 모두 한심한 현상이지만 그렇다고 해서 정당한 이유가 없는 것은 아닙니다. 재판 수속은 공개될 성질의 것이 아니어서 재판소에서 필요하다고 생각할 때만 공개할 수가 있지만, 하여튼 당신은 공개할 필요가 있다고 법률에 적혀 있는 것이 아니라는 것을 잊지 말아주기 바랍니다. 그렇기 때문에 재판소 측에서 내는 문서, 특히 기소장은 피고나 변호인은 볼 수 없는 것이며, 따라서 대개는 무엇 때문에 첫 진정서를 써야 하느냐 하는 것은 알 수 없고, 안다고 해도 그리 정확한 것이 아니기 때문에 그 사건에 대해서 어떤 중요한 점을 내포시킨다는 것은 사실 그저 막연한 일에 지나지 않습니다. 진정으로 효력이 있고 증거가 뚜렷한 진정서라는 이유가 확실히 드러나거나 혹은 추측할 수 있을 때 비로소 작성할 수 있는 것입니다.

이러한 사정으로 볼 때 사실 변호인은 극히 불리하고 곤란한 입장에 서 있는 것입니다. 그러나 이런 일도 미리부터 그렇게 꾸며놓은 것입니다. 다시 말하면 변호인은 사실 법률에서 인정된 것이 아니라 그저 묵인하는 정도에 지나지 않습니다. 그리고 해당 법률 조문에서 적어도 묵인한다고 해석할 수 있는지 없는지 하는 점에 대해서도 논쟁의 여지가 없는 것은 아닙니다. 따라서 엄밀히 말하자면 재판소에서 공인된 변호사라는 것은 없으며 이러한 법정에서 변호사로서 나타난다는 것은 사실 엉터리 변호사에 지나지 않습니다. 물론 이런 사실은 변호사 전체에 대해서 수치스러운 결과를 가져오는 것이며 후에라도 당신이 재판소 사무실에 가시는 일이 있으면 그런 사실을 알아두기 위해서 라도 한번 변호사 응접실을 보아두시는 것이 좋으실 겁니다. 거기 모여 있는 친구들을 보면 아마 당신은 깜짝 놀랄 겁니다. 그네들에게 배당된, 좁고 천장이 나직한 방은 보기만 해도 재판소에서 그네들을 얼마나 멸시한다는 것을 알 수 있습니다. 그 방은 조그마한 들창으로 광선을 받을 뿐만 아니라 이 창문은 너무 높이 달려 있기 때문에 만일 밖을 내다보려면 우선 등을 디디고 올라설 친구를 구해야만 합니다. 게다가 바로 눈앞에 있는 굴뚝 연기가 코로 들어오고 얼굴이 새까맣게 될 지경입니다. 이 방 마루에는——또 하나 이런 상태를 든다면—— 일

년 이상이 지나도록 구멍이 하나 뚫어져 있었는데 사람이 빠질 정도는
아니었지만 그래도 발 하나만은 홀랑 들어갈 만큼 큰 구멍이지요.
그런데 변호사 휴게실은 이층 지붕 밑에 있지요. 그래서 누가 그 구멍에
빠지면 일층 다락방으로 떨어지고 더구나 소송 관계자들이 기다리고
있는 바로 그 복도로 떨어지게 됩니다. 변호사들이 이러한 상태를
수치스럽다고 말해도 그것은 지나친 말은 아닙니다. 당국에 호소해도
아무 소용이 없었지만 그렇다고 방 안 어디를 자비로 수리한다는 것도
변호사에게는 금지되어 있습니다. 그러나 이렇게 변호사를 대우하는
것도 이유가 있습니다. 될 수 있는 대로 변호인을 없애려고 하는 것이며
피고 자신이 모든 일을 하게 되어 있습니다. 본디부터 나쁜 생각은
아니지만 그렇기 때문에 이 재판소에서는 피고들에게 변호사가 필
요없다는 결론을 내리는 것보다 더 그릇된 일은 없을 겁니다. 도리어
반대로 이 재판소에서만큼 변호사가 필요한 곳은 없습니다. 말하자면
재판 수속이 일반 사람들에게 비밀로 되어 있을 뿐만 아니라 피고
에게도 비밀로 되어 있습니다. 물론 비밀로 할 수 있습니다. 다시
말하면 소송 관계자도 재판소의 문서는 볼 수 없으며 심문을 받고
나서 그 근거가 되어 있는 문서를 결론적으로 추측하는 것은 매우
어려운 일입니다. 더구나 어쩔 줄 모르며 정신없이 여러 가지 근심에
싸여 있는 피고로서는 더욱 어려운 일입니다. 그런데 여기에 변호인이
들어설 여지가 있는 것입니다. 대개 심문할 때 변호인이 입회할 수
없으며 심문이 끝난 다음에, 더구나 될 수 있으면 예심될 문 앞에서
기다리고 있다가 피고한테서 심문에 대한 내용을 듣고 대개 그때는
이미 다 지쳐버린 피고한테서 변호에 도움이 될 만한 것을 알아두어야
합니다. 그러나 이것이 제일 중요한 일은 아닙니다. 왜냐하면 사실
이러한 방법으로 해도 유능한 사람이라면 다른 사람들보다 많은 것을
알아낼 수 있지만 대개는 그렇지 못합니다. 그래도 가장 중요한 일은
변호사의 인간적인 관계인데 이런 점에 변호의 중요한 가치가 있습
니다. 그런데 아마 당신은 경험하셨겠지만 재판소의 하부 조직이라는
것이 그리 원만한 것이 아니며 관리가 의무를 잊어버리고 매수당하는
일이 있기 때문에 재판소의 엄중한 함구령에도 구멍이 나게 되는

겁니다. 이때 변호사들은 대개 뛰어들어서 매수도 하고 탐지하려고 갖은 애를 씁니다. 사실 전에는 서류를 훔치는 일까지 있었지요. 이렇게 해서 얼마 동안 피고로서는 놀랄 만큼 유리한 결과를 얻을 수 있는 것도 사실이고, 애숭이 변호사들은 이런 일을 신이 나서 떠들고 다니며 새로운 고객을 낚지만 앞으로 벌어지는 소송에는 아무 소용도 없으며 그 결과도 좋지 못합니다. 그런데 정말 보람이 있는 일은 정정당당한 인간적 관계, 더구나 고관들과 관계를 맺는 것뿐입니다. 물론 이것은 고관들 중에서도 비교적 지위가 낮은 사람들을 말하는 것이지만 그저 이런 관계를 맺음으로써 그래도 처음에는 눈에 띄지 않지만 나중에는 차차 뚜렷하게 소송 경과에 영향을 줄 수 있습니다. 물론 그런 일을 할 수 있는 변호사는 극히 소수이며 이런 점으로 보아서 당신은 매우 유리한 사람을 택했습니다. 저와 같이 인간적인 관계를 맺고 있는 변호사는 아마 그저 한두 사람 있을까말까 할 겁니다. 물론 변호사도 이만하면 변호사 휴게실에 있는 친구들 같은 것은 거들떠보지도 않고 또 아무 관계도 없습니다. 그러나 그만큼 재판소 관리와는 관계가 밀접하지요. 저는 재판소에 가면 예심 판사실에서 판사들이 우연히 나타나기를 기다려서 그네들의 기분 여하에 따라, 대개 어떤 성과를 올린 것 같으면서도 실은 아무 실속도 없이 돌아오거나 그렇지 않으면 그것마저 얻지 못하고 돌아오는 일이 있는데 조금도 그럴 필요는 없습니다. 그럴 필요없이 당신도 보셨듯이 관리들, 그 중에는 정말 고관도 있지요. 이러한 관리가 집으로 찾아와서 대개는 확실하거나 그렇지 않으면 적어도 쉽사리 진상을 알 수 있는 정보를 제공하고 앞으로 벌어질 소송에 대해서 이야기하고 개별적인 문제에 대해서 남의 말을 확신하는 동시에 남의 의견을 달게 받아들이기도 하지요. 물론 이 마지막 이야기는 너무 믿어서는 안 될 것이며 그네들이 제 아무리 결정적으로 변호에 유리한 새로운 의견을 말한다 해도 사무 실에 돌아간 다음날에는 그 전날과는 반대로 그네들이 완전히 벗어 났다고 주장한 최초의 견해보다 아마 피고에 대해서 더 엄격한 판결을 내릴 겁니다. 물론 이런 일은 막을 도리가 없습니다.

왜냐하면 두 사람 사이에서 이야기된 것은 그저 그것으로 그치고 변호인측에서 달리 힘쓸 길이 없을 때에도 재판소 사람들의 혜택을 입는다는 것은 공공연하게 결론을 내걸 때에는 있을 수 없기 때문입니다. 한편 재판소 사람들이 그저 인정이라든지 혹은 친절미를 보이면서도 변호인측, 물론 모든 사정에 능한 변호인측과는 아무 관계도 없다는 것도 사실이며 도리어 그네들은 어느 점으로 보면 변호인측에 의뢰하는 일도 있습니다. 바로 이런 점에서 애당초부터 비밀 재판소를 설치하고 있는 사법 기관의 결함이 나타나 있습니다. 관리들은 일반 대중과의 연락이 적으며 대수롭지도 않은 평범한 소송에 대해서는 모든 준비를 갖추고 있는 동시에 이런 소송은 궤도에 따라 자연스럽게 전개되며 그저 가끔 자극을 주기만 하면 그만이지만 그와 반대로 매우 간단한 사건에 대해서는 특이 어려운 사건을 대했을 때와 같이 가끔 어쩔 줄을 모르며 밤낮 법률에만 구속되어 있기 때문에 인간적인 연결에 대한 올바른 판단을 갖지 못하고 이런 사건들을 대할 때는 더욱 그런 생각을 갖지 못하고 있습니다. 그렇게 되면 그네들은 의논하기 위해서 변호사를 찾아가고 그 뒤로는 급사 한 사람이 전 같으면 어디까지나 비밀로 해둘 서류를 들고 따라옵니다. 그때 이 창가에는 뜻밖에도 수많은 사람들이 모여서 멍하니 거리를 바라보고 한편 변호사는 그네들에게 좋은 충고를 주기 위해서 책상에 앉아서 서류를 연구하고 있습니다. 바로 그러한 기회에 무엇보다도 재판소 사람들이 그네들의 질책을 얼마나 심중히 생각하며 그네들의 성격상 암만해도 극복할 수 없는 장애에 대해서 얼마나 실망하는지를 볼 수가 있습니다.
　관리의 입장도 결코 간단한 것이 아니라 그네들을 그릇되게 평가하며 그네들의 입장이 간단한 것이라고 생각해서는 안 됩니다. 재판소에서는 순위(順位)나 진급이 끝이 없어서 모든 사정에 밝은 사람이라도 도무지 짐작할 수가 없습니다. 그런데 재판 수속은 일반적으로 하급 관리에게는 비밀이며 그렇기 때문에 자기들이 관계하고 있는 사건이 어떻게 전개될는지 예측할 수 없으며 따라서 재판 사건이 어디서 생기는지 알지도 못하는 사이에 그네들 눈앞에 나타났다가 어떻게 되는지 알지도 못하는 사이에 앞으로 전개됩니다. 그래서 하나하나의 소송 절차와 최후 결정과 그 이유를 연구해서 얻을 수 있는 지식을 이네들에게 규정되어 있는 소송의 각 부문에만 손을 대고 그 이상의 일, 따라서 그네들이 한 일의 성과에 대해서는 대개 거의 소송이 끝날 때까지 피고와 관계를 맺고 있는 변호인만큼 알지 못하는 것이 보통입니다.

그렇기 때문에 이 점에 있어서도 그네들은 변호인한데서 여러 가지 중요한 사실을 들을 수가 있습니다. 이러한 모든 일을 생각할 때 당신은 가끔 소송 관계자들에 대해서——누구나 이러한 경험은 있지만——모욕적인 태도로 나타나는 관리들의 흥분된 기분이 이상하게 생각되실 겁니다. 모든 관리들은 매우 태연한 듯하면서도 실은 흥분하고 있습니다. 물론 애숭이 변호사들은 이렇게 흥분한 관리들에게 괴로움을 당하게 됩니다. 다시 말하면 이러한 이야기가 있지만 어디까지나 있을 수 있는 일이라고 생각됩니다. 착실하고 온순한 사람인 어떤 늙은 관리가 특히 변호사의 진정서로 뒤헝클어진 재판사건을 밤낮 쉬지도 않고 연구한 일이 있었습니다.——이런 관리들은 사실 다른 곳에서는 볼 수 없을 만큼 부지런합니다만——그런데 아침이 되어서 이십사 시간 동안 별로 이렇다 할 수확도 올리지 못한 채 일을 끝마치자 출입문으로 가더니 그는 거의 숨어서 들어오려고 하는 변호사들을 계단 밑으로 밀어던진 일이 있습니다. 변호사들은 밑에 있는 계단 옆방에 모여서 어떻게 하면 좋을지 서로 의논을 했습니다. 한편으로 말하면 들여보내 달라고 요구할 권리가 없었기 때문에 그 관리에 대해서 합법적으로 어떤 수단을 강구할 수도 없고 이미 말한 바와 같이 관리들과 원수를 진다는 것은 삼가야 할 것입니다. 그러나 한편 그대로 재판소에 있어 보아야 쓸데없이 시간만 보내게 되기 때문에 어떻게 해서든지 안으로 들어갈 필요가 있었습니다. 결국 그네들은 지쳐버릴 때까지 이 노인을 곯려주기로 했습니다. 곧 몇몇 변호사들이 계단으로 올라가 사실은 소극적이지만 할 수 있는 데까지 저항을 하고 다시 밀려 나오게 되면 거기서 친구들이 다시 그를 붙들어주었습니다. 이런 일이 거의 한 시간 가량이나 계속되어 그야말로 밤을 새운 그 노인은 지칠대로 지쳐서 사무국으로 돌아가버리고 말았습니다. 밑에 있는 사람들은 그가 돌아갔다고는 조금도 믿지 않고 우선 사람을 한 명 보내서 정말 사람이 없는지를 문 뒤에서 살펴보았습니다. 그러고 나서 그네들은 밀려들어갔습니다만 누구 하나 불평을 말하려는 사람은 없었습니다. 왜냐하면 변호사들에게는——아무리 보잘것없는 변호사라도 대개 사정은 알고 있지만 재판소에 어떤 개선할 점을 들고 들어가서 그것을 완수한다는 것은 너무나 거리가 먼 일이기 때문입니다. 그런데——이것은 매우 신중한 일이지만——피고는 누구든지 단순한 사람일수록 소송에 발을 들이밀자마자 곧 개선을 제의할 생각을 하기 시작하며 가끔 다른 일을 하면 더욱 유익하게 이용할 수 있는 시간과 노력을 허비하게 되는 것입니다. 올바르고 유일한 길은 현실에 만족하는 일입니다. 세세한 점을 일일이 개선할 수 있다 해도——그런데 이것은 쓸데없는 생각인데——그것은 여러 가지 미래의 사건을 위해서는 도움이 되겠지만 그 때문에 특히 항상 복수를 하려고 노리고 있는 관리들의 눈에 띄게 되면 한없이 손해를 당하게 됩니다. 그저 눈에 띄지 않는 것이 제일이지요. 아무리 기분에 거슬려도 꾹 참아야 합니다.

이 어마어마한 재판 조직은 말하자면 영원히 공중에 떠 있는 것이며 그런 데서 자기 힘으로 무엇을 변경해보려고 해도 그때는 발붙일 곳을 잃어버리고 자신이 그만 떨어지게 되는 것이요, 한편 커다란 유기체는——전체가 다 얽혀 있기 때문이지만——사소한 장해에 대해서는 다른 데서 쉽사리 보충할 수 있으며 사실이 그렇지만 아무리 그것이 그 이상 더 굳어지고 더욱 주의를 기울이며 더욱 엄격하고 사나워지지 않는다고 해도 그 상태에는 주금도 변함이 없을 것이라는 것을 힘써서 알아두어야 할 겁니다. 하여튼 일을 너무 복잡하게 만들지 말고 변호사한테 맡겨두어야 합니다. 아무리 비난을 해도 소용이 없을 것이오. 특히 그 이유가 분명히 드러나기 전에는 더욱 그렇지만 하여튼 사무국장에 대한 당신의 태도로 인해서 당신의 사건이 얼마나 불리하게 되었다는 것을 저는 말하지 않을 수 없습니다. 이 유력한 분은 당신을 위해서 힘을 다하려던 사람들의 명부에서 이미 빠져버리고 말았습니다. 그 양반은 이 소송에 대해서는 대수롭지도 않은 간단한 이야기라도 그냥 고의로 넘겨버리고 말 것입니다. 사실 여러 가지 점으로 보아서 관리라는 것은 어린아이 같습니다. 섭섭하게도 당신의 태도는 사실 그렇지 못했습니다만 가끔 관리들은 아무리 솔직한 태도로 대해도 어쩐지 그만 기분이 상해서 친구와 이야기도 하지 않고 만나도 그만 돌아서버리며 무슨 일이든지 방해를 하게 되는 수가 있습니다. 그러나 머지않아서 뜻밖에도 이렇다 할 아무 이유도 없이 그저 모든 일이 희망이 없을 것 같기 때문에 한 번 걸어본다는 농담으로 인해서 그네들이 웃음을 띠게 되고 그만 기분을 돌리는 수도 있습니다.

그네들을 대한다는 것은 어려우면서도 또한 쉬운 일이지만 그렇다고 해서 무슨 원칙이 있는 것은 아닙니다. 이러한 세계에서 어느 정도 성과를 거두며 일을 해나갈 수 있는 요령을 깨닫기에는 그저 평범한 생활을 하면서도 충분하다는 데는 놀라지 않을 수 없습니다. 그런 때에는 제대로 된 일은 하나도 없는 것 같이 생각되면 처음부터 좋은 결과를 거두게 되어 있던 소송이 제대로 된 데 불과하고 별로 손을 대지 않았어도 그렇게 되었으리라고 생각되는 것입니다. 그러나 한편 다른 소송들은 여러 가지로 분주히 애를 쓰고 다니며 겉으로는 그런 대로 다소 성공한 것 같아서 기뻐하기까지 했지만 결국은 모두 실패로 돌아가고 만 것입니다.

이렇게 되면 무슨 일이나 믿을 수가 없을 것 같습니다. 내버려두면 제대로 될 소송이 쓸데없이 손을 댔기 때문에 틀어지고 말았다고 해도 감히 부정할 수는 없을 겁니다. 이것도 신념이 있는 태도에는 틀림없으나 사실은 한낱 자기 변호에 지나지 않는 것입니다. 이러한 발작은——물론 이것은 발작에 지나지 않지만——만족할 만큼 진행된 소송을 자기 손에 빼앗기게 될 때 변호사들에게 있을 수 있는 가장 불쾌한 일입니다. 아마 변호사가 피고에게 소송을 빼앗기게 되는 일은 결코 있을 수 없으며 한번 일정한 변호사를 말한 피고는 어떤 일이 있을지라도 변호사를 떠나서는 안 될 것입니다. 하여튼 한번 도움을 구한 이상 어떻게 혼자서 지탱할 수 있겠어요 ? 그렇기 때문에 그런 일은 있을 수 없으나 사실은 소송이 변호사가 따라갈 수 없을 그러한 방향으로 기울어지는 수가 가끔 있습니다. 소송과 피고, 그 외의 모든 것을 변호사는 간단히 빼앗기는 수가 있습니다. 그렇게 되면 관리들과 아무리 훌륭한 교제를 한다 해도 소용이 없을 겁니다.

관리들 자신이 아무것도 모르니까요. 이렇게 되면 소송은 비로소
새로운 단계에 들어가게 되지만 그때에는 이미 도와줄 수 없고 소송은
남이 얼씬할 수도 없는 법정에 서 있을 것이고 피고도 변호사의 손을
믿지 못하게 될 것입니다. 그리고 어느 날 집에 돌아오니까 책상 위에는
갖은 애를 다 쓰고 이 문제에 있어서 그래도 가장 아름다운 희망을
가지고 만들었던 변론 서류가 잔뜩 쌓여 있었습니다. 소송이 새로운
단계로 들어가게 되면 그러한 서류까지 넘길 수 없기 때문에 되돌아
온 것이며 아무 가치도 없는 휴지에 지나지 않는 것입니다. 그렇다고
해서 그만 소송에 진 것은 아닙니다. 그런 것이 아니라 적어도 소송에
졌다는 어떤 결정적인 이유는 없을 것입니다. 그저 소송이 어떻게 되어
가는지 알 수 없고 앞으로도 알 수 없다는 것입니다. 그런데 이러한
경우는 다행히 예외적인 것이기도 하려니와 가령 당신의 소송이 이런
경우에 해당한다 해도 아직은 안심할 수 있을 겁니다. 변호사로서 한번
휘두를 기회는 얼마든지 있으며 그런 기회가 오면 마음껏 이용해볼
테니 염려 마시오. 지금도 말했지만 변론 서류는 아직 내지 않았으나
도리어 너무 서둘러도 재미없으니까 유력한 관리들과 미리 의논하는
것이 더욱 필요한 것 같아서 그런 일은 벌써 다 해두었습니다. 솔직히
말해서 그 결과는 한 마디로 말씀드릴 수 없습니다. 그저 일이 잘된다고
하면서 매우 적극적인 태도를 보여주는 사람도 있고 한편 너무 낙관할
수는 없다고 하면서도 여러 가지로 협조해주는 사람도 있다는 것만을
말씀드립니다. 그렇기 때문에 전체적으로 보아서 성과는 매우 좋지만
예비 회담은 대개 이렇게 시작되며 앞날의 경과에 따라 비로소 예비
회담이 어떤 보람이 있다는 것도 나타날 것이니까 처음부터 너무
속단을 해서는 안 될 것입니다. 하여튼 아직 실망할 것은 없습니다.
어떻게 해서든지 사무국장을 이쪽으로 끌어넣을 수 있다면——그러기
위해서 벌써 여러 가지로 공작을 하고 있습니다만——이 문제는 소위
외과 의사들이 말하는 깨끗한 상처니까 안심하셔도 별로 기대에 어
그러지는 일은 없을 겁니다.

　이런 이야기를 시작하면 변호사는 그야말로 한이 없었다. 그리고
찾아가면 언제나 이런 이야기를 되풀이했다. 그럴 때마다 진전을

보았다고 하지만 어떻게 진전되었다는 것을 알려준 일은 없었다. 언제나 처음부터 꾸미던 변론 서류를 붙들고 있지만 그 일도 한이 없었다. 다음에 오게 되면 이 서류가 어느 정도 커다란 효과를 올릴 것이며 예측할 수는 없는 일이지만 지금까지 제출하려고 하면서도 적당한 기회가 없었다는 이야기였다.

이런 이야기에 그만 지쳐버린 K가 여러 가지 곤란한 사정도 있겠지만 하여튼 너무나 일이 느리다고 말하더라도 그는 결코 느린 것은 아니다, 만일 적당한 시기에 변호사한테 일을 부탁했더라면 일은 좀더 진전되었을 것이다, 이런 일을 그렇게 소홀히 한 것은 매우 섭섭한 일이며 그렇기 때문에 앞으로도 가끔 불리한 일이 있을지도 모른다고 했다.

언제나 그렇게 되풀이하는 그 지루한 이야기를 중단시켜준 사람은 레니뿐이었는데 사실 그것은 반가운 일이었다. 경우가 밝은 그 여자는 K가 오면 언제나 변호사한테 홍차를 가져왔다. 그리고 나서는 K의 뒤에 서서 변호사가 목이 타는 듯이 찻잔으로 쑥 몸을 굽히고 차를 따라 마시는 것을 보는 척하면서 슬며시 K에게 손을 내밀었다. 방 안은 몹시 고요했다. 변호사는 차를 마시고 K는 레니의 손을 꼭 쥐어주고 레니는 뻔뻔하게도 가끔 K의 머리를 가볍게 어루만지기도 했다.

"아직도 여기 있었나?" 차를 마시고 나서 변호사는 이렇게 물었다.

"잔을 치우려고 있었어요." 레니는 이러게 말하고 마지막으로 K의 손을 다시 한 번 쥐었다. 변호사는 입을 씻더니 새로운 기분으로 다시 설교를 시작했다.

그러한 이야기를 해서 변호사는 위로를 하려는 것인지 실망을 주려는 것인지 알 수 없었으나 확실히 자기에 대한 변호가 그리 신통치 못한 것은 사실이었다. 그런데 변호사는 될 수 있으면 자기 자신을 내세우려고 하는 이야기대로 그가 사실 K의 소송만큼 큰 소송을 취급한 일이 없다는 것은 뻔한 일이었지만 하여튼 그의 이야기에 별로 거짓은 없을 것이다. 그러나 그가 관리들과 개인적으로 친분이 두텁다고 장담은 하지만 그것도 어디까지나 믿을 수 없는 일이었다.

대체 그러한 사람들이 K한테 이롭도록 그저 이용만 당할 리가 있을까? 이것은 다만 하부 관리에 대한 이야기며 따라서 어디까지나 상관의 동정만 살피며 소송의 경과에 따라서 확실히 그네들의 출세가 어느 정도 좌우될 그러한 관리들에대한 이야기라고 변호사는 분명히 말했지만, 혹시 그네들이 변호사를 이용하면서 사실 피고에게는 언제나 불리한 그런 진전을 노리는 것이 아닐까? 무엇보다도 그네들은 소송이 있을 때마다 그런 일을 하는 것은 아니며 사실 그럴 수도 없는 일이었다. 그리고 또한 변호사의 명예를 더럽히지 않는 것도 필요하였기 때문에 소송 경과에 따라서는 도리어 그네들이 양보를 하며 변호사의 이익을 도모하는 때도 있었다. 그러나 정말 사정이 그렇다면 그네들은 어떻게 되어서 K의 소송, 변호사도 말했지만 매우 곤란하고 중대하며 이미 처음부터 재판소에서 대단한 관심을 일으킨 이 소송에 간섭을 하려는 것일까? 그네들이 하려는 일은 그리 의심스러울 것이 없을 것이다. 소송이 시작된지 수개월이 지났지만 첫번 변론 서류가 아직 수리되지 않았으며 변호사의 보고에 의하면 모든 일이 겨우 시작되었다는 것만으로도 알 수 있었다. 사실 이것은 피고를 어쩔 수 없는 상태에 놓아두었다가 돌연 판결을 내리거나 그렇지 않으면 적어도 피고에게 불리한 예심 판결을 상부 관청에 상고한다는 통고를 내는데 꼭 알맞은 처사였다.

그래서 K가 직접 나서는 것이 무엇보다 필요하였다. 이런 겨울날 오후에 자기도 모르게 모든 일이 꼬리를 물고 머릿속에 떠오르며 몹시 피곤했지만 이 확신만은 어쩔 수가 없었다. 그때까지 소송에 대해서는 경멸하는 태도를 취하였지만 그것은 이미 통하지 않았다. 만일 그가 세상에서 혼자 산다면 소송 같은 것은 얼마든지 무시할 수 있으리라고 생각했으나 사실 그런 세상이라면 애당초 소송이 일어날 리가 없었다. 그러나 K는 이미 아저씨한테 끌려서 변호사를 찾아갔으며 가족들도 돌보지 않을 수 없었다. 그의 입장으로서는 이미 진행되고 있는 소송 문제에서 도저히 벗어날 수 없었다. 그 자신도 말할 수 없는 어떤 만족감을 느끼며 경솔하게도 친지들 앞에서 소송에 대한 이야기를 하기는 했지만 어찌된 일인지 다른 사람들도 다 알고 있었다. 뷔르스트너 양과의 관계도 소송 문제에 따라서 그만 흔들리는 것 같았다.

──말하자면 그는 이미 소송을 받아들이고 거부할 그런 자유는 없었으며 그저 한 가운데서 서서 버티는 수밖에 없었다. 그대로 지쳐 버렸더라면 결과는 좋지 못했을 것이다.

그렇다고 해서 지금 너무 지나치게 근심할 필요는 없었다. 그래도 은행에서는 비교적 단시일 내에 높은 지위에 올라서 누구한테나 그럴 만하다는 인정을 받아왔기 때문에 그 능력을 조금이라도 소송 문제에 돌린다면 틀림없이 좋은 결과를 가져오리라는 것은 그도 잘 알고 있었다. 하여튼 그러기 위해서는 혹시나 무슨 죄나 짓지 않았다 하는 생각을 우선 집어치울 필요가 있었다. 사실 아무 죄도 없었다. 말하자면 소송은 한 가지 커다란 사업과 같은 것이다. 은행을 위해서 그가 가끔 훌륭한 성과를 올린 그러한 사업, 말할 것도 없이 그런 사업에는 반드시 여러 가지 위험성이 내포되어 있었기 때문에 우선 그것을 물리칠 필요가 있었다. 그러기 위해서는 어떤 책임 문제에 대해서 이러고저러고 쓸데없이 겁을 집어먹을 것이 아니라 어디까지나 정당한 자기 권리를 주장할 필요가 있었다. 이렇게 생각할 때 변호사의 변호 같은 것은 될 수 있는 대로 빨리, 오늘 저녁에라도 거절하지 않을 수 없었다. 그러나 변호사의 이야기를 들으면 사실 그러한 처사는 상식에서 벗어난 일이요, 변호사를 너무 모욕하는 일이라고도 하겠지만 혹시 자기가 아무리 애를 써도 자기를 변호하는 변호사가 소송에 장해가 된다고 하면 K는 그 이상 더 참을 수 없었다. 그러나 한번 변호사를 뿌리치게 되면 곧 변론 서류를 넘겨서 될 수 있으면 매일같이 서류 심사를 독촉할 필요가 있었다. 물론 그러기 위해서는 다른 사람들과 같이 모자를 걸상 밑에 틀어박고 복도에 앉아 있기만 해서는 안 될 것이다. 자신이 가지 않으면 부인들이나 다른 연락원들이 매일매일 관리들한테 시끄럽게 찾아가서 창살 너머로 복도만 바라볼 것이 아니라 그네들 테이블 옆에 앉아서 K의 변론 서류를 심사하도록 서두를 필요가 있었다. 이만한 노력은 마땅히 있어야 할 것이다. 모든 일이 순서에 따라서 조직적으로 처리되고 상부의 감시도 있어야 하겠지만 그렇지 못한 재판소에서는 어디까지나 자기 권리를 주장하는 그런 피고와는 반드시 무슨 충돌이 있을 것이다.

그러나 K는 이러한 일이라면 무슨 일이든지 서슴지 않고 하겠지만 사실 변론 서류를 작성한다는 것은 괴롭기 짝이 없는 일이었다. 일주일 전만 해도 그러한 서류를 자기 자신이 작성해야 한다는 것을 생각할 때 부끄러운 생각을 금할 수 없었지만 한편 그것이 힘든 일이라고는 조금도 생각지 않았다. K의 머리에 떠오른 일이지만 어느 날 오전, 일이 한참 바쁠 때 그는 돌연 모든 서류를 옆으로 밀어놓고 시험삼아 변론 서류 비슷한 내용을 적어서 그 우둔한 변호사에게 보여주려고 용지를 꺼내들었다. 그런데 그때 마침 지점장실 문이 열리더니 지점장 대리가 껄껄 웃으며 들어왔다. 물론 지점장 대리는 알지도 못하는 변론 서류에 대해서 웃는 것이 아니라 바로 그때 어떤 농담을 듣고 웃는 것이지만 K는 그것이 몹시 불쾌했다. 그 농담을 이해하려면 그림이 필요했던 까닭에 지점장 대리는 K의 테이블 위에 몸을 굽히고 그의 손에서 빼앗은 연필로 변론 서류를 쓰려던 용지에 그 그림을 그린 일이 있었다.

그러나 오늘 K는 그런 부끄러움은 다 잊어버리고 변론 서류를 꾸며야 하겠다고 생각했다. 사실 사무실에서 그럴 시간의 여유가 없으면 집에 돌아가서 밤에라도 써야만 했다. 밤 시간만으로 부족하면 휴가도 얻어야만 했다. 사업을 할 때만이 아니라 어느 때 어느 곳에서 무슨 일을 하든지 도중에 중단한다는 것은 가장 어리석은 일이다. 그러나 사실 변론 서류를 쓴다는 것은 끝이 없는 노릇이었다. 아무리 대범한 사람이라두 그런 서류는 도저히 꾸밀 수 없다는 것쯤은 곧 짐작할 수 있을 것이다. 그러나 그것은 변호사처럼 게으르고 꾀를 피우며 서류 완성을 미루기 때문이 아니라, 현재의 고소장이나 또는 그것을 앞으로 어떻게 보충해야 할는지도 모르고 사소한 행동이나 사건에 이르기까지 지나간 생활을 전부 회상하며 기록해서 그것을 모든 방면으로 검토해야만 했기 때문이다. 그리고 그런 일이란 참 서글픈 일이었다. 아마 그런 일은 은급을 받고 퇴직한 후에 어린아이처럼 단순한 머리로 지루한 때에 매일매일 심심풀이로 한다면 적합할는지 모른다. 그러나 모든 생각을 자기 일에 집중하고 앞으로 얼마든지 승진할 수 있고 지점장 대리에 대해서도 위협의 대상이 되어 있으며 세월은 쏜살같이 흐르고 젊은 사람으로서 밤 한때나마 즐기려고 하던 K가 이런 변론 서류를 작성해야만 한다는 생각을 했을 때 다시금 우울한 기분이 떠올랐다. 그런 생각은 아예 걷어치우려고 하면서 거의 무의식중에 응접실로 통하는 벨의 단추를 누르며 시계를 쳐다보았다. 열한시였다. 두 시간이나 귀중하고 긴 시간을 허비했지만 한층 더 피로를 느낄 뿐이었다. 하여튼 유익한 결심을 했으니 시간을 허비한 것은 아니었다. 급사들이 여러 가지 우편물 이외에 이미 오랫동안 K를 기다렸다는 두 사람의 명함을 들고 들어왔다. 사실 은행으로서는 도저히 기다리게 해서는 안 될 귀중한 손님들이었다. 어째서 그네들은 하필 그런 때에 찾아왔을까? 그리고 그 손님들은 닫힌 문 뒤에서 무언지 물어보는 것 같았지만 그렇게 부지런한 K가 어째서 귀중한 집무 시간을 자기 개인 일 때문에 소비했을까? 그때까지의 일에 피곤를 느끼고 피로한 가운데 앞으로의 일을 기대하며 첫손님을 맞이하려고 K는 자리에서 일어났다.

그것은 키가 자그마하고 쾌활한 신사이며 K가 잘 알고 있는 공장 주인이었다. 바쁘신데 죄송하다고 공장 주인이 사죄를 하자 K는 자기대로 너무 오래 기다리게 해서 미안하다고 했다. 그러나 K가 사죄하는 말투가 어쩐지 기계적이며 어색했기 때문에 만일 공장 주인이 자기 일에 너무 열중하지 않았더라면 틀림없이 그런 태도는 짐작이 갔을 것이다. 그 남자는 그러한 점에는 관심도 없다는 듯이 서둘러 여기저기 호주머니 속에서 계산서와 일람표를 꺼내어 K의 눈앞에 펴놓고 여러 가지 항목에 따라 설명도 하고 얼핏 한번 훑어보면서 잘못된 계산이 눈에 띄면 정정도 하면서 약 일년 전에 계약을 맺은 같은 성질의 사업에 대한 이야기를 꺼내 들고 다른 은행에서는 이 사업에 대해서 우호적인 조건으로 나온다고 하고는 그만 말을 그치고 K의 의견을 기다리고 있었다. 사실 처음에는 K도 공장 주인의 이야기에 귀를 기울이고 들으면서 그것이 정말 중대한 사업이라는 생각에서 마음이 끌리기도 했지만 결국 그런 생각도 그만 사라지고 그런 이야기는 듣고 싶지도 않았으나 그런대로 잠시 동안 공중 주인의 시끄러운 이야기에 그저 머리만 끄덕이고 있었다. 그러나 나중에는 그럴 기력도 없이 그저 허리를 꾸부리고 서류를 들여다보는 그 남자의 대머리를 바라보며 결국 공장 주인이 언제나 자기 이야기가 모두 소용없는 말이라는 것을 깨닫게 될 것인가를 스스로 반문해보기도 했다.

공장 주인이 이야기를 마쳤을 때, 사실 K는 우선 그런 이야기는 들을 수 없다고 솔직히 고백할 기회를 자기에게 주려는 것이라고 생각했다. 그러나 분명히 어디까지나 반박이라도 하려는 듯한 공장 주인의 긴장된 시선을 보고 상담을 더 계속해야 하겠다는 것을 느꼈을 때는 어쩐지 쓸쓸한 생각만이 앞섰다.

그래서 K는 무슨 명령이라도 받는 듯이 머리를 숙이고 연필로 천천히 서류를 더듬으며 가끔 쉬기도 하면서 숫자를 뚫어지게 쳐다보았다. 공장 주인은 숫자가 정말 확실치 않거나 또는 결정적인 것이 아니라고 해서 K가 어떤 이의를 품고 있다고 생각했던지 하여튼 손으로 그만 서류를 덮고 K한테로 바싹 다가서며 다시금 사업에 대한 전반적인 설명을 하기 시작했다.

"힘든데요." 하고 K는 말하고 입술을 씰룩거리며 서류가 가려져 있기 때문에 그 이상 더 애쓸 필요도 없다는 듯이 그만 의자에 털썩 주저앉고 말았다. 그러나 기운없이 얼굴을 들었을 때 바로 지점장실 문이 열리며 마치 가제로 만든 커튼 뒤에 나타나듯이 지점장 대리의 희미한 얼굴이 나타났다. K는 그 이상 지점장 대리에 대해서는 생각지 않고 그가 나타났기 때문에 직접 자기에게 돌아올 어떤 즐거운 효과에 대해서 흥미를 느끼고 있었다. 왜냐하면 공장 주인은 곧 의자에서 일어나 지점장 대리한테로 달려갔기 때문이었다. K는 지점장 대리가 다시 그 자리를 떠나지나 않을까 해서 공장 주인의 발걸음을 얼마나 재촉하고 싶었는지 몰랐다. 그러나 그것은 쓸데없는 걱정이었다. 그 두 사람은 서로 만나자 악수를 하더니 같이 K의 테이블로 걸어왔다. 공장 주인은 업무 주임이 일에 대해서 성의가 없다고 불평을 하면서 지점장 대리의 눈앞에서 다시 서류를 들여다보고 있는 K를 가리켰다. 그리고 두 사람이 테이블에 기대고 공장 주인이 지점장 대리의 마

음을 흔들어보려고 애를 쓰고 있을 때 K는 자기 머리 위에서 생각만
해도 무시무시하게 커 보이는 그 두 남자가 자기에 대해서 이야기를
주고받는 것같이 생각되었다. 그는 조심해서 천천히 얼굴을 들고 그
두 사람의 태도를 살펴보려고 하면서 테이블에서 보지도 않고 서류
한 장을 손 위에 펴 들고 그네들에게 보이려는 듯이 자기도 천천히
자리에서 일어섰다. 그러면서도 그는 이렇다 할 무슨 목적이 있는 것이
아니라 그저 앞으로 그 방대한 변론 서류 작성을 끝내고 그 괴로움에서
벗어나게 되면 틀림없이 자기가 그러한 태도를 취하리라는 그런 기
분이었다. 그 이야기에 주의를 다하고 있던 지점장 대리는 힐끗 서류를
쳐다보고 업무 주임에게 중요한 일이라고 해서 반드시 그에게도 중
요하지는 않겠지만 하여튼 무슨 내용인지 읽어보지도 않고 K의 손에서
서류를 빼앗더니 이렇게 말했다.

"좋습니다. 벌써 다 알고 있으니까요."

그러더니 다시 조용히 서류를 테이블에 놓았다. 불쾌한 듯이 K는
옆에서 그를 쳐다보았다. 그러나 지점장 대리는 그런 태도를 느끼지
못하였는지 혹은 느끼고도 그만 기분을 돌렸는지, 가끔 너털웃음을
웃으며 교묘한 대답으로 일시 공장 주인을 실망케 한 일도 있었지만
곧 자기 이야기를 번복하면서 그의 기분을 안정시키고 나중에는 자기
방으로 가서 그 이야기의 결말을 짓자고 말했다.

"매우 곤란한 문젠데." 그는 공장 주인을 보고 말했다. "하여튼 잘
알겠습니다. ……그리고 업무 주임한테는."——이렇게 말하면서도 K는
돌아보지도 않았다——"괴로움을 끼치지 않는 것이 좋을 것 같습니다.
좀 냉정히 생각할 문제니까요. 저 양반은 오늘 대단히 바쁘기도 하
려니와 응접실에서 벌써 한 시간 이상이나 기다리는 사람이 있습니다."

K는 태연하게 지점장 대리한테서 시선을 돌리고 공장 주인에게
정다운 듯하면서도 어쩐지 부자연한 미소를 보내더니 그 이상 어쩔
줄 모르며 약간 허리를 굽히고 마치 상점 점원처럼 두 손으로 책상
머리를 짚고 이야기를 계속하며 테이블에서 서류를 들고 지점장실로
들어가는 두 사람의 모습을 바라보았다. 공장 주인은 문간에서 다시
한번 돌아서더니 그만 실례하는 것이 아니라 이야기의 결과에 대해

서는 물론 후에 말씀드릴 것이고 그 외에도 잠깐 전할 이야기가 있다고 말했다.

결국 K는 혼자 남게 되었다. 아무도 만날 생각이 없었다. 밖에 있는 사람들이 자기가 아직 공장 주인을 대하고 있으니까 들어갈 수가 없다고 생각하면 얼마나 좋을까, 그러면 급사라도 들어오지 못하리라는 생각이 막연하나마 그의 마음속에 떠올랐다.

그는 창가로 가서 창문턱에 앉아 한 손으로 손잡이를 꼭 쥐고 광장을 바라보았다. 아직 눈이 내리고 있고 조금도 갤 것 같지 않았다.

그는 오랫동안 그대로 앉아 있었다. 도대체 무엇 때문에 마음이 그렇게 괴로운지 알 수가 없었다. 가끔 흠칫 놀라며 응접실 문을 바라보았다. 어쩐지 소곤거리는 소리가 들리는 것 같았다.

그러나 아무도 나타나지 않았던 까닭에 마음을 안정하고 세면대로 가서 찬 물에 얼굴을 씻고 상쾌한 기분으로 다시 창문가로 돌아왔다. 변호를 자기 힘으로 해보려는 결심을 처음보다 더욱 굳게 먹었다. 변호를 변호사에게 맡겨두는 한 실제로 소송 문제에 부닥칠 기회도 적고 멀리서 바라볼 뿐 직접 손을 대본다는 것은 거의 있을 것 같지 않았다. 생각이 나면 자기 문제가 어떻게 되었나 하는 것을 조사해 볼 수도 있었고 그렇지 않으면 그저 얼굴을 돌리면 그만이었다. 그러나 반대로 변호를 자기가 맡게 된다면 적어도 얼마 동안은 재판소에 나붙어 있어야만 했다. 나중에 그 결과가 아무리 결정적인 최후 해방이라 할지라도 그때까지는 우선 전과는 판이한 위험을 겪어야만 했다. 이런 점에 대해서 지금까지 반신 반의하던 K는 오늘 지점장 대리나 공장 주인과 자리를 같이 하고 나서 깨달은 바도 적지 않을 것이다. 그러나 자기 힘으로 변호를 해보겠다는 결심을 했다면 어째서 그 자리에 어물거리고 앉아 있었던가? 그런데 앞으로 대체 어떻게 될 것이냐? 그의 앞에는 어떠한 앞날이 가로놓여 있을까? 성공할 만한 어떤 길이 있을까? 신중한 변호——이것이 무엇보다 필요하지만——이러한 변호를 하려면 역시 될 수 있는 대로 다른 모든 문제와는 관계를 끊을 필요가 있지 않을까? 용케 참아나갈 수 있을까? 변론 서류를 작성하는 데는 휴가를 얻으면 그만이겠지만 지금 같아서는 그것도 대단한 용기가 필요할 것 같다. 사실은 소송이 얼마나 계속 되는지가 문제다. 살아가다가 뜻밖에도 이러한 장해가 생길 줄이야 누가 알았으랴?

이렇게까지 하면서 은행을 위해서 일을 해야 한단 말인가? ——그는 테이블을 바라보았다——이래도 손님을 맞아서 이야기의 상대를 해 야만 한단 말인가? 소송이 계속되고 저 지붕 밑에서는 재판소 관 리들이 이 소송에 관한 서류를 들추고 있는데도 은행 일을 돌보아야 한단 말인가? 그 일은 마치 재판소에서도 인정하고 그 소송과 밀접한 관계가 있는 고문이 아니었던가? 대체 은행 같은 곳에 그가 하는 일을 판단하는 동시에 그의 특수한 사정을 이해하여주는 사람이 있 을까? 결코 없을 것이다. 누가 어느 정도 알고 있는지는 모르겠으나 사실은 소송에 대해서 전연 모른다고 할 수 없는 것이다. 아마 지점장 대리의 귀에까지는 아직 들어가지 않은 모양이지만 만일 그렇지 않 으면 그는 우정이고 인정이고 없이 그런 약점을 이용하려고 했을 것은 뻔한 노릇이었다. 그리고 지점장은 어떠냐? 확실히 그는 K에게 호 의를 갖고 있으며 소문을 들으면 될 수 있는 대로 K를 위해서 편의를 보아주려고 한다지만 어느 정도 적극적인 태도를 보일는지 알 수 없는 일이다. 왜냐하면 K의 지반이 무너지게 되자 지점장은 대리의 세력에 눌리는 형편이요, 대리는 대리대로 지점장의 그러한 약점을 기화로 자기 세력을 확장하려고 애를 쓰고 있기 때문이다. 그렇다면 K로서는 기대할 것이 뭣이냐? 그렇게 자꾸 생각만 하면 도리어 반발력이 약화될 우려도 없지만 않지만 하여튼 자기 꾀에 넘어가지 말고 얼마 동안 될 수 있는 대로 분명하게 사리를 판단하는 것이 또한 필요할 것이다.

특별한 무슨 이유가 있는 것도 아니지만 그저 테이블로 돌아가고 싶지 않았던 까닭에 그는 창문을 열려고 했다. 그러나 좀처럼 문이 열리지 않았기 때문에 그는 두 손으로 손잡이를 돌려야 했다. 문을 여니까 연기 섞인 안개가 빈틈없이 방 안으로 흘러들며 방 안에는 무엇이 타는 냄새가 자욱하니 풍겼다. 눈송이도 간간이 날아들었다.

"가을 날씨가 참 불쾌한데요." 하고 K의 등 뒤에서 공장 주인이 말했다. 그는 어느 사이에 방 안에 들어와 있었다. K는 머리를 끄덕거리며 불쾌한 표정으로 공장 주인이 들고 있는 종이 봉투를 바라보았다. 그는 당장 그 속에서 서류를 꺼내들고 지점장 대리와 교섭한 결과를 K한테 알리려는 태도였다. 그리고 공장 주인은 K의 시선을 더듬으며 종이 봉투를 손으로 툭툭치기만 하면서 이렇게 말했다.

"이야기의 결과를 들어보시겠어요? 이미 계약서는 이 속에 들어 있는 거나 다름없지요. 지점장 대리는 참 재미있는 분이시더군요. 그렇지만 어디까지나 조심해야지요."

그는 웃으면서 K와 악수를 하고 그를 웃기려고 했다. 그러나 공장 주인이 서류를 보이려고 하지 않는 것이 또한 이상하게 생각되었기 때문에 공장 주인의 이야기같은 것은 조금도 우습지가 않았다.

"업무 주임님." 공장 주인은 말했다. "날씨가 좋지 못하니까 매우 불쾌하신 것 같은데."

"그렇습니다." K는 이렇게 말하며 두 손으로 턱을 고였다. "골치도 아프고 집안 걱정도 있고 해서."

"그러시겠지요." 남의 이야기를 듣고만 있지 못하면 성미가 급한 공장 주인은 이렇게 말했다. "누구나 사람이라면 십자가를 져야지요."

공장 주인을 밖으로 전송이라도 하려는 듯이 K는 자기도 모르게 문 쪽으로 발걸음을 옮기었으나 공장 주인은 이렇게 말했다.

"주임님, 당신에게 잠깐 말씀드릴 것이 있는데 하필 이런 날 말씀드려서 당신은 괴롭히지나 않을까 염려했지만 전에도 두 번이나 당신한테 들렀다가도 그만 번번이 잊어버렸지요. 그러나 이상 더 미루면 사실 아무 효과도 없을 것이고 만일 그렇게 되면 너무 섭섭하지 않겠어요. 제가 말씀드리려는 것도 사실은 전연 무의미한 일은 아니니까요."

K가 대답할 사이도 없이 공장 주인은 그 옆으로 가까이 가서 손마디로 그의 가슴을 두들기며 나직한 목소리로 이렇게 말했다.

"당신은 소송 문제가 생겼다지요?"

K는 흠칫 뒤로 물러서며 곧 이렇게 외쳤다.

"지점장 대리가 그런 말을 했지요?"

"아닙니다. 지점장 대리가 어떻게 알겠어요?" 하고 공장 주인은 말했다.

"그러면 당신은?" 하고 K는 훨씬 침착한 태도로 물었다.

"재판소 일이라면 여기저기서 들을 수 있으니까요." 하고 공장 주인은 말했다. "제가 말씀드리려고 한 것도 바로 그 일입니다."

"별별 사람이 다 재판소와 관계가 있군!" K는 머리를 숙이며 이렇게 말하더니 공장 주인을 테이블 옆으로 데리고 갔다.

그들이 다시 전과 같이 자리에 앉자 공장 주인은 이렇게 말했다.

"자세히 말씀드리지 못해서 섭섭합니다만 이러한 일이라면 좀처럼 소홀히 할 수 없으니까요. 게다가 제가 도와드린대야 대단할 것은 없지만 하여튼 당신을 도와드리려는 생각만은 간절합니다. 사업 관계로 저희들은 그래도 가까이 지냈으니까요. 그렇지 않습니까? 그런데……."

K는 오늘 공장 주인과 만나 이야기했을 때의 자기 태도에 대해서 사과를 하려고 했으나 공장 주인은 좀처럼 이야기할 기회를 주지 않고 겨드랑 밑에 끼고 있던 종이 봉투를 밀어 올리며 어물거리고 있을 수가 없다는 듯이 다시 이야기를 계속했다.

"당신의 소송에 대하여서는 티토렐리라는 남자한테서 들었습니다. 그는 화가인데 티토렐리는 그의 아호이고 본명은 저도 전연 모릅니다. 몇 해 전부터 가끔 제 사무실에 조그마한 그림을 들고 나타나기에——마치 거지 행세지만——저는 언제나 동정을 베풀었습지요. 광야의 풍경을 그린 것이 대부분인데 하여튼 깨끗한 그림이었지요. 이러한 매매가——쌍방이 다 아무 허물도 없이——매우 순조롭게 진행되었습니다. 그런데 한 번은 너무나 귀찮게 찾아오길래 꾸지람을 했더니 그것이 발단이 되어서 여러 가지 이야기가 벌어지는 가운데 그림을 그려서 간신히 살아간다는 데 흥미를 느꼈지만 그의 본 수입이 초상화에서 생긴다는 것을 알고 저는 깜짝 놀랐습니다. 그의 말이 '재판소에서 일을 한다.'고 그러지 않아요? 그래서 어느 재판소냐고 물었지요. 그랬더니 재판소 이야기를 늘어놓더군요. 아마 당신이 누구보다 잘 아시겠지만 저는 이야기를 듣고 참 놀랐어요. 그 후 그가 찾아오면 언제나 재판소에 관한 새로운 소식을 알려주기 때문에 저도 점차 그런 문제에 대해서 눈을 뜨게 되었지요. 하여튼 티토렐리는 쓸데없이 이야기가 많아요. 훤히 알고 있는 거짓말을 하기에 화를 내고 쫓아버린 일도 있지만 대개 저 같은 장사꾼은 자기 일만 해도 눈코 뜰 사이가 없는데 아무 관계도 없는 이야기에 귀를 기울일 겨를이 있겠어요? 그런데 이야기가 났으니까 말씀드리지만 티토렐리는 아마 당신에게 도움이 되리라고 저는 생각했어요. 그는 재판관을 많이 알고 있으니까 자기 자신은 힘이 없더라도 어떻게 하면 유력한 사람들과 가까이 할 수 있다는 것쯤은 가르쳐줄 수 있을 겁니다. 그 사람의 이야기로써 무슨 결정적인 효과가 날 것은 아니지만 그래도 제가 생각하기에는 당신이 그런 이야기를 들으시면 매우 유리할 것 같습니다. 무엇보다 당신은 변호사나 다름없는 분이시니까요. K 주임님은 변호사나 다름없는 분이라고 저는 언제나 말했어요. 그렇다고 해서 당신의 소송 문제에 대해서 걱정하는 것은 아닙니다. 그러면 어떻습니까. 티토렐리한테 한 번 가보실까요? 제가 소개한다면 무슨 일이든지 될 수 있는 데까지는 보아줄 겁니다. 물론 오늘이 아니라도 적당한 기회에 가보시는 것이 좋을 것 같습니다. 물론——이것도 말씀드려야 하겠지만——제가 이렇게 권한다고 해서 반드시 티토렐리를 찾아갈 필요는 없습니다. 티토렐리의 힘을 빌리지 않고라도 해결할 수 있으면 그야 어디까지나 그를 무시하는 것이 도리어 좋으실 겁니다. 모르긴 하지만 벌써 충분한 계획이 계실 테니까 티토렐리 같은 것은 도리어 방해나 되겠지요. 아니 그러시다면 구태여 가실 것도 없습니다. 사실 그런 남자의 이야기를 듣는다는 것도 좀 창피한 일이니까 소견대로 하시고, 여기 소개장과 주소가 있습니다."

잠시 망설이다가 K는 편지를 받아서 호주머니에 넣었다. 공장 주인이 K의 소송 문제를 알고 있으며 화가가 앞으로도 그 이야기를 퍼뜨릴 것이기 때문에 당하게 될 피해에 비하면 아무리 일이 순조롭게 진행된다 해도 소개장의 유리한 점이라는 것은 뻔한 일이었다. 방에서 나가려는 공장 주인에게는 사실 간단한 인사마저 할 생각이 없었다.

"가보지요." 하고 문간에서 헤어지면서 K는 말했다. "그렇지 않으면 제가 오늘은 매우 바쁘니까 언제 한 번 저의 사무실로 오도록 편지를 내지요."

"좋은 방법이 계시겠지만." 공장 주인은 이렇게 말했다. "하여튼 소송 문제를 상의하기 위해서 티토렐리 같은 사람을 은행으로 부른다는 것은 삼가하는 것이 좋지 않으실까요? 그런 사람한테 편지를 한다고 해서 반드시 이로울 것은 없습니다.

그러나 하여튼 당신은 모든 문제를 충분히 생각해서 잘 처리하시리라고 믿습니다."

K는 머리를 끄덕이더니 응접실까지 공장 주인을 따라갔다. 그러나 겉으로는 태연한 듯한 표정을 보였지만 자기 이야기에 대해서 매우 놀랐다. 티토렐리한테 편지를 쓴다고 말한 것은 사실 공장 주인에게 소개장에 대해서 매우 감사하며 될 수 있으면 티토렐리와 만날 기회를 만들었으면 하는 기분에서 말한 것이지만 티토렐리의 힘이 유력하다고 생각했더라면 사실 서슴지 않고 그에게 편지를 냈을 것이다. 그러나 편지를 해서 도리어 해로우리라는 것은 공장 주인의 이야기를 듣고 비로소 깨닫게 되었다. 자신의 판단력은 이렇게 믿을 수 없는 것일까? 후에라도 문제가 될지 모르는 그런 편지를 내서 시원치도 않은 사람을 은행으로 불러놓고 대리와 겨우 벽 하나를 사이에 둔 방에서 자기 소송 때문에 이러고 저러고 부탁할 수 있다면 사실 그 보다 다른 어떤 분위기에 처했을 때도 그것을 깨닫지 못하고 그만 그 속에 빠져버리지 않는다고도 할 수 없는 일이 아니냐? 자기를 타일러줄 사람이 언제나 옆에 있는 것은 아니다. 그리고 전력을 다해서 나서야 할 지금에야 뜻밖에도 자신의 이성에 대한 의혹이 생길 줄이야 누가 알았으랴! 사무를 볼 때 느꼈던 곤란이 이 소송 문제에 있어서도 나타나기 시작한 것이 아닐까? 하여튼 지금 그는 어떻게 돼서 티토렐리한테 편지를 쓰며 그를 은행으로 불러볼 생각을 했는지 알 수가 없었다.

그런 생각을 하며 머리를 흔들고 있을 때 급사가 옆으로 다가오더니 응접실에 손님 세 사람이 기다리고 있는 것을 알려주었다. 그네들은 K를 만나려고 벌써 오랫동안 기다리고 있었다. 급사가 K와 이야기를 하자 기회를 놓치지 않으려고 저마다 K한테로 가까이 갔다. 은행

측에서 그처럼 불친절하게도 휴게실에서 시간을 보내게 했기 때문에 그들도 그 이상 사양치 않으려고 했다.

"주임님." 하고 그 중에서 어떤 남자가 말했다. 그러나 K는 급사를 보고 외투를 가져오게 하고 급사가 그것을 입혀 주고 있을 때 그 세 사람을 보고 이렇게 말했다.

"죄송합니다, 여러분. 미안하지만 지금은 만날 시간이 없습니다. 대단히 죄송합니다만 급한 일이 있어서 곧 나가봐야 하겠습니다. 보시다시피 꼼짝할 사이가 있어야지요. 내일이나 그렇지 않으면 언제든지 다시 한 번 오실 수 없겠습니까? 뭣하시면 용건을 전화로 연락하실까요? 그렇지 않으면 지금 간단히 용건을 말씀하실까요? 그러면 서면으로 자세히 말씀드리겠습니다. 물론 다시 한 번 오신다면 더욱 좋겠지만."

공연히 기다린 셈이 된 손님들은 K가 이렇게 자기 의견을 말하자 어리둥절해서 서로 얼굴만 바라보았다.

"그러면 그렇게 해주시겠습니까?" K는 이렇게 묻고 나서 그때 마침 모자를 들고 온 급사를 돌아보았다. 열려 있는 K의 방문으로 밖에 눈이 더욱 심하게 내리는 것이 보였다. 그래서 K는 외투깃을 치켜올리며 목 밑에까지 단추를 채웠다.

바로 그때 옆방에서 나온 지점장 대리는 외투를 입고 손님들과 이야기를 주고받는 K를 싱글거리며 바라보더니 이렇게 물었다.

"벌써 나가십니까, 업무 주임?"

"네." 하고 말하며 K는 말했다. 그러나 그때 손님들은 그 이상 참을 수 없다는 듯이 K의 주위에 모이더니 중요한 문제가 아니라면 한 시간이나 기다리지 않았을 것이니 지금이라도 개별적으로 만나서 자세한 이야기를 들어달라고 말했다. 지점장 대리는 잠시 동안 그들의 이야기를 듣고 있더니 손에 든 모자에서 여기저기 먼지를 털고 있는 K를 바라보고 나서 이렇게 말했다.

"여러분, 매우 간단한 방법이 있습니다. 저라도 좋으시다면 업무 주임을 대신해서 제가 말씀을 올리겠습니다. 물론 당신들의 용건은 조속히 결말을 지어야지요. 당신들과 같이 저희들도 상인이니까 상인들의 시간이 얼마나 귀하다는 것은 잘 알고 있습니다. 이리 들어오실까요 ?"

이렇게 말하고 그는 자기 방 응접실로 들어가는 문을 열었다.

K가 지금 어쩔 수 없이 포기한 모든 일을 지점장 대리는 어떻게 혼자서 차지할 수 있을까 ! 그런데 K는 필요 이상의 것을 포기하지는 않았는가 ? 확실치도 않고 사실 보잘것없는 희망을 품고 잘 알지도 못하는 화가한테 달려간 동안에 은행에서의 신용을 잃어버리면 다시는 걷잡을 도리가 없을 것이다. 사실은 이제라도 외투를 벗고 적어도 아직 이 방에 나란히 앉아서 기다리고 있는 두 손님의 기분이라도 돌려주는 것이 좋을 것 같았다. K는 그때 자기 방에서 지점장 대리가 뻔뻔스럽게 책상을 이리저리 들추는 꼴을 보지 않았더라면 아마 그렇게 했을는지도 모른다. K가 흥분된 표정을 띠며 문으로 가까이 왔을 때 지점장 대리는 이렇게 외쳤다.

"아, 아직도 나가지 않았군요 ! "

K한테로 얼굴을 돌렸지만 얼굴에 나타난 수많은 주름은 늙었다기보다 넘치는 정력을 보여주는 것 같았다. 그러더니 그는 곧 다시 찾기 시작했다.

"저 회사 사장님 이야기에 의하면 당신한테 계약서가 있다고 하는데." 그는 이렇게 말했다. "좀 찾아주시겠어요 ?"

K가 한 걸음 들어서자 지점장 대리는 "아, 그만두세요. 있습니다." 하고 말하더니 계약서뿐만 아니라 사실은 다른 여러 가지 서류까지 들어 있는 장부를 들고 자기 방으로 돌아갔다.

"지금은 어쩔 수 없지만." K는 혼자서 이렇게 말했다. '나의 개인적인 여러 가지 문제만 해결되는 날에는 누구보다 먼저 따끔하게 맛을 좀 보여야지.' 이런 생각을 하면서 다소 기분을 안정시키고 이미 오랫동안 복도로 나가는 문을 열어 잡고 그를 기다리던 급사에게 볼일이 있어서 나갔다고 기회를 보아 지점장에게 전하라는 부탁을 하고 잠시 동안이나마 완전히 자기 일에 몰두할 수 있다는 데 어느 정도 행복감을 느끼면서 K는 은행 문을 나섰다.

그는 곧 화가한테로 달려갔지만 그 화가는 재판소 사무실이 있는 그쪽과는 전연 반대 방향인 교외에 살고 있었다. 그 부근 일대는 훨씬 더 가난해 보이며 집들도 더욱 음침하고 도로는 눈이 녹아 질퍽질퍽하고 더럽기 짝이 없었다. 화가가 살고 있는 집에는 커다란 문이 한 짝만 열려 있고 다른 쪽은 울타리 밑으로 구멍이 나서 바로 K가 가까이 갔을 때는 그 구멍으로 누렇고 김이 나며 진득한 액체가 흘러내리고 몇 마리의 쥐가 마치 그것을 피하려는 듯이 옆에 있는 도랑으로 뛰어들었다. 계단 밑에는 어린아이가 땅 위에 엎드려서 울고 있었지만 문 맞은편에 있는 철판 공장에서 울리는 소란한 소리 때문에 우는 소리는 들리지 않았다. 공장의 문은 열려 있었고 무슨 일을 하는지 직공 세 사람이 빙 둘러서서 망치로 두들기고 있었다. 벽에 걸린 커다란 철판에서 반사하는 희미한 광선이 두 직공 사이로 흘러서 그들의 얼굴과 노동복을 비추고 있었다. K는 이러한 모든 것을 얼핏 한번 쳐다보았을 뿐 될 수 있는 대로 속히 일을 끝마치고 몇 마디 화가에게 물어보고 나서 곧 은행으로 돌아가려고 했다. 만일 여기서 조금이라도 성과를 올린다면 그것은 오늘 은행에서 앞으로 할 일에 대해서도 좋은 영향을 미칠 것이다. 사층까지 오르자 그는 걸음을 늦추지 않을 수 없었으며 숨이 막혔다. 층계와 계단이 너무나 높았다. 화가는 맨 위에 있는 다락방에 산다고 얘기를 들었다. 공기도 매우 침침하고 좁다란 계단은 양쪽이 다 벽으로 막혀 있고 맨 위에 여기 저기 자그마한 들창이 달려 있을 뿐이었다. 잠시 발걸음을 멈추자 어떤 방에서 어린 소녀가 두서너 명 뛰어나오더니 깔깔거리며 급히 계단으로 올라갔다. K는 천천히 뒤를 따라 걸어가며 발이 걸려서 그만 뒤떨어진 처녀와 나란히 서서 걸어가며 이렇게 물었다.

"여기 티토렐리라는 화가가 있니?"

그러자 열서너 살 먹어 보이며 약간 등이 굽은 그 소녀는 팔굽으로 K를 쿡 찌르더니 옆에서 그의 얼굴을 쳐다보았다. 아무리 어리고 불구자였지만 그애가 이미 완전히 타락한 것만은 숨길 수 없는 사실이었다. 그 소녀는 웃는 빛은 조금도 보이지 않고 예리하며 매혹적인 시선으로 그를 뚫어지게 쳐다보았다. K는 그런 태도를 느끼지 못한 척하면서 이렇게 물었다.

"티토렐리라는 화가 아니?"

소녀는 머리를 끄덕이며 도리어 제편에서 이렇게 물었다.

"무슨 일이 있어요?"

K는 조금이라도 미리 티토렐리에 대해서 알아두는 것이 이로울 것같이 생각되었다.

"내 얼굴을 그려 달랠까 해서." 하고 그는 말했다.

"얼굴을 그려 달래요? 소녀는 이렇게 묻고 마치 그가 너무나 놀라운 어떤 일이나 당치도 않은 일을 말하기나 한 듯이 입을 딱 벌리고 손으로 K를 툭 치더니 두 손으로 그러지 않아도 짧은 스커트를 올리고 될 수 있는 대로 빨리 다른 소녀들의 뒤를 따라 뛰어올라갔지만 위에서 그들이 떠드는 소리는 어느덧 희미하게 사라지고 말았다. 그러나 다시 계단을 도는 데서 K는 그 소녀들을 또 만났다. 사실 꼽추를 통해서 K의 이야기를 들은 그네들은 그가 오기를 기다리고 있었다. 계단 양쪽에 서서 K가 그네들 사이를 지나갈 수 있도록 벽에 몸을 붙이고 손으로 앞치마를 꼭 누르고 있었다. 그네들의 얼굴이나 이렇게 열을 지어 서 있는 태도에는 동심과 타락한 빛이 뒤섞여서 나타나 있었다. 웃으며 K의 뒤를 따르는 그 소녀들의 맨 앞에서 안내 역할을 하는 것은 역시 꼽추였다. 그 소녀는 곧장 올라가려는 K를 보고 티토렐리한테 가려면 옆으로 통한 계단으로 가야 한다고 가르쳐주었다. 기다랗고 매우 비좁은 이 계단은 곧장 위에까지 보이며 바로 티토렐리의 방 앞에서 끝나 있었다. 경사진 문 위에는 다른 계단과는 달라서 자그마한 외등이 달려 있기 때문에 주위가 상당히 밝았으며 아예 칠도 하지 않은 문판자 위에는 티토렐리라는 이름이 빨간 글씨로 굵직하게 씌어 있었다. K가 뒤를 따르는 소녀들과 같이 계단 한가운데까지 왔을 때 소란한 발걸음 소리가 시끄러웠던지 위에 있는 문이 약간 열리더니 잠옷만 입은 듯한 어떤 남자가 문틈으로 얼굴을 내밀었다.

"오오!" 일행이 올라오는 것을 보고 이렇게 외치더니 그만 사라지고 말았다. 꼽추인 그 소녀는 기뻐서 어쩔 줄을 모르며 손뼉을 쳤다. 그리고 다른 소녀들은 좀더 빨리 올라가도록 K의 뒤에서 서둘고 있었다.

그러나 아직 다 올라가기도 전에 위에 있는 화가가 문을 활짝 열
어젖히고 머리를 푹 숙이며 K에게 들어오라고 권했다. 그는 소녀들을
가로막고 그네들이 그렇게 부탁을 하며 또 사실 그가 허락하지 않으면
무리하게라도 밀고 들어가려고 했지만 그는 한 사람도 들여보내지
않았다. 다만 꼽추만이 쭉 뻗친 그의 팔 밑으로 빠져 나갈 수가 있
었지만 화가는 그 소녀를 쫓아가서 스커트를 붙잡고 자기 주위를 한
바퀴 빙 돌리더니 문 앞에 소녀들이 서 있는 자리에 밀어놓았다. 그녀는
화가가 그렇게 해서 자기 자리를 떠났지만 화가네의 문지방을 넘으
려고 하지는 않았다. K는 이러한 광경을 어떻게 판단했으면 좋을는지
몰랐다. 모두가 정답게 놀고 있는 것 같기도 했다. 문 옆에 있는 소
녀들은 제멋대로 목을 쭉 빼고 K도 알 수 없는 여러 가지 농담을
지껄여대고 화가도 어처구니가 없어서 웃고 있으려니까 꼽추는 쏜
살같이 도망을 치고 말았다. 그러자 화가는 문을 닫고 다시 한번 K한테
인사를 악수를 청하더니 이름을 밝히며 이렇게 말했다.

"화가 티토렐리입니다."

K는 뒤에서 소녀들이 시시덕거리고 있는 문을 가리키며 이렇게
말했다.

"이 집에서는 매우 인기가 좋으신데요."

"어떻게 장난이 심한지." 화가는 이렇게 말하고 잠옷 맨 위의 단추를
채우려고 했으나 좀처럼 채워지기가 않았다. 그는 맨발로 홀렁거리며
누르스름한 바지를 입었고 그것을 혁대로 동이고 있었으나 기다란
혁대 끝이 이리저리 흔들리고 있었다.

"장난이 심해서 어쩔 수가 있어야지요." 하고 그는 말을 계속하며
맨 위의 단추가 떨어진 잠옷은 그냥 내버려두고 의자를 내놓으며
K에게 앉기를 권했다.

"저 애들 중에서——오늘은 없었습니다만——초상을 그려준 애가
있는데 그 다음부터 저렇게 저를 따릅니다. 제가 방에 있으면 허락하지
않는 한 들어오지 않습니다만 제가 없으면 적어도 한 애쯤은 언제나
방에 들어와 있지요. 제 방 열쇠를 만들어 가지고 서로 빌려주고 있
답니다. 어떻게 시끄러운지 알 수가 없어요. 초상을 그리려고 어떤

부인을 집으로 데리고 와서 열쇠로 문을 열면 붓으로 입술을 새빨갛게 칠하고 꼽추가 저 책상 옆에서 서 있고 그 애가 봐주어야 할 어린 동생들은 제멋대로 설치면서 빈틈없이 방 안을 더럽히는 형편이지요. 그리고 또 바로 어제도 그랬지만 밤 늦게 돌아와서 그런 일이 있다는 것을 생각하셔서 제가 이런 꼴을 하고 방 안이 이렇게 누추한 것을 용서하십시오——아무튼 밤 늦게 집으로 돌아와서 침대에 누우려고 하니까 누군지 다리를 할퀴는 사람이 있기에 침대 밑을 들여다보았더니 그런 애가 하나 나오지 않습니까 글쎄. 그네들이 어째서 저렇게 저한테 밀려오는지 알 수 없지만 제가 끌어들이지 않는 것만은 지금 보시다시피 당신도 아실 겁니다. 물론 그 때문에 일에도 방해가 되지요. 제가 이 아틀리에를 무료로 쓸 수 있으니까 그렇지, 만일 그렇지 않으면 벌써 이사를 하고 말았을 겁니다.”

그때 바로 문 뒤에서 귀여우면서도 어쩐지 불안스러운 목소리가 들렸다.

“이젠 들어가도 좋아요?”

“안돼.” 하고 화가가 대답했다.

“저 혼잔데도 안 돼요?” 다시 이렇게 물었다.

“그래도 안 돼.” 하고 화가는 말하더니 문으로 가서 그만 자물쇠를 잠그고 말았다.

그 동안 K는 방 안을 둘러보았다. 보잘것없이 비좁은 이 방은 아무리 생각해도 아틀리에라고 할 수는 없을 것 같았다. 길이와 폭이 두 걸음이 될까말까한 정도였다. 마루나 벽, 그리고 천장은 모두 목재로 되어 있었으며 네모진 재목 사이에는 좁은 틈이 나 있었다.

K의 맞은편 벽 옆에는 침대가 놓여 있고 그 위에는 가지가지의 침구가 쌓여 있었다. 방 한가운데의 캔버스에 놓여 있는 그림은 셔츠로 덮여 있었으며 그 소매가 마루까지 늘어져 있었다. K의 뒤에는 창문이 있었고 그 문으로 안개 속으로 눈이 쌓여 있는 옆집 지붕이 보일 뿐이었다.

자물쇠를 잠그는 소리에 K는 자기가 곧 돌아가려고 한 것을 생각했다. 그래서 그는 호주머니에서 공장 주인의 편지를 꺼내서 화가에게 주며 이렇게 말했다.

"당신의 친구인 이 양반한테 당신의 말씀을 듣고 그이가 권하길래 이렇게 찾아왔습니다."

화가가 얼핏 편지를 읽더니 그것을 침대 위에 던졌다. 만일 공장 주인이 티토렐리에 대해서 그렇게까지 분명히 자기 친구이며 자기에게 구원을 청한 일이 있는 불쌍한 사람이라고 말하지 않았더라면 사실 그때 그 광경을 본 사람이라면 티토렐리가 공장 주인을 모르거나 그렇지 않으면 적어도 그에 대한 생각이 나지 않는 것이라고밖에 더 생각할 수가 없을 것이다. 게다가 화가는 이렇게 물어보았다.

"당신은 그림을 사시려는 것입니까? 혹은 초상화를 부탁하시렵니까?"

K는 깜짝 놀라서 화가를 바라보았다. 대체 편지에는 무엇이 써 있었던가? 물론 K는 공장 주인이 그 편지 가운데서 K는 다만 자기 소송 문제 때문에 알아 볼 일이 있을 뿐이라고 화가에게 알렸을 것으로 생각했다. 너무 덤비면서 잘 생각해보지도 않고 공연히 달려온 것이 아닐까? 그러나 그때 그는 화가에게 뭐라고 대답하지 않을 수 없었기 때문에 캔버스를 쳐다보면서 이렇게 말했다.

"지금 그림을 그리시는 중이군요?"

"네, 그렇습니다." 하고 화가는 말하고 캔버스에 걸려 있던 셔츠를 편지와 같이 침대 위에 던졌다.

"초상화에요. 좋은 일감이지만 아직 덜 되었어요."

그것이 어떤 재판관의 초상이었기 때문에 다행히도 K는 우연히 재판소에 대한 이야기를 할 수 있게 되었다. 그것은 변호사 사무실에 있는 그림과 비슷하였다. 물론 전연 다른 재판관이고 양볼에는 텁수룩한 검은 머리가 늘어져 있는 뚱뚱한 인물이었다. 그 그림은 유화였지만 이것은 파스텔로써 가볍고 희미하게 그린 것이었다. 그러나 그 외에는 다 비슷하였다. 이 그림에도 역시 의자의 팔걸이를 꽉 붙잡고 바로 그 재판관이 으리으리한 의자에서 위협적인 태도로 일어서려 하고 있었기 때문이다.

"재판관이군요." K는 곧 이렇게 말하려고 했으나 잠깐 입을 다물고 마치 세부를 자세히 살펴보려는 듯이 그림 가까이로 걸어갔다. 그 으리으리한 의자 뒤로 한가운데 커다란 인물이 보였지만 뭔지 알 수가 없었기 때문에 그는 화가에게 물어보았다. 그것은 좀더 손질해야 하겠다고 하면서 화가는 자그마한 책상에서 파스텔 한 개를 들고 와서 그 인물을 다듬었지만 그래도 K는 분명히 알 수가 없었다.

"정의의 여신입니다." 드디어 화가는 이렇게 말했다.

"그러니까 알겠습니다. 이것이 눈을 가리는 천이고 이것이 저울이군요. 그러나 발꿈치에 날개가 있어서 나는 것 같지 않습니까?" 하고 K는 말했다.

"그렇습니다." 하고 화가는 말했다. "부탁을 받았기 때문에 이렇게 그리지 않을 수 없었지만 사실은 정의의 여신과 승리의 여신을 합친 것입니다."

"조화가 잘 되지 않는데요." 하고 K는 미소를 띠며 말했다. "정의는 동요해서는 안 됩니다. 그렇지 않으면 저울이 혼들려서 정당한 판결을 내릴 수가 없습니다."

"그 점은 부탁한 사람의 주문대로 했습니다." 하고 화가는 말했다.

"그러시겠지요." 자기가 이야기로 남의 기분을 상하게 하고 싶지 않았던 K는 이렇게 말했다. "그 인물이 의자에 앉은 그대로 그리셨군요."

"아니요." 하고 화가는 말했다. "그 인물이나 의자는 보지도 못했고 모두 상상으로 그린 것이지만 무엇을 그리라는 지시는 받았습니다."

"뭐요?" 일부러 화가의 이야기를 잘 모르겠다는 듯이 K는 이렇게 물었다. "하여튼 이것은 재판관 의자에 앉아 있는 재판관이지요?"

"그렇지만." 하고 화가는 말했다. "고관은 아니고 이런 의자에는 한번도 앉아본 일이 없습니다."

"그런데 이렇게 당당하게 그려 달라는 것입니까? 마치 재판관 같군요."

"그렇습니다. 사실 이 사람들은 참 허영심이 강하지요." 하고 화가는 말했다. "그러나 상부에서 이렇게 그려도 좋다는 허락을 받았습니다.

누구는 어떻게 그리라는 것이 미리부터 정해져 있으니까요. 그저 이 그림만으로는 복장이나 의자를 자세히 판단할 수가 없습니다. 파스텔을 사용하는 것이 그런 표현에는 적합치 않으니까요."

"그렇군요." 하고 K는 말했다. "그런데 파스텔로 그렸다는 것은 이상한데요."

"재판관의 청이지요." 화가는 이렇게 말했다. "이것은 어떤 부인에게 주기로 되어 있습니다."

그림을 바라보고 있는 동안에 일을 하고 싶었던지 그는 셔츠 소매를 걷어올리고 파스텔을 몇 개 손에 들었다. 그리고 K는 파스텔의 끝이 흔들리는 데 따라서 재판관의 머리에 잘 어울리고 불그스레한 그림자가 나타나며 그것이 방사선같이 화면 기슭으로 희미하게 뻗친 것을 보고 있었다. 점점 그림자가 뚜렷이 나타나며 마치 무슨 장식이나 훌륭한 표지처럼 머리를 에워 쌌다. 그러나 정의의 여신 부근은 희미한 색채를 제외하고는 어디까지나 빛깔이 맑았으며 그 가운데 더욱 뚜렷이 나타났기 때문에 이미 정의의 여신도 승리의 여신도 아니고 도리어 어디까지나 수렵의 여신같이 보였다. 화가의 솜씨는 의외로 K의 마음을 끌었다. 그러나 결국 오랫동안 앉아 있으면서도 자기 자신의 일은 하나도 이야기하지 못한 것이 민망했다.

"이 재판관의 이름이 뭐지요?" 갑자기 K는 이렇게 물었다.

"그것은 말할 수 없는데요." 하고 화가는 대답하더니 화면으로 몸을 쑥 굽히고 처음에는 그렇게 예의를 갖추면서 맞이한 손님을 확실히 무시하고 있었다. 맹랑한 친구라고 생각하면서 K는 그런 사람을 상대로 헛되이 시간을 보낸 것이 몹시 불쾌했다.

"당신은 재판소의 고문이라지요?" 하고 K는 물었다. 그러자 화가는 붓을 옆에 놓고 몸을 일으키더니 양손을 비비며 빙글거리면서 K를 쳐다보았다.

"사실대로 말하라는 겁니까?" 하고 그는 말했다. "소개장에도 있듯이 당신은 재판소에 대해서 알아보려고 왔는데 처음부터 그림 이야기를 꺼내서 저의 마음을 사려는 것이지요. 그것도 좋습니다. 그러나 그런 수단에 넘어갈 제가 아닙니다."

“아니요, 다 알고 있습니다.” 하고 K가 변명을 하려고 하자 화가는 냉정히 이야기를 가로막았다. 그러더니 이렇게 이야기를 계속했다.

“하여튼 당신의 말씀대로 틀림없이 저는 재판소의 고문입니다.”

K가 이 사실을 확인할 수 있는 시간의 여유를 주기 위해서 그는 잠시 이야기를 끊었다. 문 뒤에서는 또 소녀들의 목소리가 들렸다. 그네들은 아마 열쇠 구멍 앞으로 몰려와서 틈 사이로 방 안을 들여다보는 것 같았다. K는 이러고저러고 변명하기를 그만두기로 했다. 화가의 기분을 돌릴 생각은 없었지만 그래도 화가가 자기만을 내세우며 사람을 깔보려는 태도가 아무래도 심상치 않았던 까닭에 그는 이렇게 물었다.

“그것은 공인된 지위인가요?”

“아니요.” 화가는 이렇게 대답했을 뿐 그 이상 아무 말도 없었다. 그러나 K는 벌써 그의 입을 막아버리고 싶지 않았던 까닭에 이렇게 말했다.

“그런데 공인되지 않으면서도 가끔 유력할 때가 있는데.”

“바로 제가 그렇습니다.” 화가는 이렇게 말하고 이마에 주름을 지으며 머리를 끄덕였다. “어제도 당신의 사건에 대해서 공장 주인과 이야기할 때 제가 당신을 도와드릴 수 있느냐고 묻길래 하여튼 ‘한 번 저한테 오시는 것이 좋겠다.’고 대답했지만 지금 이렇게 곧 만나뵙게 되어서 반갑습니다. 사건에 대해서 매우 염려하시는 모양인데 물론 그것도 무리는 아니겠지요. 그런데 외투나 벗으시지요?”

곧 일어설 생각이었지만 어쨌든 화가가 이렇게 권하기까지 하므로 무척 반가웠다. 방안 공기가 점점 탁해지기에 방 한구석에 놓여 있는 분명 불이 들어 있지 않은 듯한 쇠난로를 몇 번이나 쳐다보았으나 여전히 공기가 무거운 것이 이상했다. K가 외투를 벗고 웃옷의 단추를 풀고 있으려니까 화가는 변명이라도 하듯이 이렇게 말했다.

“저는 추우면 꼼짝할 수가 없는데 방 안이 이만하면 기분이 좋으시지요? 이런 점으로 보면 이 방은 참 위치가 좋은 편이지요.”

K는 아무 대답도 안 했지만 불쾌한 것은 방 안이 무더워서가 아니라 도리어 흐릿하고 숨이 막힐 듯한 공기 때문이었다. 사실 방 안 공

기는 오랫동안 환기가 되어 있지 않았던 것이다. 화가는 캔버스 앞에 하나밖에 없는 의자에 앉아 있으면서 K에게는 침대 위에 앉으라고 권했기 때문에 그는 더욱 불쾌했다. 더구나 침대 한쪽 끝에 앉아 있는 K의 기분도 모르고 편히 앉으라고 말했는데도 K가 여전히 주저하자 그는 옆으로 가서 침대 안쪽에 있는 이불 속으로 K를 밀어 넣었다. 그러더니 다시 자기 자리로 돌아가 결국 구체적인 첫번 질문을 꺼내었기 때문에 K는 그 이상 다른 생각을 할 여유가 없었다.

"당신은 아무 죄도 없지요?" 하고 그는 물었다.

"그렇습니다." K는 이렇게 말했지만 사실 이런 대답을 하면서 그는 마음속으로 흐뭇한 기분에 어쩔 줄을 몰랐다. 관리가 아닌 사람에게 아무 책임도 없이 대답할 수 없었기 때문이었다. 지금까지 그렇게 솔직한 질문을 받아본 적이 없었다. 이렇게 즐거운 기분을 한껏 맛보려는 듯이 그는 다시 이야기를 계속했다.

"정말 아무 죄도 없습니다."

"그래요." 화가는 이렇게 말하고 머리를 숙이더니 깊이 생각에 잠기는 것 같았다. 갑자기 머리를 들며 그는 이렇게 말했다.

"아무 죄도 없으시면 문제는 간단합니다."

K의 눈빛에는 우울한 빛이 떠올랐고 소위 재판소 고문이라고 하는 이 남자는 마치 어린아이처럼 단순한 이야기를 하고 있었다.

"제가 죄가 없다 해서 문제가 간단할 것 같지는 않은데요." 하고 K는 말했다. 그는 웃음을 억제치 못하며 천천히 머리를 흔들었다. "재판소에서 한사코 애를 쓰고 있는 여러 가지 사소한 일과 얽혀 있습니다. 처음에는 아무렇지도 않던 데서 결국은 커다란 죄가 나타나게 되니까요."

"하하, 그래요." 화가는 K가 공연히 자기 생각을 어지럽게 하기나 한 듯이 이렇게 말했다. "그런데 정말 죄가 없지요?"

"그럼은요." 하고 K는 말했다.

"그것이 제일 문제니까요." 화가는 이렇게 말했다. 사실 그는 어떤 반발이 있다고 해도 꺾일 사람이 아니었다. 그저 단호한 태도를 보이는 것 같기는 하지만 사실 그것이 확신을 갖고 하는 말인지 혹은 냉정한 태도에서 그러는지 알 수가 없었다. 그래서 K는 그런 점을 우선 다짐하려고 이렇게 말했다.

"사실 당신은 저보다 재판소 내막을 잘 알고 계시겠지만 저는 그저 여기저기서 여러 사람한테 들었을 뿐입니다. 그러나 누구나 다 그런 말을 하지만 경솔하게 고소될 리도 없고 재판소에서는 한번 고소를 당하게 되면 피고의 죄에 대해서 절대적으로 의심을 갖게 되며 이러한 의심은 좀처럼 번복할 수가 없다고 누가 말합디다."

"할 수 없을까요?" 화가는 이렇게 되물으며 한쪽 손을 높이 흔들었다. "절대로 번복할 수는 없습니다. 이 캔버스에 재판관을 전부 다 그려놓고 당신이 그 앞에 서서 변호를 하는 것이 실제로 재판소에 나가는 것보다 결과적으로 훨씬 나을 겁니다."

"그렇겠군요." K는 자기도 모르게 이렇게 중얼거렸지만 사실 자기가 화가의 마음을 조금 떠보려고 했던 것은 까맣게 잊어버리고 있었다.

그때 문 뒤에서 다시 어떤 소녀의 목소리가 들렸다.

"아저씨, 손님은 아직 가지 않았어요?"

"가만 있어!" 화가는 문을 향해서 이렇게 외쳤다. "손님과 이야기하는 것이 들리지 않아?"

그러나 그 소녀는 그래도 마음이 놓이지 않았던지 또 이렇게 물었다.

"그림을 그려주시나요?" 화가가 아무 대답도 없었기 때문에 소녀는 다시 이렇게 말했다. "그렇게 보기 싫은 사람은 절대 그려주지 마세요. 네?"

그러자 분명히 알아들을 수는 없었지만 그 말에 찬동하는 듯이 외치는 소리가 한데 어울려서 들렸다. 화가는 문으로 달려가서 문을 약간 열더니——마치 애원하듯이 포개어 내밀고 있는 소녀들의 손이 보이자——이렇게 말했다.

"떠들면 계단 밑으로 차 굴릴 테야. 여기 앉아서 조용히 해."

그래도 말을 듣지 않았던지 화가는 버럭 소리를 질렀다. "앉지 못해!" 그제서야 겨우 조용해졌다.

"미안합니다." K한테로 다시 돌아오자 화가는 이렇게 말했다. 문쪽은 돌아보지도 않고 K는 자기를 위하려는 화가에게 모든 것을 맡겨버리고 말았다. 화가가 그렇게 말했을 때도 꼼짝하지 않았지만 화가는 K한테로 몸을 굽히고 밖에서 들을세라 그의 귀에 대고 이렇게 속삭였다.

"이 애들도 재판소와 관계가 있답니다."

"뭐요?" K는 이렇게 묻고 머리를 옆으로 돌리며 화가를 쳐다보았다. 그러나 화가는 다시 자기 자리에 앉으며 농담같기도 하고 설명이라도 하는 듯한 어조로 말했다.

"사실 모든 것이 재판소와 관계가 있습니다."

"아직 그런 줄은 전혀 몰랐는데요." K는 이렇게 간단히 말했지만 화가의 이야기가 너무나 태연했기 때문에 소녀들에 대한 이야기를 듣고도 K는 조금도 불안한 감을 느끼지 않았다. 그러나 K는 잠시 문 쪽을 바라보았다. 그 뒤에는 소녀들이 계단 위에 조용히 앉아 있었다. 한 애만이 판자 틈 사이에 지푸라기를 들이밀고 천천히 아래 위로 흔들고 있었다.

"재판소가 어떻다는 것을 아직 조금도 모르시는 것 같군요."

화가는 이렇게 말하고 두 발을 쩍 벌리더니 발 끝으로 마루 위를 탁 쳤다. "그러나 아무 죄도 없으니까 재판소에 대해서는 별로 아실 필요가 없으실 겁니다. 저 혼자서라도 도와드리지요."

"어떻게 그런 일을 하시겠어요?" 하고 K는 물었다. "지금도 말씀하셨지만 재판소에서는 어떤 이유도 통하지 않는다면서요."

"법정에서 내놓는 이유만은 통하지 않습니다." 화가는 이렇게 말하고 마치 K가 그 미묘한 차이를 깨닫지 못한다는 듯이 둘째손가락을 세웠다.

"그러나 이 점에 있어서 공공연한 재판소의 눈을 피해서 회의실이나 복도나 혹은 아틀리에 같은 데서 흥정을 한다면 문제는 전연 달라집니다."

화가의 이야기는 그렇게 맹랑한 것 같지는 않았을 뿐 아니라 다른 사람들한테서 들은 이야기와 부합되는 점도 적지않은 것 같았다. 그뿐 아니라 희망을 가질 수도 있는 이야기였다. 변호사의 이야기대로 재판관이라는 것은 개인적인 연고만 있으면 사실 쉽사리 다룰 수가 있기 때문에 화가가 허영심이 강한 재판관들과 관계가 있는 것은 중요한 일이며 조금도 소홀히 할 수 없었다. 그리고 점점 주위에 모여들기 시작한 구원자들 중에서도 화가는 누구보다 적합한 사람인 것 같았다. 한때 은행에서는 조직에 재능이 있다고 칭찬을 받은 일도 있지만 지금 전연 혼자서 모든 일을 해치워야 할 이때야말로 그 재능을 한번 마음껏 시험해볼 좋은 기회가 생긴 것이다. 자기 설명이 K에게 얼마만한 효과가 있었는가 하는 것을 살피고 있던 화가는 약간 불쾌한 어조로 이렇게 말했다.

"제가 법률가인 듯이 말하는 것이 좀 이상하게 여겨지죠? 재판소 양반들과 항상 교제를 하는 동안에 나도 모르게 이렇게 되었습니다. 물론 얻은 것도 많지만 예술에 대한 정열은 거의 잃어버리고 말았어요."

"그런데 처음에 어떤 인연으로 재판관들과 알게 되었습니까?"하고 K는 물었다. 그는 화가가 자기를 도와주기 전에 우선 그의 신용을 얻으려고 했다.

"인연이고 뭐고 없지요." 화가는 이렇게 말했다. "이 인연은 아버지한테 물려받은 것입니다. 저의 아버지때부터 재판소 화가였습니다만 이 직업은 대대로 물려받게 되어 있기 때문에 새로운 사람을 채용하는 일은 없습니다. 말하자면 각계 각층의 관리들을 그리는 데는 비밀을 지켜야 할 여러 가지 규칙이 있습니다. 그리고 이 규칙은 일정한 집안 사람 이외에는 절대로 알려져 있지 않습니다. 말하자면 저 서랍 속에는 저의 아버지의 노트가 들어 있지만 함부로 보일 수 없는 것입니다. 그것을 알고서야 재판관을 그릴 자격이 있습니다. 그러나 만일 이 노트를 잃어버리는 경우라도 그 밖의 여러 가지 규칙이 저의 머릿속에 남아 있기 때문에 아무도 저의 지위를 위협할 사람은 없을 겁니다. 그리고 재판관이라면 누구나 다 옛날 훌륭한 재판관의 초상화와 같이 그려주기를 원하기 때문에 그런 일을 할 수 있는 사람은 저밖에 없을 겁니다."

"참 대단하시군요." 하고 K는 말하며 은행에 있어서의 자기 지위를 생각해보았다. "그러니 당신의 지위는 어쩔 수 없군요?"

"물론 그렇지요." 하고 화가는 말하고 어깨를 움츠려 보였다. "그러기에 소송을 당하고 있는 불쌍한 사람을 도와주려는 것이 아니겠어요?"

"그런데 어떻게 도와주시죠?" 화가가 바로 지금 불쌍한 사람이라 말했지만 자기는 그런 사람이 아닌 듯이 K는 말했다.

그러나 화가는 상대방의 기분 같은 것은 염두에도 없다는 듯이 이렇게 말했다.

"가령 당신의 경우만 해도 전연 죄가 없으니까 저는 다음과 같은 일을 해볼 생각입니다."

이렇게 무죄라는 말을 여러 번 되풀이했기 때문에 사실 K는 무안할 지경이었다. 화가의 이야기를 듣고 있으면 자기가 나서기만 하면 소송은 원만히 해결된다고 처음부터 말하지만 그러다가는 결과를 망치지나 않을까 하는 염려도 가끔 없는 것은 아니었다. 그런 의심을 느끼면서도 K는 화가의 이야기를 가로막을 생각은 없었다. 그리고 어디까지나 화가의 도움을 얻어보려고 단단히 마음먹었던 탓인지 변호사의 힘에 비하면 조금도 의심할 여지가 없는 것 같았다. 조금도 악의없이 솔직하게 말했기 때문에 더욱 마음에 들었다.

화가는 의자를 침대 옆으로 끌어당기더니 나직한 목소리로 이야기를 계속했다.

"잊어버리고 그만 물어보지 못했지만 어떤 석방을 요구하시지요? 세 가지 가능성이 있는데 말하자면 그것은 실제적인 무죄와 형식적인 무죄 그리고, 소송 지연 공작입니다. 정말 무죄가 되면 그보다 더 좋은 일은 없겠지만 저는 그럴 힘은 조금도 없습니다. 아마 제 생각 같아서는 정말 무죄로 만들어줄 만한 사람은 하나도 없을 겁니다. 물론 이때에는 피고의 무죄 여부가 문제겠지요. 그런데 당신은 아무 죄도 없으니까 자기의 무죄를 주장하면서 혼자 나설 수도 있을 겁니다. 그렇게 되면 저뿐만 아니라 누구한테 힘을 빌 필요는 없을 겁니다."

처음 K는 이렇게 정연한 이야기를 듣고 놀라지 않을 수 없었지만 그는 이내 화가와 같이 나직한 목소리로 말했다.

"당신의 말은 조금 모순된 것 같은데."

 “어째서요?” 하고 화가는 태연한 태도로 묻더니 의자에 몸을 기대고 싱글거리고 있었다. 이렇게 웃는 낯을 보았을 때 K는 화가의 이야기 가운데 모순이 있는 것이 아니라 재판소 수속 자체에 모순이 있다는 것을 암시하는 듯한 느낌이었지만 서슴지 않고 그는 또 이렇게 말했다.

 “당신은 처음에 재판소에서는 어떤 이유라도 통하지 않는다고 말하고 다음에는 공공연한 재판소가 아니라면 그렇지도 않다고 말하고 지금에 와서는 무죄라면 법정에 나서도 별로 애쓸 필요가 없다고까지 말했습니다만 사실은 이것이 우선 모순입니다. 그리고 재판관이라면 개인적으로 얼마든지 이용할 수가 있다고 하고서 당신이 말하는 실제적인 무죄는 개인적 교섭으로는 도무지 가망이 없다고 의견을 번복한 것이 둘째 번 모순입니다.

 “그건 그렇지 않지요.” 하고 화가는 말했다. “여기서는 두 가지 각각 다른 문제에 대한 이야기니까 법률에 씌어 있는 것과 제가 개인적으로 경험한 것을 혼동해서는 안 되지요. 아직 읽어본 일은 없지만 결국 죄가 없는 자는 무죄의 판결을 받는다고 법률에 씌어 있는 반면에 재판관을 이용할 수 있다고는 씌어 있지 않을 겁니다. 그러나 제가 경험한 바는 전연 반댑니다. 실제로 무죄라는 것은 있은 예가 없지만 재판관을 이용했다는 예는 얼마든지 있습니다. 물론 제가 아는 사건에는 무죄라는 것이 없었다고 할 수도 있지만 그렇게 많은 사건 가운데 무죄가 하나도 없다는 것은 좀 이상하지 않습니까? 저는 어렸을 때부터 소송에 대한 이야기는 아버지한테서 많이 들었고 아버지의 아틀리에를 찾아오는 재판관들도 입만 열면 그저 재판소 이야기뿐이었습니다. 하여튼 그들이 모이면 다른 이야기는 거의 없었습니다. 나는 재판소에 드나들게 되자 될 수 있는 대로 그런 기회를 얻어서 수많은 소송 문제를 가장 중요한 대목에 따라서 방청도 하고 볼 수 있는 데까지 따라다녔지요. 그러면서도 ——이것은 솔직한 말이지만——정말 무죄 판결이라는 것은 한번도 본 일이 없습니다.”

 “단 한번도 무죄 판결을 본 일이 없단 말씀이지요?” K는 혼잣말처럼 그랬으면 하는 듯이 이렇게 말했다. “그러나 그런 이야기를 들고 보니 제가 지금까지 재판소에 대해서 품고 있던 생각을 알 수가 있겠습니다. 그러니까 이런 면으로 보면 역시 재판소도 쓸데없는 것이고 사형 집행자 한 사람만 있으면 충분하겠군요.”

“그만하면 다 알 수 있지 않나요?” 하고 K는 말했다. “그렇지 않으면 옛날에는 정말 무죄라는 것이 있었던가요?”

“있었던 모양이지요.” 화가는 이렇게 대답했다. “자세한 것은 알 수 없지만. 재판소의 마지막 재판은 공개되지도 않고 재판관도 알지 못하기 때문에 옛날 재판에 대해서는 그저 전설 같은 이야기가 남아 있을 뿐입니다. 여러 가지 무죄 판결에 대한 예를 이러한 전설이 전하고 있으며 그것을 믿는 것은 각자의 자유겠지만 사실 입증할 수도 없는 것입니다. 그렇지만 그것은 어느 정도 사실이며 이야기도 아름다운 것이기 때문에 처음부터 부인한다는 것은 잘못이라고 생각합니다. 사실은 저도 그런 전설에서 착안하여 몇 장 그림을 그려본 일도 있습니다.”

“단순한 전설이라면 믿을 수 없습니다.” 하고 K는 말했다. “그리고 재판소에서 그런 이야기를 한대도 소용이 없지 않을까요?”

화가는 그만 웃어버리고 말았다. “그렇지요. 그럴 수는 없습니다.” 하고 그는 대답했다.

“그러면 그런 이야기는 쓸데없지요.” K는 이렇게 말하고 화가의 이야기가 아무리 맹랑하고 모순된 말이라도 우선 그 의견을 받아들이려고 생각했다.

화가가 한 이야기의 사실 여부를 알아보고 반박까지 할 시간의 여유도 없었고 아무리 결정적인 이야기가 아닐지라도 어떻게 해서든지 자기를 도와줄 수 있도록 했다는 것으로써 만족하지 않을 수 없었다. 그래서 그는 이렇게 말했다.

“그러면 실제적인 무죄 판결에 대한 이야기는 그만하기로 하고, 또 다른 두 가지 가능성에 대한 이야기가 있던 것 같은데.”

“형식적인 무죄와 지연 공작 말씀이지요? 그 두 가지가 문제지요.” 화가는 이렇게 말했다. “그러나 이야기를 시작하기 전에 웃옷을 좀 벗으실까요? 매우 더우신 것 같은데.”

"그럴까요." 그때까지 화가의 이야기에만 정신이 팔려 있던 K는 이렇게 말하고 그때 더위를 생각했기 때문에 이마에 땀이 흘러내렸다. "더위가 대단한데요."

화가는 K와 동감이라는 듯이 머리를 끄덕였다.

"문을 열 수 있을까요?" 하고 K는 물었다.

"안 됩니다." 하고 화가는 말했다. "유리가 꼭 끼어 있기 때문에 열리지 않습니다."

그때 비로소 K는, 자기가 화가가 갑자기 자리에서 일어나 창문을 열 것을 은근히 기대하고 있었다는 생각이 떠올랐다. 안개라도 마음껏 마셔보려고 했다. 그러나 공기가 전연 통하지 않는다는 것을 생각하자 눈앞이 아찔했다. 그래서 그는 옆에 있는 털 이부자리를 손으로 가볍게 두들기며 나직한 목소리로 말했다.

"이래서는 기분도 나쁘지만 건강에도 좋지 못할 겁니다."

"아니오. 그럴 리가 있습니까?" 화가는 창문에 대해서 변명이라도 하려는 듯이 이렇게 말했다. "열리지 않기 때문에 유리 한 장에 지나지 않지만 이중 창보다 방 안이 훨씬 따스합니다. 그리 필요치도 않지만 공기는 얼마든지 판자 틈으로 들어올 수 있으며 만일 필요한 경우에는 출입문을 한쪽이나 또는 두 쪽 다 열게 되어 있습니다."

이 설명을 듣고 다소 안심을 하게 된 K는 또 하나의 문을 찾기 위해서 주위를 살펴보았다. 그러자 그 태도를 깨달은 화가는 이렇게 말했다.

"당신 뒤에 있어요. 침대에 가리어 있습니다."

그때 비로소 K는 벽에 달린 자그마한 문을 보았다.

"이 방은 규모가 너무 작아서 아틀리에로는 적합치 않습니다." 화가는 K의 비난을 미리 막으려는 듯이 이렇게 말했다. "여러 모로 잘 생각해서 방을 이용해야 합니다. 물론 문 앞에 침대가 있다는 것도 적합치 않지요. 그래서 제가 지금 그리고 있는 이 재판관 같은 양반도 침대가 놓여 있는 저 문으로 언제나 들어오지요. 그리고 이 문 열쇠를 맡겨두었기 때문에 제가 없을 때도 안에 들어와서 기다릴 수 있게 되어 있습니다. 그런데 그 양반은 언제나 아침 일찍이 제가 자고 있을 때 찾아옵니다. 아무리 깊은 잠이 들어도 사실 침대 옆에서 문이 열리면 어떻게 더 잘 수 있겠어요. 이른 아침에 저의 침대로 올라오는 재판관을 맞이할 때, 그에 대한 저의 험담을 들으시면 아마 당신이 지금까지 재판관에 대해서 품고 있던 경의는 대번에 사라지고 말 겁니다. 물론 열쇠를 빼앗아도 그만이겠지만 그렇게 되면 서로 감정만 상하게 될 겁니다. 하여튼 이 집 문이라면 고리를 부수는 것쯤 문제가 아니니까요."

이야기를 들으면서도 K는 웃옷을 벗어야 할지 어쩔지 생각했지만 벗지 않으면 이 방 안에 이 이상 더 머무를 수 없을 것같이 생각되었기 때문에 벗기는 했지만 이야기가 끝나는 대로 곧 입을 수 있도록 무릎 위에 놓았다. 웃옷을 벗자마자 어떤 소녀가 또 이렇게 외쳤다.

"웃옷을 벗었네요!" 그리고 이 연극을 구경하려고 그네들은 틈 있는 곳으로 몰려오는 것 같았다.

"모델이 되기 위해서 당신이 옷을 벗는 줄 아는 모양이지요." 하고 화가는 말했다.

"그래요?" 하고 K는 말했지만 셔츠 바람으로 앉아 있으면서도 어쩐지 전보다 기분이 좋지 못하였기 때문에 이야기에 별로 흥미가 없었다. 잠시 후에 불쾌한 듯이 이렇게 물었다.

"두 가지 다른 가능성이라는 것은 뭐지요?"

K는 어느덧 그 명칭을 잊어버리고 있었다.

"형식적인 무죄와 지연 공작입니다." 하고 화가는 말했다. "어느 편을 택하실는지 당신의 생각에 달려 있지요. 물론 어느 편이든지 힘이 안 드는 것은 아니지만 제가 힘을 쓰면 문제는 없습니다. 이런 점에서 형식적인 무죄는, 일시적으로 힘을 써야 할 필요가 있는 반면에, 지연 공작은 노력은 덜 들지만 계속적으로 애를 써야 한다는 차이가 있습니다. 그러면 우선 형식적인 무죄입니다만, 이것을 원하신다면 당신이 무죄라는 증명서를 한 장 쓰겠습니다. 이러한 증명 형식은 아버지한테 물려 받은 것이기 때문에 절대로 불평이 있을 리가 없습니다. 그러면 이 증명서를 들고 제가 알고 있는 재판관들을 찾아다니겠습니다. 그러니까 우선 제가 지금 그리고 있는 재판관이 오늘 저녁 여기 오게 되면 증명서를 보이겠습니다. 그러면서 당신이 무죄요, 제가 그것을 보증한다는 것을 설명하겠어요. 그러나 그것은 형식적인 보증이 아니라 어디까지나 강력하고 실질적인 보증입니다."

화가의 눈에는 이런 일을 맡게 되어서 귀찮다는 듯한 표정이 떠돌았다.

"매우 죄송합니다." 하고 K는 말했다. "재판관이 당신은 믿으면서도 저를 무죄 판결을 내리지 않을 그런 염려는 없을까요?"

"이미 말씀드렸습니다." 화가는 이렇게 대답했다. "하여튼 재판관이 누구나 다 저를 믿어 줄는지는 알 수 없습니다. 본인을 데리고 오라고 요구하는 재판관도 적지 않을 것이고 그렇다면 한번 같이 가셔야 할 겁니다. 하여튼 그렇게만 된다면 반은 성공한 것이니까. 면접할 때의 주의 사항은 물론 미리 제가 자세히 알려드리겠습니다. 그것보다도 곤란한 것은——있을 수 있는 일이지만——처음부터 받아주지 않는 재판관이 있어서 애를 먹게 되는데 여러 가지로 부탁을 해봐서도 안 되면 깨끗이 단념하는 것이 좋습니다. 재판관 한 사람 한 사람이 결정권을 갖고 있는 것은 아니니까요. 이렇게 해서 증명서에 필요한 수효의 재판관들의 서명을 받으면 그때 당신의 소송을 담당한 재판관한테로 찾아가겠습니다. 아마 그의 서명도 얻을 수 있겠지만 그렇게 되면 모든 일은 전보다 훨씬 급속도로 진전되는 겁니다. 사실 그렇게 되면 무슨 장해가 있을 리도 없으니까 그때는 피고도 안심할 수 있을 겁니다. 참 이상하지만 무죄 판결을 받은 다음보다도 더 누구나 이때에 안심하게 되는 겁니다. 이렇게 되면 별로 더 애쓸 필요도 없이 증명서에 많은 동료들의 서명을 받은 그 재판관은 안심하고 무죄 판결을 내릴 수 있으며 여러 가지 일정한 수속이 끝나면 저를 비롯해서 친지들한테도 반가운 일이지만 당신은 당신대로 무죄 석방이 될 겁니다."

"그러면 무죄 석방이 되는군요." K는 의아스러운 듯이 이렇게 말했다.

"그렇습니다." 하고 화가는 말했다. "그러나 그것은 형식적인 무죄에 지나지 않습니다. 혹은 일시적인 무죄라고 하는 것이 좋을 겁니다.

결국 제가 알고 있는 사람은 재판관이래야 하부 관리이기 때문에
최후에 무죄 판결을 내릴 만한 힘은 없으며 그런 권력은 당신이나
저나 우리들 모두가 절대로 가까이할 수 없는 최고 재판소만이 행사할
수 있습니다. 이야기가 났으니 말이지 이러한 재판소가 어떻다는 것은
전연 알 수 없으며 알고 싶지도 않습니다. 하여튼 우리 재판관은 기소된
사람을 석방할 권리는 없지만 일시적으로 놓아줄 권리는 있습니다.
말하자면 이렇게 무죄 판결을 받음으로써 얼마 동안 기소를 면하게
되지만 완전히 면할 수는 없으며 상부 재판소에서 명령이 있는 대로
즉시 효력을 발생하게 될 겁니다. 그리고 저는 재판소와 충분한 연락이
있기 때문에 자신을 갖고 말씀드리지만 재판소 규정에 나타난 실질
적인 무죄 판결과 형식적인 무죄 판결의 차이는 순전히 피상적인
것입니다. 사실 아무 죄도 없으면 소송 문서는 완전히 기각되고 수속을
밟을 필요도 없게 되며 기소뿐이 아니라 소송이나 무죄 판결까지도
모두 취소되고 마는 것입니다. 그러나 형식적인 무죄 판결에 있어서는
사정이 좀 다릅니다. 말하자면 서류상으로는 아무 변경도 없고 그저
단순히 무죄 증명이나 무죄 판결 또는 그 이유 같은 것이 첨가될
뿐입니다. 그뿐만 아니라 재판 수속 중에도 재판소 사무실간의 끊임
없는 업무 교섭에 필요하기 때문에 상부 재판소에 넘어갔던 서류는
하부 재판소로 되돌아오기도 하고 혹은 얼마 동안 지체되면서 이리
저리 오락가락하는 수도 있습니다. 그러나 이러한 경로는 예측할 수
없는 것이며 표면적으로 보기에는 모든 것을 다 잊어버리고 서류는
분실되고 완전히 무죄 판결이 내린 것 같은 느낌을 주지만 사정을
잘 아는 사람들은 그렇게 생각지는 않을 겁니다. 서류가 분실될 리도
없고 재판소에서도 찢어버릴 리가 없습니다. 어느 날——뜻밖에도 어떤
재판관이 조심해서 그 서류를 들여다보면 공소가 아직 유효하다는
것이 나타나게 됩니다. 그렇게 되면 즉시 체포할 수속을 밟게 됩니다.
이것은 형식적인 무죄 판결이 있은 후 다시 체포될 때까지 상당한
시간이 경과했다는 가정 밑에 하는 말이지만 사실 그런 경우도 있을
수 있는 것입니다. 또한 한편으로는 무죄로 석방된 사람이 재판소에서
집으로 돌아오자 어느덧 다시 체포하라는 체포령이 기다리고 있는

수도 얼마든지 있습니다. 이렇게 되면 사실 자유스러운 생활은 마지막이 되는 겁니다."

"그러면 다시 소송이 시작되나요?" K는 믿을 수 없다는 듯이 이렇게 물었다.

"물론이지요." 하고 화가는 말했다. "소송은 다시 시작되지요. 무엇보다 첫번과 같이 형식적으로 무죄가 될 수 있으니까요. 그렇게 되면 다시 힘을 다해서라도 굽혀서는 안 됩니다." 아마 마지막 이야기는 어느 정도 지쳐버린 K를 생각하며 한 것이 틀림없었다.

"그러나." K는 화가가 무슨 새로운 사실을 폭로하지나 않을까 해서 이것을 가로막으려는 듯이 이렇게 물었다. "둘째 번 무죄는 처음보다 힘들지 않을까요?"

"확실한 것은 말할 수 없습니다." 하고 화가는 대답했다. "아마 다시 체포되었으니까 재판관이 피고에게 불리한 판결을 내리지나 않을까 생각되겠지만 그것은 그렇지 않습니다. 재판관은 무죄 판결을 내릴 때 다음 체포할 것을 미리 알고 있으니까요. 그러나 그 밖의 여러 가지 이유에서 재판관의 기분이나 법률적인 판단이 전과는 다를 수 있기 때문에 둘째 번 무죄는 이러한 사정에 따라서 적당한 조치를 취해야 할 것이며 따라서 첫번과 마찬가지로 노력이 필요할 겁니다."

"그러나 다시 무죄가 된다고 해서 그것으로 끝나는 것이 아니지요?" K는 이렇게 말하고 그렇지 않다는 듯이 머리를 흔들었다.

"물론이지요." 하고 화가는 말했다. "다시 무죄가 되면 또 체포하고 또 무죄가 되면 또다시 체포하고 해서 한이 없지요. 이미 형식적인 무죄 판결이라는 말부터 그런 것을 의미할 겁니다."

K는 아무 말도 없었다.

"형식적인 무죄는 도움이 될 것 같지도 않은데요." 하고 화가는 말했다. "도리어 지연 공작이 적당할 것 같은데 설명해 드릴까요?"

K는 머리를 끄덕였다. 화가는 의자에 푹 기대고서는 잠옷을 헤치고 손을 넣어서 가슴과 옆구리를 이루만지고 있었다.

"지연 공작이라는 것은." 화가는 이렇게 말하고 가장 적당한 표현을 모색하는 듯이 잠시 멍하니 허공을 바라보았다. "지연 공작은 언제나 소송을 최저 단계에서 그대로 억제하는 것을 말합니다. 그러기 위해서는 피고와 원조자, 특히 원조자는 끊임없이 재판소와 개인적인 접촉을 유지하는 것이 필요합니다. 다시 말씀드리지만 이때 노력은 형식적인 무죄보다 많이 필요치 않습니다만 그 대신 매우 세심한 주의가 필요합니다. 언제나 소송에 대한 것을 주시하는 동시에 일정한 시기에, 게다가 특히 무슨 일이 있을 때에는 담당 재판관을 찾아가서 어떻게 해서라도 재판관의 호감을 사도록 해야 할 겁니다. 개인적으로 안면이 없을 때는 아는 재판관을 시켜서라도 해야 하며 그렇다고 해서 직접 만나 이야기할 기회를 단념해서는 안 될 겁니다. 이러한 점에 있어서 주의를 게을리하지 않으면 소송은 결코 첫단계를 넘을 수 없다는 것을 확실히 알 수 있을 겁니다. 그러나 이것으로 소송이 끝나는 것은 아니지만 피고는 무죄 판결을 받을 때와 마찬가지로 유죄 판결을 받을 염려는 없습니다. 이 지연 공작은 형식적 무죄 판결에 비해서 피고의 장래에 불안이 적다는 것이 특징일 겁니다. 의외로 체포된다는 그런 불쾌한 공포를 면할 수 있을 것이고, 형세가 극히 불리한 때도 형식적인 무죄에서는 면할 수 없는 그런 초조와 흥분에 떨 필요도 없습니다. 그러나 한편 이 지연 공작에도 피고로서 무시할 수 없는 단점이 있습니다. 그렇다고 해서 피고가 언제까지나 무죄 석방이 되지 않는다는 것을 단점이라고 할 수는 없고 이 점에 있어서는 형식적인 무죄라도 사실은 마찬가집니다. 단점이라고 말한 것이 아닙니다. 적어도 무슨 확실한 이유 없이는 소송이 중지될 리가 없습니다. 그러므로 표면적인 어떤 사건이 있어야 할 겁니다. 그래서 적당한 시기에 지령을 내린다든가 또는 피고를 심문하거나 조사할 필요가 있을 겁니다. 그렇게 되면 소송 문제는 언제나 인위적으로 제한된 범위 내에서 돌게 될 겁니다. 이러한 조치가 피고에게 어느 정도 불쾌감을 주는 것은 사실이지만 그렇다고 불쾌하게 생각할 필요는 없습니다. 말하자면 모든 문제가 사실 형식에 지나지 않기 때문에 심문은 매우 간단하며 재판소에 나갈 시간도 없고 그럴 생각이 없을 때는 사과를 하면 그만이고 재판관에 따라서는 지령을 보낼 시기에 대해서까지 타협할 수 있습니다. 사실 피고이니만큼 가끔 담당 재판관을 찾아보는 것만은 반드시 필요합니다.”

이야기가 끝나기도 전에 K는 옷소매에 팔을 끼며 자리에서 일어섰다.

“정말 가시네요!” 문 밖에서 이렇게 외치는 소리가 들렸다.

“벌써 가시렵니까?” 같이 자리에서 일어선 화가는 이렇게 물었다.

“공기 때문에 견딜 수가 없으신 모양이군요. 매우 죄송합니다.” 아직 이야기가 많은데 좀더 간단히 말씀드릴 걸 그랬어요. 하여튼 그만하면 짐작하시리라고 믿습니다.”

“잘 알았습니다.” K는 이렇게 말했으나 억지로 그 이야기를 듣고 있었기 때문에 머리가 어지러웠다. 이야기는 그만 끝났다고 하면서도 화가는 돌아가는 사람에게 위안이라도 주려는 듯이 다시 한 번 종합적으로 이렇게 말했다.

“이 두 가지 방법은 피고의 유죄 판결에 방해가 되는 것은 피차 일반입니다.”

“그런데 그것은 정말 무죄 판결이 될 것도 망치게 될 겁니다.” K는 자기가 이런 점을 깨닫게 되었다는 것이 도리어 부끄러운 듯이 나직한 목소리로 이렇게 말했다.

“옳습니다.” 하고 화가는 연이어 말했다.

K는 외투를 입으려고 했으나 망설이지 않을 수 없었다. 모든 것을 짧은 시간에 빨리 듣고 밖으로 나갔으면 하는 생각이 없지 않았다. 소녀들은 미리부터 아저씨가 옷을 입는다고 떠들었지만 사실 K는 아직 옷을 입지 못하고 있었다. 화가는 어디까지나 K의 기분을 알아보려고 했기 때문에 이렇게 말했다.

“저의 제안에 대해서 아직 태도를 결정하지 못하시는 것 같은 데 그것은 그럴 수도 있지요. 태도를 결정하는 데 너무 서둘 필요도 없을 겁니다. 무엇보다 이해는 별 차이 없으니까 너무 어물거려서도 안 되겠지만 하여튼 모든 일을 신중히 생각해야 할 겁니다.”

“머지않아 다시 오겠습니다.” K는 이렇게 말하고 갑자기 무슨 결심이라도 생긴 듯이 웃옷을 입고 외투를 어깨에 걸치고 급히 문으로 발길을 돌렸다. 그때 소녀들은 다시 떠들기 시작했다. K는 문 뒤에서 떠드는 소녀들이 보이는 것 같았다.

"약속을 어기지 마시오." 화가는 그냥 자리에 앉아서 이렇게 말했다. "그렇지 않으면 은행으로 찾아가겠습니다."

"자, 문을 열어요." K가 손잡이를 당겼으나 밖에서 소녀들이 그것을 꼭 붙잡고 있다는 것을 알았기 때문에 그는 이렇게 말했다.

"그러실 것 없이 이쪽 문으로 나가시는 것이 어떻습니까?" 화가는 이렇게 말하며 침대 뒤에 있는 문을 가리켰다.

K는 그때서야 침대 옆으로 달려왔지만 화가는 문을 여는 대신에 침대 밑으로 기어들어가더니 그 밑에서 이렇게 물었다.

"어떻습니까, 그림을 한 장 보시겠습니까? 뭣하면 팔아도 그만이지만."

K는 상대방의 기분을 건드리고 싶지 않았다. 화가는 사실 자기를 생각해서 앞으로 힘 써주겠다는 약속까지 했다. 더구나 건만증이 있는 K는 보수 문제에 대해서도 아무 말이 없었기 때문에 그를 거절할 수도 없었고 한시라도 바삐 아틀리에를 떠나려는 생각만이 초조하게 가슴을 조였지만 잠시 그림을 보기로 했다. 화가는 침대 밑에서 틀에 넣지도 않은 먼지투성이의 그림 한 뭉치를 꺼냈다. 화가가 맨 위의 한 장에서 먼지를 훅 불었을 때 K는 잠시 동안 눈앞의 자욱한 먼지 때문에 숨이 막힐 지경이었다.

"광야의 풍경입니다." 하고 화가는 말하며 그 그림을 K에게 내밀었다. 가느다란 나무 두 그루가 훨씬 간격을 두고 어두운 풀밭 속에 서 있었다. 배경은 찬연하게 해가 넘어가는 광경이었다.

"좋습니다. 파시지요." K는 자기도 모르게 이렇게 말했다. 화가는 이 말을 별로 달리 생각하는 빛도 없이 마루에서 또 한 장을 들었기 때문에 K도 안심할 수가 있었다.

"이것은 경향이 좀 다른 작품입니다만." 하고 화가는 말했지만 첫번 그림과 무엇이 다른지 알 수 없었다. 역시 나무가 있고 풀밭이 있고 해질 무렵이었다. 그러나 K는 그런 것이 문제가 아니었다.

"아름다운 풍경인데요." 하고 K는 말했다. "두 장 사서 사무실에 걸기로 하겠습니다."

"작품의 주제가 좋으신 모양이군요." 화가는 이렇게 말하고 또 한

장을 꺼내 들었다. "마침 여기 비슷한 그림이 또 한 장 있습니다."

그러나 비슷하다기보다 그것은 똑같은 풍경화였다. 화가는 이 기회를 이용해서 낡은 그림을 모조리 팔아버릴 모양이었다.

"이것도 가지겠습니다. 전부 얼마지요?"

"다음에 하시지요." 하고 화가는 말했다. "지금은 바쁘실 테니까 다음 기회에 만나기로 하십시다. 하여튼 그림이 마음에 드신다니 반갑습니다. 이 밑에 있는 다른 그림도 다 드리겠습니다. 모두 풍경화지만, 저는 대개 풍경화를 많이 그렸습니다. 컴컴한 그림을 싫어하는 분도 많지만 당신은 그런 그림을 좋아하시는 것 같으시니까요."

그러나 K는 가난한 화가의 체험담 같은 것은 듣고 싶지도 않았다.

"넣어두시지요! 내일 급사를 보내서 가져가겠습니다." K는 화가의 이야기를 가로막으며 이렇게 말했다.

"그럴 필요는 없습니다. 가지고 갈 사람이 있으니까 곧 딸려보내겠습니다." 하고 화가는 말했다. 그때야 겨우 침대 위로 팔을 내밀더니 문을 열었다.

"그러지 마시고 침대 위로 올라오세요. 이 방에 들어오는 사람은 누구나 다 그러니까요."

권하지 않아도 사양할 생각은 없었으며 털 침대 한가운데로 한쪽 발을 올려놓고 있었지만 열린 문으로 밖을 내다본 K는 흠칫하여 다시 발을 끌어당기고 말았다.

"저것이 뭐지요?" 하고 그는 화가에게 물었다.

"뭣 때문에 놀라시오?" 화가도 같이 놀라며 이렇게 물었다.

"재판소 사무실입니다. 아직 모르셨던가요? 이 지붕 밑에는 거의 어디나 재판소 사무실로 사용하고 있으니까 여기라고 이상할 건 없지 않습니까? 저의 아틀리에도 사실은 재판소 사무실에 속합니다만 이렇게 빌려 쓰고 있습니다."

이런 곳에 재판소 사무실이 있다는 데 놀라기도 했지만 K는 자기가 재판소에 관해서 너무나 상식이 없었다는 데 대해서 더욱 놀랐다.

피고가 취할 근본적인 태도는 언제나 유의해서 남에게 약점을 잡혀서는 안 되며 왼편에 재판관이 서 있다고 해서 정신없이 오른편을 바라보아서는 안 된다는 것은 알고 있지만—그는 이러한 원칙에서 벗어나 행동을 취한 것이 한두 번이 아니었다. 그의 눈앞에는 기다란 복도가 가로놓여 있었다. 그 복도에서 혹 풍기는 공기에 비하면 아틀리에의 공기는 훨씬 시원하다고 할 수 있다. 복도 양쪽에는 걸상이 나란히 놓여 있었고 K가 가본 일이 있는 사무실 휴게실과 조금도 다름이 없었기 때문에 K는 이런 설비에 관해서는 면밀한 어떤 규칙이 있다고 생각했다. 얼핏 보기에 소송에 관계되는 사람들은 그리 많지 않은 것 같았다. 어떤 남자가 쓰러질 듯이 팔에 얼굴을 묻고 앉아서 잠을 자고 있는 것 같았다. 다른 또 한 사람은 어두컴컴한 복도 한쪽 끝에 서 있었다. K가 침대를 넘어가자 화가는 그림을 들고 그의 뒤를 따랐다. 잠시 후에 재판소 급사를 만났다.—급사들은 모두 평복 단추에 금단추를 섞어서 달고 있었기 때문에 K도 분간할 수가 있었지만—화가는 그에게 그림을 들고 같이 따라가라고 부탁했다. K는 걸어가면서 어쩐지 머리가 어찔어찔했다. 수건으로 입을 가리었다. 출입구 가까이 이르렀을 때 소녀들이 그들을 향해서 달려왔지만 K는 그들을 피할 수가 없었다. 소녀들은 아틀리에의 다른 문이 열린 것을 알고 이쪽으로 빙 돌아서 복도로 들어가려고 한 것이다.

"더 나가지 못하겠습니다." 소녀들에게 밀려서 웃으며 화가는 이렇게 외쳤다.

"그럼 실례하겠습니다. 너무 지나치게 생각지 마세요."

K는 돌아보지도 않았다. 골목길에 나서자마자 그는 바로 지니기는 마차를 세웠다. 우선 정리를 뿌리치는 것이 문제였다. 정리는 별로 눈에 띄는 사람은 아니었지만 그의 금단추가 어쩐지 자꾸만 눈에 거슬렸다. 마치 자기 책임을 다하려는 듯이 정리는 운전석 옆 자리에 앉으려고 했지만 K는 그를 밀어버리고 말았다. 은행에 닿았을 때는 어느덧 저녁때가 가까웠었다. 그림은 그대로 차 안에 내버려두려고 했으나 너는 이 그림을 들고 어서 사라져버리라고 화가에게 고함을 칠 기회도 있을 것같이 생각되었기 때문에 그 그림을 사무실로 들고 오게 해서 얼마 동안 지점장 대리의 눈에 띄지 않도록 책상 맨 밑 서랍에 넣어두었다.

8. 상인 블록크·변호사 해약

드디어 K는 변호사의 대변을 거절하기로 결심했다. 그렇게 태도를 취하는 것이 옳은지 어쩐지 하는 의심도 없지 않았지만 하여튼 그렇게 하지 않을 수 없다는 생각이 앞섰다. 변호사를 찾아가려던 바로 그날 그런 결심을 한 탓인지 사무 능력도 감퇴되고 도무지 능률이 오르지 않았기 때문에 K는 늦도록 사무실에 남아 있어야 했다. 결국 변호사의 방문 앞에 섰을 때는 이미 열시가 지났었다. 벨을 누르기 전에 그는 전화나 편지로 알리는 것이 낫지 않을까, 서로 만나서 이야기한다는 것은 확실히 괴로운 일이라고 생각했다. 그러나 결국 그는 만나보려고 했다. 만나서 이야기하는 이외에 어떤 다른 방법으로 해약을 한다면 그것은 그만 묵살되거나 혹은 형식적으로 수락될는지도 모른다. 그리고 레니로 하여금 탐지케 하지 않는 한 변호사가 어떤 태도로 해약을 수락할는지, 또는 그저 소홀히 할 수만 없는 변호사의 의견에 따르면 장차 어떤 결과를 가져올는지 전연 알 수가 없었다. 그러나 변호사와 마주 앉아서 뜻밖에도 해약을 알리게 되면 직접 그의 마음속까지 탐지할 수는 없다 해도 그의 표정이나 태도로써 자기가 원하는 모든 일을 쉽사리 추측할 수 있을 것 같았다. 그뿐만 아니라 변호사한테는 그대로 변호를 의뢰하고 자기가 생각했던 해약을 단념하는 것이 좋을 것같이 생각되는 경우도 없는 것은 아니었다. 벨을 눌렀지만 처음에는 여전히 아무 대답도 없었다.

"레니가 곧 달려올 텐데." K는 이렇게 생각했다. 그러나 잠옷을 입은 남자나 다른 어떤 사람이 있기 때문에 괴로움을 당하는 것은 몰라도 전과 같이 다른 의뢰인들이 섞인다면 그것도 또한 곤란한 일이 아닐 수 없었다. 다시 벨을 누르며 다른 문을 돌아보았으나 오늘은 그것도 닫혀 있었다. 드디어 변호사 방 문 들창에 두 시선이 나타났지만 레니의 눈은 아니었다. 누군지 약간 열더니 그냥 문을 붙잡고 안방을 향해서 이렇게 외쳤다.

"누가 왔어요!"

그러고 나서 문을 활짝 열었다. K는 자기 뒤에서 다른 방의 문 열리는 소리가 들렸기 때문에 그리로 달려갔다. 드디어 문이 열리고 곧 응접실로 뛰어들어갔을 때 그 남자의 외치는 소리에 놀라서 방 사이로 통하는 복도를 셔츠 바람으로 달려가는 레니의 뒷모습이 보였다. 잠시 바라보고 있다가 K는 문을 열어 잡고 있는 그 남자한테로 시선을 돌렸다. 수염투성이이며 키자 자그마하고 메마른 그 남자는 촛불을 들고 있었다.

"여기서 일을 보시나요?"

"아니요." 하고 그는 대답했다. "처음입니다. 변호사께서 저를 변호하게 되었기 때문에 법률 문제에 관해서 좀 문의할 것이 있어서 왔습니다."

"웃옷도 입지 않으셨는데?" K는 이렇게 물으며 그 남자의 단정치 못한 겉모양을 손가락으로 가리켰다.

"네, 죄송합니다." 그 남자는 이렇게 말하고 자기 옷차림을 처음으로 보는 듯이 촛불로 자신을 비쳐보았다.

"레니는 당신의 애인이오?" K는 간단히 이렇게 물었다. 그는 두 다리를 약간 벌리고 모자를 들고 있던 양손을 뒤로 돌려서 포갰다. 퉁퉁하게 외투를 입은 것만으로도 이미 보잘것 없이 메마른 그 남자에 대해서 우월감을 느꼈다.

"원 천만에요." 그 남자는 이렇게 말하고 놀라며 그 이야기를 가로막으려는 듯이 손을 눈앞으로 올렸다. "아니요, 아닙니다. 무슨 그런 말씀을 하십니까?"

"그저 물어본 것뿐입니다." K는 미소를 띠며 이렇게 말했다. "그건 그렇고……이리 오시지요."

K는 모자를 든 손으로 손짓을 하더니 그 남자의 뒤를 따라갔다.

"성함이 어떻게 되시지요?" 걸어가면서 K는 이렇게 물었다.

"블록크, 블록크라는 상인입니다." 자기 소개를 하면서 K를 돌아보았으나 K는 발걸음을 멈출 여유를 주지 않았다.

"그것이 본명인가요?"

"그러믄요. 왜 그런 것을 의심하십니까?"

"본명을 알리지 않을 만한 이유가 있는 것 같아서." 하고 K는 말했다. 그는 마치 낯설은 지방에서 천한 사람들과 이야기할 때 자기 생각은 딴 데 있으면서도 무책임한 태도로 이야기에 뛰어들어 상대방을 치켜올리기도 하고 하고 제멋대로 눌러버릴 수 있는 듯한, 그렇게 매우 자유스러운 기분이었다. 변호사 사무실 문 앞에서 발걸음을 멈추고 문을 열며 공손히 앞장을 서서 가던 상인을 보고 이렇게 외쳤다.

"좀 천천히 가시오! 여길 좀 밝혀요!"

K는 이 방에 레니가 숨어 있으리라고 생각하고 두루 살펴보라고 했으나 방 안은 텅 비어 있었다. 재판관의 초상 앞에서, K는 상인 뒤에 서서 바지 멜빵을 끌어당겼다.

"누군지 아시오?" 하며 K는 손가락으로 위를 가리켰다.

상인은 촛불을 높이 들고 눈을 깜박거리며 쳐다보더니 이렇게 말했다.

"재판관입니다."

"고관인가요?" K는 이렇게 묻고 상인이 그 그림에서 어떤 인상을 받았는지 알아보기 위해서 그의 옆으로 다가섰다. 상인은 감격한 듯이 쳐다보았다.

"고관이지요?"

"볼 줄을 모르는군요." 하고 K는 말했다. "하급 예심 판사 중에서도 가장 낮은 판사예요."

"아 참 그러니까 생각이 납니다." 상인은 이렇게 말하고 들었던 촛불을 내렸다. "언젠가 그런 이야기를 들었어요."

"그야 물론 그렇겠지요. 제가 미처 생각을 못 했지만 당신은 이미 들었을 겁니다."

"그런데 왜 그렇게 말씀하십니까?"

이렇게 반문하여 K한테 몰려서 문까지 걸어갔다. 복도에 나서자 K는 이렇게 말했다.

"레니가 숨은 곳을 아시지요?"

"숨다니요?" 하고 상인은 말했다. "숨은 것이 아니라 부엌에서 변호사님께 드리려고 수프를 끓이고 있을 겁니다."

"왜 진작 그런 말을 못 해요?"

"안내하려고 했는데 당신이 저를 다시 불렀기 때문에." 모순된 이야기에 어리둥절한 상인은 이렇게 대답했다.

"당신은 아마 요령껏 하느라고 했겠지만." 하고 K는 말했다. "하여튼 좀 데려다주시오!"

부엌에는 처음으로 가보았지만 엄청나게 크고 설비가 대단했다. 화로만 해도 보통 것보다 세 배나 더 컸는데 입구에 걸려 있는 자그마한 등불만이 부엌을 비쳤기 때문에 그 밖의 자세한 것은 알 수가 없었다. 레니는 전과 같이 하얀 앞치마를 입고 화로 옆에 서서 알콜 램프 위에 놓여 있는 냄비에 계란을 깨넣고 있었다.

"어서 오세요, 요제프 씨." 그 여자는 힐끗 쳐다보며 이렇게 말했다.

"안녕하시오." K는 이렇게 말하고 한 손으로 옆에 있는 의자를 가리키며 상인에게 자리를 권하자 그 남자는 자리에 앉았다. K는 레니 옆으로 가까이 가서 그 여자의 어깨 너머로 이렇게 물었다.

"저 남자는 누구지?"

레니는 한 팔로 K를 껴안고 다른 손으로 수프를 저으면서 그를 바싹 끌어당기더니 이렇게 말했다.

"블록크라고 하는 가련한 사람이며 보잘것없는 상인이에요. 좀 보세요."

두 사람은 돌아보았다. 상인은 K가 권한 대로 의자에 앉아서 필요치 않은 촛불을 끄고 연기가 나는 심지를 손가락으로 꼭 누르고 있었다.

"조금 전에는 셔츠만 입었더군 그래." K는 이렇게 말하고 손으로 그 여자의 머리를 다시 화로 쪽으로 돌렸다. 그 여자는 아무 말도 없었다.

"애인인가?" 하고 K는 물었다. 그 여자는 수프 냄비를 쥐려고 했으나 K는 그 여자의 두 손을 붙잡고 이렇게 말했다.

"대답해봐!"

"사무실로 가세요. 다 말해드릴 테니까."

"안 돼, 여기서는 말 못 하나." 하고 K는 말했다. 자기한테 매달리며 키스를 하려고 하는 여자를 가로막으며 K는 다시 입을 열었다.

"지금 키스 같은 것은 하고 싶지 않아."

"요제프 씨." 레니는 애원하듯이 그의 눈을 들여다보며 이렇게 말했다. "블록크한테 질투를 해서는 못써요. 루디!" 하고 상인을 돌아보며 말했다. "좀 도와주세요, 네. 의심을 받고 있으니까요. 초는 놔두시고."

그 남자는 별로 주의를 하는 것 같지도 않았지만 다 알고 있는 듯했다.

"당신이 왜 질투를 하는지 저는 모르겠는데요." 하고 그 남자는 매우 담담한 어조로 말했다.

"사실 나도 모르겠는걸." K는 이렇게 말하고 빙글거리며 상인을 바라보았다. 레니는 큰소리로 웃으며 K의 기분이 풀어진 것을 이용해서 그의 품속으로 기어들어가서 이렇게 속삭였다.

"내버려두세요. 어떤 사람인지 아시지 않아요. 변호사님과 잘 아시는 사이이니까 그의 편의를 조금 보아주었을 뿐이지 그 밖에 아무 관계도 없어요. 그런데 당신은? 오늘 변호사님을 만나시겠어요? 오늘은 몹시 편찮으신 것 같은데요. 그러나 꼭 만나시겠다면 연락은 하겠어요. 오늘밤은 여기서 지내세요, 네. 괜찮으시지요. 참 오래간만이에요. 변호사님도 물으시던데 소송 문제를 그렇게 소홀히 하시면 안 돼요! 저도 드릴 말씀이 많으니까, 하여튼 외투를 벗으세요!"

그 여자는 외투를 벗기고 모자를 받아 들고 그것을 걸어두기 위해서 응접실로 달려가더니 다시 되돌아와서는 수프를 저어보았다.

"당신을 먼저 대해드릴까요, 아니면 수프를 우선 가져가고 볼까요?"

"우선 내 말을 좀 들어줘." 하고 K는 말했다. K는 사실 자기 사건에 대해서 특히 고려할 여지가 있는 해약 문제에 관해서 레니와 충분히 의논하려고 했으나 상인이 있었기 때문에 그럴 생각도 없어졌고 그저 불쾌하기만 했다. 그러나 문제가 그리 간단치 않았기 때문에 보잘것없는 상인이 있다고 해서 그만 단념할 수도 없었다. 그래서 복도까지 나간 레니를 다시 불렀다.

"수프를 먼저 가져가." 하고 그는 말했다. "이야기를 하려면 수프나 마시고 기운을 좀 내야 할 테니까."

"당신도 이 선생님에게 변호를 부탁하셨던가요?" 구석에 앉아 있던 상인은 나직한 목소리로 확인하듯이 이렇게 말했다. 그러나 K는 상대를 하지 않았다.

"무슨 관계가 있어요?" 하고 K가 말하자 레니는,

"가만 있어요." 하고 말하더니 "그러면 수프를 먼저 가져가겠어요." 하고 말하며 수프를 접시에 담았다. "그런데 곧 잠이 들지 않을는지 모르겠어요. 식사만 끝나면 곧 잠이 들지 않아요, 글쎄."

"내 이야기를 들으면 눈이 번쩍 뜨일 걸 뭘 그래요." 하고 K는 말했다. 그는 자기가 변호사와 어떤 중요한 문제를 토의하려는 듯한 눈치를 보이며 레니가 그 내용을 묻게 되면 이야기를 들고 나올 생각이었으나 사실 그 여자는 K의 말에 조금도 주의하지 않았다. 접시를 들고 그의 옆을 지날 때도 일부러 슬쩍 그를 건드리며 이렇게 속삭였다.

"식사가 끝나는 대로 곧 알리겠어요. 그리고 될 수 있는 대로 빨리 돌아올게요."

"어서 가봐, 어서."

"왜 이렇게 쌀쌀하실까." 이렇게 말하고 그 여자는 접시를 든 채 문간에서 다시 한 번 돌아보았다.

K는 여자의 뒷모습을 바라보았다. 최후로 변호사를 단념할 결심을 굳혔다. 먼저 레니와 의논할 시간적인 여유가 없었던 것이 도리어 좋았을는지 모른다. 그 여자는 사정을 잘 모르기 때문에 그러지 말라고 권했을 것이요, 그렇게 되면 K도 어느 정도 해약을 단념했을는지도 모른다. 그러나 다시 의혹과 불안 속에 빠지게 되면 결국 단념하려는 결심을 돌릴 수 없기 때문에 얼마 후에라도 다시 그 결심만은 실천

했을 것이다. 그리고 실천이 **빠르면 빠를수록** 쓸데없는 손해를 면할 수가 있을 것이다. 그런데 상인이 이 문제에 대해서 어떤 의견이 있을는지도 모른다.

K는 몸을 돌렸지만 상인은 그것을 보자마자 자리에서 일어서려고 했다.

"앉아 계시오." K는 이렇게 말하고 그의 옆으로 의자를 끌어당겼다.

"변호를 부탁한 지 오래 됩니까?"

"네, 벌써 전부터 선생님의 신세를 지고 있습니다." 하고 상인은 말했다.

"몇 해나 되시나요?"

"무슨 말씀인지 모르겠는데요." 상인은 이렇게 말했다. "저는 곡물상입니다만 사업 관계로 법률 문제가 생겨서 사업을 시작했을 때부터 변호를 의뢰하고 있습니다. 이럭저럭 이십 년은 될 겁니다. 제 자신의 소송 문제에 있어서는——아마 이것을 물으시는 것 같으신데——처음부터 폐를 끼치고 있으니까 오 년은 훨씬 지났습니다. 그렇습니다. 오 년 이상입니다."

그러더니 낡은 수첩을 꺼내 들고 다시 이야기를 계속했다.

"여기 다 기록되어 있으니까 원하신다면 정확한 날짜를 알려드리겠습니다. 하나하나 기억하기는 매우 힘드니까요. 저의 소송은 저의 처가 죽고서 곧 시작되었으니까 벌써 오 년 반은 됩니다."

K는 그의 옆으로 바싹 다가앉았다.

"그러면 변호사님은 일반적인 법률 문제도 취급합니까?" 하고 물었지만 직업과 법률학의 이러한 관계가 무엇보다 K의 기분을 안정시키는 것 같았다.

"물론이지요." 하고 상인은 말하더니 K의 귀에다 대고는 이렇게 속삭였다. "도리어 이런 사건에 능란하다는 이야기가 있던데요."

그러나 자기말을 후회라도 하듯이 K의 어깨에 손을 얹더니 이렇게 말했다.

"부탁입니다만 아무한테도 말하지 마세요."

K는 안심하라는 듯이 그의 허벅다리를 두들기며 말했다.

"천만에, 그렇게 배신할 사람은 아니니까 염려 말아요."

"사실 이 변호사 양반은 복수심이 강하시니까요."

"그러나 당신같이 충실한 의뢰인이야 무슨 걱정이 있겠어요?"

"천만에요." 상인은 이렇게 말했다. "홍분한 다음에야 차별이 다 뭡니까. 더구나 저는 그렇게 충실한 편은 아니니까요."

"어째서요?"

"그런 말을 꼭 해야 되겠습니까?" 상인은 의아스러운 듯이 이렇게 물었다.

"해도 괜찮을 것 같은데요."

"그러면 일부만 말씀드리지요. 그러나 당신도 무슨 비밀이 있으시면 말씀해야 합니다. 그래야 같이 변호사에 대항할 수 있을 테니까요."

"참 주의가 대단한데요. 그러나 당신이 안심할 수 있도록 비밀을 하나 말하지요. 그런데 당신이 변호사한테 충실치 못한 점은 뭐지요?"

"실은." 하고 상인은 망설이면서 마치 체면에 관계되기나 한듯이 말했다.

"이 양반 이외에도 의뢰한 변호사가 또 있습니다."

"그거야 나쁠거 뭐 있어요." K는 조금 실망한 듯이 이렇게 말했다.

처음 이야기를 시작했을 때부터 어쩐지 좀 소리가 높아가던 상인은 K의 이야기를 듣고 더욱 친근한 기분으로 말했다.

"여기서는 그럴 수 없습니다. 말하자면 소위 변호사 이외에 변호사 대리한테 의뢰한다는 것은 엄금되어 있으니까요. 그런데 저는 그만 그런 일을 저질렀습니다. 그 사람 이외에도 다섯이나 변호사 대리가 있습니다."

"다섯이요?" K는 우선 그 수에 놀라며 이렇게 말했다.

"이 변호사 외에 다섯이나 있습니까?" 상인은 머리를 끄덕였다.

"저는 지금 일곱 번째 변호사와 교섭 중에 있습니다."

"그만큼이나 변호사가 필요하십니까?"

"전부 다 필요합니다."

"그 이유를 좀 설명해줄 수 없겠습니까?"

"그러지요." 상인은 이렇게 말했다. "우선 소송에 지고 싶지 않기 때문에 그런다는 것은 말할 것도 없을 겁니다. 따라서 쓸모가 있을 것 같은 사람은 그런 대로 무시할 수 없으니까요. 어떤 경우에 쓸모가 없다고 해서 거절할 수도 없는 것입니다. 그래서 저는 소송에 전 재산을 다 써버리고 말았습니다. 말하자면 사업 자금을 다 까먹고 만 셈이지요. 전 같으면 어느 한 층을 전부 차지하고 있던 상점이 지금은 뒷골목 방 하나로써 충분하며 점원 하나를 데리고 일을 하고 있습니다. 이렇게 몰락하게 된 원인은 자금 부족만이 아니라 활동력이 부진한 탓이겠지만 하여튼 소송에 머리를 쓰게 되면 다른 일은 돌볼 겨를이 없으니까요.”

“그러면 당신은 요즈음도 소송 문제 때문에 애를 쓰십니까?” 하고 K는 물었다. “그것을 좀 알았으면 좋겠는데요.”

“말씀 마십시오.” 상인은 이렇게 말했다. “처음에는 그런대로 애도 써보았지만 곧 그만두고 말았습니다. 애쓴 보람이 있어야지요. 거기서 애를 쓰고 교섭을 한다는 것은 적어도 저로서는 성미에 맞지 않는 일이었지만 그저 멍청하니 앉아서 기다리는 것만 해도 이만저만한 고생이 아니더군요. 당신도 아시겠지만 사무실은 공기가 너무 탁해서 어디 견딜 수가 있어야죠!”

“어떻게 제가 사무실에 간 것을 아십니까?”

“당신이 지나갈 때 바로 휴게실에 있었으니까요.”

“참 우연한 일인데요.” K는 그만 마음이 끌려서 상인을 무시하던 기분도 다 잊어버리고 이렇게 외쳤다. “당신이 저를 보았단 말이지요! 내가 지나갈 때 휴게실에 있었겠다, 그렇습니다. 확실히 한 번 지나간 일이 있습니다.”

“별로 우연한 일도 아니지요. 저는 매일같이 가니까요.” 하고 상인은 말했다. “아마 앞으로도 가끔 가야 하겠지만.”

K는 이렇게 말했다. “전같이 그렇게 극진한 대접을 받진 못할 겁니다. 그때는 제가 재판관이라고 생각했던지 거기 있던 사람들은 모두 자리에서 일어섰으니까요.”

“그런 것이 아닙니다.” 하고 상인은 말했다. “그때 저희들은 재판소 급사한테 인사를 한 것입니다. 당신이 피고라는 것은 누구나 다 알고 있었지요. 그런 이야기는 곧 퍼지니까요."

"이미 다 알았군요. 그런데 아마 저의 태도가 조금 거만했을 텐데. 그런 이야기는 없습니까?"

"있기는 있었지만 모두 쓸데없는 이야기지요."

"쓸데없는 이야기라니요, 무슨 말이지요?"

"그건 왜 물으세요?" 상인은 불쾌한 듯이 이렇게 물었다.

"당신은 재판소 친구들을 아직 잘 모르고 아마 오해하시는 것 같으신데, 재판 수속을 할 때는 도무지 상식으로써는 생각할 수 없는 여러 가지 일이 언제나 사람들의 이야깃거리가 되지만 누구나 다 지쳐 버리고 정신을 차릴 수가 없기 때문에 자연 미신을 들고 나올 생각도 하게 됩니다. 저만 해도 남의 일을 이러고저러고 이야기할 자격이 없습니다만 가령 피고의 얼굴 특히 입술이 어떻게 생겼다는 것으로 소송의 결과를 알아 보려는 것도 또한 미신이라고 할 수 있을 겁니다. 그래서 그 친구들이 당신의 입술에서 판단하기를 머지않아서 유죄 판결을 받으리라는 이야기였습니다. 다시 말씀드리지만 이것은 유치한 미신에 지나지 않고 대개는 사실과 부합되는 일이 없지만 그러한 친구들과 같이 있으면 좀처럼 그 생각에서 벗어날 수가 없습니다. 당신은 그때 어떤 남자와 이야기를 주고 받은 일이 있지요? 그런데 그 남자는 대답도 변변히 못했지만 사실 거기서는 당황하지 않을 수 없는 여러 가지 이유가 있습니다. 그런데 당신의 입술을 본 것도 그 이유의 하나였습니다. 그가 그후에 말했지만 당신의 입술을 보고 지기 자신의 유죄 판결까지 알 수 있을 것같이 생각되었다는 것입니다."

"제 입술이요?" 하고 K는 묻더니 호주머니에서 자그마한 거울을 꺼내 들고 들여다보았다. "별로 이상할 것이 없는 것 같은데요. 어떻습니까?"

"저도 그렇게 생각합니다." 하고 상인은 말했다. "조금도 모르겠어요."

"그 친구들의 미신도 어지간한데요!"

"그러기에 지금 말씀드리지 않았어요?"

"그런데 그네들은 그렇게 오다가다 서로 의견을 교환하고 있나요?"

K는 이렇게 말했다. "저는 지금까지 아무 교제도 없었는데요."

"대개는 접촉이 없습니다." 하고 상인은 말했다. "그럴 수가 없을 겁니다. 무엇보다 사람이 많으니까요. 게다가 피고들 사이에서는 공동 이해라는 것이 거의 없습니다. 가끔 어떤 친구들 사이에서 공동 이해에 대한 생각이 생기는 일도 있지만 그것은 단순한 망상에 지나지 않는다는 것을 곧 알게 될 겁니다. 재판소에 대해서 피고가 공동으로 할 수 있는 일은 하나도 없습니다. 어떤 사건이든지 개별적으로 조사하며 재판소에서도 신중을 기하고 있으니까요. 그래서 공동적으로는 아무 일도 할 수 없습니다. 개인적으로 가끔 어떤 일을 남몰래 하는 수도 있지만 그 일이 성공한 다음에야 비로소 다른 사람들은 알게 되기 때문에 어떻게 성공을 했는지 아무도 모릅니다. 그렇기 때문에 일치 단결한다는 것은 있을 수 없습니다. 휴게실에 여기 저기 모여 있는 친구들도 무슨 별다른 이야기를 하는 것이 아닙니다. 훨씬 전부터 미신 같은 그런 생각에 젖어 있지만 사실 그것은 그것대로 어떤 힘을 갖고 있으니까요."

"휴게실에서 기다리는 친구들을 보았지만." 하고 K는 말했다. "공연히 기다리는 것 같더군요."

"공연히 기다릴 리가 없어요." 하고 상인은 말했다. 쓸데없는 일을 혼자서 꾸미는 것입니다. 이미 말씀드렸지만 저는 이 변호사 이외에도 변호사를 다섯이나 의뢰하고 있습니다. 그들에게 모든 일을 완전히 맡길 수 있으리라고 누구나 생각할 겁니다. 저도 처음에는 그렇게 생각했으니까요. 그러나 그것은 전부 잘못입니다. 도리어 한 사람한테 부탁하는 편이 안심할 수 있을 겁니다. 무슨 말인지 잘 모르시겠지요?"

"모르겠는데요." K는 이렇게 말하고 너무나 바쁜 상인의 이야기를 가로막기 위해서 그의 손 위에 자기 손을 조용히 놓았다. "좀더 천천히 말씀해주시오. 저로서는 모두 중요한 이야기뿐인데 미처 들을 수가 없습니다."

"그만 이야기가 너무 빨라서 죄송합니다." 하고 상인은 말했다. "당신은 정말 애숭이 신입생이니까요. 당신의 소송은 반 년 가량

되었던가요? 저도 이야기를 들었습니다. 참 새로운 소송 문제지요!
그런데 저는 지금까지 여러 가지 이런 문제로 너무나 고생을 했기
때문에 내막까지 훤하게 들여다볼 수 있지요."

"당신의 소송 문제는 그래도 그만큼 진척되어서 정말 다행입니다."
하고 K는 말했으나 상인의 소송 문제가 어떤 상태냐고 직접 물어보고
싶지는 않았다. 그러나 그의 대답도 역시 확실치 않았다.

"사실 저는 오 년 동안이나 저의 소송 문제로 씨름을 했습니다."
상인은 이렇게 말하고 머리를 숙였다. "간단한 일이 아니니까요."

그리고 그 남자는 잠시 동안 아무 말도 없었다. 레니가 오지나 않나
하고 K는 귀를 기울였다. 한편 그는 아직 물어볼 말도 많고 상인과
정답게 이야기할 때 레니가 뛰어드는 것을 원치 않았기 때문에 그
여자가 오지 않았으면 했지만 또 한편으로는 자기가 와 있는 데도
불구하고 변호사한테 너무나 오랫동안 가 있는 것이 불쾌했으며 수
프를 가져가는 데 그렇게까지 시간이 걸리리라고는 생각지 않았다.

"저는 아직도." 하고 상인이 다시 이야기를 시작하자 K는 곧 주의를
기울였다. "저의 소송 문제가 지금 당신의 소송 문제만큼 벌어졌을
때의 일이 생각납니다만 당시 저는 이 변호사만을 믿고 있었습니다.
그러나 그것만으로는 도저히 만족할 수가 없었습니다."

이렇게 되면 무슨 일이나 다 알아볼 수 있으리라고 생각하며 알아
둘 만한 일은 뭐든지 들어두려는 듯이 상인의 기분을 돋구며 K는
힘차게 머리를 끄덕였다.

"저의 소송은." 하고 상인은 이야기를 계속했다. "조금도 진전이
없었습니다. 그러나 심리가 있었기 때문에 언제나 빠짐없이 나가서
장부 같은 것은 전부 재판소에 제출했지만, 그러나 저는 그 다음에
알았지만 그것은 아무 소용도 없었습니다. 저는 변호사한테 달려간
적이 한두 번이 아니지만 변호사는 여러 가지 변론 서류를 제출하
더군요."

"여러 가지 서류요?"

"네, 그렇습니다."

"그것이 중요합니다." 하고 K는 말했다. "저의 사건에서 본다면

변호사는 아직까지도 그냥 첫변론 서류를 붙들고 있으며 아직도 완성을 보지 못했습니다. 저는 지금 알았습니다만 변호사는 처음부터 뻔뻔스럽게 저를 무시하고 있었습니다."

"변론 서류가 아직 끝나지 않은 것은 여러 가지 이유가 있습니다." 하고 상인은 말했다. "그런데 저의 변론 서류에서 후에 알았지만 그런 것은 아무 가치도 없는 것입니다. 저는 어떤 관리가 호의를 보여주었기 때문에 변론 서류를 읽어보기까지 했습니다. 사실 그것은 어마어마한 것이지만 내용은 아무것도 없었습니다. 무엇보다 라틴 말이 많아서 읽을 수가 있어야지요. 그리고 여러 장에 걸쳐서 재판소에 대한 일반적인 의견이 씌어 있고, 다음에는 재판관들에 대해서 아첨하는 글이 씌어 있었지만 하여튼 그 재판관의 이름은 하나하나 들 수 없어도 사정을 잘 아는 사람이라면 짐작할 수 있을 겁니다. 그리고 변호사는 자기 찬사를 늘어놓았지만 사실 그 태도는 개같이 비굴한 태도였습니다. 그리고 나중에는 저의 사건과 비슷한 과거의 여러 가지 사건을 검토했는데 사실 제가 보기에는 매우 신중한 것이었습니다. 저는 지금 변호사가 한 일을 비판하려는 것은 아니고 변론 서류도 여러 통 있는 가운데서 한 통 읽었을 뿐이기 때문에 자세한 것은 알 수 없으나 하여튼 그때 저의 소송이 조금도 진전이 없었다는 것만은 사실입니다."

"어떻게 진전되기를 원했지요?"

"참 좋은 질문입니다." 상인은 웃으며 이렇게 말했다. "이러한 재판 수속은 진전할 가망이 없었지만 그때 저는 사정을 모르고, 또 지금 이상으로 상인 기질을 갖고 있었기 때문에 사건 전체가 결말을 짓는다든가 그렇지 않으면 규칙적으로 진행되어서 확실한 어떤 진전이 있기를 원했습니다. 그러나 사실은 그와 반대로 똑같은 내용의 취조가 반복되었을 뿐입니다. 그리고 저도 끊임없이 같은 답변을 계속할 수 있었지요. 일주일에도 몇 번씩 재판소 급사가 사무실이나 저의 집, 또는 저를 만날 수 있는 곳으로 찾아왔습니다. 그야 물론 시끄러운 일이었지요.(지금은 전화로 부를 수도 있기 때문에 매우 편하게 되었습니다만.) 그리고 친구들간이나 특히 친척들간에도 저의 소송에 대한 소문이 퍼지게 되고 사방에서 갖은 험담이 들려왔지만 그렇게 빨리 첫번 변론이 열릴 것 같은 기미는 조금도 보이지 않았습니다. 저는 변호사를 찾아가서 저의 고충을 말했습니다. 그러나 변호사는 이러고저러고 설명을 하더니 저의 부탁은 끝내 거절하고 변론 기일을 정하는 데 대해서는 어떤 압력이 있어도 효과는 전연 없을 것이며 변론 서류 가운데서 그것을 재촉하겠다고 하지만 그것은 어림도 없는 이야기며 그러다가는 두 사람의 신세만 망치게 된다고 말했습니다. 그래서 저는 이 변호사는 그런 일을 할 생각도 없고 능력도 없기 때문에 다른 어떤 변호사를 구해야겠다고 생각했습니다. 변론 기일을 정하라고 요구하는 사람도 없고 정해주려는 생각도 없었지만 어떤 조건이 붙지 않으면 그러한 조치는 사실 불가능하기 때문에 이 점에 대해서 이 변호사가 말한 것은 그래도 거짓은 아니었습니다. 그러나 다른 변호사에게 부탁했다 해서 저는 조금도 후회하지 않습니다. 당신은 변호사 대리들에 관해서 훌트 박사로부터 여러 가지 이야기를 들었을 것이오. 아마 그의 말은 그네들을 어디까지나 무시하고 한 말이었지만 그것은 정당한 평가라고 할 수가 있을 겁니다. 무엇보다 그가 변호사 대리들에 관해서 말하며 자기 동료들을 그네들과 비교할 때는 사소한 일이지만 조금 그릇된 평가를 하는 수도 있기 때문에 아울러 이 점을 당신에게 주의 하도록 말하고 싶습니다. 말하자면 그는 언제나 자기 동료인 변호사 들을 구별하기 위해서 '대변호사'라고 부르지만 그것이 잘못입니다. 물론 누구나 그럴 생각이 있으면 자기를 '대'라고 부를 수 있지만 그것은 그저 재판소의 관습에 따라 통할 수 있을 겁니다. 관습에 따 라서는 변호사 대리 이외에도 여러 층의 변호사가 있습니다. 그러나 이 변호사와 그 동료들은 지위가 낮은 변호사에 지나지 않으며 대 변호사들은 저도 이야기만 들었을 뿐 만나지는 못했지만 그 지위로 말하면 지위가 낮은 변호사들이 변호사 대리들보다 높은 지위에 있는 것보다도 훨씬 더 높은 지위에 있습니다."

"대변호사요?" 하고 K는 물었다. "대체 어떤 친구들이지요? 어 떡하면 만날 수 있지요?"

"아직 모르시는군요." 하고 상인은 말했다. "어떤 피고라도 한번 이 대변호사의 이야기를 들으면 얼마 동안은 그들에게 매력을 느끼지 않는 사람이 없습니다. 그러나 당신은 결코 그렇게 그릇된 길로 들어서서는 안 됩니다. 대변호사가 어떤 사람인지 저도 모릅니다. 그리고 만날 수도 없습니다. 확실히 이런 사람들이 관계했다는 사실을 아직 듣지 못했습니다. 변호를 하는 수도 있지만 그것은 이쪽 의사만으로 되는 것이 아니라 그들 기분에 맞는 사람만을 변호합니다. 그러나 그들이 맡는 사건은 하급 재판소에서는 취급하지 않습니다. 하여튼 그런 사람들은 생각지 않는 것이 좋을 겁니다. 왜냐하면 그런 생각을 하기 때문에 다른 변호사들과 이야기하거나 충고를 듣고나 도움을 받을 때 매우 불쾌하고 무의미하게 생각되기 때문입니다. 저도 그런 경험이 있습니다만. 그것보다도 차라리 모든 일을 내던지고 집으로 돌아가 침대에 누워서 아무 생각도 하지 않는 것이 좋을 겁니다. 그러나 사실은 이것도 어리석은 생각이지 언제까지나 침대에만 누워 있을 수 있겠어요."

"그러면 당신은 그때 대변호사를 생각지 않았던가요 ?"

"그런 것이 아니라." 상인은 이렇게 말하고 다시 미소를 지었다. "완전히 잊어버릴 수는 없습니다. 더구나 밤에는 그런 생각이 더욱 많아지니까요. 그러나 그때 저는 속히 결말을 지어버리려고 했기 때문에 변호사 대리한테로 가고 말았습니다."

"그렇게 붙어 앉아서 뭘하세요 !" 접시를 들고 돌아온 레니는 문간 앞에 서서 이렇게 외쳤다. 사실 그들은 바싹 다가앉았기 때문에 조금만 몸을 움직여도 머리를 서로 맞부딪칠 정도였다. 상인은 키가 자그마한데다 몸을 굽히고 있었기 때문에 이야기를 들으려면 같이 몸을 굽혀야만 했다.

"잠깐만 기다려 !" K는 레니의 이야기를 가로막으며 이렇게 외치고 그때까지 상인의 손 위에 놓았던 자기 손을 초조한 듯이 어물거리고 있었다.

"이 양반이 저의 소송에 관한 이야기를 듣고 싶어하시기에." 하고 상인은 레니를 보고 말했다.

"어서 말씀하세요." 레니는 말했다. 그 여자가 상인과 하는 이야기에는 정다운 빛이 보였지만 어쩐지 굽실거리는 태도가 K의 기분에는 맞지가 않았다. K는 그때 알았지만 그 남자는 그래도 쓸모가 있고 자기 경험을 교묘하게 이야기할 수 있는 재치도 있었다. 그에 대한 레니의 판단은 옳지 못한 것이었다. 그런데 레니는 그때까지 상인이 들고 있던 초를 받아 들고 앞치마로 그의 손을 씻어주고 그의 옆에 무릎을 꿇더니 그의 바지에 떨어진 촛농을 긁어주었다.

"변호사 대리에 관한 이야기였습니다." K는 이렇게 말하고 그 이상 아무 말도 없이 레니의 손을 뿌리쳤다.

"왜 이러세요?" 하며 레니는 K를 툭 한번 때리더니 그냥 자기가 하던 일을 계속했다.

"속히 결말을 짓기 위해서 변호사 대리한테로 가고 말았다는 이야기였지요."

"옳습니다." 하고 상인은 말했지만 그 이상 아무 말도 하지 않았다.

'레니가 있으니까 이야기를 삼가는구나.' 이렇게 생각하며 K는 앞으로 계속될 이야기가 궁금했지만 그 이상 더 서둘지 않았다.

"내가 왔다고 알렸지?" K는 레니를 보고서는 이렇게 물었다.

"알리고말고요. 당신을 기다리고 계시는데요. 블록크 씨는 여기 계실 테니까 이야기는 나중에 하기로 하시지요." 하고 그 여자는 말했다.

그러나 K는 망설이면서,

"여기 계시겠어요?" 하고 그는 상인에게 물었다. 상인의 입에서 직접 대답을 듣고 싶었던 K는 레니가 그를 묵살해버리는 것이 불쾌했다. 오늘 K는 어쩐지 레니에 대해서 은근히 증오를 느끼고 있었디. 그러자 레니가 또 입을 열었다.

"저 양반은 여기서 가끔 주무시는데요."

"여기서?" 하고 K는 외쳤다.

사실 그는 자기가 변호사와 이야기를 얼핏 끝마치고 같이 나가서 거리낌없이 의견을 교환할 생각으로 상인이 여기서 자기를 기다려주려니 했다.

"그럼은요. 누구나 다 당신처럼 자기에게 편리한 때에 찾아와서 곧 면회할 수 있는 줄 아세요. 선생님은 몸도 편치 않으시면서 밤 열한 시라에도 만나주시니 고맙지 뭐예요. 당신을 위해서 당신의 친구가 힘써주니까 그저 당연하다고 생각하시는 모양이군요. 당신의 친구나 적어도 저는 얼마든지 당신을 위해 드리겠어요. 그렇다고 사례할 필요는 없어요. 당신이 사랑해주시면 그만이니까요."

"사랑을 해?" K는 잠시 말을 되씹어보았다. 그러자 그때 퍼뜩 머릿속에 떠오르는 무엇이 있었다. '그렇다, 나는 그 여자를 사랑하고 있다.' 그렇지만 그의 입에서는 불쑥 이런 말이 튀어 나왔다.

"나는 자기 의뢰인이니까 만나주는 거야. 만일 만나는 데 남의 힘이 필요해봐요. 그때는 한 걸음이 멀다 하고 애걸복걸하면서 머리를 숙여야 할 판인데."

"저 양반이 오늘은 왜 저렇게 기분이 나쁘실까?" 하고 레니는 상인을 보고 물었다.

'두고봐, 나 같은 것은 거들떠보지도 않으리라.' K는 이렇게 생각하면서 상인이 레니의 이야기를 가로막으며 다음과 같이 말했을 때 그는 상인의 뺨이라도 갈기고 싶었다.

"선생님이 저 양반을 만나주시는 것은 다른 이유가 있어요. 저의 사건보다 재미있으니까요. 그러나 저 양반의 소송은 시작된 지 얼마 되지도 않고 심리도 별 진전이 없어 선생님도 아낌없이 힘을 쓰시지만 두고봐요, 사정은 달라질 테니까."

"정말." 레니는 이렇게 말하고 웃으며 상인의 얼굴을 바라보았다.

"무슨 이야기가 저렇게 많으실까! 저 양반의 이야기는." 하고 그 여자는 K를 돌아보았다. "믿지 마세요. 악의는 없는 분이지만 이야기가 너무 많아요. 아마 그래서 선생님도 싫어하실 겁니다. 하여튼 기분이 맞지 않으시면 만나주지 않으니까요. 저도 저 양반보고 그러지 말라고 얼마나 그랬는데요. 쓸데없지 않아요 글쎄. 좀 생각해보세요. 블록크 씨가 오셨다고 저는 몇 번이나 알렸지만 사흘이 지나서야 만나주셨으니까요. 부를 때 블록크 씨가 자리에 없으면 그때까지의 노력은 모두 허사로 돌아가고 다시 만나겠다고 알려야 하지요. 그래서 여기서 자라고 했어요. 선생님은 밤중에도 부르는 수가 있으니까요. 이제는 언제 불러도 상관없어요. 그렇지만 블록크 씨가 왔다는 것을 아시면 일부러 부르지 않는 수가 가끔 있지만."

K는 반문하듯이 상인을 바라보자 상인은 머리를 끄덕이며 전과 같이 솔직한 마음으로 말했지만 부끄러운 탓으로 그는 당황하는 것 같았다.

"누구든 머지않아서 자기가 부탁한 변호사를 의뢰하게 될 겁니다."

"겉으로는 그렇지 않은 척하지만." 하고 레니는 말했다. "사실 저 양반은 여기서 자는 것이 좋다고 말한 적이 한두 번이 아니예요."

그러더니 그 여자는 자그마한 문으로 가서 그것을 열었다.

"저 양반의 침실을 보시겠어요?"

K는 그리로 가서 문지방에 서서 창문이 하나도 없는 나직한 그 방을 들여다보았다. 그 방은 좁다란 침대 하나로 꽉 차 있었고 침대에 들어가려면 가장자리 철주를 넘어야만 했다. 침대 머리맡에서 벽이 쑥 들어가고 거기에는 초가 한 개, 잉크병, 펜, 그리고 소송에 관한 서류같이 보이는 서류 뭉치가 차곡차곡 놓여 있었다.

"하녀 방에서 자는군요?" 이렇게 물으며 K는 상인을 돌아보았다.

"레니가 내준 방인데." 하고 상인은 말했다. "매우 편리합니다."

K는 그를 멍하니 쳐다보았다. 상인한테서 받은 첫인상이 어쩐지 옳은 것 같았다. 그는 소송이 오래 계속되었기 때문에 경험은 많았지만 그 경험이야말로 비싼 대가가 필요했던 것이다. 갑자기 K는 상인의 꼴을 그 이상 바라볼 수가 없었다.

"저 남자를 침대로 데리고 가는 것이 어때?" 무슨 말인지 모르고 어리둥절해 있는 레니를 보고 K는 이렇게 외쳤다. 그러나 자기 변호사한테로 가서 해약을 선언하고 변호사뿐 아니라 레니나 상인과도 모든 관계를 끊어버리려고 했다. 그러나 문까지 가기도 전에 상인은 나직한 목소리로 "업무 주임님." 하고 불렀기 때문에 K는 불쾌한 얼굴로 돌아보았다.

"약속을 잊으셨군요." 상인은 이렇게 말하고 의자에서 애원하듯이 몸을 쑥 내밀었다.

"비밀을 하나 들려주시겠다 하셨지요?"

"그랬지요." K는 이렇게 말하고 똑바로 상인을 쳐다보고 있는 레니에게 얼핏 시선을 던졌다.

"그러면 들어보시오. 물론 지금 와서는 무슨 비밀이라고 할 만한 것은 아니지만 지금 저는 변호사를 찾아가서 변호사와 해약할 생각입니다.”

“해약이요 !” 상인은 이렇게 외치고 의자에서 일어나 팔을 높이 들고 부엌 안을 이리저리 뛰어다녔다. 그는 여러 번 이렇게 외쳤다. “그는 변호사와 해약한다 ! ”

레니는 곧 K한테로 달려갔으나 상인이 그 여자를 가로막자 그 여자는 주먹으로 그를 때렸다. 그냥 주먹을 움켜쥐고 그 여자는 K의 뒤로 달려갔지만 K는 훨씬 앞을 뛰어가고 있었다. 레니가 그를 따랐을 때 그는 이미 변호사 방에 들어가 있었다. 그는 들어가며 문을 거의 닫았으나 발로 문짝을 열어 젖히고 있던 레니는 그의 팔을 붙잡고 끌어내리려고 했다. K는 힘껏 그 여자의 손목을 쥐었기 때문에 그 여자는 가볍게 한숨을 지으며 그를 놓아주었다. 감히 방 안으로 들어가지는 못했지만 K는 문에 쇠를 잠그고 말았다.

“벌써부터 기다리고 있었습니다.” 변호사는 침대에서 이렇게 말하고 촛불 밑에서 읽고 있던 서류를 야간용 탁자 위에 놓고 안경을 끼더니 K를 노려보았다. 사죄도 하지 않고 K는 이렇게 말했다.

“곧 실례하겠습니다.”

사죄하는 말이 아니었기 때문에 변호사는 그 말을 그냥 흘려버리고 이렇게 말했다.

“다음부터 이렇게 늦으면 만나지 않겠습니다.”

“그렇다면 더욱 좋습니다.” 하고 K는 말했다. 변호사는 이상한 듯이 그를 바라보았다.

“앉으시지요.”

“그러지요.” K는 이렇게 말하더니 탁자 옆에서 의자를 끌어당겨서 앉았다.

“문을 잠그신 것 같은데.”

“그렇습니다.” 하고 K는 말했다. “레니 때문에…….”

누구라도 용서할 생각은 없었다. 그러나 변호사는 이렇게 물었다.

“또 달라붙던가요 ? ”

“달라붙다니요 ? ”

"그렇습니다." 변호사는 이렇게 말하고 큰소리로 웃으며 기침을 했으나 기침이 끝나자 다시 웃기 시작했다.

"그만하면 대개 짐작은 하셨겠지요 ? "그는 이렇게 묻고 K가 멍하니 탁자를 짚고 있던 손을 두들기자 K는 급히 손을 뒤로 끌어당겼다.

"당신은 별로 관심이 없으신 모양인데." 변호사가 아무 말도 없는 K를 보고 이렇게 말했다.

"도리어 그것이 좋습니다. 그렇지 않으면 제가 아마 당신에게 사죄해야 할 테니까요. 그것이 레니의 묘한 성질인데 저는 벌써 그것을 묵인해주고 있습니다만 당신이 바로 지금 문을 잠그지 않았으면 그런 이야기도 없었을 겁니다. 물론 당신에게 말씀드려야 하는 것도 아니지만 당신이 몹시 놀란 표정으로 저를 바라보시기에 간단히 말씀드리겠습니다만 레니의 묘한 성질이라는 것은 그 여자가 어떤 피고든지 대개 미남으로 생각한다는 데 있습니다.

그 여자는 어느 누구한테나 애정을 느끼며 사랑하지만 사실 또 누구한테나 사랑을 받는 것 같습니다. 말하는 대로 내버려두면 그 여자는 여러 가지 체험담을 말합니다. 당신은 매우 놀라시는 것 같으신데 뭐 그리 놀랄 것도 없으리라고 생각합니다. 올바른 눈을 가진 사람이라면 사실 피고를 미남으로 생각하는 일이 흔히 있습니다. 확실히 이것은 신기한 현상이며 어느 정도 자연 과학적인 현상입니다. 물론 기소되었다고 해서 확실하고 하나하나 지적할 만한 어떤 변화가 외모에 나타나는 것은 아닙니다. 왜냐하면 다른 여러 사건과 달라서 피고는 대개 지금까지와 별로 다름없는 생활을 계속하며, 만일 자기들을 돌보아줄 만한 변호사나 있으면 소송 때문에 괴로움을 당할 일도 별로 없으니까요. 게다가 소송에 대한 경험이라도 있는 사람이라면 수많은 군중 가운데서라도 피고를 하나하나 분간할 수 있습니다. 그러면 특징이 있느냐고 당신은 물으실 겁니다. 그러나 제가 피고들은 가장 미남이라고 대답을 해도 당신은 그것으로 만족할 수가 없을 겁니다. 그러나 그들이 미남이라고 해서 죄가 될 것은 없습니다. 왜냐하면─변호사로서 저는 말하지 않을 수 없습니다만─피고는 누구나 다 죄가 있는 것은 아니기 때문입니다. 그리고 지금부터 그

254

들을 그렇게 미남으로 보이게 하는 것은 정당한 차별이라고 할 수도 없습니다. 왜냐하면 피고라고 누구나 다 차별을 받는 것은 아니니까요. 그래서 아름다운 점은 도저히 벗어날 수 없는 그들에게 대해서 취해진 수속 가운데 있을 겁니다. 하여튼 미남 가운데서도 특히 아름다운 사람이 있습니다. 그러나 그것은 정도 문제고 저 구더기 같은 블록크도 아름다운 것은 틀림없으니까요.”

이야기가 끝나자 K는 매우 안정된 태도를 보였다. 그는 마지막 이야기를 듣고 눈에 띌만큼 머리를 끄덕이기까지 했다. 그리고 전에 생각한 것과 같이 변호사는 직접 아무 관계도 없는 평범한 이야기를 해서 이번에도 흐지부지 얼버무려버리고 K의 문제를 위해서 얼마나 애를 썼느냐 하는 근본 문제는 덮어놓으려고 한다고 K는 확신하고 있었다. 변호사는 입을 다물고 K가 말하기를 기다렸지만 아무 말도 없었기 때문에 K가 자기에게 전보다 더 반항적 태도를 보이고 있다는 것을 느끼며 이렇게 물었다.

“오늘은 무슨 특별한 이야기라도 있으신가요?”

“그렇습니다.” K는 이렇게 말하고 변호사의 동정을 살피기 위해서 손으로 촛불빛을 가로막았다.

“오늘로써 저의 변호를 그만두시도록 말씀드리고 싶습니다.”

“무슨 말씀이지요?” 변호사는 이렇게 묻고 한 손으로 이부자리를 짚고 침대에서 반쯤 몸을 일으켰다.

“저는 그렇게 생각하겠습니다.” 자세를 바로 하고 상대방의 대답을 기다리기나 하듯이 앉아 있던 K는 이렇게 말했다.

“그러면 그 계획에 대해서 서로 이야기해보실까요?” 하고 잠시 후 변호사는 말했다.

“이제 계획이 무슨 필요가 있어요.”

“그럴까요.” 변호사는 이렇게 말했다. “그러나 우리는 너무 서둘 필요는 없을 것 같습니다.” 변호사는 K를 놓치지 않을 생각에서 대변자는 아닐지라도 적어도 충고자라도 되려는 듯이 ‘우리’라는 말을 사용했다.

“조금도 서둘지는 않습니다.” K는 이렇게 말하고 천천히 자리에서 일어나 그의 의자 뒤로 갔다.

"너무 지나칠 정도로 충분히 생각해보았습니다. 저의 결심은 어쩔 수 없을 겁니다. 그러시면 몇 마디만 더 말씀하겠습니다." 변호사는 이렇게 말하고 이부자리를 떨치더니 침대가에 앉았다. 드러내놓은 흰 털이 꺼칠한 두 다리가 추운 탓으로 떨리고 있었다. 그가 소파에서 담요를 집어 달라고 하기에 K는 그것을 들고 와서 이렇게 말했다.

"떨리시는데 공연히 자리에서 나오셨어요."

"매우 중대한 일이니까요." 변호사는 이불로 상반신을 가리고 나서 다리를 담요로 감싸며 이렇게 말했다. "당신 아저씨는 나의 친굽니다. 그리고 당신도 그 동안에 정이 들게 되었습니다. 솔직히 말씀드립니다. 이렇게 말해서 조금도 부끄러울 것이 없다고 생각합니다."

이런 이야기는 될수록 피하려고 했지만 하는 수 없이 쓸데없는 설명을 해야 했다. 더구나 그의 결심을 돌릴 수는 없었지만 하여튼 마음을 산란케 했기 때문에 노인의 그러한 이야기는 K의 귀에 몹시 거슬렸다.

"호의만은 감사합니다." 하고 그는 말했다. "저에게 유리하도록 될 수 있는 대로 저의 사건에 대해서 힘써주신 것은 저도 잘 알고 있습니다. 그러나 요사이 그것만으로는 불충분한 것같이 생각되었습니다. 물론 저보다 나이 많으시고 경험이 풍부한 당신에게 저의 의견만을 내세울 생각은 조금도 없습니다. 지금까지 자기도 모르게 그런 생각을 한 일이 있습니다만 널리 용서하시기 바랍니다. 하여튼 당신이 말씀과 같이 사태는 매우 중대합니다. 저의 생각으로서는 소송 문제에 있어서 전보다 좀더 적극적으로 간섭할 필요가 있을 것 같습니다."

"잘 알겠습니다." 하고 변호사는 말했다. "그런데 당신은 너무 서두시는데요."

"서두는 건 압니다." K는 이렇게 말하고 흥분된 마음으로 그 이상 자기 이야기에 별로 조심할 생각도 없었다.

"제가 아저씨를 따라 처음으로 찾아왔을 때 당신은 제가 소송에 대해서 별로 관심이 없다는 것을 아셨을 겁니다. 말하자면 억지로 깨우쳐주는 사람이 없었으면 소송에 대한 생각은 조금도 없었을 겁니다. 그러나 아저씨께서 모든 일을 당신에게 맡기라고 고집을 하셨기 때문에 저는 당신의 기분을 생각해서 그대로 따랐습니다. 사건을 변호사에게 맡기는 것이기 때문에 사실 과거보다는 부담이 가벼워지리라고 은근히 기대하고 있었습니다. 그러나 기대와 딴판이었습니다. 당신에게 부탁한 다음부터 소송 문제에 그렇게까지 근심을 한 적은 없었습니다. 제가 혼자였을 때는 모든 일을 되는 대로 맡겨두었지만 그 대신 괴로움은 조금도 몰랐습니다. 지금은 변호사도 있고 모든 준비를 다 갖추고 이제나저제나 하고 당신의 활동 개시만을 기다리고 있었지만 모두 허사였습니다. 사실 저는 아마 다른 다른 사람한테서는 도저히 얻을 수 없는 여러 가지 정보를 당신한테 들었습니다. 그러나 소송 문제가 제자신도 모르는 사이에 점점 더 절박해오는 이때 저는 그런 정보로써 만족할 수는 없습니다.”

의자를 박차고 윗 호주머니에 손을 넣고 K는 움직이지 않고 그 자리에 서 있었다.

“어떤 시기가 오면.” 하고 변호사는 침착하고 나직한 목소리로 말했다. “소송은 사실상 아무 진전도 보이지 못하게 됩니다. 지금 당신과 같은 소송 단계에 도달한 사람들이 저의 앞에 뻗치고 서서 당신과 같은 이야기를 하는 사람은 얼마든지 있습니다.”

“그렇다면.” 하고 K는 말했다. “그런 친구들은 저와 같이 올바른 의견을 가진 사람들입니다. 당신의 이야기는 조금도 저에 대한 반박이라고 할 수는 없습니다.”

“별로 반박할 생각은 없습니다.” 하고 변호사는 말했다. “그러나 겸해서 말씀드리지만 당신께는 사법 제도나 저의 활동 범위에 대해서 다른 의뢰인들과는 달리 여러 가지 자세한 설명을 했기 때문에 그들보다 저의 심정을 좀더 알아주시리라고 생각했습니다. 그럼에도 불구하고 저를 믿지 못하신다면 매우 섭섭합니다. 그렇게 간단히 생각하실 문제는 아니니까요.”

K에 대한 변호사의 태도는 얼마나 비굴하냐? 확실히 지금 와서 예민할 대로 예민해진 자존심을 짓밟으면서까지 왜 이런 태도를 취해야 하는가? 변호사는 일이 얼마든지 있으며 또 돈도 있으니까

벌이가 없고 의뢰인을 한 사람 놓친다고 해서 그리 대단할 것은 없을 것이다. 게다가 자리에 누워 있으며 될 수 있는 대로 활동을 그만두어야 할 텐데 좀처럼 그것을 벗어나지 못했다. 왜 그럴까? 그것은 아저씨한테 대한 개인적인 친분이 있어서 그러는 것인지 혹은 K는 소송 문제가 매우 특수한 것이라고 생각하면서 K나 혹은——이런 가능성도 없는 것은 아니지만——재판소 친구들에 대해서 자기의 수완을 보이려는 것일까? 서슴지 않고 K는 그 무엇을 알아보려는 듯이 변호사의 얼굴을 바라보았지만 그의 얼굴에는 별다른 변화가 없었다. 어쩐지 그는 일부러 입을 다물고 자기 말의 효과를 은근히 기다리는 것같이 생각되었다. 그러나 변호사는 확실히 K의 침묵을 자기에 대한 호의로 생각했던지 그때 그는 이렇게 이야기를 계속했다.

"이렇게 큰 사무실에 사실 조수는 한 사람도 없다는 것을 당신도 아시게 될 겁니다. 그러나 전에는 그렇지 않았습니다. 젊은 변호사 몇 사람이 저의 뒤를 돌보아준 때도 있었습니다만 지금은 혼자서 일을 하고 있습니다. 그것은 제가 전문으로 보던 일을 그만두고 당신이 부탁한 그런 법률 사건만을 취급하게 된 탓도 있겠지만, 한편 차차 이러한 사건에 대해서 깊은 인식을 갖게 되었기 때문입니다. 결국 저의 의뢰인이나 저의 일에 대해서 과오를 범하지 않으려면 절대로 일을 남에게 맡겨서는 안 된다는 것을 알았습니다. 모든 일을 혼자서 해치울 결심을 했기 때문에 저는 의뢰인들을 거의 다 거절하지 않을 수 없었습니다. 특별히 가까운 사람에 한헤서 부탁을 받아들이는 수밖에 없었지만——세상은 넓어서 제가 내던진 일에 달려드는 사람이 저의 주위에도 얼마든지 있었습니다. 그리고 게다가 조금 과로를 했기 때문에 이렇게 병이 나고 말았습니다. 그러나 이 결심을 저는 조금도 후회하지는 않습니다만 좀더 사건을 거절했더라면 하는 생각도 없지 않습니다. 그러나 맡은 사건만은 열심히 돌보아주지 않을 수 없었기 때문에 상당한 성과도 올릴 수 있었습니다. 어떤 서적에 보통 법률 문제를 변호하는 것과 제가 취급하는 사건을 변호하는 것을 비교해서 쓴 매우 잘된 책을 본 일이 있습니다. 결국 보통 변호사는 의뢰인을 가느다란 실로 판결까지 이끌어가지만 저의 경우에는 즉시로 의뢰인을 걸머지고 판결뿐이 아니라 한 걸음 더 앞으로 이끌고간다는 바로 그런 내용이었습니다. 그러나 저도 이런 큰일을 맡아가지고 후퇴하는 때도 없지 않습니다만 가령 지금 당신과 같이 오해를 하는 사람이 있으면 정말 일이 귀찮기만 합니다.”

K는 지루한 이런 이야기를 이해한다기보다 도리어 화가 났다. 변호사의 이야기를 들으면서 K는 자기를 기다리는 것이 무엇이라는 것을 알 수 있는 것 같았다. 지금 양보를 하면 위로하는 말이 또 시작될 것이다. 현재 쓰고 있는 진정서나 재판소 관리들 기분이 좋다는 이야기, 그러나 앞으로 여러 가지 곤란이 가로놓여 있다는 이야기——요컨대 듣지 않아도 알 수 있는 말을 다시 되풀이하며 장래에 대해서 막연한 희망을 품게 하고 초조한 가운데 알 수 없는 어떤 불안감을 느끼게 할 것이다. 그런 일은 어디까지나 막아야 한다고 생각한 그는 이렇게 말했다.

“무슨 새로운 계획이라도 계신가요?”

변호사는 이런 모욕적인 질문을 당하고도 그냥 따라오며 이렇게 대답했다.

“전과 같이 계속할 생각입니다.”

“아닙니다, 다시 설명하실 것 없습니다.” 변호사는 K를 흥분케 한 일이 자기에게도 관계가 있다는 듯이 이렇게 말했다. “당신은 저의 변호를 적당히 평가하지 못할 뿐만 아니라 여러 가지로 인식이 부족한 태도를 보이는 것 같습니다만 이것은 당신이 피고이면서도 재판소의 대우가 너무 좋고, 바른대로 말하면 재판소에서 너무 미지근하게 취급하기 때문이라고 생각합니다. 그러나 이렇게 취급하는 것은 이유가 있으며 결국 자유스러운 몸으로 있는 것보다 감옥에 들어가 있는 것이 훨씬 편한 때가 있으니까요. 하여튼 다른 피고들이 어떤 대우를 받고 있다는 것을 보여드리고 싶습니다. 그러면 어떻다는 것을 아실 테니까요. 지금 블록크를 부를 테니까 문을 열고 이 탁자 옆에 앉아주시오.”

“좋습니다.” 하고 K는 변호사가 하라는 대로 했다. 언제나 배우려는 생각이었다. 그러나 어느 때든지 안전한 조치를 취하려고 생각하며 그는 이렇게 물었다.

“그런데 변호를 해약한 것은 아시겠지요 ?”

“알겠습니다.” 하고 변호사는 말했다. “그러나 오늘밤 중으로 취소할는지도 모르겠습니다.” 다시 누워서 이불을 목까지 끌어올리고 벽으로 돌아누우며 그는 벨을 울렸다.

벨 소리가 들리자 곧 레니가 나타났다. 얼핏 주위를 둘러 보고 형세를 살피더니 그가 변호사의 침대 옆에 조용히 앉아 있는 것을 보고 마음을 놓는 것 같았다. 자기를 바라보고 있는 K를 보고 그 여자는 미소를 지으며 반색을 했다.

“블록크를 불러와 !” 하고 변호사는 말했다. 그러나 그 여자는 블록크한테는 가지 않고 문 앞에서 이렇게 외쳤다.

“블록크 씨, 선생님이 부르셔요 !”

그러더니 변호사가 벽으로 돌아누워서 아무 관심도 없다는 것을 알았던지 슬며시 K의 의자 뒤로 돌아갔다. 그러더니 의자 등에 몸을 굽히기도 하고 정답고 조심스럽게 두 손을 K의 머리칼 속에 넣기도 하고 뺨을 어루만지기도 하면서 그를 괴롭히고 있었다. 나중에 K는 그 여자의 한쪽 손을 잡고 놓지를 않았기 때문에 잠시 그 여자는 몸부림을 쳤으나 곧 그가 하는 대로 맡겨버리고 말았다.

잠시 후 블록크가 왔지만 문간 앞에 서서 망설이는 태도였다. 그는 눈썹을 치켜올리며 머리를 기웃하고 다시 들어오라고 할 수 있었고 변호사뿐만 아니라 이 집에 있는 모든 사람들과 그만 인연을 끊어버릴 결심을 했기 때문에 보고도 모르는 척했다. 레니도 말이 없었다. 적어도 쫓겨날 근심은 없다는 것을 깨달았던지 블록크는 발꿈치를 들고 들어왔다. 얼굴은 긴장되고 뒷짐을 진 두 손은 떨리고 있었다. 문은 나갈 때의 일을 생각해서 그냥 열어두었다. K는 돌아보지도 않고 털이불을 보고 있었지만 변호사는 이불을 쓰고 벽에 몸을 기대고 있었기 때문에 전연 보이지 않았다. 그러나 이때 변호사의 목소리가 들렸다.

“블록크 왔어 ?”

이 말의 거의 방 한가운데까지 들어온 블록크의 가슴을 쿡 찌르고 계속해서 등을 찔렀기 때문에 그는 비틀거리며 등을 굽히고 서서 말했다.

네, 왔습니다.”

“뭐야, 자네는?” 하고 변호사는 말했다. “이런 때만 찾아오고.”

“부르시지 않았던가요?” 블록크는 변호사보다 자신을 의심하는 듯이 이렇게 묻고 자기 몸을 막으려는 듯이 두 손을 앞으로 내밀고 밖으로 뛰어나가려는 듯한 태도였다.

“부르기는 불렀지만.” 하고 변호사는 말했다. “하필 이런 때에 오냐 말이야.”

그리고 잠시 후에 다시 이야기를 계속했다.

“언제나 이렇게 불편한 때만 찾아온단 말이야.”

변호사의 말을 듣고 나서 블록크는 그 이상 더 침대를 바라보지 않았다. 방 한쪽 구석을 응시하며 그저 귀를 기울일 뿐 상대자와 시선이 마주치게 되면 눈알이 터질 듯한 표정을 보였지만 변호사가 벽을 향하고 나직한 목소리로 빨리 말했기 때문에 잘 들리지 않는 것만은 사실이었다.

“그러면 실례하는 것이 좋을까요?”

“왔으니까 그냥 갈 수 있나. 여기 있어!” 하고 변호사는 말했다.

그런데 블록크가 정말 부들부들 떨기 시작했기 때문에 누가 보든지 그의 소망대로 해주었다기보다는 때리겠다고 채찍을 들고 위협이라도 한 것같이 생각되었다.

“어제 나는.” 하고 변호사는 말했다. “내 친구인 제3 재판관을 찾아가서 자네 이야기를 들었는데 들어보겠나?”

“네, 부탁합니다.” 하고 블록크는 말했다. 변호사가 곧 대답이 없었기 때문에 블록크는 다시 한번 부탁하고 당장 무릎이라도 꿇을 듯이 몸을 굽혔다.

그러나 그때 K는 그를 보고 소리쳤다.

“무슨 꼴이냐!”

레니가 그의 입을 막으려고 했기 때문에 그는 그 여자의 다른 한쪽 손을 붙잡았다. 그가 그 여자의 손을 쥔 것은 애정에서 그런 것이 아니라 그냥 힘껏 쥐었기 때문에 그 여자는 쌔근거리며 손을 뿌리치려고 했다. 그런데 K가 이렇게 외치자 변호사는 분풀이라도 할 듯이 블록크에게 이렇게 말했다.

"대체 자네 변호사는 누구야?"

"선생님입니다."

"그 밖에는?"

"선생님 이외에는 아무도 없습니다."

"그러면 다른 사람 이야기는 듣지 말아야 해."

블록크는 변호사가 말한 의미를 알아차리고 증오에 가득 찬 시선으로 K를 바라보며 머리를 설레설레 흔들었다. 이 태도를 말로써 표현한다면 사나운 모욕이었음이 틀림없었다. K는 이런 남자와 마음놓고 자기의 속마음을 터놓으려 했던 것이다.

"이상 더 괴롭히지는 않겠소." 하고 K는 의자에 기대며 말했다. "무릎을 꿇건 엎드리건 좋을 대로 하시오."

그러나 블록크는 적어도 K에 대해서는 자존심이 있었기 때문에 주먹을 휘두르며 가까이 다가오더니 변호사의 위세를 빌려서 고래고래 큰소리로 이렇게 외쳤다.

"당신은 그런 말을 할 자격이 없소. 무슨 원한이 있어서 나를 모욕하는 거요? 그럴 때가 따로 있지, 그래서 선생님 앞에서 그런 말을 해요? 동정을 해서 너그럽게 대해주시니까 그렇지 어디 당신이 이런 자리에 얼씬할 수나 있어요? 당신도 기소되어서 법정에 서 있는데 나보다 나을 것이 뭐 있소. 그래도 당신이 신사라면 저도 당신 못지 않게 당당한 신사요. 당신이 저를 신사로 취급할 수 없다는 법은 없습니다. 당신은 이렇게 들어 앉아서 뻔뻔스럽게 남의 이야기를 듣고 있는데 당신의 이야기와 같이 내가 엎드리고 굽실거려야 한다고 해서 당신이 우월감을 느끼신다면 옛날의 판례를 하나 말씀드리지요. 용의자는 가만히 있지 말고 두루 돌아다니는 것이 유리하다. 가만히 있으면 자기도 모르는 사이에 저울질을 당하고 죄를 받는 일이 많다는 이야깁니다."

K는 아무 말도 없이 꼼짝도 않고 정신없이 지껄이는 남자를 뚫어지게 쳐다보았다. 잠시 동안에 이 무슨 변덕이냐? 그가 이리 몰리

고 저리 몰리면서 지칠대로 지치고 전후를 분간치 못하는 것은 소송 때문일까? 변호사는 의식적으로 모욕을 준 것이다. 그것은 결국 K한테 자기 힘을 보여서 될 수만 있으면 K를 굴복시키려고 하는 것을 그 남자는 모르는 것일까? 그러나 블록크가 그것을 분간할 힘이 없고 변호사를 두려워하기 때문에 그런 힘이 있어도 아무 소용이 없다고 하면 어떻게 그는 감히 변호사를 속이며 슬며시 다른 변호사에게 의뢰할 만큼 간사하고 대담한 짓을 할 수 있었을까? 더구나 이러한 비밀을 즉석에서 폭로할 수 있는 K한테 대들 수가 있을까? 그뿐만이 아니라 그 남자는 지금 변호사의 침대 옆으로 가서 또다시 K에 대한 불평을 하기 시작했다.

"선생님" 하고 그는 말했다. "저 양반이 지금 저한테 이야기한 것을 들으셨습니까? 아직 소송에 대해서는 시간으로 헤아릴 정도의 경험밖에 없으면서 오 년 동안이나 경험이 있는 저에게 훈계를 하며 조롱까지 하지 않습니까 글쎄. 예의나 의무나 재판소의 습관이 어떻다는 것을 미력하나마 할 수 있는 데까지 연구한 저를 아무것도 모르는 철부지가 조롱을 하다니 될 말입니까?"

"남의 걱정은 말아." 하고 변호사는 말했다. "자네가 옳다고 생각하는 일을 하면 그만 아닌가."

"사실 그렇습니다." 블록크는 용기를 얻은 듯이 이렇게 말하고는 변호사를 홀끔 곁눈으로 살피더니 바로 침대 옆에서 무릎을 꿇었다.

"선생님, 저는 이렇게 무릎을 꿇었습니다." 하고 그는 말했다. 그러나 변호사는 아무 말도 없었다 블록크는 한 손으로 조심스럽게 이불을 어루만지고 있었다. 물을 끼얹은 듯이 고요한 가운데 레니는 K의 손을 뿌리치며 이렇게 말했다.

"아파요. 블록크 씨한테 갈 테니까 놔요."

그 여자는 그리로 가서 침대가에 앉았다. 레니가 오는 것을 보고 반가워하며 그는 입 밖에 내지는 않았지만 변호사한테 잘 부탁한다는 듯한 태도를 보였다. 사실은 변호사의 보고가 무엇보다 듣고 싶었지만 그것은 그저 다른 변호사들에게 그 보고를 제공할 생각이었는지도 모른다. 사실 레니는 어떻게 하면 변호사의 기분을 맞출 수 있다는 것을 잘 알고 있으면서 변호사의 손가락을 가리키며 키스라도 하듯이 입술을 내밀었다. 그러나 블록크는 변호사의 손에 키스를 하고 레니가 권했기 때문에 두 번 다시 키스를 했다. 그러나 변호사는 역시 말이 없었다. 그래서 레니는 변호사한테 몸을 굽히고 쭉 뻗은 아름다운 육체미를 보이면서 그의 얼굴을 뒤덮을 듯이 바싹 몸을 대고 기다란 그의 흰 머리칼을 어루만져주었다. 그러자 그도 입을 열지 않을 수 없었다.

"말하고 싶지 않아." 변호사는 이렇게 말하고 머리를 흔들었지만 아마 그것은 레니의 애무를 좀더 느끼려는 것인지도 모른다. 블록크는 머리를 숙이고 귀를 기울였지만 그 태도는 마치 그렇게 함으로써 무슨 명령이라도 거역한 것 같았다.

"왜 말씀 못 하세요?" 하고 레니는 물었다. 그러자 K는 그것이 누구나 다 아는 이야기며 이미 여러 번 반복되었고 앞으로도 얼마든지 반복될 것이고, 블록크 이외에는 아무도 새로운 맛을 느낄 수 없는 그러한 이야기를 들은 것과 같은 기분이었다.

"오늘 그의 태도는 어때?" 대답은 없이 변호사는 이렇게 물었다. 의견을 말하기 전에 그 여자가 우선 블록크를 내려다보자 그 남자는 손에 내밀고 애원하듯이 손을 비비고 있었다. 그 여자는 잠시 그런 꼴을 바라보고 나서 심각한 표정으로 머리를 끄덕이더니 변호사를 돌아보며 이렇게 말했다.

"침착하게 열심히 일을 하고 있었습니다."

긴 수염을 가진 그 늙은 상인은 젊은 처녀에게 유리한 증언을 애원하고 있었다. 이때 그의 속셈은 알 수 없지만 하여튼 같은 입장에 서 있는 사람의 눈으로 볼 때 시인할 만한 점은 하나도 없었다. K는 변호사가 이런 연극을 해서 자기를 수중에 넣으려는 그런 생각을 어떻게 해석해야 할지 알 수가 없었다. 지금까지는 자기를 쫓아내지 않았지만 이런 장면을 보니 그 자리에 있는 사람들을 모욕하고 있었다. 요행히 K는 그리 피해를 입지 않았지만 결국 변호사의 방법은 의뢰인이 세상 일을 다 잊어버리고 소송이 끝날 때까지 속임수에 넘어가서 이리저리 끌려다니는 것을 원하는 데 지나지 않았다. 그것은 이미 의뢰인이 아니라 변호사의 신변을 지키는 개였다. 만일 변호사가 개의 집 같은 침대 밑으로 기어들어가서 짖으라고 명령을 하면 상인은 그것을 달게 받아들였을 것이다. 이 자리에서 이야기한 모든 일을 하나도 남김없이 가슴속에 담았다가 그럴 만한 장소에서 그 내용을 보고할 의무라도 있는 듯이 K는 비판적인 눈으로 깊이 생각하면서 귀를 기울이고 있었다.

"하루 종일 그는 뭘 했지?" 하고 변호사는 물었다.

"저는 그 남자를." 하고 레니가 말했다. "저의 일에 방해가 되지 않을까 해서 전과 같이 하녀방에 가두어두었어요. 문틈으로 가끔 동정을 살폈지만 침대 위에 무릎을 꿇고 선생님이 빌려주신 책을 창문 옆에 펴놓고 읽고 있더군요. 그래서 저는 좋은 인상을 받았어요. 사실 그 창문은 공기통으로 통해 있고 일광이라고는 조금도 받지 못하지만 그래도 블록크 씨가 그런 데서 책을 읽고 있는 것을 보고 정말 온순한 사람이라고 생각했어요."

"매우 반가운 일이지만." 하고 변호사는 말했다. "뭘 알고 읽었던 가?"

그 이야기를 들으면서 블록크는 끊임없이 입을 쭝긋거렸지만 사실 그것은 레니의 입에서 듣고 싶은 대답을 입 속으로 꾸며보고 있는 것이 틀림없었다.

"물론 그것은." 하고 레니는 말했다. "확실히 말씀드릴 수는 없습니다만 하여튼 철저하게 읽는다고 생각했어요. 하루 종일 같은 페이지를 펴놓고 한 줄 한 줄 손으로 짚어가며 읽고 있었어요. 제가 들여다볼 때마다 언제나 한숨을 쉬는 것을 보니 읽기가 매우 힘드는 것 같더군요. 빌려주신 책은 이해하기가 힘든 책이지요."

"사실이다." 변호사는 이렇게 말했다. "물론 그것은 힘들지. 읽는대야 그가 뭘 알겠나. 그저 그를 변호하기 위해서 내가 얼마나 고생을 하고 있다는 것을 그 책을 읽고 알아준다면 그만이지 뭐야. 더구나 이 고생은 누구를 위한 고생이냐 말이야? 어리석은 이야기지만——블록크를 위한 고생이야. 무슨 말인지 그에게 알려주어야 할 텐데. 하여튼 쉬지 않고 읽었지?"

"그러믄요." 하고 레니는 대답했다. "그저 한 번 물이 마시고 싶다고 해서 창 구멍으로 물을 한 컵 주었지요. 그리고 저녁 여덟시경에 밖으로 불러내서 식사를 시켰어요." 블록크가 힐끗 곁눈으로 K를 쳐다보는 태도는 자기는 지금 칭찬을 받고 있다, 인상이 어때? 하고 말하려는 것 같았다. 이만 하면 근심없다는 듯이 자유스러운 태도로 무릎을 꿇은 채 몸을 이리저리 흔들어댔다.

그렇기 때문에 변호사의 다음과 같은 말을 들었을 때는 정말 너무나 뜻밖이었다.

"너는 그를 그렇게 칭찬하지만." 변호사는 이렇게 말했다. "그러면 나는 말하기가 더욱 곤란하지 않아. 재판관은 블록크나 그의 소송 문제에 대해서 그리 호의를 가질 수 없다고 말한단 말이야."

"호의를 가질 수 없다니요, 그럴 리가 있겠어요?" 하고 레니는 물었다.

블록크는 긴장된 시선으로 그 여자를 바라보며 이제 와서 어찌할 수 없는 재판관의 이야기지만 그 여자라면 이제라도 어떻게 해서든지 자기에게 유리하도록 이야기를 돌릴 수 있는 능력을 갖고 있다고 믿는 것 같았다.

"호의를 못 가진단 말이야." 변호사는 이렇게 말했다. "블록크의 이야기만 꺼내면 재판관을 불쾌한 표정까지 띠며 '그런 말은 그만둬.' 하고 말하겠지. 그래서 '그는 저의 의뢰인인데요.' 하고 말했더니 '당신은 이용을 당하고 있어요.' 하고 말하지 않겠나 글쎄, 그래서 '그 사건은 아직 희망이 있다고 생각하는 데요.' 하고 말했더니 '하여튼 자네는 이용을 당하고 있어.' 하고 또 그러겠지. 그래서 '그럴 리가 없습니다. 블록크는 소송 문제에 대해서는 누구보다 열심이고 언제나 자기 사건을 유의하고 있습니다. 그는 저의 집에서 사는 거나 다름없습니다만 새로운 뉴스를 들으려고 무척 애를 쓰고 있습니다. 그렇게 꾸준한 사람도 드물지요. 사실 인간적으로 그리 좋은 사람은 아니고 태도가 불손하고 옷차림도 더럽지만 소송 문제에 있어서만은 나무랄 데가 없습니다.' 하고 나도 빈틈없이 의식적으로 과장해서 말했지만 재판관의 말이 '블록크는 간사한 사람이야. 그 동안에 얻은 체험으로 소송을 지연시키고 있지만 그 무지막지한 태도란 간사한 데 비할 것이 아닐세. 만일 소송이 아직 시작되지도 않았다는 것을 알거나 소송이 시작되는 것을 알리는 종이 아직 울리지 않았다고 누가 그에게 알려주면 그는 대체 뭐라고 할까?' 그러지 않겠나. 가만있어, 블록크." 하고 변호사는 말했지만 그때 블록크는 휘청거리는 다리로 일어서면서 설명을 구하려는 태도였다. 변호사가 블록크에게 이야기를 건넨 것은 이번이 처음이었다. 피곤한 시선으로 변호사가 멍하니 블록크를 내려다보자 그는 그 시선에 그만 눌려서 다시 천천히 무릎을 꿇고 말았다.

"재판관이 무슨 말을 하든 너에게는 아무 관계도 없어." 하고 변호사는 말했다. "그런 이야기에 일일이 놀라지 말아. 그런 일이라면 자네한테는 아무 말도 하지 않겠네. 지금 최후 판결이라도 받는 듯한 표정으로 쳐다보니 어디 견디겠나. 저기 저 양반도 계시니까 좀 삼가면 어때! 그런 태도를 취하면 재판관에 대한 신용 문제에도 관계가 있으니까. 대체 자네는 어쩌자는 거지? 자네가 아직 살아 있고 내가 뒤를 돌보고 있으니까 쓸데없는 걱정은 말아! 최종 판결은 대개 의외로 불시에, 닥치는 대로 선고자의 입에서 내리게 된다는 것을 읽었으면 알 것이다. 여러 가지 보류 조건은 있지만 어쨌든 그것은 사실이야. 그러나 자네 관심은 나로서도 불쾌하고 이것은 내게 대한 자네의 신뢰가 부족하기 때문이라는 것도 잘 알고 있다. 대체 내가 무슨 말을 했지? 어떤 재판관의 말을 전했을 뿐이다. 자네도 알지만 수속에 대해서는 여러 가지 견해가 있기 때문에 도무지 앞날을 헤아릴 수가 없단 말이야. 다시 말하자면 이 재판관은 수속이 시작될 시기에 대해서 나와는 전연 다른 생각을 가지고 있지만, 그렇다고 해서 의견에 별로 차이가 있는 것은 아니다. 결국 소송이 어느 정도 진전되면 옛날 습관에 따라서 종을 울리게 되지만 이 재판관은 그것을 비로소 소송이 시작되는 것이라고 생각하고 있다. 지금 그것과는 다른 의견을 일일이 말할 수는 없고 말한다 해도 자네는 알지 못하겠지만 반박할 여지는 얼마든지 있다는 것을 알아주기 바라네."

블록크는 어물어물 어쩔 줄을 모르며 침대 옆에 깔려 있는 양탄자의 털을 이루만지고 있었다. 재판관의 이야기가 근심이 되었기 때문에 변호사에 대한 자신의 비굴한 태도를 잠시 잊어버리고 자기 일만을 생각하며 재판관의 이야기를 여러 모로 생각해보았다.

"블록크." 하고 레니는 경고라도 하듯이 말하고 그 남자의 칼라를 조금 끌어올렸다. "그런 장난은 그만두고 선생님의 말씀을 들어요."

〈이 제8장은 미완성이다〉

9. 성당에서

K는 은행에서 매우 필요하여 처음으로 이 도시에 머무르고 있는 은행 고객인 어떤 이탈리아 사람에게 거리의 고적을 안내하라는 명령을 받았다. 이러한 명령은 전 같으면 사실 영광으로 생각했지만 지금 간신히 은행에서 체면을 유지하고 있는 이때에는 그리 달가운 것은 아니었다. 잠시라도 사무실에서 떠나는 것이 괴로웠다. 사무실에 있어도 전과 같이 시간을 충분히 활용하지 못하고 대개는 어쩔 수 없이 그저 일을 하는 척하면서 지내고 있었지만 그만큼 사무실을 비게 되면 더욱 불안했다. 그래서 K는 언제나 자기를 미행하고 있는 지점장 대리가 가끔 자기 사무실에 들어와서 책상 옆에 앉아서 자기 서류를 들추며 다년간 친구처럼 지내 온 고객들을 만나 이간질을 하고 있는 것이 눈앞에 보이는 것 같았다. 그뿐만 아니라 사무상의 실수까지 폭로하는 것 같았다. K는 그런 실수 때문에 요사이는 일을 하면서도 언제나 사방에서 어떤 위협을 받고 있는 것을 알고 있었지만 이미 그 실수는 어쩔 수가 없었다. 그렇기 때문에 사무 관계로 외출을 하거나 혹은 잠시 동안 출장 명령을 받게 되면 그럴 법하다고 생각하면서도——최근에 와서는 그런 명령이 왜 그리도 많은지 알 수 없지만——사무실에서 잠시 동안 자기를 내보내고 자기가 하는 일을 검사하려고 하거나, 적어도 자기 같은 것은 사무실에 있으나마나한 사람이라는 그런 쓸데없는 생각을 그는 언제나 갖고 있었다. 대개 이러한 명령을 거역하는 것은 그리 힘든 일은 아니었지만 감히 그럴 생각은 없었다. 불안한 마음은 전연 근거가 없는 것은 아니지만 명령을 거절하는

것이 도리어 불안한 마음을 고백하는 것이 되기 대문이었다. 이런 이유에서 K는 그러한 명령을 겉만이라도 태연하게 받아들이고 또 이틀 동안의 괴로운 출장 명령을 받을 때도 몹시 오한이 나기는 했지만 그렇다는 말을 좀처럼 입 밖에 내지 못했다. 사실 이것은 가을철이 되면서 궂은 날씨가 계속된다는 이유로 혹시나 출장이 중지되지나 않을까 하는 염려가 있었기 때문이었다. 지긋지긋한 두통을 느끼면서 출장에서 돌아오면 그 다음날부터 자기가 이탈리아 고객을 안내하도록 정해 있는 것을 알았다. 이번만은 거절하려는 충동이 대단했고 직접 사무와는 아무 관계도 없는 명령이었지만 고객을 대해주어야 할 사 교적인 이 의무는 사실 중요한 것이었다. 그러나 K는 자기가 한 일의 성과가 오르지 않는 이상이 이탈리아 사람의 마음을 아무리 황홀하게 한다 해도 현재의 지위를 유지할 수는 없다는 것을 잘 알고 있었다. 그러나 그것은 너무 지나친 불안이라는 것을 잘 알면서도 어쩔 수 없는 일이었다. 그러나 이러한 경우에 싫다고 하면서 빠질 수도 없었다. K의 이탈리아 어 지식은 그리 대단하지는 않았지만 그런 대로 부족할 정도는 아니었다. 더구나 옛날부터 미술사에 대한 소양이 있다고 해서 은행에서도 평판이 자자했고 사업 관계로 잠시 고대 미술협회에 들 어가 있었기 때문에 그렇게 결정된 것도 사실이지만, 듣건대 그 이 탈리아 사람이 미술을 좋아한다는 이야기였다. 그렇기 때문에 K가 그를 안내하게 된 것은 당연한 일이었다.

몹시 비가 내리며 날씨가 사나운 어느 날 아침, K는 불쾌한 히루를 앞두고 일곱시에 벌써 사무실에 나가 있었다. 이탈리아 사람 접대로 시간을 빼앗기게 되기 때문에 조금이라도 일을 처리하려고 했다. 다 소라도 준비를 하기 위해서 밤 늦도록 이탈리아 어 공부를 했기 때문에 몹시 피로했다. 요즈음에는 언제나 창문 옆에 앉는 버릇이 생긴 탓인지 오늘도 책상보다 그 자리로 가서 앉고 싶은 생각이 간절했지만 K는 그런 생각을 억제하고 책상에 앉아서 일을 시작했다. 그러나 때마침 급사가 들어와서 업무 주임이 출근했는가 보고 오라고 지점장이 보 냈다고 하면서 만일 출근했으면 벌써 이탈리아 손님이 왔으니까 응 접실까지 와달라는 이야기를 전했다.

"곧 갈 테니까." K는 이렇게 말하고 자그마한 사전을 호주머니에 넣고 외국 손님을 접대하기 위해서 준비한 이 도시의 명승 고적 사진 앨범을 옆에 끼고 지점장 대리 방을 지나 지점장실로 들어갔다. 이렇게 일찍이 사무실에 나와서 접대에 응할 수 있는 것을 K는 기쁘게 생각했지만 사실 아무도 예기치 못한 일이었다. 물론 지점장 대리의 방은 비어 있고 한밤중같이 고요하며 사실 대리를 불러오라고 급사를 보냈겠지만 그것은 허사였다. K가 응접실로 들어가자 두 신사는 안락의자에서 일어섰다. 지점장은 정답게 미소를 띠며 K가 와 있었기 때문에 매우 기뻐하는 표정으로 곧 이탈리아 사람을 소개했다. 그 사람은 K의 손을 힘껏 붙잡고 너털웃음을 지으며 매우 일찍 나왔느니 뭐니 하고 말했지만 K는 누구에 대한 말인지 잘 알 수가 없었다. 그리 많이 쓰는 말이 아니었기 때문에 잠시 망설이다가 겨우 그 뜻을 알 수가 있었다. K가 유창한 말로 대답을 하자 그는 텁수룩한 허연 수염을 얼핏 두서너 번 어루만지더니 웃으며 머리를 끄덕였다. 그 수염은 향수를 뿌린 것 같았으며 누구나 가까이 가서 맡아 보고 싶을 정도였다. 자리에 앉아서 간단한 이야기를 나누기 시작했을 때 이탈리아 사람의 이야기를 간간이 한 마디씩 알아들었을 뿐 도무지 전체를 이해할 수 없었기 때문에 K는 몹시 거북했다. 천천히 말하면 다 알아들을 수 있었지만 너무나 유창하게 이야기를 하기 때문에 잘 알아들을 수가 없는데도 그 사람은 재미있다는 듯이 머리를 흔들어댔다. 그러나 그러한 이야기 가운데 규칙적으로 어떤 방언이 섞이게 되면 아무리 들어도 이탈리아 말이라고 생각할 수 없었지만 그래도 지점장은 그 말을 이해할 뿐만 아니라 그 말에 대해 자기가 대답도 했다. 물론 이것은 이 사람의 고향인 남부 이탈리아에 지점장이 이삼 년 가 있었기 때문에 K도 짐작할 수 있는 일이었다. 그런데 이 남자가 쓰는 프랑스 말도 매우 이해하기가 곤란하고 또 수염이 입술을 가리고 있기 때문에 움직이는 입술에 따라서 그 말을 짐작할 수도 없었다. K는 여러 가지 불쾌한 일이 일어나리라고 생각하고 이 사람의 이야기를 이해하기를 아예 단념하고──사실 통역이나 다름없이 잘 이해하는 지점장이 있으니까 너무 애를 쓸 필요도 없었지만──K는 불쾌한 기분으로 그 남자를 바라보고만 있었다. 안락의자에 푹 몸을 파묻고 있으면서도 어쩐지 불편한 듯이 짧고 몸에 꼭 달라붙는 웃옷을 몇 번이나 끌어 당기며 팔을 들고 손을 내흔들면서 무엇을 가까이 하고 그 손을 들 여다보았으나 뭔지 도무지 알 수가 없었다. 결국 이야기가 오고가는 데 따라 기계적으로 이리저리 시선을 던질 뿐 멍하니 앉아 있던 K는 전보다 더욱 피로를 느끼며 몽롱한 기분으로 자리에서 일어나 몸을 돌리고 나가려고 하면서 얼른 정신을 차리자 때마침 요행히 이탈리아 사람도 시계를 꺼내 보고 급히 자리에서 일어섰다. 그 남자는 지점 장한테 인사를 하고 K한테로 다가왔지만 너무나 접근했기 때문에 K는 안락의자를 뒤로 물리지 않고서는 몸을 움직일 수가 없었다.

지점장은 K의 시선에서 이탈리아 말 때문에 망설이는 빛을 알아 보았던지 그 두 사람의 대화에 뛰어들었다. 그 태도가 매우 영리하고 부드러웠기 때문에 겉으로는 그저 간단히 무슨 충고라도 주는 것 같았지만 사실은 피로한 줄도 모르고 지점장을 가로막으며 말하는 이탈리아 사람의 이야기 내용을 간결하게 알려 주고 있었다. 지점장 한테서 들은 말이지만 그 사람은 아직 할 일이 몇 가지 있고 대체로 시간의 여유가 없기 때문에 명승 고적을 모조리 서둘면서 돌아볼 생각은 없고 도리어——이것은 물론 K의 찬성을 얻어야 하고 오로지 K의 의견에 달려 있지만——그저 성당만을 철저하게 구경할 생각이 라는 이야기였다. 이렇게 학식도 있고 친절한 분의 안내를 받으며— —이것은 K를 말하는 것이지만 K는 사실 이탈리아 사람의 이야기는 듣지도 않고 그저 지점장의 말을 재빨리 알아들으려고 했다——구경을 할 수 있다는 것을 무한히 영광으로 생각하며 별로 지장이 없으면 두 시간 후 열시경 성당에서 기다려주면 틀림없이 그 시간까지 가 겠다는 이야기였다. K는 적당히 대답을 했지만 그 사람은 우선 지점장, 그리고 K와 악수를 하고 나중에 다시 한번 지점장과 악수를 한 뒤 두 사람의 전송을 받으며 반쯤 그네들에게 몸을 돌리고 다시 뭐라고 지껄이며 밖으로 나갔다. 그런 뒤 K는 잠시 지점장과 같이 남아 있 었지만 어쩐지 지점장은 오늘 기분이 그리 좋지 못한 것 같았다. 지 점장은 K의 양해를 구할 생각이었던지——매우 정답게 나란히 서서

—처음에는 자기가 그 사람을 안내할 생각이었으나 그만—자세한 이유는 말하지 않았지만—K를 보내기로 결정했다는 이야기였다. 처음에는 그 사람의 이야기를 이해하기가 어려울지 모르지만 곧 이해하게 될 테니까 그리 실망할 것은 없으며 가령 모른다 해도 그 사람은 상대방이 이해를 하고 못하는 것을 문제 삼지 않기 때문에 별로 대단할 것은 없고, 무엇보다 K의 착실한 이탈리아 말에는 놀랐으며 머지않아 훌륭한 성과를 거둘 것이라고 말했다.

그리고 K는 방을 나왔다. K는 여가를 틈타서 성당 설명에 필요하며 그리 많이 쓰이지 않는 말을 사전에서 찾아서 써두었다. 그것은 매우 시끄러운 일이었다. 급사가 우편물을 들고 들어왔다. 행원들은 이것저것 문의하려고 들어와서 일을 하고 있는 K를 보고 문 옆에 서 있었으나 K가 그네들의 이야기를 들어줄 때까지는 좀처럼 나가려고 하지 않았다. 지점장 대리도 가끔 들어와서 K가 들고 있는 사전을 빼앗기도 하고 쓸데없이 책장을 들추며 K를 괴롭혔다. 문이 열리면 어두컴컴한 휴게실에서 손님들까지도 얼굴을 내밀고 어물어물 인사를 했다.— 이것은 K의 주의를 끌려고 그러는 것이겠지만 사실 K가 보아주었는지 어쩐지 하는 것은 확실치 않았다—이러한 모든 일이 K를 중심으로 움직이며 한편 K는 자기가 필요로 하는 말을 모아서 사전을 찾으며 써두기도 하고 발음 연습도 하며 나중에는 그것을 외어 보려고 했다. 그러나 옛날처럼 기억력이 좋은 것은 아니었다. 이렇게 애를 먹이는 이탈리아 사람이 원망스러웠기 때문에 사전을 서류 속에 집어던지고 다시는 준비 같은 것을 하지 않으려고 했으나 벙어리처럼 이탈리아 사람과 같이 성당에 있는 미술품을 돌아볼 생각을 하니 더욱 한심스러워서 어쩔 수 없이 사전을 다시 손에 들었다.

정각 아홉시 반에 그가 떠나려고 하자 전화가 왔다. 그는 레니가 아침 인사를 하고 안부를 묻기에 감사하다고 말하고 성당에 갈 일이 있어서 지금은 이야기할 시간이 없다고 말했다.

"성당에요?" 하고 레니는 물었다.

"그래 성당에 가야겠어."

"성당에 무슨 일이 있어요?"

 K는 간단히 설명하려고 했으나 이야기를 꺼내기도 전에 뜻밖에도 레니는 이렇게 말했다.

 "당신의 뒤를 따르고 있어요."

 자기가 구하지도 않고 기대하지도 않았던 동정을 받고 K는 어쩔 줄을 모르며 간단히 이야기를 끊었지만 수화기를 놓으면서 혼잣말처럼 상대방이 알아들을 수도 없는 말로 이렇게 중얼거렸다.

 "그래, 내 뒤를 따르고 있지."

 이미 시간도 늦었고 약속 시간에 닿을 것 같지도 않았기 때문에 그는 자동차를 잡았다. 사무실을 떠나려고 할 때 앨범 생각이 나서, 아침에는 줄 기회가 없었던 것을 지금 갖고 가기로 했다. 차 안에서 그는 앨범을 무릎 위에 놓고 불안한 듯이 그것을 만지고 있었다. 비는 그리 심하지 않았지만 날씨는 어둠침침하고 쌀쌀했다. 성당 안에서는 거의 아무것도 보이지 않을 것이요, 오랫동안 돌바닥에 서 있으면 감기에도 좋지 않을 것 같았다. 성당 앞에 있는 광장에는 아무도 없었다. 이 비좁은 광장을 둘러싸고 있는 건물들은 언제나 커튼이 내려 있는 것을 어렸을 때부터 이상하게 생각했었지만 날씨가 오늘 같으면 그럴법도 하다고는 생각했다. 성당 안에는 아무도 없는 것 같았지만 사실 오늘 같은 날 이런 데를 찾아오는 사람은 없을 것이다. K는 성당 양쪽 복도를 걸어갔지만 노파 한 사람을 만났을 뿐이었다. 그 여자는 따뜻하게 옷을 입고 마리아의 초상 앞에 무릎을 꿇고 그 초상을 쳐다보고 있었다. 그리고 급사가 한쪽 벽에 딸린 문으로 들어가는 것이 보였다. K는 늦지 않았다. 성당 안으로 들어서자 바로 열시를 쳤지만 이탈리아 사람은 아직 나타나지 않는다. K는 정문으로 돌아가서 잠시 망설이다가 혹시나 그 사람이 옆 문에서 기다리지나 않나 해서 비를 맞으며 성당 주위를 한 바퀴 빙 돌았다. 그러나 아무도 없었다. 지점장이 시간을 잘못 들었을까? 그런 사람의 이야기를 어떻게 정확히 이해할 수 있을까? 그러나 하여튼 적어도 반 시간은 기다리지 않을 수 없었다. 피로했기 때문에 자리에 앉으려고 다시 안으로 들어갔다. 계단 위에 양탄자 조각 같은 것이 있었기 때문에 그것을 발 끝으로 가까이 있는 의자 앞으로 밀어놓고 외투를 꼭 감싸며 깃을 세우고 그는 자리에 앉았다. 시간을 보내기 위해서 앨범을 펴놓고 몇 장 들추어 보았지만 양쪽 복도에 있는 물건을 하나하나 분간할 수 없을 만큼 어두웠기 때문에 그만두고 말았다.

멀리 중앙 제단에는 세모진 커다란 촛대에 촛불이 가물거리고 있었다. 처음 들어왔을 때부터 켜 있었는지 어떤지는 확실치 않았으나 바로 지금 켜진 것 같았다. 급사는 살금살금 걸어다니는 버릇이 이었기 때문에 아무도 그의 발걸음 소리를 느낄 수가 없었다. 우연히 몸을 돌리자 그리 멀지 않은 곳에 기둥에 달려 있는 촛대에 굵고 기다란 초가 타고 있었다. 아름답기는 했으나 어두컴컴한 측면 제단에 걸려 있는 그림을 비치기에는 너무 약했으며 도리어 더 어둡게 하는 것 같았다. 이탈리아 사람이 오지 않은 것은 실례라 하겠지만 확실히 현명한 처사였다. 온대야 아무것도 보이지 않고 K의 회중 전등으로 몇 장의 그림을 조금씩 뜯어보는 데 지나지 않을 것이다. 어느 정도 알아볼 수 있을는지 시험해보기 위해서 가까이 있는 자그마한 제단 으로 가서 계단을 두서너 층계 올라가 나직한 대리석 난간 기슭에 허리를 굽히고 회중 전등으로 제단 그림을 비춰보았다. 등불빛이 눈 앞에 감실거리기 때문에 눈이 부셨다. 우선 눈에 띈 것은 투구를 입은 몸집이 거대한 기사였지만 그것은 그 그림의 한쪽 일부에 지나지 않았다. 풀이 나슬나슬하며 거친 땅에 검을 짚고 몸을 기대고 눈앞에 떠오르는 어떤 광경을 응시하듯 했으나 이런 자세로 꼼짝하지도 않고 그 광경이 벌어지는 곳으로 가까이 가려고 하지 않는 것은 실로 이 상했다. 혹시 그는 감시 명령을 받았는지도 모른다. 오랫동안 그림을 본 일이 없는 K는 회중 전등의 파리한 빛이 눈에 부시기는 했으나 얼마 동안 바라보고 있었다. 다음 불빛을 다른 부분으로 돌리자 그것은 흔히 볼 수 있는 그리스도의 매장도(埋葬圖)였으며 비교적 새로운 것이었다. K는 회중 전등을 호주머니에 넣고 자기가 앉아 있던 자리로 다시 돌아갔다.

그 이상 이탈리아 사람을 기다릴 필요는 없을 것 같았지만 사실 밖에는 비가 몹시 내리고 성당 안은 생각했던 것보다 그리 춥지도 않았기 때문에 K는 잠시 동안 그냥 그곳에 머물기로 했다. 바로 옆에는 큼직한 설교단이 있었고 자그마하고 둥근 그 천정에는 반쯤 기운 두 개의 누런 십자가가 달려 있고 그것은 끝이 서로 교차되어 있었다. 겉으로 보이는 난간 벽과 그것이 기둥에 연결되는 부분이 푸른 나뭇잎 무늬로 장식되어 있고 어린 천사들이 날기도 하고 혹은 조용히 쉬기도 하며 나뭇잎을 매만지고 있었다. K는 설교단 앞으로 나가서 자세히 살펴보았다. 나뭇잎을 새긴 솜씨는 매우 섬세한 것이었다. 그리고 무늬가 있는 벽 사이와 그 뒤에는 몹시 캄캄했으며 그 암흑은 마치 틀에 박혀서 고정되어 있는 것 같았다. K는 그 사이로 손을 넣어서 천천히 돌을 어루만져보았다. 설교단이 있다는 것은 그때 처음으로 알았다. 그때 바로 옆에 있는 예배석 뒤에서 급사가 나타났다. 축 늘어지고 주름이 많은 옷을 입고 왼손에는 코담배갑을 들고 이쪽 동정을 살피고 있었다. 어쩔 셈인가? 하고 K는 생각했다. 나를 의심하는 것일까? 그렇지 않으면 술값이 필요한 모양인가? 그러나 그 남자는 K의 눈에 띄자 코담배를 집더니 오른손으로 막연히 한쪽을 가리켰다. 도무지 알 수 없는 태도였다. K는 잠시 기다려보았으나 그 남자는 끊임없이 무엇을 가리키면서 더욱 머리를 끄덕였다.

"왜 그러시지요?" K는 나직한 목소리로 이렇게 물었으나 성당 안에서 감히 언성을 높이지는 못했다. 그리고 지갑을 꺼내들고 예배석 사이를 지나 그 남자한테로 갔으나 그 남자는 거절하려는 듯이 손을 저으며 어깨를 들어 보이더니 그만 절름거리며 뛰어갔다. 절름거리며 급히 걸어가는 그 남자와 비슷한 걸음걸이를 K는 어렸을 때 말 탄 사람을 흉내내려고 하면서 해본 일이 있었다.

'나이는 들었어도 아직 어리군.' K는 이렇게 생각했다. '저러고서야 어떻게 성당 일을 볼까. 내가 서면 자기도 서고 이쪽 동정만 살피고 있으니.' 빙긋이 웃으며 K는 노인의 뒤를 따라 한쪽 복도를 지나 거의 중앙 제단 위에까지 올라갔으나 그 노인은 여전히 무엇을 가리키고 있었다. 그러나 노인이 그렇게 가리키는 것은 자기 뒤를 따르지 못하게 하려는 것이라고 생각했기 때문에 K는 일부러 돌아보려고 하지도 않았다. 그러나 결국 따르지 않기로 했다. 공연히 그 노인한테 불안을 느끼게 할 생각도 없고 만일 이탈리아 사람이 나타나게 되면 이 노인도 무시할 수 없었기 때문이다.

앨범을 놓아둔 자기 좌석을 찾으려고 중앙 통로를 지나가고 있을 때 K는 합창대 좌석에 바로 연이어 있는 것 같은 자그마한 설교단이 또 하나 기둥 옆에 달려 있는 것을 알았다. 그것은 매우 간소하며 꺼칠하고 희멀건 돌로 되어 있었다. 너무 작기 때문에 멀리서 보면 성자의 조각상을 넣어두는 벽장이 텅비어 있는 것같이 생각되었다. 그 단상에 서면 설교자는 난간에서 한 걸음도 물러설 여유가 없었다. 그리고 돌로 된 그 천장은 이상하게도 우그러지고 경사가 심하고 장식은 하나도 없이 굴곡이 심하게 져 있기 때문에 보통 사람이라도 바로 설 수가 없이 난간 위에 몸을 굽히는 수밖에 없었다. 그것은 마치 신부를 괴롭히기 위해서 만든 것 같으며 훌륭하게 장식한 것이었는데 왜 그런 설교단이 필요한지 알 수가 없었다.

그러나 바로 그 설교 전에 준비하게 되어 있는 불이 단상에 켜 있지 않았더라면 이렇게 작은 설교단은 눈에 띄지도 않았을 것이다. 그러면 이제부터 설교를 하려는 것일까? 아무도 없는 빈 성당에서 설교를 하려는 것일까? 바로 기둥 옆으로 설교단까지 통해 있는 계단을 내려다보았지만 사실 그것은 너무나 비좁기 때문에 사람은 오르내릴 수도 없는 기둥 장식 같이 보였다. 그러나 설교단 밑에 정말로 신부가 서 있는 것을 보고 깜짝 놀란 K는 어쩔 줄을 몰라하며 겸연쩍게 웃어 보였지만 그 신부는 난간을 붙잡고 단 위에 올라가려고 하면서 힐끗 K를 쳐다보았다. 그리고 그가 가볍게 머리를 숙이자 K는 십자가를 긋고 허리를 굽혔지만 조금 늦은 감이 있었다. 신부는 조금 몸을 꿈틀하더니 짧은 걸음으로 계단을 올라갔다. 정말 설교를 하려는 것일까? 아마 급사는 그리 둔한 편은 아니었던지 K의 마음을 설교한 자한테로 돌려보려고 한 것은 이렇게 텅 빈 성당에서는 더욱 필요한 일이 아닐까? 그렇다면 하여튼 어떤 노파가 마리아의 초상 앞에서 무릎을 꿇고 있을 테니까 그 여자도 같이 불러와야 할 것이다. 그리고 설교가 시작되면 오르간의 서곡쯤 있어야 할 것이 아닌가? 그러나 오르간 소리는 들리지 않고 그저 높다란 오르간의 검은빛이 희미하게 번들거릴 뿐이었다.

지금 얼른 나가버리는 것이 좋지 않을까? 하고 K는 생각했다.
그렇지 않으면 설교 도중에 나갈 희망은 조금도 없었다. 설교가 끝날
때까지 있어야만 했다. 사무실에서도 많은 시간을 소비했지만 이미
이렇게까지 하면서 이탈리아 사람을 기다릴 필요는 없었다. 시계를
보니 열한시였다. 그런데 정말 설교를 하려는 것일까? K 혼자서
청중을 대신할 수 있을까? 만일 K가 그저 교회를 구경하러 온 외국
사람이라면 어떻게 될까? 사실 외국 사람이나 다름이 없었다. 지금
오전 열한시, 주일도 아닌 보통 날이며 더구나 날씨마저 쓸쓸한데
설교를 생각한다는 것은 너무나 어리석은 일이 아닐까? 신부는──
얼굴이 넓적하고 우울한 표정을 띤 그 젊은 남자는 신부임에 틀림
없었다──잘못 켜놓은 촛불을 끄기 위해서 그저 계단을 올라갔을는
지도 모른다.

그러나 그게 아니라 오히려 신부는 촛불을 조사하고 심지를 조금
끌어올리더니 천천히 난간을 향해서 자리를 잡고 모가 난 그 가장
자리를 두 손으로 붙잡았다. 잠시 그대로 서서 머리는 조금도 움직이지
않고 예배석을 돌아보았다. K는 뒤로 물러서며 팔굽으로 맨 앞줄
예배석을 짚고 몸을 기댔다. 어딘지 확실히 말할 수는 없지만 그 급사가
등을 구부리고 일을 끝마치고 난 다음같이 평화스러운 기분으로 웅
크리고 있는 것을 멍하니 쳐다보았다. 그때 성당 주위는 몹시 고요했다.
그러나 K는 여기 머무를 생각이 없었기 때문에 하는 수 없이 그 정적을
깨뜨리지 않을 수 없었다. 일정한 시간에 외서 사정이 어떻든 간에
설교하는 것이 신부의 의무라면 별로 K의 협력이 필요할 것도 아니요,
K가 있다고 해서 좀더 훌륭한 설교를 할 리도 없을 것이다. K는 조용히
발을 옮기며 좌석을 따라 발꿈치를 들고 중앙에 있는 넓은 통로까지
나왔다. 거기만은 하여튼 무사히 지나갈 것 같았다. 아무리 발걸음
소리를 죽여도 돌 바닥에 울리는 일정한 발걸음 소리는 둥근 천장에
울리고, 그 소리가 끊임없이 계속되어 K의 뒤를 따르는 것이 조금
불안했다. 신부의 시선을 등에 느끼며 아무도 없는 예배석을 지나가는
자기 자신이 고독함을 느꼈다. 그리고 성당의 크기가 마침 사람이
생각할 수 있는 한계에 있는 것같이 생각되었다. 처음 앉아 있던

자리에 오자 K는 놓아두었던 앨범을 손에 들고 그 자리에 서 있을 겨를도 없이 그곳을 떠났다. 어느덧 예배석을 지나 출입문 사이에 있는 넓은 곳에 이르렀을 때 돌연 신부의 목소리가 들렸다. 강하고도 노련한 그 목소리. 그 소리는 그것을 받아들이기 위해서 세운 이 성당을 쩡 하니 울렸다. 신부가 부른 것은 일반 예배자는 아니었다. 의심할 여지도 없이 대상자가 한 사람이었기 때문에 그만 피할 길이 막혀버린 K를 보고 신부는 이렇게 외쳤다.

"요제프 K!"

K는 그 자리에 못박힌 듯이 서서 멍하니 마룻바닥을 쳐다보았다. 아직 자유스러웠기 때문에 앞으로 걸어가서 바로 눈앞에 있는 자그마하고 컴컴한 나무문을 지나 밖으로 나갈 수 있었다. 만일 그렇게 되면 결국 그 말이 들리지 않았거나, 혹은 들리기는 했지만 상대할 생각이 없다는 것을 의미하게 된다. 그러나 만일 돌아보게 되면 K는 그 신부의 말을 잘 이해하는 동시에 불리운 것은 자기 자신이며 어디까지나 복종하겠다는 것을 고백하는 것이 되기 때문에 그만 붙들리게 되는 것이다. 신부가 다시 한번 불렀더라면 그대로 나가버렸을는지 모르나, 그래 주기를 기다리고 있었지만 아무 소리도 없었기 때문에 대체 신부가 무엇을 하고 있는가 해서 K는 뒤를 돌아보았다. 신부는 여전히 태연하게 설교단 위에 앉아 있었으나 그는 K가 돌아보는 것을 분명히 본 것 같았다. 그러나 그때 깨끗이 돌아서지 않는다면 마치 어린아이들같이 술래잡기나 하고 있는 것 같아서 꼴이 이상할 것 같았다. 그래서 돌아서니까 신부는 가까이 오라고 손짓을 했다. 그때 이미 일은 될 대로 되었기 때문에 그는——사실 호기심도 있었고 속히 결말을 짓고 싶었기 때문에——성큼성큼 설교단으로 뛰어나갔다. 예배석 첫머리에서 발걸음을 멈추었다. 그러나 신부는 거리가 너무 멀다고 생각했던지 손을 앞으로 내밀더니 둘째 손가락을 똑바로 뻗으며 설교단 바로 앞을 가리켰다. K는 신부의 지시에 따라서 그 앞에 가 섰지만 머리를 잔뜩 젖히지 않으면 신부의 얼굴이 보이지 않을 정도였다.

"자네가 요제프 K지?" 신부는 이렇게 말하고 난간을 짚고 있던 한쪽 손을 이상하게 움직이면서 들었다.

"그렇습니다." 하고 말하고 전 같으면 자연스럽게 자기 이름을 부를 수 있었지만 어쩐지 요사이는 자기 이름이 무슨 무거운 짐 같기만 했다. 그뿐만 아니라 처음 만나는 사람들까지도 자기 이름을 알고 있었지만 사실은 우선 자기 소개를 하고 나서 서로 알게 되는 것이 순서가 아닐까?"

"자네는 기소되어 있어." 신부는 이상하게도 나직한 목소리로 이렇게 말했다.

"네, 저도 알고 있습니다."

"자네를 찾고 있었네, 나는 감방 교회사(敎誨師)야."

"그러십니까?"

"말하고 싶은 것이 있어서 내가 자네를 불렀어."

"저는 몰랐습니다. 저는 어떤 이탈리아 사람에게 이 성당을 보여 주려고 왔습니다."

"쓸데없는 말 말아." 하고 신부는 말했다. "손에 들고 있는 것은 뭐지? 기도선가?"

"아닙니다. 이 도시의 고적을 소개한 앨범입니다."

"그런 건 버려."

K가 앨범을 힘껏 내던졌기 때문에 그것이 펄렁 펴지더니 꾸겨진 채 마루 위로 밀려갔다.

"자네 소송 문제가 불리하다는 것은 알고 있나?"

"저도 그렇게 생각하고 있습니다." 하고 K는 말했다. "여러 가지로 애는 썼습니다만 지금까지는 아무 효과도 없습니다. 하여간 변론 서류도 아직 작성되지 않았으니까요."

"결국 어떻게 되리라고 생각하나?"

"지금까지는 잘 되리라고 생각했습니다만 요사이는 그런 자신도 없습니다. 어떻게 되는지 알 수가 있어야지요. 어떻게 될 것 같습니까?"

"모르지. 그런데 결과가 좋을 것 같지는 않은데. 사람들은 자네가 죄고 있다고 생각하니까. 아마 자네 소송 문제는 하급 재판소를 벗어나지 못할걸. 적어도 그 동안 자네 죄가 드러났다고 누구나 생각하니까.”

“그러나 저는 아무 죄도 없습니다.” 하고 K는 말했다. “그것은 잘못입니다. 사람이 죄가 있다는 것은 대체 어떻게 된 거지요. 저희들은 모두 누구나 사람이 아닙니까?”

“그것도 그럴 듯한 이야기지만 자네같이 죄가 있는 사람은 누구나 그런 말을 하는 법이야.”

“당신까지도 저에게 그런 선입감을 갖고 말하십니까?”

“절대로, 그럴 리가 있나.”

“감사합니다.” 하고 K는 말했다. “수속하는 데 관계가 있는 사람들은 누구나 저에게 선입감을 갖고 있습니다. 그리고 그네들은 아무 관계도 없는 사람들한테 그런 선입감을 퍼뜨리고 다니니까 저의 입장만 곤란해지지 않아요.”

“자네는 사실을 오해하고 있네. 판결이 그렇게 갑자기 내리는 줄 아나. 수속 절차가 서서히 진행되어야 판결이 내리는 거야.”

“그렇습니까?” 하고 K는 머리를 숙였다.

“앞으로 어떻게 할 생각이지?”

“좀더 도움을 얻어야 하겠습니다.” K는 이렇게 말하고 자기 이야기에 대한 신부의 판단을 알아보기 위해서 머리를 들었다. “아직도 가능성은 있으니까요.”

“자네는 너무나 남의 힘을 믿고 있네.” 하고 신부는 불쾌한 듯이 말했다. “더구나 여자의 힘을 믿고 있지만 여자 같은 것은 아무 소용도 없다는 것을 몰라?”

“어느 정도까지는 대개 당신 말씀이 옳다고 생각합니다만.” 하고 K는 말했다. “반드시 그렇지는 않습니다. 여자라는 것은 위대한 힘을 갖고 있습니다. 만일 제가 아는 여자를 몇 명 시켜서 저를 위해서 같이 일을 하게 하면 목적은 문제없이 달성될 겁니다. 더구나 이 재판소에서는 여자라면 누구나 오금을 못 쓰니까요. 가령 예심 판사에게 멀리서 여자를 보여보시오. 그러면 그는 놓치지 않으려고 책상이고 피고고 할 것 없이 모조리 차버리고 그 여자한테로 달려갈 겁니다.”

신부는 난간 쪽으로 머리를 기웃했지만 어쩐지 설교단 천장의 압력을 느끼는 것 같았다. 밖은 얼마나 날씨가 사나운 것일까? 하여튼 침침한 낮이 아니라 어느덧 깊은 밤중이었다. 그림이 그려진 몇 개의 커다란 창문이 있었지만 컴컴한 벽은 조금도 빛을 받지 못했다. 더구나 이때 급사가 나타나더니 돌아가며 중앙 제단 위에 켜놓았던 촛불을 끄기 시작했다.

"기분이 불쾌하신가요?" 하고 K는 신부에게 물었다. "당신은 아직 이 재판소의 정체를 모르시는 것 같습니다."

신부는 아무 대답도 없었다.

무엇보다 이것은 저의 경험에 지나지 않습니다만." 단 위에서는 여전히 아무 말도 없었다.

"당신을 무시하려는 것은 아닙니다." K가 이렇게 말하자 신부는 밑에 있는 그를 보고 이렇게 고함을 쳤다.

"자네는 조금도 앞이 보이지 않는가?" 이것은 분에 가득 찬 목소리였지만 동시에 쓰러지는 사람을 보고 놀란 나머지 자기도 모르게 무심코 외친 소리이기도 했다.

오랫동안 그 두 사람은 아무 말도 하지 않았다. 밑은 어둡기 때문에 신부는 K의 얼굴을 잘 알아볼 수 없었지만 자그마한 등불빛을 받고 있는 신부의 얼굴은 똑똑히 보였다. 왜 신부는 내려오지 않을까? 신부는 설교를 하려는 것이 아니라 K한테 몇 가지 보고를 했을 뿐, 그러한 보고도 K한테는 아무 소용도 없고 도리가 해가 되리라는 것은 신부 자신도 잘 생각해보면 알 수 있을 것이다. 그러나 K에 대해서 호의를 갖고 있는 것 같기 때문에 내려오면 의견이라도 교환할 수 있을 것 같았다. 말하자면 어떤 방법으로 소송 문제를 좌우할 수 있겠느냐 하는 그런 문제는 말할 수 없어도, 소송 문제를 떠나 그것을 회피하며 소송 문제를 벗어나서 살아갈 수 있는 방법에 대해서는 간결하고 타당한 충고쯤은 받을 수 있을 것 같았다. 틀림없이 그것은 가능할 것이다. 지금까지도 여러 번 머리에 떠오른 일이 있었다. 만일 신부가 그런 방법을 안다면 부탁을 해서 알려달라고 할 수도 있을 것 같았다. 무엇보다 그는 재판소와 관계가 있으며 K가 재판소를 공격했을 때도 고함도 치지 않았다.

"내려오시지 않겠습니까?" 하고 K는 말했다. "설교를 하실 필요도 없을 테니까요."

"내려가도 좋지만." 신부는 이렇게 말했으나 어쩐지 자기가 외친 것을 후회하는 것 같았다. 등불을 떼며 그는 말했다.

"처음에는 서로 조금 거리를 두고 이야기를 해야지 그렇지 않으면 기가 죽어서 그만 임무를 잊어버리게 되니까."

K는 계단 밑에서 기다리고 있었다. 맨 첫층계를 내려오면서부터 벌써 신부는 K에게 손을 내밀었다.

"저를 위해서 시간을 좀 내주시겠어요?"

"얼마든지."

신부는 이렇게 말하고 그 자그마한 등불을 K한테 주고 그것을 들고 있게 했다. 가까이 와서도 신부의 태도에는 어딘지 엄숙한 빛이 남아 있었다.

"그렇습니까? 참 죄송합니다." 하고 K는 말하고 그 두 사람은 나란히 측면 복도를 이리저리 걸어다녔다.

"재판소 관계자로서 당신만은 예외이십니다. 여러 사람들을 만나 보았지만 당신만큼 신뢰할 수 있는 사람은 없었습니다. 당신 같으면 저도 터놓고 말할 수 있겠어요."

"그렇게 속단하면 안 돼."

"속단이라니요?"

"재판소에 대해서 자네는 착각을 하고 있어." 하고 신부는 말했다. 법률 입문서에는 이런 착각에 대해서 대략 이렇게 씌어 있다.

법정 앞에 문지기가 서 있다. 시골서 어떤 남자가 그를 찾아와서 법정 안으로 들여보내주기를 애원했다. 그러나 문지기는 지금 들여 보낼 수 없다고 말했다. 그러자 그 남자는 이모저모로 생각하더니 그러면 다음 기회에는 들여보내주겠느냐고 물었다. '그럴 수는 있지만 지금은 안 돼.' 하고 문지기는 말했다. 법정 문이 열려 있고 문지기는 옆으로 물러 서 있었기 때문에 그 남자는 몸을 굽히고 법정 안의 동정을 살피려고 했다. 이것을 본 문지기는 껄껄 웃으며 이렇게 말했다.

‘그렇게 들어가고 싶거든 내 명령을 어기면서라도 들어가보게나. 그러나 내게는 권력이 있다는 것을 잊어서는 안 돼. 더구나 나는 가장 낮은 문지기에 지나지 않지만 문마다 문지기가 서 있으며 안으로 들어갈수록 더욱 권력이 세다. 셋째 번 문지기만 해도 그 위력에 눌려서 우리 같은 사람은 견딜 수가 없단 말이야.’

이것은 시골에서 온 그 남자가 예상조차 못 한 난관이었다. 법정 문은 언제나, 그리고 만인에게 개방되어 있을 텐데 하고 그 남자는 생각했다. 그러나 털 외투에 싸인 그 문지기의 큼직하게 날이 선 코와 기다랗고 타타르 사람을 연상케 하는 검은 수염을 바라보고 있는 동안 그 남자는 입정이 허락될 때까지 기다려보려고 했다. 문지기는 나직한 의자를 내주며 문 옆에 앉으라고 했다. 거기서 그는 몇 해를 두고 앉아 있었다. 들어가려고 그 남자가 갖은 애를 쓰자 문지기는 그만 그의 애원에 지쳐버리고 말았다. 문지기는 때때로 무슨 생각이 났던지 그 남자를 상대로 간단한 심문을 했다. 그 남자의 고향이나 그 밖의 여러 가지 사소한 것을 물었다. 그러나 이것은 훌륭한 양반들이 입버릇처럼 내놓는 쓸데없는 질문이었다. 그러면서도 나중에는 아직 들어가서는 안 된다고 반드시 말했다. 충분한 여행 준비를 해서 온 그 남자는 서운한 일이었지만 문지기를 매수하기 위해서 모든 것을 다 써버리고 말았다. 그러면 문지기는 그것을 전부 받아들이며 이렇게 말했다.

‘자네가 무시를 당했다고 생각해도 안 될 테니까 그대로 받아두기로 하겠네.’ 여러 해 동안 그 남자는 끊임없이 그 문지기를 바라보았다. 다른 문지기가 있다는 것은 잊어버리고 그 남자는 이 첫번 문지기만이 법정으로 들어가는 것을 가로막는 것같이 생각했다. 처음 얼마 동안 그 남자는 불행한 자기 운명을 저주했지만 몇 해가 지나가자 그는 막연한 불평을 늘어놓았다. 그 남자는 어린아이같이 되고 오랫동안 문지기를 관찰하는 동안에 자기 털외투 깃에 벼룩 한 마리가 있는 것을 보자 그는 그 문지기의 기분을 돌릴 수 있도록 도와달라고 벼룩한테 애원했다. 결국 시력이 약해지고 말았다. 정말 주위가 어두워졌는지 그저 눈이 흐려졌는지 알 수가 없었다. 그러나 그때 법정 문을 꿰뚫고 한 가닥 영원 불멸의 불빛이 암흑 속에서 빛나고 있는 것을 느꼈다. 이미 더 살아갈 희망은 없었다. 죽음을 앞두고 일생 동안의 모든 경험이 한 가지 질문으로 나타나며 골수를 쑤셨다. 이것은 그때까지 문지기에 물어본 일이 없는 질문이었다. 다 굳어진 몸을 일으킬 기력도 없었기 때문에 눈짓을 했다. 키가 서로 다르기 때문에 그 남자가 매우 불리한 입장에 있다는 것을 깨닫자 문지기는 깊숙이 허리를 굽히지 않을 수 없었다.

'이제사 자네는 무엇을 알려고 그래? 참 어지간한데.'

'모든 사람들이 법을 요구하고 있습니다.' 하고 그 남자는 말했다. '그러나 저밖에는 아무도 법정에 들어가보려는 사람이 없는 것은 무슨 까닭일까요?'

문지기는 그 남자의 최후가 가까워 온 것을 깨닫자 멀어가는 그의 귀에 들릴 수 있도록 큰소리로 외쳤다.

'이것은 자네만이 들어갈 수 있는 문이야. 다른 사람은 들어갈 수 없어. 자, 나도 문을 닫고 가봐야지.'라고 말했어."

"그렇다면 문지기는 그 남자를 속인 거지요?" 매우 흥미를 느낀 K는 그 이야기가 끝나자 곧 이렇게 말했다.

"그렇게 속단하지 말아." 하고 신부는 말했다. "남의 의견을 아무 비판도 없이 받아들여서는 안 돼. 나는 책에 씌어 있는 대로 말하였지 속인다는 이야기는 적혀 있지 않았으니까."

"그러나 속인 것만은 사실입니다." K는 이렇게 말했다. "당신의 첫번 해석이 어디까지나 옳습니다. 문지기는 그 남자가 살아날 가망이 없다는 것을 알았을 때 겨우 대답을 했습니다."

"그러나 문지기도 그때 처음으로 질문을 당했으니까 그것으로 문지기의 의무는 다했다고 할 수 있지."

"어떻게 의무를 다했다고 하겠습니까?" 하고 K는 말했다. "의무를 다하지는 못했습니다. 아무 일도 없는 사람을 쫓아버리는 것이 문지기의 의무였는지 모르지만 그 남자가 문으로 들어가게 되어 있다면 들여보내주는 것이 마땅하지 않을까요?"

"자네는 책에 씌어 있는 것을 무시하고 그저 제멋대로 이야기를 고치는 것 같은데." 하고 신부는 말했다. "이 이야기에는 법정으로 들어가는 데 대해서 처음과 끝에서 말한 문지기의 중요한 설명이 들어 있다. 그 하나는 지금 곧 들여보낼 수는 없다는 말이고, 또 하나는 이 문은 자네만이 들어갈 수 있다는 말이다. 이 두 가지 표현이 모순이 있으면 자네 이야기대로 문지기는 그 남자를 속인 것이 되겠지만 사실은 그와 반대로 모순이 없을 뿐만 아니라 첫번 설명은 이미 다음 설명을 암시하고 있는 것이다. 무엇보다 문지기가 그 남자를 보고 후에 들어갈 수 있으리라고 암시한 것은 사실 월권 행위라고 할 수 있는 것이다. 그 당시 문지기의 의무는 그런 남자를 쫓아버리는 데 있는 것 같았고 그 책 주석자들은 모두 엄격한 것을 좋아하며 자기 직책을 어디까지나 충실하게 이행하는 것같이 보이는 문지기가 함부로 그런 말을 한데 대해서 이상하게 생각하고 있다. 여러 해 동안 그는 자기 직장을 떠나지 않고 모든 일이 끝난 다음에야 문을 닫았다. 하여튼 이것은 임무의 중대성을 분명히 인식하고 있는 태도가 아니냐? ‘내게는 권력이 있다.’고 한 그 말이 그 증거다. 그리고 상사에게는 그야말로 고분고분 잘 순종했다. ‘가장 낮은 문지기에 지나지 않는다.’ 는 말이 그 증거다. 그렇다고 해서 결코 이야기가 많은 것도 아니다. 여러 해 동안 소위 ‘아무 관계도 없는 질문’을 해왔을 뿐이다. 그리고 결코 뇌물을 받을 사람이 아니다. 그러기에 뇌물을 받고도 ‘무시를 당했다고 생각해도 안 될 테니까 하여튼 받기로 하지.’ 하고 말했던 것이다. 의무를 소홀히 하지 않고 가볍게 넘어갈 사람이 아니라는 것은 들어가려고 갖은 애를 쓰면서 문지기를 괴롭혔다는 것을 보아도 알 수 있다. 결국 그 외모도 고루한 성격을 충분히 나타내고 있었다. 큼직하게 날이 선 코, 기다랗고 타타르 사람을 연상케 하는 가느다란 검은 수염. 이 이상 임무에 충실한 문지기도 아마 드물 것이다. 그러나 그는 한편 들어가려고 하는 사람들에게 대하기 편한 성격, 다시 말하면 결국 들어갈 수 있다는 암시를 주며 어느 정도 월권 행위라고 생각할 수 있는 일을 능히 해치우는 성격을 갖고 있었다. 결국 그가 다소 머리가 단순한 동시에 자부심이 조금 강하다는 것은 부인할 수 없었다. 자기의 권력, 다른 문지기의 권력, 보기에도 눈에 거슬리는 광경 같은 데 대해서 그가 말한 것은 어디까지나 옳다고 하겠지만 이야기를 꺼내는 태도가 단순하고 자부심이 강하기 때문에 그 태도가 그만 흐려지고 만다는 것을 알 수 있었다. 주석자들은 이 점에 관해서 '어떤 문제를 정확히 파악하는 것과, 같은 문제를 그릇되게 해석하는 것은 서로 상반되는 것이 아니다.'고 말하고 있다. 하여튼 그 단순한 태도와 자부심이 그리 대단한 것은 아니라도 감시 능력을 약화시키는 것은 숨길 수 없는 사실이며 이것은 문지기는 남에게 친절히 대한다는 성격이 있지만 그렇다고 해서 관리의 본분을 다했다고는 할 수 없었다. 처음에는 어디까지나 분명히 입장을 거절했음에도 불구하고 농담 비슷한 말로서 들어가보라고 권하면서 쫓아내지는 않고 나직한 의자를 내놓으며 문 옆에 앉으라고 했다고 그 책에 씌어 있었다. 그 밖에 여러 해를 두고 그 남자의 애원을 들어줄 수 있는 인내력과 사소한 심문, 그리고 여러 가지 선물을 받아들인 일과 이런 곳에 문지기가 있다는 것은 얼마나 불만스러운 일이냐고 그 남자가 자기 옆에서 큰소리로 욕지거리를 해도 그냥 내버려두는 그 아름다운 심성——이러한 모든 점은 동정하는 마음에서 나온 것이겠지만 문지기라고 해서 누구나 다 그런 태도를 취할 수는 없을 것이다. 그러면서 나중에는 그 남자의 손짓에 따라 깊숙이 몸을 굽히며 최후로 질문할 기회를 주었다. 이때 문지기는——이것이 마지막이라는 것을 잘 알고 있었지만——'당신은 어지간한데.' 하는 말로써 약간 초조한 빛을 보일 뿐이었다. 더구나 한 걸음 나아가서 '당신은 어지간한데.' 하는 말은 감격한 나머지 한껏 친절미가 넘치는 말이라고 할 수 있으며 그와 동시에 이 감격은 문지기가 겸손한 태도에서 하는 말이라고 해석하는 사람도 있지만 하여튼 이 문지기의 성격은 자네가 생각하는 것과는 전연 다른 것이다."

"그야 신부님이 저보다 훨씬 전부터 그 이야기를 자세히 알고 계시니까요." 하고 K는 말했다.

두 사람은 잠시 동안 아무 말도 없었다.

"그러시면 그 남자는 속지 않았단 말씀이지요?" 그때 K는 이렇게 말했다.

"내 말을 오해하면 안 돼." 신부는 말했다. "나는 이 이야기에 대해 여러 가지 해석을 소개했을 뿐이니까 그런 것을 너무 중요시해서는 안 돼. 그 글은 변함이 없지만 해석 같은 것은 이 글에 대한 절망을 표현하는 수도 가끔 있으니까. 이런 경우에 있어서 속은 것은 문지기라고 생각하는 사람도 있을 수 있는 것이다.”

“그것은 너무나 지나친 해석입니다만 무슨 근거라도 있는가요?”

“근거라면.” 하고 신부는 대답했다. “문지기가 너무 단순한 탓이겠지. 문지기는 법정 내부에 대해선 아무것도 모르고 그저 법정에 이르는 길만을 알고 있지만 그것도 현관에서 그만 돌아서지 않을 수 없는 처지다. 그가 내부에 대해서 품고 있던 생각은 어리석기 짝이 없고 그 남자에게 공포감을 주려고 한 자신의 이야기에 도리어 자기가 공포를 느끼는 형편이었으니까. 더구나 문지기는 그 남자보다 훨씬 더 공포심을 느끼고 있었다. 왜냐하면 법정 내부에 있는 문지기의 이야기를 듣고도 그 남자는 여전히 안으로 들어가보려고 했지만 문지기는 조금도 들어가볼 생각을 하지 않고 적어도 우리가 알기에는 그러한 의사 표시가 전연 없었기 때문이다. 이 점에 대해서 어떤 사람은 문지기가 그 내부로부터 임명을 받고 법정 일을 맡아보고 있으니까 반드시 그 내부에 들어가본 일이 있을 것이라고 말하지만 아무리 내부의 명령으로 문지기 노릇을 한다고 해도 셋째 번 문지기를 보기만 해도 어쩔 줄을 모르는 것을 보면 내부에 대해서 경험이 있는 것 같지는 않았다. 그뿐만 아니라 여러 해를 두고 문지기에 대한 이야기 이외에는 내부 형편에 대해서 아무것도 없는 것으로 보아 아마 금지를 당한 것인지는 모르나 하여튼 그런 이야기도 전연 없었다. 이러한 모든 점으로 보아 이 문지기는 법정 내부의 형편이나 의미에 대해서는 아무것도 모르며 그저 속으며 살아가고 있다고 생각할 수밖에 없다. 그러나 문지기는 시골에서 온 그 남자에 대해서도 착각을 일으키고 있었다. 왜냐하면 그 남자보다 낮은 지위에 있으면서도 그것을 몰랐으니까. 문지기가 그 남자를 자기보다 지위가 낮은 사람으로 취급한 증거는 얼마든지 있지만 이 해석에 따르면 그와 전연 반대라는 것도 알 수 있는 것이다. 하여튼 자유스러운 자는 속박을 받는 자보다 위에 있는 것이다. 그런데 그 남자는 어디까지나 자유스러운 몸이다. 가고 싶은 곳이면 어디든지 갈 수가 있었다. 단지 법정에만 들어갈 수가 없었지만, 그것은 문지기 한 사람의 손에 달려 있었다. 나직한 의자에 앉아서 문 옆에서 일생 동안 기다린 것도 어디까지나 자유의사에서 나온 일이요, 그 이야기도 속박을 받은 흔적은 조금도 없었다. 이와 반대로 문지기는 직무상 자기 자리를 지키지 않을 수 없었으며 자리를 떠나서 밖으로 나갈 수도 없었고 그렇다고 해서 아무리 들어가보고 싶어도 안으로 들어갈 수도 없었다. 그뿐만 아니라 법정에서 일을 본다고 하면서도 문지기에 지나지 않았으며 결국 이 문으로 들어가는 수밖에 없는 어떤 남자를 대하는 것뿐이었다. 이러한 점으로 보아도 역시 문지기는 그 남자보다 낮은 지위에 있었다. 그리고 그 이야기에는 어떤 남자, 다시 말하면 어떤 중년 신사가 찾아왔다고 씌어 있지만 문지기는 여러 해 동안 중년 신사를 통해서 그저 쓸데없이 애를 썼으며 따라서 목적을 다할 때까지 기다리지 않을 수 없었고, 그것도 생각날 때 제멋대로 찾아 오는 남자를 기다려야 했다는 것을 알 수 있다. 그러나 문지기가 하던 일의 결말은 그 남자의 생명이 끝나는 시간에 다라 좌우되기 때문에 문지기는 그 남자보다 낮은 지위에 있었다. 그리고 이 문지기는 그런 점에 대해서 인식이 부족한 것 같았으며 이 해석에서 본다면 그는 자기 임무에 관해서도 매우 착각을 일으키고 있었다. 다시 말하면 그는 나중에 '자, 나도 문을 닫고 가봐야지.' 하고 말했지만 그 책 처음에 법정 문은 항상 개방되어 있다고 씌어 있고 항상이라는 말은 이 문으로 들어가야 할 그 남자의 생명에는 관계 없다고 해석할 수 있기 때문에 문지기라 해서 마음대로 문을 닫아서는 안 되는 것이다. 무엇보다 이 점에 관해서, 문을 닫는다는 것은 일종의 반발적인 행동이며 자기의 의무를 강조한 말이요, 끝까지 후회와 슬픔 속에 그 남자를 빠뜨려버리려는 생각에서 나온 말이라고 여러 가지 해석이 있지만 하여튼 마음대로 문을 닫아서는 안 된다는 점에서는 모두 의견이 일치하고 있다. 뿐만 아니라 그 사람들은 그 남자가 법정 문으로 흘러나온 빛을 깨달았지만 한편 문지기는 직무상 문에서 돌아서 있으면서 그런 변화를 조금도 깨닫지 못했기 때문에 적어도 마지막 순간에 알고 있다는 점에서도 문지기는 그 남자보다 뒤떨어져 있다고까지 생각하고 있었다."

　"참 훌륭한 설명입니다." K는 신부의 설명을 간단히 입 속에서 나직하게 중얼거리며 이렇게 말했다. "훌륭한 설명인데요. 속고 착각에 빠진 것은 문지기였다는 것을 저도 잘 알았습니다. 그러나 저의 생각은 어느 정도 당신과 일치하기 때문에 저의 의견을 돌릴 생각은 없습니다. 문지기가 올바른 인식을 갖고 있었는지 혹은 착각에 빠져 있었는지 하는 것은 간단히 결정할 문제가 아니라고 저는 생각합니다. 속은 것은 그 남자라고 저는 생각했던 것입니다. 결국 문지기가 바른 인식을 갖고 있다면 일단 그 정확성을 의심해볼 수는 있지만 문지기 자신이 착각에 빠져 있다면 어쩔 수 없이 그 남자도 착각에 빠지게 된다고 저는 말하고 싶습니다. 이때는 문지기를 사기꾼이라고까지 말할 수는 없지만 사실 너무나 머리가 단순하기 때문에 곧 파면하는 것이 당연할 것입니다. 문지기가 빠진 착각이 그 자신한테는 별다른 해를 입히지 않았지만 그 남자에게는 대단한 손해를 끼쳤다는 것을 충분히 생각해야 할 겁니다."

　"그 생각에 대해서는 반대 의견도 있지." 하고 신부는 말했다. "이 이야기는 문지기를 비판할 권리를 아무한테도 주지 않는다는 의견이다. 그가 어떤 인상을 주건 그는 법정에서 일을 보는 사람이요, 법의 세계에 속하기 때문에 인간의 비판을 초월하고 있는 것이다. 따라서 문지기가 그 남자보다 낮은 지위에 있다는 것은 어림도 없는 생각이며 가령 법정 문지기로서 속박을 받는 편이 자유 세계에서 사는 것보다는 훨씬 훌륭한 사람이리고 하며 그 남자는 법성을 찾아오지만 문지기는 처음부터 거기에 있는 것이다. 그는 법정에서 자기 임무를 맡은 사람이며 그 권위를 의심하는 것은 법정을 의심하는 것이나 다름이 없다는 것이다."

　"그런 의견에는 찬성할 수 없는데요." 하고 K는 머리를 흔들며 말했다. "이 의견에 찬성한다면 문지기의 이야기를 전부 옳다고 생각해야 하겠지만 당신도 훌륭히 설명하셨듯이 그런 어리석은 말은 없습니다."

　"그건 그렇지 않지. 진실 여부를 문제시해서는 안 돼. 다만 그것을 필연적인 사실이라고 생각해야 하는 거야."

"곤란한 생각인데요." 하고 K는 말했다. "결국 허위가 세상을 지배하게 된단 말씀이지요."

K는 결론적으로 이렇게 말했지만 아직 최후 결론을 내린 것은 아니었다. 너무나 피로해서 결론을 내릴 수가 없었다. 모든 생각이 그저 생소하기만 했고 모두 비현실적인 일이며 도리어 그런 것은 사법관 회의의 의제에 적합했다. 간단한 이야기가 이상하게도 곡해를 당하기 때문에 K는 그런 이야기와 인연을 끊어버리려고 했다. 그리고 신부는 몹시 자기를 두둔하는 태도를 보이며 K의 이야기를 묵인하며 사실 자기 의견과 맞지 않았지만 K의 이야기를 묵묵히 받아들였다.

두 사람은 아무 말도 없이 잠시 동안 걸어갔다. 어두워서 방향을 분간할 수 없기 때문에 K는 신부 옆에 꼭 붙어서 걸어갔다. 신부가 들고 있던 등불은 이미 꺼지고 말았다. 갑자기 눈앞에 은으로 만든 성자의 초상이 나타났다. 잠깐 은빛이 반짝이더니 그만 어둠속에 사라지고 말았다. 신부에게만 너무 의지할 수 없었기 때문에 K는 이렇게 물었다.

"정문 현관은 그리 멀지 않지요?"

"아니, 아직 멀었어. 벌써 가겠나?"

돌아가려고 그렇게 물은 것은 아니지만 마치 기다리기나 한 듯이 K는 이렇게 대답했다.

"꼭 가야겠습니다. 저는 모 은행 업무 주임입니다. 여러 사람이 저를 기다리고 있으니까요. 여기 온 것도 외국 사람을 안내하려고 온 것이지 그 밖에는 별로 용무가 없습니다."

"그러면." 하고 신부는 손을 내밀며 말했다. "여기서 실례하겠네."

"어두워서 방향을 모르겠습니다."

"벽을 따라 왼쪽으로 돌아서 벽을 놓치지 말고 가면 밖으로 나갈 수 있어."

신부가 몇 걸음 떨어지자 K는 즉시 커다란 목소리로 이렇게 외쳤다.

"좀 기다려요!"

"기다리고 있어."

"용무는 끝났습니까?"

"끝났어."

"매우 친절하게 여러 가지를 가르쳐주신 당신이 그렇게도 냉정하게 저를 내버리십니까?"

"가야 한다면서."

"그건 그렇지만. 지금 말씀드린 것도 생각해주세요."

"그전에 자네는 내가 누구라는 것을 생각할 필요가 있어."

"당신은 교회사지요." K는 이렇게 말하고 신부 옆으로 가까이 갔다. 그렇게까지 서둘며 은행으로 돌아갈 필요도 없으며 조금 더 거기 있을 수도 있었다.

"그러니까 나는 재판소에 관계하는 사람이다." 하고 신부는 말했다. "자네한테 요구할 것이 뭐 있겠나. 오는 자를 막지 않고 가는 자를 따르지 않으리라. 재판소는 자네한테서 아무것도 요구하지 않는다."

10. 결 말

K의 서른한 살 생일 전날 밤이었다.――밤 아홉시경 거리 거리가 정적 속에 잠겼을 때――어떤 두 신사가 K의 집을 찾아왔다. 예복을 입고 창백한 얼굴에 몸집이 제법 있어 보였으며 실크햇을 푹 눌러 쓰고 있었다. 처음 찾아왔기 때문에 현관에서 약간 머리를 숙이더니 K의 방으로 들어오면서 그들은 다시 깊숙이 머리를 숙였다. 뜻밖의 손님이었지만 K는 그들과 같이 검은 옷을 입고 문 옆에 있는 의자에 앉아서 손에 꼭 들어맞는 장갑을 조금씩 밀어올리며 마치 손님을 기다리고 있는 태도였다. 그리고 곧 자리에서 일어나 그 두 사람을 힐끔힐끔 쳐다보면서 K는 이렇게 물었다.

"당신들이 오신다고 했던가요?"

그들은 머리를 끄덕이고 손에 실크햇을 들고 있던 한쪽 신사가 다른 남자를 가리켰다. 자기가 기다리던 손님이 아니라고 K는 생각했다. 창문 옆으로 가서 어두운 밤 거리를 다시 한 번 바라보았다. 맞은편에 보이는 창문들은 모두 컴컴하고 대개는 커튼이 쳐져 있었다. 창살이 달린 어떤 창문 안에는 불이 켜 있고 어린아이들이 놀고 있었지만 아직 자유로이 움직일 수가 없었던지 자그마한 손으로 서로 어루만지고 있었다.

"다 늙어빠지고 어디서 쓰지도 못할 하급 노름패를 보냈군." K는 이렇게 중얼거리며 다시 한 번 사실을 알아보기 위해서 몸을 돌렸다. "사람을 얕보아도 분수가 있지 뭐야."

그러면서 K는 갑자기 그들을 돌아보며 이렇게 물었다.

“어느 극장에서 오셨지요?”

“극장?” 하며 한 신사가 입술을 씰룩거리며 다른 남자의 의견을 물었다. 그러나 그 남자는 마치 조금도 의사가 통하지 않는 생물과 싸우는 벙어리 같은 태도였다.

“질문을 받을 만한 준비가 아직 못 됐군.” K는 이렇게 중얼거리며 모자를 가지러 갔다.

계단 위에서 이미 그 두 남자는 K의 팔을 붙들려고 했으나 K는 이렇게 말했다.

“밖에 나가서나 그래요. 내가 어디 몸이 불편한 것도 아니니까요.”

그러나 문 앞에 나오자마자 그들은 K의 팔을 붙들었다. 지금까지 이런 꼴을 하고 밖을 걸어본 적은 없었다. 그들은 뒤에서 K의 양쪽 등에 몸을 꼭 들이대고 굽히지 않고 쭉 펴서 K의 팔을 휘감고 밑으로 K의 손을 붙잡았다. 훈련도 되고 매우 익숙한 솜씨였기 때문에 반항할 여지가 없었다. K는 굳어진 몸으로 그들 사이에 끼어서 걸어갔다. 그때 그들은 누가 한 사람 매를 맞으면 둘이 다 얻어맞을 정도로 완전히 일체가 되어 있었다. 무생물이 아니면 찾아볼 수 없는 그러한 일체였다.

너무나 꼭 붙어 있는 것이 부자유스러웠던지 K는 어둑어둑한 자기 방에서 볼 수 없었던 그들의 얼굴을 좀더 똑똑히 보려고 애쓴 것이 한두 번이 아니었다.

‘테너 가수인지도 모르지.’ K는 묵직한 그들의 이중턱을 보고 이렇게 생각했다. 그리고 눈초리를 비비며 잇입술을 만지고 턱의 주름을 긁적긁적 긁고 있는 그들의 희멀건 손이 분명히 보였다.

K가 그것을 느끼고 발걸음을 멈추자 그들도 역시 발걸음을 멈추었다. 텅 빈 인적없는 한적한 공원 같은 광장에 이르렀다.

“왜 당신 같은 사람을 보냈을까?” K는 묻는다는 것보다 이렇게 외쳤다. 그들은 어떻게 대답을 했으면 좋을는지 모르는 듯이 다른 쪽 팔을 축 늘어뜨리고 간호부가 잠을 자려는 환자를 기다리듯이 기다리고 있었다.

“더 이상 갈 수 없소.” K는 그들의 마음을 떠보려는 듯이 이렇게 말했다. 그런 이야기에 대꾸할 필요도 없이 그들은 붙잡은 손을 늦

294

추지 않고 당장 K를 끌고가면 그만이었지만 K는 순순히 따르지 않았다.

'이렇게 해서 좀 대들어 봐야겠는데, 전력을 다해서 항거해 보리라.' 하고 K는 생각했다. 파리약에 철썩 달라붙은 다리를 오물거리며 헤어나려는 파리가 머리에 떠올랐다. '한번 실컷 애를 먹어보라지.'

이때 밑으로 통한 계단을 따라 등성이에 있는 광장으로 뷔르스트너 양이 나타났다. 확실치는 않지만 비슷한 점이 많았다. 그러나 그것이 뷔르스트너 양이건 누구건 상관없었다. 다만 반항을 해야 아무 소용도 없다는 것이 얼핏 머리에 떠올랐다. 아무리 반항하며 그들을 약올리고 인생의 마지막 영광을 맛본다 해도 그것은 결코 영웅적인 행동은 아니었다. K는 순순히 걷기 시작했다. 그러나 그들이 기뻐하는 것을 보고 K도 역시 기뻐했다. K가 어느 방향으로 가건 그들이 묵인했기 때문에 K는 그들 앞을 걸어가는 그 여자의 뒤를 따르려고 했다. 그러나 그 여자를 따르고 싶다든가 좀더 그 여자의 뒷모습을 바라보고 싶어서가 아니라 그 여자가 그를 위해서 말해준 충고를 잊어버리지 않으려고 했기 때문이었다.

'지금 내가 할 수 있는 유일한 일은.' 하고 그는 중얼거렸지만 사실 자기 발걸음과 그 두 사람의 발걸음이 꼭 들어맞는 것이 자기 생각을 반증하는 것 같았다. '내가 지금 할 수 있는 유일한 일은 태연하게 모든 일을 처리할 수 있는 이성을 최후까지 갖는 것이다. 확실한 목적도 없이 손을 스무 개나 갖고 이 세상에서 날뛰려고 한 것은 사실 잘못이었다. 그런데도 나는 일년 동안이나 소송 문제로 시달리면서 아무것도 얻은 것이 없다는 것을 밝혀야 하는가? 감정이 둔한 인간이라는 인상을 주어도 좋단 말인가? 처음에는 빨리 소송을 끝내려고 한 내가, 지금 소송이 끝나게 되니까 다시 소송을 해보고 싶어한다고 시비거리가 되어도 좋단 말인가? 나는 그런 시비를 듣고 싶지 않다. 그저 반벙어리처럼 아무것도 모르는 사람들을 동행자로 보내고 제멋대로 내게 필요한 말을 지껄이게 내버려둔 것이 고맙다.'

그러는 동안에 그 여자는 골목길로 들어갔지만 이미 그 여자에게 무슨 볼일이 있는 것이 아니기 때문에 자기 자신을 동행자들에게 맡기고 말았다. 그 두 사람은 조금도 기분을 상하지 않고 달빛이 비치는 어느 다리에 이르렀다. 그네들은 K의 사소한 행동에도 매우 친절한 태도를 보였다. 그렇기 때문에 K가 난간을 얼핏 돌아보았을 때도 그들은 그리로 몸을 돌렸다. 달빛 속에 남실거리는 물이 자그마한 섬 때문에 두 갈래로 갈려서 흐르고 있었다. 그리고 그 섬 위에 나무 수풀이 우거져 있었다. 그 수풀 밑으로 보이지는 않지만 편한 의자가 놓여 있는 자갈길이 통해 있었다. 여름이 되면 K는 대개 그 위에 몸을 쭉 펴고 누워 있기 일쑤였다.

"서 있을 생각은 없어요." 동행자들이 너무 관대하기 때문에 부끄럽게 생각한 K는 이렇게 말하고 자기 뒤에서 공연히 발걸음을 멈춘 데 대해서 누군지 책하는 것 같았다. 그러나 그들은 곧 걷기 시작했다.

잠시 동안 좁은 비탈길을 올라갔다. 순경들이 여기저기 서 있기도 하고 걸어다니기도 했다. 멀리 걸어갔는가 하면 또다시 가까이 걸어왔다. 가무잡잡하게 수염을 기른 순경 하나가 칼집을 쥐고 아무래도 무슨 곡절이 있음직한 그들한테로 무엇을 알아보려는 듯이 가까이 걸어왔다. 그 두 남자는 멈칫했다. 순경이 무슨 이야기를 하려는 것 같았기 때문에 K는 두 남자를 끌고 갔다. 그러면서도 K는 순경이 뒤를 따르지나 않나 해서 여러 번 뒤를 돌아보았다. 그러나 그들과 순경 사이에 약간의 거리가 생겼을 때 K가 뛰기 시작했기 때문에 그 두 남자도 헐떡거리며 같이 뛰지 않을 수 없었다.

그들은 급히 거리를 벗어났다. 이 부근에서는 거리가 별다른 변화도 없이 갑자기 넓은 평야와 이어져 있었다. 아직 거리의 여운을 남기고 있는 어떤 집 옆에는 자그마한 채석장이 있었지만 그것은 황폐할 대로 황폐해져 돌보는 사람도 없었다. 그것이 첫목적지였던지, 혹은 기운이 다했기 때문에 그 이상 뛸 수가 없었던지 두 남자는 거기서 발걸음을 멈추었다. 그때에야 그들은 아무 말도 없이 기다리고 있던 K를 놓아 주고 실크햇을 벗고 이마의 땀을 씻으면서 채석장을 살펴보았다. 다른 빛에서는 찾아볼 수 없는 자연스럽고 고요한 달빛이 사방을 비추고 있었다.

그들은 명령을 받았을 뿐, 아직도 일의 분담이 되어 있지 않은 듯이 은근한 태도로 다음 한 일에 대해서 의견을 나누고 나서 한 남자가 K의 옆으로 와서 웃옷과 조끼를 벗기고 나중에는 내복까지 벗겼다. K가 자기도 모르게 떨고 있는 것을 보자 그 남자는 안심하라는 듯이 K의 등을 가볍게 한 번 때렸다. 그러더니 그 남자는 K가 벗은 옷가지를 하나씩 거두었다. 그런 물건은 지금 당장은 아니라도 앞으로 사용할 수 있을 것 같았다. 멍하니 서서 찬바람을 쏘이는 것이 몸에 좋지 않을 것 같이 생각되었던지 그 남자는 K의 팔을 끼고 잠시 이리저리로 걸어다녔다. 그 동안 다른 남자는 채석장에서 적당한 자리를 찾고 있었다. 그가 적당한 자리를 찾은 뒤 눈짓을 하자 다른 남자는 캐다 남은 돌 하나가 가로놓여 있었다. 그들은 K를 땅에 앉히고 돌에 몸을 기대게 하더니 머리 뒤로 젖혔다. 그들도 여러 가지로 애를 쓰고 K도 그들이 하라는 대로 했지만 그것은 너무나 답답하고 부자연한 자세였다. 한 남자는 자기 혼자서 적당히 K를 앉히겠다고 했으나 역시 편할 것은 조금도 없었다. 결국 K는 적당한 자세를 취하기는 했으나 그것도 결코 그리 편한 자세는 아니었다. 그러자 한쪽 남자가 예복을 풀어헤치고 조끼 위에 걸치고 있던 띠에 찬 칼집에서 길고 양면에 번쩍번쩍 날이 선 얄팍한 칼을 꺼내더니, 높이 들고 달빛에 칼날을 검사해보았다. 또 몹시 불쾌한 인사를 주고받더니 한 남자가 다른 남자에게 K의 머리를 위로 칼을 넘겨주자 그 남자는 다시 그 칼을 K의 머리 위로 돌려보냈다. K는 자기 머리 위에서 칼이 오고갈 때 그것을 빼앗아 들고 자기 가슴을 찔러버리는 것이 자기 의무라는 것을 잘 알고 있었다. 그러나 K는 그러지 않고 자유스럽게 목을 돌리며 주위의 동정을 살펴보았다. 자신의 결백을 알릴 기회를 얻지 못하면 그들의 행동을 막을 수 없지만 마지막 실책에 대한 책임은 필요한 자기 기력을 송두리째 빼앗은 자들이 마땅히 져야 할 것이다. K는 시선이 채석장 옆에 있는 집 맨 위층을 스쳤다. 돌연 불이 켜지며 창문이 활짝 열리더니, 멀고 높았기 때문에 몸은 약하고 메마른 것 같이 보이는 어떤 사람이 허리를 굽히더니 힘껏 팔을 벌렸다. 저것이 누구냐? 친구냐? 원수냐? 착한 사람이냐? 호의를 가진 사람이냐? 구원을 베풀 사람이냐? 개인의 자격이냐? 대표자의 자격이냐?

아직 구할 길이 있더냐? 잊어버렸던 구실이라도 남아 있더냐? 그
렇다 아직 구실은 있다. 아무리 철저한 이론이있다 해도 살려는 인간에
대해서 이론은 필요없다. 한 번도 얼굴을 보이지 않은 재판관은 어디
있느냐? 결국 내가 보지 못한 상급 재판소는 어디 있느냐? K는
양팔을 높이 들고 손가락을 쫙 폈다.

그때 한 남자의 손이 K의 목을 억누르고 다른 남자는 칼로 K의
심장을 찌르더니 그것을 두 번이나 계속했다. 눈이 흐려졌지만 K는
두 남자가 마주 대고 바로 자기 눈앞에서 최후의 결말을 노리는 것을
알았다.

"개새끼!" 하고 K는 말했다. 그가 죽은 후에는 모욕만이 남은 것
같았다.

 ─────────────────────────────

프란츠 카프카의 생애

[탄생] 프란츠 카프카는 1883년 7월 3일, 유대인 부모 밑에서 현재의
체코슬로바키아 수도 프라하에서 4남매의 장남으로 태어났다.

당시의 프라하는 오스트리아·헝가리 제국이라는 이중 군주에 속
하고 있는 보헤미아 왕국의 수도로서 보헤미아 분지의 중앙에 위치
하며 몰다우 강 양쪽 기슭에 중세 때부터 번영했던 고딕 풍의 사원이나
바로크 풍 첨탑이 있는 녹지대에 둘러싸인 아름다운 도시였다. 또
정치적으로는 오스트리아에, 문화·경제면으로는 독일의 지배하에
있었고 게다가 동유럽적인 것이 뒤섞인 서유럽의 고도라고도 할 일
종의 특유한 분위기를 자아내고 있었다.

당시의 프라하는 인구의 90퍼센트가 체코 인이었고 그 밖에는 독
일인, 극히 소수가 유대인이었다.

언어면에서 보면 귀족은 프랑스 어, 고급 관리는 독일어, 민중의
7퍼센트가 독일어, 그 밖에는 체코 어를 주로 사용하고 있었다.

다수파인 체코 인은 강력한 민족주의를 전개하고 있어서 체코계와
독일계는 시가전을 벌이는 등 대립하고 있었다.

카프카는 거의 유대인이 차지하고 있던 프라이슈마르크트의 독일계
국민학교에 다니고 있었는데, 통학 도중에 체코계 국민학교가 있고
그 교문에는 '체코의 어린이는 체코의 학교에 다니라.'는 글이 씌어
있는 등 국민학교끼리도 대립이 있었다고 한다.

또 유대인은 독일인에게도 체코 인에게도 미움을 받고 경멸을 받
았으며 프라하에 거주하고 있던 이들 유대인 대부분은 게토라고 불

리는 유대인만의 특수 거주구에 살고 있었다.

그들의 대부분은 가난했는데 그 가운데에는 유대교에서 기독교를 개종하거나 오스트리아 애국주의자가 되거나 하여 탈유대를 꾀하고 있는 자도 많았다.

유대인이었던 카프카의 아버지 헤르만 카프카는 프라하 출신이기는 했으나 민족주의 때문에 작은 마을에 있을 수가 없어 프라하로 옮겨왔다.

원래 체코 어계 출신이었기 때문에 체코 어를 잘 했으나 사회적으로 인정을 받으려면 독일인들이 차지하고 있는 상층부를 거치지 않으면 안 되었고 그래서 아버지는 자녀들 모두를 독일어계 학교에 다니게 했다.

아버지가 경영하는 잡화 도매상 카프카 상회의 상표는 오크나무 가지에 앉아 있는 까마귀인데 카프카란 체코 어로 암회색의 새를, 오크나무는 독일을 뜻하고 있다고 한다.

[양친] '헤르만 백부에게도 좋은 점은 있었습니다. 매우 부지런했고 그 덕분에 큰 재산을 이룩할 수가 있었습니다. 그러나 자식들에게 자신의 어린 시절이나 청년 시절의 고생담을 늘어놓는 것을 그만두려고는 하지 않았습니다. 이 노상 되풀이되는 이야기를 특히 프란츠는 몹시 못마땅하게 생각하고 있었습니다.

매우 유감스럽게도 헤르만 백부는 재능이 있는 아들을 이해하려 하지는 않고 아들이 하는 일에 화를 내곤 했습니다. 흔히 있는 일이지만 프란츠가 며칠 동안 자기 방에 틀어박혀 모습을 나타내지 않을 때는 특히 그랬습니다. 가게에서 백부는 고용인들에게는 무척 까다롭고 젊은이에 대해서는 전혀 이해가 없었던 것입니다. 그와는 전혀 대조적으로 유리에 백모가 있었습니다.'

이것은 제2차 세계대전 후 카프카 가(家) 중에서 유일하게 살아남은 사촌 베르크만 부인이 카프카의 아버지에 대해서 쓴 것이다.

카프카의 아버지 헤르만 카프카는 맨손으로 시골 행상인으로 출발하여 마침내 프라하에서 큰 상점을 설립했을 정도의 성공자이기는 했다. 그런데 이러한 성공자에게 흔히 있듯이 출세주의와 고생담을 이 아버지도 자랑삼아 자식들에게 일상적으로 이야기하곤 했던 것이다.

자랑삼아 이야기하는 것까지는 좋지만 그것을 몇 번이나 되풀이하여 강조하려고 한 것은 외아들로 태어난 프란츠를 아버지는 성급하게 사내다운 아들로 키우려고 생각했었기 때문일 것이다.

한편 역시 유대인이었던 어머니 유리에 카프카는 까다롭고 엄격한 아버지와 대조적으로 마음씨 착하고 아버지에게 순종하는 어머니였다. 그렇기 때문에 자식과 아버지 사이에서 꽤 고생을 한 것 같다.

어머니는 본래의 성이 레비였고 다섯 형제가 있었다. 그 막내 동생 지크프리트는 시골에서 병원을 개업하고 있었는데 카프카와는 꽤 마음이 맞았던 모양이다. 그 형제들 중 셋은 독신주의자이고 또 저마다 괴짜였던 것같다.

원래 레비 가는 내향적이고 대대로 학자와 유대교 승려를 낸 가문으로서 조상 중에도 꽤 괴짜가 있었다. 또 상당한 재산가여서 어머니는 헤르만처럼 가난하고 먹는데 어려움을 겪는 일도 모르고 지냈으나 가정 내의 사정으로 다섯 형제를 돌보지 않으면 안 되었다.

아버지가 그 유리에와 결혼할 마음이 생긴 것은 지참금도 지참금이지만 26살 난 여성의 행동력, 헌신성, 선의 등에 감탄했기 때문일 것이다.

카프카는 레비 가의 특징으로서 '느낌이 빠르고, 정의감이 있고, 침착하지 못한 것'을 들고 있는데 그 자신도 아버지의 외향적 성격과는 반대로 레비 가의 피가 많이 흐르고 있었던 모양으로 "나는 어떤 종류의 카프카적 소질을 가진 레비 가입니다. 그 소질은 그러나 카프카적 생활욕, 사업욕, 정복욕에 의해서가 아니라 레비적 자극에 의해 움직여지고 있는 것입니다."라고 말하고 있다.

[유년 시절] 카프카가 태어났을 무렵에는 아버지의 장사는 아직도 조그마했기 때문에 어머니는 아버지의 가장 좋은 조수로서 가게에서 일을 하지 않으면 안 되었고 집에 돌아오는 것은 밤이 이슥해서였다.

또 나중에는 태어난 6살 손아래의 세 누이동생에게 어머니의 시간을 너무 빼앗겨 카프카까지 보살필 여력이 없었던 것 같다. 그렇기 때문에 극단적이고 고독한 나날을 보내고 있었다. 때로는 부모에게 어리광도 부리고 싶었겠지만 아버지의 단순성 때문에 그것은 벌이라는 응답으로 돌아왔을 뿐이었다. 이러한 사실은 후년 《아버지에게의 편지》에서 카프카는 다음과 같이 쓰고 있다.

"어느 날 밤 나는 물을 달라면서 언제까지나 훌쩍훌쩍 울고 있었습니다. 아마도 목이 말라서가 아니라 누군가를 화나게 만들고 싶은, 또 이야기를 나누고 싶은 그런 기분이었을 것입니다. 몇 번이나 심하게 꾸짖어도 소용이 없음을 알게 되자 당신(아버지)은 나를 잠자리에 끌어내려 복도로 안고 가서는 그곳에 나 혼자 셔츠바람으로 서 있게 하고 문을 닫고 한동안 나를 내버려두었습니다.

그것이 잘못되었다고 말하고 있는 것은 아닙니다. 아마도 그때는 나를 다른 방법으로는 밤의 고요를 되찾을 수가 없었던 것인지도 모릅니다.

그러나 그렇게 함으로써 내게 대한 당신의 양육방법과 그 영향의 특질을 그려보고 싶은 겁니다. 그로부터 온순해진 모양이지만 나는 그것에 의해 마음의 상처를 받았습니다. 까닭도 없이 물을 달라는 것은 나로서는 당연한 일이고 게다가 밖으로 끌어내어진다는 터무니없는 공포를 내 성질로 보아 결코 정당하게 결부시킬 수가 없었던 것입니다.

그로부터 몇 해 동안이나 줄곧, 거인 같은 사나이인 내 아버지가, 마지막 심판이, 별로 이유도 없이 나타나 밤중에 나를 잠자리로부터 끌어내어 복도로 끌고 갈는지도 모른다는 것, 따라서 나는 아버지에게 있어서 그렇듯 무(無)와도 같은 존재인 것이다, 라는 괴로움에 시달렸습니다."

아들이 아버지를 거인으로서, 최후의 심판으로서 나타내고 있는 이 부자관계의 비정상성을 그는 다시 이렇게 쓰고 있다.

"당시에는 언제나, 어디에서나 격려의 말이 필요했던 것입니다. 나는 당신의 체격에 의해서도 이미 압도당하고 있었습니다. 가령 나는 잘 기억하고 있습니다만 선실에서 함께 곧잘 나체가 되곤 했습니다. 나는 깡마르고 약해서 가냘펐지만 당신은 다부지고 크고 가슴폭이 넓었습니다. 선실에서 이미 나는 비참한 심정이 되어 있었습니다. 더욱

이 당신 앞에서 뿐만 아니라 세계 전체 앞에서도 비참해졌습니다. 왜냐하면 당신은 내게 있어서 만물의 척도였기 때문입니다……."

관용이나 자잘한 배려 같은 것은 기대할 수 없었던 이 거인이며 최후의 심판이며 그리고 만물의 척도이기도 했던 아버지에게 약자로서의 열등감을 느끼게 된 카프카는 유년 시절의 극히 초기부터 고집스럽고 내성적인, 차갑고 공상적인 어린이로 형성되어갔던 것입니다.

[학생 시절] 카프카의 소년 시절은 선생들로부터 '조심스럽고 얌전한 내성적인 학생'으로서 사랑받고 있었다. 국민학교 4학년을 수료하자, 김나지움(8년간의 교육으로서 국민학교 5학년에서 고등학교 3년까지에 해당한다.)에 다녔다.

카프카가 입학한 김나지움은 프라하에서 가장 엄격한, 오스트리아·헝가리 제국이 필요로 하는 법률가, 의사, 관리를 양성하기 위한 학교였다. 그러나 수업 내용은 고전어를 중심으로 한 무미건조하고 인간성을 무시한 교육으로 카프카의 친구이며 작가였던 E. 바이스는 다음과 같이 쓰고 있다.

"학교에서는 실생활이나 세상에서 바라는 일에 대한 실제적인 이해는 전혀 가르쳐주지 않았다. 도대체 그런 건물 안에서 그러한 일이 어떻게 일어날 수 있었을까. 수학이나 그리스 어는 가르쳐주었지만 인간과 대화를 나누는 기술 같은 것은 전혀 가르쳐주지 않았다."

입학 당시 카프카의 동급생은 84명이 있었으나 졸업시험을 치른 것은 불과 24명이었다고 한다. 이러한 학교에서 카프카는 이윽고 퇴학하고 동급생인 R.일로비로부터 사회주의를 배웠다. 또 나중에 마술사가 되었다가 제1차 세계대전 때 전사한 오스카 폴라크와 우정이 생겨 그를 통해 니체 신봉자들이 출판하고 있는 예술잡지 〈쿤스토발트〉를 읽게 되었고 그것이 계기가 되어 카프카도 니체의 작품을 읽게 된다. 그리고 그 영향은 한동안 계속되었다. 이 무렵부터 창작을 뜻하고 있지만 당시의 습작들은 현존하고 있지 않다. 김나지움 시대에는 괴테, 클라이스트, 그릴파르쩌, 시티프터 등의 작품을 읽었고 특히 클라이스트의 작품에서 많은 영향을 받았다.

졸업시험에 합격하자 프라하의 독일대학에 입학했다. 이 대학은 1882년에 프라하대학에서 체코대학과 독일대학으로 분리된 것이다.

1902년 10월 23일, 카프카 문학에 관하여 숙명적인 만남이 되는 아직도 신입생이었던 막스 브로트가 쇼펜하워에 대해 강연하던 중 니체에 대한 것을 아주 간단하게 '사기꾼'이라고 규정지었다. 이 사실이 아직도 니체 신봉자였던 카프카를 자극하게 되어 소극적인 성격이었음에도 불구하고 강연회가 끝난 뒤 브로트를 집에 바래다 주면서 반론을 폈다. 이 일이 있은 뒤 두 사람은 평생의 우정을 맺게 된다.

브로트는 일찍부터 문학적 재능을 인정받아 카프카보다도 꽤 오래 전부터 세상에 알려져 있었다. 그러나 오늘날에는 그 자신의 문학보다도 카프카 전집의 편자로서 더 많이 알려져 있다. 사실 그의 노력이 없었다면 카프카의 문학은 전세계에 알려질 수가 없었을 것이다.

대학 시대의 카프카는 1903년 《어린이와 도시》라는 장편의 1절을 폴라크에 보내고 있으나 유감스럽게도 이 작품 역시 현존하고 있지 않다.

현재 남아 있는 최초의 작품은 《어떤 싸움의 수기》인데 그것은 1904년 가을부터 씌어진 것인 듯하고 오스트리아의 시인이자 극작가이며 신낭만파의 대표적 작가인 호프만스탈의 영향이 엿보인다.

이윽고 국가시험에 합격하고 법학박사의 학위를 취득, 학생 생활에 종지부를 찍게 되는데 필연적으로 빵을 얻기 위한 직업과 글을 쓰기 위한 시간이 문제가 된다. 고민 끝에 이윽고 일반 관계에 따라 1년간 법무 실습을 받게 되는데 이 기간에 《시골의 혼례 준비》를 집필했다.

[이중 생활] 법무 실습이 끝나자 마드리드에 있는 백부와의 관계로 일반 보험회사에 임시직으로 10개월 가량 근무하게 된다. 이 기간에 브로트가 애를 써서 처음으로 잡지 〈휴페리온〉에 소품 8편을 발표했다.

이윽고 유대인으로서는 당시 그야말로 드문 일이지만 반관반민의 노동자 상해 보험국에 임시직원으로, 1년 반 후에는 정식직원으로 근무하게 된다.

이 보험국에서 죽기 2년 전까지 그야말로 근면하게 일을 했고 사람들로부터 사랑을 받았다.

그리고 동시에 이 14년간에 카프카의 대표작품 대부분이 씌어지기도 했다. 그러나 처음에는 역시 근무와 창작의 이중생활에서 오는 모순 때문에 고통을 겪지 않으면 안 되었다. 1911년 2월 19일의 편지 초고로서 일기에 이렇게 적혀 있다.

"나는 오늘 침대에서 내려서려 하다가 맥없이 주저앉고 말았습니다. 여기에는 아주 간단한 이유가 있습니다. 나는 정말 과로한 것입니다. 그것은 직장 때문이 아니라 내 개인의 일 때문입니다.

직장에 나갈 필요가 없으면 조용히 내 일을 할 수가 있다고 생각 하지만 이것은 직장과는 아무런 관계도 없습니다. 특히 금요일과 토요일은 할 일이 많아서 매일 6시간을 직장에서 보낼 필요가 없다면, 하고 생각합니다. 하지만 이런 일은 당신으로서는 상상조차 못 할 겁니다. 결국 이것은 푸념에 지나지 않는다는 것은 알고 있습니다. 나에게 책임이 있고 직장은 내게 대해서 가장 뚜렷하고 가장 정당한 요구를 가지고 있습니다. 다만 그것은 그야말로 나에게 있어서 무서운 이중생활이며 거기에서 달아나는 방법으로는 아마도 미쳐버리는 것 밖에 길이 없을 것입니다……."

"자다가는 깨고 자다가는 깬다. 비참한 생활"이라고 쓰고 있듯이 카프카는 오전 8시부터 오후 2시까지 근무, 그리고는 집에 와서 한잠 자고 밤에 일어나 창작을 해야 하는 이중생활을 강요당하고 있었다. 또 그 무렵에 카프카는 완전한 슬럼프에 빠져 있었다.

"내 생애 중에서 만족할 만한 것은 하나도 쓸 수 없었던 이 5개월…… 내 현상태는 불행한 것은 아니다. 그러나 행복하지도 않다. 무관심 하지도 않다. 다른 데에 관심이 있는 것도 아니다. 그럼 대체 무엇 인가? 내가 그것을 모른다는 것은 내가 쓸 수 없다는 것과 관계가 있는 것 같다."

카프카는 작품이 써지지 않는 상태에 있었던 것이리라. 한편 이 무렵 카프카의 문학적 재능을 인정하고 있던 친구 브로트는 학생시대에 이미 처녀출판을 냈고 그 문단적 지위를 이용하여 고립적인 카프카를 세상에 내놓으려고 시도하고 있었다.

글을 쓸 수 없게 되어 있는 카프카의 기분을 풀어주려는 브로트의 배려로 두 사람은 곧잘 함께 여행을 떠났다. 여행 중 라이프치히에서 E. 로볼트와 K. 볼프의 공동 출판업자에게 소개되었고 그것이 인연이 되어 처녀작품 《관찰》이 출판되었다. 그리고는 그뒤 독립된 볼프 사에서 연속적으로 출판되게 되었다.

[문학상의 비약] 1910년 가을, 유대 사투리의 독일어로 말하는 이디시어의 유대 극단이 폴란드로부터 프라하에 내연했는데 그 민중극에 카프카는 흥미를 가지게 되었다. 또 다음해 10월에 다시 프라하에 왔을 때는 그 공연을 열심히 보러 갔다. 그 때문에 아버지의 반감까지 살 정도였다.

또 당시의 일기에는 연극의 줄거리와 비평, 개개의 배우에 대한 것 등이 백 페이지 이상에 걸쳐서 씌어져 있다. 이것은 서구화해버린 카프카가 이 소박한 동구 유태인의 풍습이나 유대적인 것에 매력을 느꼈기 때문일 것이다. 그리고 사실상 그러한 것들에게 무언가 암시를 받았을 것으로 생각된다.

1912년에 카프카는 문학상의 큰 비약을 이루었다. 즉, 이 해 초여름부터 다음해 1월에 걸쳐서 장편 《실종자》의 제7장까지를 완성하고 있다. 이 《실종자》는 카프카가 죽은 뒤 브로트에 의해 《아메리카》라는 표제가 붙여져서 출판되었다.

그 제1장은 《화부》로서 1913년에 볼프 사로부터 출판되어 나중에 폰타네 상을 수상했다.

또 8월 13일 밤, 브로트의 집에서 베를린 여성 페리체 바우어를 만났고 그 이후 그녀와의 5년간의 교제에서 작가로서의 괴로움을 참으로 처음으로 맛보게 된다.

9월 22일 밤부터 불과 8시간만에 써낸 《판결》은 모델로서 아직 현실화하지 않은 이 페리체와 카프카 부친과의 사이를 암시하고 있어서 흥미를 느끼게 된다.

"9월 23일. 이 《판결》이라는 이야기를 나는 22일부터 23일에 걸친 밤 동안, 즉 10시부터 아침 6시까지에 단숨에 썼다. 의자에 앉아 있었기 때문에 마비된 다리를 나는 거의 책상 밑에서 끌어낼 수가 없었다. 엄청난 긴장과 기쁨. 마치 강 속을 전진하듯이 이야기가 내 눈 앞에서 전개된다. ……2시에 나는 마지막으로 시계를 보았다. 하녀가 처음으로 다음 방을 지나갔을 때 나는 마지막 문장을 끝냈다. 전기를 껐다. 햇빛이 밝았다. 가벼운 심장의 통증.

한밤중에 사라진 피로. 누이동생들의 방으로 흥분하면서 들어갔다. 낭독했다. 우선 하녀 앞에서 발돋움을 하며 말했다. '나는 지금까지 쓰고 있었어'……."

이 생생한 일기에도 있듯이 쓴다는 것에 대한 정열이 7월 22일부터 12월 6일 사이에 4백 페이지의 원고를 완성시켰다. 그 가운데는 《변신》, 《실종자》 등 걸작이 포함되어 있다. 이 창작열의 고조는 여성과의 긴장에 관련이 있다고 흔히들 이야기되고 있다.

[연애와 약혼과 문학] 페리체 바우어를 처음 만나고 나서 닷새가 지난 뒤의 일기에,

"……거의 찌부러진 코, 금발의 조금 무서운 매력없는 머리카락, 다부진 턱, 나는 자리에 앉으면서 비로소 그녀를 좀더 자세히 보았으나 나는 앉았을 때 이미 확고한 판단을 가지고 있었다."라고 쓰고 있다.

이 순간의 '확고한 판단'이 5년간의 애정과 고뇌를 주게 된다. 9월 20일에 처음 페리체에게 편지를 보내고 잇따라 편지를 부쳤으나 회답을 받지 못하다가 브로트의 중개로 1개월 후에 겨우 회답을 받았고 그후부터는 활발한 편지 왕래가 시작된다.

이렇게 해서 두 사람은 연애관계에 들어가지만 이윽고 카프카는 글을 쓰기 위해서는 그녀와 함께 살 수 없다는 것을 알게 된다. 하지만 그녀 없이는 살아갈 수 없다는 것도 깨닫게 되어 희망과 절망 사이를 방황하게 되는 것이다.

1914년 5월에 정식으로 약혼하지만 7월에는 이미 파혼을 했고 또 1917년 7월에 다시 약혼을 하지만 12월에는 약혼을 해약하고 말았다. 카프카로서는 괴로운 체험이었을 것이다. 그러나 이 사이에 《유형지에서》, 장편 《심판》, 단편 《시골 의사》, 그 밖에 미발표의 많은 단편을 남겼다.

페리체와의 두 번째 약혼이 파혼되기 몇 달 전부터 각혈을 시작

하여 요양과 근무 생활을 계속하게 된다. 1918년 12월, 요양지에서 유리에 보호 리제크 양과 알게 되어 다음해 6월에 약혼하지만 역시 1년 후에는 파혼했다. 이 1918년과 19년에는 병 때문에 창작은 거의 이루어지지 않았다.

1920년 메란에서 요양 중, 카프카 작품의 체코 어 번역자 미레나 예센스카——포라크 부인과의 서신 왕래가 시작된다. 미레나는 체코의 명문 출신으로서 감수성이 강하고 정열적이며 결단력이 강한 여성이었다. 카프카를 존경하고 사랑했으나 결국 서신상의 연애로 끝나고 말았다. 《성(城)》의 프리다는 그녀를 모델로 한 것이라고 일컬어지고 있다.

1922년 8월, 카프카는 14년 동안 근무한 노동자 상해보험국을 퇴직하고 이때에 장편 《성》을 쓰기 시작했다. 이 장편도 다른 《심판》, 《아메리카》와 마찬가지로 미완으로 끝나고 있는데 물론 카프카 자신은 발표할 생각은 없었다고 한다.

1923년 7월, 발트 해 연안에 누이동생 에리 및 그 자녀들의 여행을 갔을 때 유대인 집에서 일을 하고 있던 동구 유대계의 젊은 아가씨 도라 디만트를 만났다. 부엌에서 생선 비늘을 벗기고 있는 그녀를 보고 카프카는 "저렇게 고운 손으로 이렇게 끔찍한 일을 하다니." 하고 저도 모르게 말했고 그 말을 듣고 그녀는 다른 일로 담당을 바꾸어 받았다고 한다.

이것이 인연이 되어 두 사람은 서로 사랑하게 되었다고 한다. 카프카는 가족의 반대를 무릅쓰고 9월 말에 도라와 가정을 가지기 위해 베를린으로 이주했다. 오랜 소망이었던 프라하를 떠나 처음으로 부모에게서 독립한 것으로 카프카에게 있어서는 가장 행복스러운 나날이었을 것이다.

"나는 악령에게서 도망쳐온 것이다. 이번의 베를린 이주는 정말 멋졌다. 이제 와서는 나를 찾으려고 해봐야 발견될 까닭이 없다. 적어도 당분간은 말이다……."

언제나 마찬가지로 이번에도 브로트의 소개로 슈미데 사를 알게 되었고 단편집 《단식 예인(斷食藝人)》의 출판을 교섭했는데 이처럼 자진해서 출판을 희망한 것은 이것이 처음이라고 한다.

[**죽음**] 베를린에서의 행복한 생활도 제1차 대전 후 독일의 인플레이션으로 카프카의 병세를 악화시키고 말았다.

이 무렵 도라는 카프카의 명령으로 원고를 불사르지 않으면 안 되는 일도 있었다. 다음해 3월, 불과 반년의 결혼생활 뒤, 숙부인 지크프리트와 브로트가 카프카를 프라하로 데려오고 말았다. 4월 10일, 빈의 사나토리움에 입원, 후두결핵의 진단이 내려지고 3년 전에 알게 된 의사 크로프시토크와 도라가 간병을 하게 된다.

카프카는 목소리를 내기도 괴로운 지경이 되어 필담으로 대신했다. 6월 3일, 마지막 날이 다가왔다. 이미 마약으로밖에 고통을 가라앉힐 수 없게 된 카프카는 침대를 떠나려는 크로프시토크에게 이렇게 말했다.

"가서는 안 됩니다."

"가지 않아요."

"하지만 내가 갈 거예요." 그리고 다시,

"나를 죽여줘요. 그렇지 않으면 당신은 살인자예요."

이 날, 41살을 한 달 앞두고 카프카는 세상을 떠났다. 그리고 11일, 프라하의 슈트라스니츠에 있는 신유대인 묘지에 매장되었다.

카프카의 문학

카프카는 '노동자 상해보험국'에 근무하고 있던 14년간에 주요 작품의 대부분을 썼다. 그뿐만 아니라 그의 작품을 훨씬 초과하는 수천 페이지에 달하는 방대한 양의 일기와 편지가 이 기간에 씌어지고 있다.

낮의 근무와 밤의 문필활동——이 이중생활이 분열을 일으키지 않을 까닭이 없다. 그러나 근무를 그만둔다는 것은 어쨌든 불가능했다. 따라서 그가 14년간 근무했다는 것은 약간의 예외와 잠깐 동안의 휴가 요양을 제외하고는 카프카는 거의 대부분을 프라하에서 지냈다는 얘기가 된다.

"프라하는 나를 놓아주지 않는다. 이 어머니에게 손톱이 있다."라고 그는 친구에게 보낸 편지에 쓰고 있다. 또 "언젠가는 멀리 떨어진 나라의 의자에 앉아 사무실을 창문에서 사탕수수밭이나 회교도의 묘지를 바라보는 것이 희망"이라고 역시 친구에게 말하고 있다.

이것들은 이국에 대한, 다시 말하면 자유에 대한 동경이다.

다시 뒤집어 말하면 그것은 모든 의미에서 현실의 고뇌를 나타내는 것이며 스스로의 천직을 완수할 수 없는 것이 아닌가 하는 불안의 표명 이외의 아무것도 아니다.

"내가 가고 있는 길은 결코 좋은 것이 아니오. 틀림없이 나는 노변횡사를 할 것이오."라고도 친구에게 써 보내고 있다.

카프카가 보여준 고독은 어머니 쪽의 혈통을 이은 것인데 프라하의 환경이야말로 그 모태라고 바겐바하는 지적하고 있다.

1900년에는 프라하의 45만 주민 가운데 3만 4천 명만이 독일어를 사용하고 있었다. 즉 사회적으로 중요한 지위를 차지하고 있던 것은 독일인이며 그것은 약 7퍼센트에 지나지 않는 미미한 숫자였다. 따라서 프라하에 있던 독일인의 외딴 섬에 있는 것 같은 고립을 맛보지 않으면 안 되었고 요즘 말하는 소외의 원조 같은 것이었다고 지적한다.

그러나 카프카는 거의 실수없이 체코 어로 이야기하고 쓰고 구시가의 한가운데서 자란 유일한 작가인 셈이지만 피는 유대인이며 독일어로 교육을 받고 있다.

즉, 독일어를 자유자재로 구사하고 독일문화의 이해자이면서도 독일인은 아니며, 프라하에 살고 있으면서도 체코 인은 아니며, 독일적이려고 하는 체코 인으로부터 비난을 받을 뿐만 아니라 독일인으로부터도 비난받고, 유대인이면서 유대교와도 소원해지고 있다는 고립 상태가 카프카를 에워싸고 있는 정세였다.

거기에 더하여 강건하고 성량이 풍부하고 배짱이 두둑한 아버지에 비해 여위고 키만 호리호리한 선병질이라는 육체적인 조건이 카프카에는 있었다. 그러나 어떻든 카프카의 고독을 이러한 조건만으로 규정해버릴 수는 물론 없다.

['쓴다는 것'의 고독]　그의 유일한 구원의 길인 '쓴다는 것' 자체가 이미 그를 고독으로 몰고 가고 있기 때문이다. 날카롭고 독자적인 그의 관찰과 분석은 다른 사람과의 연대를 불가능하게 만드는 어떤 거래를 반드시 형성하곤 했다.

그러나 '쓴다는 것' 자체에 있어서의 이 고독은 종종 그 어떤 것과 결부되고 풍요로움, 적어도 그것은 창조적인 것으로 전환하는 가능성을 내재하고 있는 셈이지만 이 고독을 강요하는 것이 되기도 하는 '쓴다는 것'이 허용되지 않는 경우의 고독은 카프카에 있어서는 고통, 그것도 살을 에는 듯한 고통 이외의 아무것도 아니었던 것이다. "3일 동안 아무것도 쓰지 않으면 나는 미칠 것만 같아."라고 카프카는 쓰고 있다. 그러한 때의 카프카는 마치 송장과도 같았다는 것은 친구들도 증언하고 있다.

'쓴다는 것'은 카프카에게 있어서는 자기의 삶에 직접 접촉하고 따라서 죽음의 깊이에도 함께 따라 내려갈 수 있는 유일한 길이었다. 친구인 브로트 앞으로 보낸 편지 속에서 카프카는 이렇게 쓰고 있다.

"……씀으로써 나는 지탱되고 있는 것이다. 그러나 씀으로써 이런 종류의 생활이 지탱되고 있다고 말하는 쪽이 좀더 옳은 것이 아닐까? 만일 내가 쓰지 않으면 내 생활이 좀더 나아질 것이라고는 물론 생각하고 있지 않다. 그렇게 하면 오히려 더 나빠지고, 그야말로 견딜 수가 없고, 미칠 지경으로 끝날 것이 틀림없다……."

브로트 앞으로 보낸 편지에서만이 아니라 사람들에게 보낸 편지도, 또 일기에도 이러한 '쓴다'는 것에 대한 얘기는 도처에 씌어져 있다.

1913년 8월 21일의 일기에는 "나라는 사람은 바로 문학 그 자체입니다. 그 이외의 무엇이 될 수도 없고 되려고도 하지 않습니다."라고 쓰고 있다.

문학은 카프카에게 있어서 모든 것이었다. "문학은 이를테면 몸살 같은 것입니다."라고 카프카는 손아래 시인 그스타프 야노호에게 말하고 있다.

"……그러나 열을 내리게 했다고 해서 아직 건강해지는 것은 아닙니다. 반대로 고열이 정화해서 빛나게 해주는 것입니다.”

“산다는 것 모두가 그야말로 죽음에의 길에 지나지 않습니다.”라는 야노호의 말에 대해 “……병은 항상 경고인 동시에 힘에 대한 시험입니다. 따라서 병환, 병고, 고뇌는 신에 대한 공경의 가장 중요한 원천이기도 합니다.”라고 카프카는 대답하고 있다.

카프카에게 있어서 문학이란 항상 생사의 문제와 어쩔 수 없는 관계를 맺는 것 이외의 아무것도 아니었던 것이다. 그렇기 때문에 그에게 있어서 ‘쓴다는 것은 곧 기도하는 것’으로 되는 것이다.

근무가 끝난 뒤 밤에, 그것도 깊은 밤, 또는 새벽까지, 겨울에는 꽁꽁 얼어드는 손에 입김을 불어가며 카프카는 자기의 분석과 그 언어 정착, 관찰과 해석, 나아가서는 본질 존재의 지향이라고도 할 끝없는 작업에 종사하고 있었다. 사방이 모두 조용한 밤은 그의 이른바 ‘생사’와 관계를 유지하는 자리였다. 지극히 평범한 희망을 꿈꾸면서, 희망을 훨씬 초월하는 절망에 신음하면서…….

“나의 유일한 열망, 나의 유일한 사명은……문학입니다.”라고 카프카는 1913년 8월 21일자로 된 약혼자 아버지 앞으로 보낸 편지의 초고에 쓰고 있다. 그렇기 때문에, 그런 사명에 대한 자각이 있었기 때문에, 구원이 그것 이외에서는 얻어질 수 없다는 확신을 가지고 있었기 때문에, 카프카는 어떤 정황하에 있어서도 ‘그래도 아직’이라는 말이, 즉 행위가 더할 수 없는 긴박감으로 뒷받침되어 있다.

쓴다는 것이란 기도이며 구원이라는 것은 걸고 일면직인 일은 아닐 것이다. 그렇기 때문에 카프카는 쓰는 것으로 해서 구원받을 수는 없다는 것을 쓰고 있다.

[막스 브로트의 공적] 카프카의 작품은 1920년대에는 극히 적은 주변 사람들밖에는 이해되고 있지 않았다. 그의 작품이 세계적인 것이 되기 위해서는 몇 개의 국경을 넘고 사후 수십 년의 세월이 지나야만 했다.

즉, 처음에 프랑스에서 사르트르, 까뮈 등에 의해 크게 다루어지고 다음에 미국으로 건너가 큰 문제를 제시했다. 카프카의 작품이 독일 어권으로 돌아온 것은 1950년대, 프라하에는 1957년, 러시아 어로는 1963년 《유형지에서》가 최초이다.

오늘날 카프카를 빼놓고 현대문학을 논한다는 것이 불가능한 것 같다. 세계의 지도적 작가들은 크든 작든 카프카의 영향을 받고 있기 때문이다.

그나저나 카프카가 죽은 뒤 엄청난 양의 미발표 원고를 소각해 달라는 유언을 받은 친구 막스 브로트는 감히 그 약속을 지키지 않고 카프카가 죽은 다음해부터 이 원고의 정리, 편집에 착수했다. 오늘날 카프카의 작품이 쉽게 입수되는 것도 브로트의 결단이 있었기 때문인 것이다. 카프카의 사람과 작품을 논할 때 브로트의 존재도 빼놓아서는 안 될 이유가 여기에 있다.

[카프카 문학의 특징] E. 뭉크에게 《절규(das Geschrei)》라는 제목의 그림이 있다. 그것은 검은 공간에 등을 돌린 한 인간이 그림을 보는 사람을 향해 고함을 지르고 있는 구도이다.

배경으로 그려져 있는 검은 후미가 밤이든 또는 새벽이든, 또는 새벽의 항구이든 간에, 어쨌든 그러한 흑색을 배경으로 하여 절규하는 작중 인물은 그야말로 단조로운 표현이기 때문에 소름끼치는 공포를 나타내고 있다.

그것 뿐이 아니다. 그 감정을, 그 그림을 보는 자에게 정확하게 불러 일으켜서 충격을 주고 고통과 불가피한 두려움을 다시금 확인케 한다. 구원을 청하는 자의 ‘절규’였다면 그것은 단지 그것으로 끝났을 것 이지만 이미 구원이 아무 데에도 없다는 생존의 심층부로부터의 ‘절규’가 이 그림의 본질을 형성하고 있다.

19세기 말기부터 금세기 초두에 있어서 스스로의 힘을 다해 정확 하게 나타낸 뭉크는 회화를 통해 ‘현대’를 분명히 예견하고 있었다.

동시대의 독일어권과 작가 프란츠 카프카는 이 뭉크의 ‘절규’와 매우 짙은 근친성을 나타내면서 역시 ‘현대’와 깊은 관련을 가지고 있다. 그러나 뭉크의 《절규》에 대해 카프카의 작품은 어느 것이나 모두 절규는커녕 소리조차 내지 않는 생과 사의 황량한 세계를 드러내보 이고 또는 예시하고 있다.

절규하는 직접적인 개(個)의 존재를 나타내는 정열적인 행위의 한 조각조차도 거부된 상태 속에서 비참한, 그것은 아무래도 비참하다고밖에 할 수 없는 죽음으로 매듭지어져 있는 것이 카프카 작품의 특징이다.

읽는 쪽에서 받은 이상한 느낌, 이상한 반향. "카프카에게 놀라운 것은 누구나가 놀라야 할 일에 놀라지 않는다는 사실이다."라고 G. 앤더스는 지적하고 있다.

작품 감상과 해설

《판결(Das Urteil)》

게오르크 벤데만은 아버지로부터 물에 빠져 죽으라는 선고를 받고 바람처럼 달려가 신들린 사람처럼 교량에 도달한다. 교량의 난간에 매달려 버스가 다가오기를 기다린다. 점점 손의 힘이 빠지는 것을 느끼면서 그는 버스의 음향이 그가 낙하할 때의 물소리를 지워주리라고 생각하여 기다린다. 이윽고 그는 손을 놓는다. "그 순간, 교량 위를 그야말로 끝없는 자동차 행렬이 지나갔다."라고 작품은 끝맺어지고 있다. 아버지의 사형 선고와 "아버지, 어머니, 나는 언제나 당신들을 사랑하고 있습니다."라는 벤데만의 심정 도로의 뒤얽힘, 프리다 브란덴펠트라는 자산가 딸과의 약혼이라는 본래 축복받아야 할 조건 속에서의 죽음, 그것도 침대 위에서의 아버지의 선고를 절대적인 것으로 받아들이는 이상함.

이 《판결》은 카프카가 이른바 카프카로서의 주목에 값하는 출발을 의미하고 있다.

1912년 9월 22일 밤 10시부터 23일 아침 6시에 걸쳐 하룻밤 사이에 씌어진 이 단편은 카프카가 평생 탈출할 수 없었던 아버지에 대한 애증(愛憎), 그리고 두 차례의 약혼과 두 차례의 약혼 취소를 거듭하게 되는 카프카의 연인 페리체 바우어와의 만남이 현실 문제로서 작

314

품 구성의 요소로 되어 있다.

아버지와의 애증관계를 카프카는 평생 짊어지고 살았다. 그야말로 엉기고 끈적거리는 문제였다. 이 문제의 도화선이 마치 봇물 터지는 듯이 분출하여 이후의 작품을 결정적인 것으로 만들고 있다.

절대로 절규하는 일 없이 교량의 난간에 매달려 자기의 낙하에 의해서 생길 물소리를 지우기 위해 자동차가 다가오기를 기다린다는, 죽음을 눈앞에 두고서의 노력, 낙하를 목전에 두고서의 부모에 대한 심정 토로, 모든 것이 카프카의 내면 문제로서 '절규'와는 반대의 표현을 취할 때 이 게오르크 벤데만의 악몽 같은 죽음의 주제는 주위와의 갖가지 갈등 끝에 은밀히 자기의 죽음을 받아들인다는 이 문제는 다음 작품으로 이어지고 있다.

《변신(Die Verwandlung)》

《판결》이 1912년 9월에 씌어진 데 대해 《변신》은 약 2개월 뒤인 1912년 11월부터 12월에 걸쳐서 씌어진 것이다.

이 기묘한 작품은 "어느 날 아침의 일이었다. 뒤숭숭한 꿈에서 깨어났을 때 그레고르 잠자는 잠자리 안에서 한 마리의 큼직한 독벌레로 변한 자신을 깨달았다."라는 문장으로 시작되고 있다.

어느 날 아침 갑자기 이렇다 할 이유도 없이 요제프 K는 체포되었다는 문장으로 시작되는 《심판》과 매우 흡사하다.

요제프 K가 왜 체포되지 않으면 안 되었는지 그 이유는 불문에 붙여진 채 다짜고짜로 이상한 정황에서부터 이야기는 시작된다. 어째서 그렇게 되었는가, 어째서 이러한 상태에 도달했는가 하는 것을 따진다는 것은 일체 부질없는 일이라기보다 정황의 무서운 변화가 갑자기 나타나 이치가 맞지 않는 일상이 단숨에 뒤흔들려 단층에 노정된 공허한 공간에 우리는 변화의 무서움을 보는 것이다.

그러나 이러한 경우에 어김없이 생기는 '그런 일이?' 하는 의문은 이윽고 '있을 수 있는 일'이라는 기묘한 확신으로 변할 수 있는 가능성을 카프카의 도입부는 항상 가지고 있다.

바로 그렇기 때문에 "무슨 일이 일어난 것일까 하고 그레고르는 생각했다. 꿈은 아니었다."라는 잠자의 확인을 우리도 스스럼없이 받아들이게 되는 것이다.

잠자는 벌레로 변신했다. 그것도 어느 날 아침 갑자기. 그러나 그가 벌레로 변했다는 것 이외에는 모든 일상이 그대로이다.

그뿐이 아니다. 그의 몸뚱이만이 징그러운 독충으로 변했을 뿐 그의 '머리'는 조금도 변하지 않은 것이다. 그래서 그는 꿈틀거리는 많은 가느다란 다리를 보면서, 그리고 갑옷처럼 단단한 등과 불룩한 갈색의 몇 가닥 줄이 나 있는 배를 보고 나서, 외판원인 자기의 일을 생각해 나간다. 스스로의 변신에 놀라기보다는 출근할 수 없는 데에 그레고르는 초조감을 느낀다.

카프카는 이러한 이상(異常)으로부터의 탈출을 시도하지 않는다. 오히려 잠자로 하여금 극히 흔해빠진 일상 속을 헤메게 함으로써 카프카 자신의 고독한 삶을 그야말로 '이마에 끌어당겨' 공포를 직시하고 오해를 분석하고 불행과 희망의 불가분의 비밀 속으로 빠져 들어간다.

카프카의 작품에 나타나는 모든 것은 그의 무서울 만큼 철저한 자기 관찰 끝에 끄집어 내어지고 있는 것이다. 고독, 불안, 불행, 공포, 이 것들은 카프카 작품의 주조음(主調音)이며 카프카 자신의 살아 있다는 증거인 것이다.

그레고르 잠자는 독충으로 변신한 것으로 해서 직업을 잃고 그렇게 됨으로써 가족의 생활을 지탱할 수 없게 될까 불안해 한다. 어머니를 놀라게 해서는 안 된다. 누이동생을 불안하게 만들어서는 안 된다고 생각하여 세심한 주의를 기울인다.

만일 내가 이러한 몸이 아니었다면, 하는 조건에서 카프카는 그레고르의 선의(善意)를 장황하게 엮는다.

누이동생에게, 어머니에게 이러이러한 일을 해줄 수가 있는데, 하고 마치 모든 것을 장미빛처럼 추론하며 '해줄 수 있었을 텐데.' 하고 단정을 내린다.

그러나 현실은 그레고르가 매우 자질구레한 마음을, 즉 선의를 표시하면 할수록 반대로 단절은 쉽지 않은 것이 되고 사람들은 그레고르가 표시하는 선의의 정도를 훨씬 초월하여 불안해져간다. 즉, 선의가 결코 선의로서 받아들여지지 않는 필연성이 완만하게 반복을 되풀이하면서 변신한 그레고르의 눈을 통해서 묘사되어 간다.

그러면서도 친밀하고 편안한 관계에 어떤 각도에서 라이트를 비치면 산산이 그 관계가 분해되어버리는 것은 아닌가 하는 두려움을 단순히 이 작품은 나타내고 있는 것은 아니다.

단절과 고독은 카프카에게 있어서 존재의 본질이다. 따라서 그의 작품에 '웃음'이 없다고 하더라도 조금도 이상할 것은 없다.

그레고르의 최후는 아버지에 의해 던져져서 잔등에 박힌 사과를 짊어진 채 숨을 거둔다. 즉,

"잔등에 달라붙은 사과든 그 주위의 부드러운 먼지에 완전히 뒤덮인 상처이든, 지금에 와서는 이미 거의라고 해도 좋을 만큼 신경이 쓰이지 않았다. 그는 감동과 애정을 가지고 가족의 일도 머리에 떠올렸다. 나는 당연히 사라져가야 할 몸이라는 생각은 아마도 누이동생의 의견보다도 분명했을 것이다. 그러한 조심스럽고 평화로운 회상 상태 속에 잠겨 있는 동안에 마침내 3시를 알리는 탑 시계가 울렸다. 그래도 창 밖이 가득히 밝아오기 시작하는 것을 그는 느끼고 있었다. 이윽고 머리가 혼자서 가라앉고 콧구멍에서 마지막 숨이 희미하게 새어나갔다."

우리는 이 작품이 《판결》의 연장 위에 있다는 것을 잘 이해할 수가 있는데 이 작품은 여기에서 끝나고 있지는 않다.

가족의 안도, 해방감, 희망에 찬 출발을 뜻하는 기쁨이 넘치는 몇 페이지가 이 뒤에 계속된다.

그러나 새로운 꿈에 미래를 기탁하는 가족의 기쁨을 밝고 생생하게 카프카가 그리면 그릴수록 어두운 것이 끝없이 솟아나는 것이 이 작품의 결말이기도 하다.

《아메리카(Amerika)》

이 표제는 카프카가 붙인 것이 아니라 브로트가 붙인 것이다.

카프카 자신은 이것을 《실종자(Der Verschollene)》라고 불렀고 1912년 정초에 이 작품에 대한 구상이 성립되었다고 말하고 있다. 이 해에는 《판결》을 9월에 완성했고 11, 12월에 《변신》을 완성함과 동시에 카프카는 이 해의 9월부터 다음해 1월에 걸쳐 이 《실종자》의 7장까지를 끝내고 있다.

무대는 미국이다. 그리고 카프카의 많은 작품에서 볼 수 있듯이 '도착', 이곳에서는 뉴욕 항에 주인공 칼 로스만이 도착한 장면에서부터 시작되고 있다.

칼의 미국행은 그의 의사가 아니다. 부모의 의사이다. 그러나 이 도착과 동시에 칼은 뉴욕에서 크게 성공하고 있는 상원 의원인 백부와 만난다. 만날 뿐만이 아니라 그 백부의 집에서 극진하게 양육되지만 곧 이 백부 집에서의 편안한 생활에 종지부가 찍힌다. 즉, 백부의 뜻에 거역하고 백부의 친지댁을 방문했다는 이유로 백부의 집에서 쫓겨나고 만다.

그 뒤 칼은 아일랜드인인 로빈슨과 프랑스인인 드라마르시라는 두 방랑자와 방랑생활을 함께 하게 되지만 이윽고 두 사람과 헤어져 호텔의 엘리베이터 보이가 된다.

갖가지 사람과 만난다. 그러던 중 칼의 안정을 보장해주는 사람이 나타난다. 그러나 그 보장을 받지 않고 이윽고 그는 누구나 채용해서는 그 개개의 사람들을 적재 적소에 활용한다는 오클라호마 야외극장에 채용되어 희망을 가지고 오클라호마로 떠나는 장면에서 이야기는 끝나고 있다.

작품은 미완성이지만 미완이기 때문에 갖가지 상상이 허용된다.

'누구나 받아들인다.'는 오클라호마 극장에서 칼 로스만이 이윽고 정착할 수가 있다고 상정한다면 이 이야기는 완전히 원만한 결말이 되며 카프카의 작품 중에서도 그야말로 이색적인 작품이 되지만 본래의 표제는 실종자, 즉 '사라져버린 자'인 것이다.

카프카는 미국에 가본 적이 없다. 약간의 예외를 제외하고 카프카는 프라하를 오랫동안 떠난 적이 없다. 무한한 가능성을 가진 나라, 기계문명이 발달한 나라, 인간관계가 매우 차갑고 재력이 말을 하는 나라, 그러한 나라 미국 속에 카프카는 선의에 넘치는 순진한 소년을 설정해본 것이다. 칼 로스만의 고독과 다른 작품의 주인공이 풍기는 고독은 결코 동질의 것이라고는 할 수 없다.

《심판(Der Prozeβ)》

은행원인 주인공 요제프 K는 어느 날 아침 갑자기 체포된다. 체포되었다고는 하지만 K는 평상의 생활이 그대로 계속된다.

그래서 K는 자기가 어떤 죄를 저질렀는가를 알기 위해서 이것 저것 손을 쓰지만 도무지 명확한 실마리를 잡을 수가 없다. 재판소 조직도 K의 죄상 내용을 제시하지 않는다. K 자신도 자기에게 죄가 있다고 생각하고 있지 않으며 무죄를 믿고 또 무죄를 주장한다.

그러나 주장하면 주장할수록 그것이 절망으로 바뀌어져간다. K는 백부에게 이끌려서 변호사에게 간다. 그러나 문제는 전혀 엉뚱한 방향으로 진전되고 만다.

즉, K는 변호사의 정부에게 유혹을 당하게 된다. 이윽고 K는 재판소와 관계가 있는 화가와 알게 되고 무죄의 본질에 대해서 알게 된다. 즉, 석방에는 진짜 무죄, 외견상의 무죄, 질질 끄는 세 가지가 있고 진짜 무죄선고는 전설로 전해지는 것을 믿는 이외에는 없다는 것을 알게 된다.

그리고 한편으로는 '판결은 일시에 내려지는 것이 아니라 절차가 차츰 판결로 옮겨가는 것'임을 알게 된다. 독자 편에서도 어째서 K가 유죄인 지를 모르는 채 K의 행동에 마주치게 되고 마지막으로 K의 처형 장면을 맞이하게 된다.

K가 31살을 맞는 생일 전날 밤, 두 사나이가 K의 집에 찾아와서 K를 달빛이 휘영청한 마을 언저리의 황량한 채석장으로 끌어내어 가슴을 찌른다. K는 두 번 가슴을 찔리고 '마치 개처럼' 살해되고 만다.

1915년 9월 30일의 일기에 카프카는 이렇게 쓰고 있다. "로스만과 K——죄 없는 자와 죄 있는 자. 결국 양자가 모두 차별없이 벌을 받고 살해되고 만다. 죄 없는 자는 떠밀려나는 듯이 그렇게."

요제프 K는 죄 있는 자이지만 이 죄가 명시되지 않은 가운데 마지막 장을 맞이한다. K가 일상의 법률 의식으로 처리하려고 자기를 체포하러 온 두 사람에게 따지자 한 사람이,

"관청은 무언가 주민 속에서 죄를 찾는 것이 아니라 법률에도 있는 바와 같이 죄 쪽에 끌려들어가고 그래서 우리를 보내지 않을 수가 없는 거요."라고 말하자 다른 한 사람이 다시,

"이봐 뷜렘, 이 친구는 법률을 모른다고 고백하고 있고 게다가 자기는 무죄라고 우기고 있어."라고 말한다.

'관청'하며 '죄'하며 일상의 일반과는 다른 차원에서 문제가 되고 있다. 그러면서도 다른 차원에서 문제가 되는 것은 일상 일반의 범위 안에 혼합시키고 있다. K는 이 차원에서 도달하기 전에 단죄된다. 본질에는 결코 도달할 수 없다는 이 작품의 문제는 다시 최후의 주요 작품 《성(城)》에까지 이어지고 있다.

完譯版 世界 名作100選

일신서적출판사

121-110 서울 마포구 신수동 177-3호
공급처 : ☎ 703-3001~6, FAX : 703-3009

변 신(外)

- 저　자／프란츠 카프카
- 역　자／김　양　순
- 발행자／남　　　용
- 발행소／一信書籍出版社

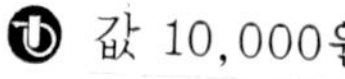

주 소 : ①②①－①①⓪
　　　서울 마포구 신수동 177－3
등 록 : 1969. 9. 12. (No. 10－70)
전 화 : 703－3001～6
FAX : 703－3009
　　ⓒ ILSIN PUBLISHING Co. 1990.

ISBN 89－366－0262－4　　값 10,000원